劍來

第一部 四 清夢壓星河

烽火戲諸侯 著

高寶書版集團

◆目錄◆

第一章　無不散的筵席　6
第二章　強者阿良　54
第三章　天地有氣　99
第四章　狹路相逢　145
第五章　陸地劍仙　190
第六章　山水少年　235
第七章　秋蘆客棧　288
第八章　千奇百怪　334

第一章　無不散的筵席

程昇告知眾人紅燭鎮不設夜禁，在小鎮西邊有坊市，麻雀雖小，五臟俱全，五花八門的雜貨應有盡有。得知陳平安一行人要去購置遊學所需物品，程昇就主動提出擔任嚮導，說是能夠免去許多麻煩，至少那些商家不敢漫天要價。

陳平安望向來過一次紅燭鎮的阿良，對方點點頭，說他只對河兩岸風光比較熟，沒去過坊市。

程昇望向阿良，兩個老男人會心一笑。

敷水灣近百艘大小畫舫每晚都會駛出，沿著河水進入紅燭鎮，兜一圈後返回。其間不斷有男子登上那些畫舫，既買醉也買笑。在紅燭鎮，敷水灣船家女和其他青樓女雖然皆為大驪賤籍，但前者一向是京城教坊司直接負責戶牒管理，就連身為一方父母官的縣令都沒有資格將她們的身分由賤轉良。所以紅燭鎮一直有傳聞，敷水灣那五姓的祖先曾是神水王朝的皇室子弟和功勳世族。

在程昇的帶領下，陳平安他們去往小鎮西邊的集市。得知紅燭鎮乘船南下兩百餘里，沿途都有城鎮驛站可以補給，陳平安就沒有購買過多大米、醃肉等食物，只是在一家藥鋪添置了諸多藥膏、藥材以應付風寒、中暑、跌打損傷一類的小病小災。

到了付帳的時候，陳平安才知道這裡與家鄉小鎮差不多，一整顆銀錠是稀罕物，所以將那兩錠雪花紋銀折算成了大驪通用銅錢——天華元寶。因為手上是品相最好的銀子，僅是溢價就高達兩百文錢，這讓陳平安很是感激鐵匠鋪子的那位秀秀姑娘。

因為有程昇在旁，一切順風順水。在郡縣小鎮，還真別把胥吏不當官，尤其是程昇這種一年到頭經常跟豪紳巨賈、羈旅官員打交道的，在小鎮百姓眼中，那就是手眼通天的大人物了。所以陳平安他們走入的每間鋪子裡的人，全部殷勤地喊著「程大人」，恨不得將這位驛丞大人當菩薩供奉起來。

一路上，李槐拘謹得很，只敢躲在阿良背後探頭探腦。阿良打趣他是膽子小，只會窩裡橫。李槐剛扯開嗓門要跟阿良罵戰三百回合，可一看到四周投來的好奇視線，就立即耷拉著腦袋，病懨懨地跟在阿良身後，把阿良樂得不行，時不時就一巴掌拍在李槐的腦袋上，讓李槐敢怒不敢言，憋屈得很。

林守一依舊是事不關己、高高掛起的冷淡模樣，估計他走在京城御道上也是這個德行。唯獨李寶瓶背著她那個碧綠竹箱，螃蟹橫行似的，仰著腦袋，挺起胸膛，恨不得路邊隨便拉上一個人就告訴他，自己的小書箱是小師叔親手做的。

坊市由兩條南北向的大街構成，逛完了觀山街，陳平安他們就要穿過巷子，去往下一條觀水街，結果路過巷子裡一間生意冷清的書鋪時，陳平安停下了腳步，跟程昇打了聲招呼後，對李寶瓶三人笑道：「一人可以買一本書。再貴也沒問題，只要我們買得起。」

店鋪很小，店門寬不過兩丈，走入之後，左右就是兩排高高的書牆。店鋪最裡邊，一個身穿黑色長衫的年輕人坐在小竹椅上，蹺著二郎腿閉目養神，手拿一把摺扇，輕輕敲打手心，哼著小曲。

他有一張英俊陰柔的出彩臉龐，沒有先前那些店鋪商賈的銅臭氣。朱鹿第一眼看到之後，愣了愣，大概是沒想到會在紅燭鎮的市井坊間遇到氣質如此脫俗的風流人物，就連朱河都一肚子狐疑——此人該不會是家道中落的豪閥子弟吧？比起自家那兩位公子可是半點不差。

年輕人沒有睜眼，懶洋洋道：「店內書籍一概不還價，回頭是買賺了還是買虧了，全憑各位客人的眼力。」

程昇輕聲跟朱河道：「這間鋪子在我們紅燭鎮小有名氣，途經此地的讀書人大多喜歡來這裡逛一次。只是這位店主脾氣古怪，性情清高，不諳庶務，所售書籍全部遠遠高於市面價格，而且誰敢開口還價，他就敢當場攆人。曾經有一位微服私訪的戶部官老爺相中了一本標價三百兩銀子的什麼孤本，不過是還價五十兩銀子就被趕出了鋪子，半點顏面也不留，氣得他差點讓縣衙封了這間小鋪子，後來估計是覺著傳出去名聲不好聽，才讓這鋪子躲過一劫。」

朱河心中了然，此人多是個不諳世事的腐儒，是自家二公子最喜歡譏諷的那種人，稱他們「平時袖手談心性，臨危一死報君王」。二公子還笑著說，不出兩百年，大驪也會如此，所以朱河對於外邊的讀書人一向觀感不佳。

經過紅燭鎮的這條驛路，是大驪南方邊境通往京城的三條主要驛路之一，小富小貴的商賈仕宦若是北上大驪京城在內的重鎮大城，多半會選此路。其餘兩條驛路雖然更為寬闊，但是幾乎每一座沿途驛站都擁擠不堪，沒有足夠分量的官府勘合、兵家火牌，別說下榻，就是大門都別想進去，每年都有很多不諳此道的官員豪紳因此丟盡臉面。

進京趕考的南方士子由於尚未有官身，同樣喜歡揀選這條驛路。他們往往是三三兩兩結伴而行，既可相互照應，也能一同探幽訪仙。而貶謫南方的官員，抑鬱不得志，喜歡題詩於驛站、旅舍的牆壁，也喜歡走這條南下之路。一來二去，紅燭鎮的枕頭驛牆壁上便寫滿了文人騷客發牢騷的羈旅詩詞。

李寶瓶仰著腦袋開始找書，這裡瞄一眼，那裡瞥一眼，全看心情。偶爾抽出一本書隨便翻開幾頁，不感興趣就放回去。小姑娘最後找到一本山水遊記，標價三百文錢，有些心疼，可又實在喜歡，便轉頭望向小師叔，陳平安笑著點點頭。

林守一的視線在書牆上緩緩掠過，最後看中一本不署撰寫人的風水書，標價四百文錢。林守一望向陳平安，後者依然點頭。

李槐進了店鋪之後，立即恢復了頑劣本性，就跟脫韁野馬差不多。他年紀最小，個子最矮，死活要坐在阿良肩膀上挑書，阿良答應了，但是揚言李槐如果不選中一本，等下出了鋪子，就把他一個人丟在大街上。

李槐硬著頭皮挑了一本最高處的嶄新書籍，一看價格，九兩二錢，嚇得他鬼鬼祟祟就要將書丟回去，只是手忙腳亂，那本書沒被成功塞回書架，反而掉在了地上。

輕敲摺扇的年輕店主睜開眼睛，看著那本摔落地面的書籍，沒好氣道：「買定離手，一本最新版的《斷水大崖》，九兩二錢。」

李槐根本不敢跟陌生人還嘴，只得哭喪著臉，小心翼翼望向陳平安。後者問道：「買了會不會看？」

李槐使勁點頭，陳平安便也笑著點頭道：「那就買了。」

阿良問道：「陳平安，你自己不買一本？」

正在掏錢的陳平安連忙搖頭道：「我字還沒認全，買書做什麼。」

朱河轉頭問自己女兒：「有想要的書嗎？」

朱鹿始終站在店門口不挪步，斜瞥一眼書牆，搖了搖頭。

用一支烏木簪子束髮的年輕店主站起身準備收錢，視線掠過李寶瓶和林守一，最終望向那個怯生生捧著《斷水大崖》的孩子，笑意玩味。

阿良咧嘴一笑。

離開書鋪，走向觀水街，朱河心神一動，回頭望去，發現那名相貌不俗的年輕人斜靠門柱，正在目送他們離去，看到朱河後，那人還笑著點頭致意。

朱河轉過頭，皺了皺眉，出了小巷後，快步走到阿良身邊：「前輩，那書鋪主人是不是有古怪？」

阿良扶了扶斗笠，說了句貨真價實的古怪話：「相比這個傢伙，真正的麻煩還在後頭，不過跟你們沒關係。」

沖滄江水流最為湍急，多暗礁險灘，有奇景蜚聲朝野，其中一段河流，大小石柱多突出水面，被譽為雨後春筍，只有一葉扁舟能夠穿梭於石林間隙，大船難渡，哪怕是在河畔長大、熟悉水性的舟子船夫也不敢輕易乘舟下水，除非是慕名而來的文人雅士花重金僱用才會出行，所以又有白紙小舟鐵艄公一說。每年都會有船夫和外鄉人喪命於沖滄江這段石林水路，只是今夜暮色裡的沖滄江，遊人不少。

洶湧的江水衝擊著一根根出水石柱，有個袒胸露腹的漢子坐在一根石柱頂端，輕輕將一只空蕩蕩的酒壺丟入江中，身邊則還有三只尚未打開的酒壺。

遠處，有一粒紅光越來越近，原來是一個佝僂老人手提一盞大紅燈籠，以石柱為涉水之階，蜻蜓點水，長掠而來。

驟然之間，一道雄壯身影從天而降，踩在一根石柱頂端，腳下堅石不堪重負，瞬間化作齏粉，他便順勢站在江水之中。另一名中人之姿的婦人也在江水之中逆流而上，閒庭信步。她頭頂三尺懸浮著拳頭大小的雪白珠子，映照得江底亮如白晝。

婦人慵懶無聊道：「足足走了一百多里水路，半件寶貝也撿不著啊，誰跟我說沖滄江底下有花頭來著？」

石柱頂端坐著喝酒的男人看了眼水底，淡然道：「大人已經在紅燭鎮了。」

佝僂老人晃著鮮紅燈籠，嗓音沙啞笑道：「大人竟然親自出馬了？那還需要我們四個做什麼，端板凳看戲啊？」

男人喝了口酒，沉聲道：「希望如此吧。」

逛過了觀水街，該買的物件都已購置妥當，陳平安準備打道回府，不料阿良提議要乘舟夜遊沖澹江，回應者寥寥，只有林守一點頭答應。

陳平安倒是不介意放完東西後去見識見識那段險灘，但是李寶瓶扯了扯他的袖子，他心領神會，掂量了一下錢袋，零散的銅錢足夠買下糖葫蘆。

朱鹿拉著朱河去逛兵器鋪子；李槐嚷著肚子餓，阿良就讓程昇帶他回枕頭驛吃夜宵，一行人就此分道揚鑣。

林守一與阿良並肩而行，輕聲問道：「前輩說李槐最有福緣，那本貌似嶄新刻就的《斷水大崖》是不是最值錢？」

阿良輕輕點頭道：「只是看著新而已，有些年頭了，書上寫的東西不值錢，亂七八糟的水法修行，故意用來誤人子弟的。但是書籍材質是比較珍貴，存放個幾百年都不會有蟲蛀。」阿良摘下小葫蘆，灌了口酒，「如果我沒有看錯的話，這本書裡已經生出了幾隻蠹魚。當然，你們肉眼是見不到的。此物屬於世間精魅之一，極其細微，游弋於字裡行間，恰似江河活魚。蠹魚以書本文字蘊含的精氣神作為餌料，長成之後，最大不過髮絲粗細。

世間蠹魚種類繁多，那本書裡的品種普通，可若是賣給喜好獵奇的達官顯貴，怎麼都該有個三千兩銀子吧，所以是那家書鋪最值錢的幾本書之一。」

林守一聽得咂舌不已。連瞧都瞧不見的蠹魚轉手就能賺到三千兩白銀，難道小鎮以外的世道，錢才是最不值錢的？

阿良像是看穿了他的想法，笑道：「等你以後真正踏足修行，就會明白市井百姓眼中的黃金白銀任你堆積成山，開銷起來，不過彈指一揮間的事情，說沒就沒了。話說回來，既然必須花錢如流水，就說明俗不可耐的黃白之物反而是頂值錢的。」

林守一點點頭。

阿良笑道：「跟陳平安說這些，他就未必懂。」

林守一搖頭道：「事關錢財，他肯定懂。」

阿良哈哈大笑，帶著林守一來到紅燭鎮河畔。此處人聲鼎沸，林守一習慣了家鄉小鎮夜間的冷清，有些不適應，尤其是每次呼吸彷彿都能嗅到脂粉氣，一開始會覺得香氣撲鼻，可聞多了，就覺得有些膩人。

河水兩岸全是厚重的青石板路，許多美豔女子斜倚路旁高樓欄杆，露出白藕似的粉嫩胳膊，面容在一連串燈籠的映照下顯得越發妖冶動人。

大小不一的畫舫沿兩岸緩行，垂掛竹簾，兩名女子分坐於小船首尾，外加一人划船。比起青樓女的恣意姿態，那些船家女雖然也是穿著暴露，只是神態間多了幾分嫻靜。

時不時一些高樓女子還會譏諷、謾罵那些爭生意的船家女並丟擲蔬果。後者習以為常，多不計較，除非被當場砸中，否則極少起身與之怒目對罵。

一旦船家女與青樓女起了衝突，必然惹來一陣男子齊聲叫好，唯恐天下不亂。

林守一有些頭皮發麻：「阿良前輩，我們不是要去沖澹江賞景嗎？」

阿良耍無賴道：「既然是三江匯流，那麼這裡當然也算沖澹江。」

林守一無言以對。

阿良蹲在河邊，望著咫尺之外緩緩行駛而過的一艘艘畫舫，每次有船家女暗送秋波，或是用軟軟糯糯的言語打招呼，他都會默默喝一口酒，自顧自碎碎念。

林守一蹲下身，豎起耳朵偷聽，斷斷續續聽到什麼守身如玉、正人君子、色字頭上一把刀等，這讓林守一忍俊不禁——得嘞，敢情阿良前輩比自己好不到哪裡去。

阿良稍稍轉頭，望向不遠處的一艘小畫舫。一名姿色平平的婦人坐在船頭大大方方環顧四周，不像做皮肉生意的女子，反而像是夜遊的豪門貴婦，倒是婦人身後划船的二八少女容顏嬌豔。

阿良站起身，等到這艘畫舫臨近，猛然掏出一枚扎眼的金錠：「夠不夠？」

婦人笑意柔和，不點頭不搖頭，划船的少女則眼神發直，恨不得替婦人接下這樁買賣。

婦人眼神繞過阿良，伸出手指點了點林守一：「這位小少爺，你可以獨自登船。」

阿良迅速收起金錠：「這小子是窮光蛋，沒錢！身無分文！」

婦人柔聲道：「我可以不收他銀子。」

少女順著婦人手指的方向，看到了一個滿臉漲紅的少年郎，唇紅齒白，風度翩翩，一看就是個讀書種子，她亦是羞赧一笑。

可憐有錢也花不出去的阿良被晾在一邊，滿臉匪夷所思，心想這婆娘是眼瞎還是胃口刁鑽，竟然看不中如自己這般英俊瀟灑且值當打之年的漢子，反而相中了瘦竹竿似的林守一？要是按照這個調調，把更瘦的陳平安拎過來，她還不得倒貼銀子？

阿良喃喃道：「傷感情了啊。」

婦人笑望向林守一，不知為何，平平姿色的她竟有幾分狐媚意味：「不上船嗎？」

林守一搖搖頭。

阿良坐在臺階上喝了一口悶酒：「小子，趕緊登船吧，大不了以後就是沒葫蘆酒喝而已。天底下有什麼酒的滋味比得過花酒？你可千萬別錯過啊。」

林守一紋絲不動，朝阿良的背影翻了個白眼。

後邊的同行已經開始催促，畫舫只得繼續前行。

婦人猶然轉頭，對林守一回眸一笑。林守一無動於衷，冷冷與她對視。

不斷有畫舫從兩人身前游弋而過，環肥燕瘦的船家女，如一幅幅仕女圖鋪展開來。

林守一輕聲問道：「阿良，你是專程在等她？」

阿良扶了扶斗笠，搖頭笑道：「一時興起而已，只是想知道這張漁網到底有多大。」

林守一坐在他身邊，大大方方望著那些脂粉女子。河畔沿岸青石板路上，有挽著籃子的稚童跑來跑去，一聲聲叫賣杏花的清脆嗓音，東邊響一下，西邊起一聲。

朱鹿想給自己挑一把傍身的匕首，希望刀刃鋒利的同時，外觀也能夠好看一些。不承想兵器鋪子已然關門，她悶悶地站在門口，一言不發。

朱河安慰道：「明天再來便是。」

朱鹿背靠鋪子外邊的一根拴馬樁，抬頭望向夜空。

朱河輕聲問道：「有心事？」

朱鹿搖了搖頭。

朱河又小心地問道：「離開棋墩山的最後一段路程，小姐主動要求跟妳乘坐同一隻山龜，是找妳說了什麼嗎？」

朱鹿「嗯」了一聲，無精打采道：「小姐要我對所有人都客氣禮貌一些。」

朱河鬆了口氣，笑道：「小姐又沒有說錯，出門在外，是應當和氣生財的。」

朱鹿低聲道：「那個阿良也就算了，畢竟來自風雪廟，雖然一點不像我之前想像中的神仙，但神仙就是神仙，再惹人厭，我也能忍。可那林守一和李槐算什麼，不過仗著跟小姐是幾年同窗，就一點不把自己當外人。一個賤婢所生的私生子、一個窩囊廢的兒子，憑什麼跟我們小姐平起平坐？尤其是那個……」

見她不願繼續說下去，朱河接過話：「陳平安？」

朱鹿抿起嘴唇。

朱河嘆了口氣：「這裡沒外人，爹接下來說的話，可能有點不中聽……」

朱鹿驀然神采煥發，打斷了朱河的話：「爹，公子在寄給小姐的那封家書後邊，專門給我寫了好些篇幅的隨筆，公子的行書和楷書越來越爐火純青了。他說了他親自隨人追殺一夥馬賊的跌宕境遇，說認識了一位陳氏上柱國的嫡長孫，還說了那太平火的景象，說大驪京城，無奇不有，大街上竟然有人騎乘著蛇蟒、仙鶴招搖過市，而那些京城百姓早就見怪不怪了。公子還說大驪京城的皇城北門左右各有一尊活著的金甲門神，據說是一座道家宗門贈送給大驪的開國之禮，身高有四、五丈呢。爹，您說好玩不好玩？」

朱河無奈道：「稱呼二公子，穩妥一些。」

朱鹿笑顏逐開：「大公子又不在，何況大公子那麼憨厚，就算聽到了也不會生氣。」

朱河輕喝道：「不得無禮！」

朱鹿眉眼低斂，睫毛微動，而後小聲道：「公子……嗯，是二公子曾經對我們這些下人說過，命好的人，躺著也能享福；命不好的人，來這世上走一遭，就是來遭罪的。李槐命好，林守一命也好，成了山崖書院的學生，以後多半會揚名立萬。退一步說，做個腰纏萬貫的富家翁，綽綽有餘。」少女緩緩抬起頭，「那個陳平安的命其實也不差的，至少他不用喊別人小姐、公子。」

朱河有些不敢正視女兒的視線。家生子，之所以是家生子，在於打從娘胎起就是了。他欲言又止。

朱鹿眼神堅毅，語氣堅定道：「爹，沒有關係。二公子說了，到了大驪京城，有的是法子脫離賤籍。況且大驪邊境軍伍願意招收女武夫，若是攢夠了軍功，說不定還能成為誥命夫人呢。」

朱河看著眼前這個別樣神采的少女，有些陌生，又有些欣慰，點頭道：「到時候我們父女二人一起投軍便是，還能有個照應。二公子如今在京城站穩腳跟，爭取讓他幫我們選一支好一點的邊軍，惡仗不至於太多，戰功別太難獲得。總之在脫離賤籍之前，不可辱沒我們龍泉李家的家風，以後哪怕真的自立門戶了，也要對李家心懷感恩……」

朱鹿笑了起來，快步上前，挽住朱河的胳膊，拉著他一起返回枕頭驛，調侃道：「知道啦知道啦，爹您什麼時候話這麼多了。」

朱河揉了揉女兒腦袋，猶豫片刻，仍是決定說出口：「有機會，跟陳平安說聲對不起。棋墩山山巔一戰，不管初衷是什麼，一件事情做錯了就是做錯了，那麼該道歉就要道歉，該彌補就得彌補。」

朱鹿沉默片刻，興許是今晚心情絕佳的緣故，笑容燦爛道：「好的！」

紅燭鎮依循大驪禮制，設有文武兩廟，即規模不小的文昌閣和武聖廟，分別供奉著一尊手捧玉笏的文官神像和一尊披甲懸劍、腳踩狸貓的武將神像。

紅燭鎮兩廟建在城南，雙方相隔不遠，五、六百步而已。夜色深沉，兩尊神像幾乎同時搖晃起來，身上灰塵簌簌落下，一陣陣淡金色漣漪在神像表面蕩起。與此同時，繡花江和玉液江兩岸江神祠裡的兩尊泥塑金身神像亦是差不多的光景。

紅燭鎮北方的棋墩山一脈，有一個袒胸露腹的男子，手裡拎著酒壺，腰間還懸掛著三只酒壺，雖然滿身酒氣醉醺醺，腳步踉蹌，但是每一步跨出都長達五、六丈，行走山路如履平地。他很快來到棋墩山的山巔石坪，打了個酒嗝，重重一跺腳。

棋墩山土地爺魏檗出現在不遠處。

漢子瞥了眼手持綠竹杖的俊美青年，笑道：「可喜可賀，總算打破了身上的那道術法禁錮，恢復土地真身不說，還有望自成山神，看來最近得到了天大的機緣。」

魏檗臉色陰沉：「有話直說。」

漢子抹了抹嘴，直截了當問道：「那個叫阿良的，有多強？」

魏檗沉默不語。

漢子淡然道：「事關重大，我沒心情更沒時間跟你耗，你不開口，我就打爛你的金身，讓你連死灰復燃的機會都沒有。」

魏檗問道：「在回答之前，我能否知道緣由？」

漢子點頭道：「那人殺了我們大驪兩名頂尖死士——武夫第七境的李侯和鍊氣士第八境的胡英麟，此二人皆是那位娘娘麾下竹葉亭的甲字高手。陛下得知消息後很不高興，覺得此人破壞規矩在先，因此大驪要跟他討要一個說法。」

魏檗心情沉重。

漢子語氣森森，冷笑道：「勸你別摻和，能把自己摘乾淨是最好，摘不乾淨的話，說不定就要再去沖澹江洗回澡了。可我敢確定，這次再不會有人願意拚著魂飛魄散的危險，仍要幫你從江底撈起碎片，一塊一塊拼湊起金身，最後偷偷給你帶回棋墩山。對吧，神水王朝的北嶽正神？」

魏檗慘然一笑。

大驪邊境的野夫關，城門大開，為數不多的駐城輕騎罕見地選擇夜行軍，雖然不過千騎，但是當整齊的戰馬鐵蹄踩踏在地面上的時候，大地仍是為之震動，如密集急促的擂鼓聲，讓人熱血沸騰。

驛路旁邊，一騎武將勒韁停馬於旁，臉色凝重。

一名臉上疤痕猙獰的年輕副將快馬趕至，放緩馬蹄之後，與主將並肩，輕聲問道：「韓將軍，這趟北上奔襲意圖為何？我大驪野夫關以北廣袤版圖，怎麼可能有大股馬賊流寇？再者，就算出現，也輪不到咱們這支騎軍出馬吧？」

身材敦實的主將嗓音低沉：「不該問的就別問。」

年輕副將咧咧嘴，果真不再追問。

主將猶豫了一下，大概是自己也憋得有些難受，斟酌一番後，小聲道：「不但是我們野夫關這點兵馬，南方邊境的所有關隘軍鎮都抽調出了將近半數的主力野戰輕騎，在今夜全部傾巢出動。」

年輕副將愣了一下：「四年一輪的春蒐、夏苗、秋獮、冬狩？可時候不對啊，咱們去年才參與的春蒐，今年就算有這等規模的大演武，也該是放在夏季才對。」

主將下意識摸了摸胯下坐騎的柔順馬鬃，道：「到達臨時駐地後，朝廷兵部自會有下一步指令下達，咱們不用胡思亂想了。」

紅燭鎮往西兩百多里，江面遼闊的繡花江上游地帶，水中央有一座小孤山，被當地百姓粗鄙地稱為饅頭山。山上有一座孤零零的土地廟，香火不絕，相傳極其靈驗，求子得子，求財得財，遠近聞名，是文人騷客必須泛舟遊覽的形勝之地，可是本地百姓幾乎從不來此祭拜燒香。

暮春夜色肅殺清冷，江水滾滾逝去，浪花四濺。江水中有一條三尺長短的青色鯉魚飛快地從岸邊游向小孤山，出奇之處在於牠的背脊之上坐著一個朱衣童子，不過巴掌高度，雙手使勁攥緊青鯉的兩根魚鬚，好似騎士拉住轠繩。

朱衣童子隨著鯉魚和江水起起伏伏，渾身濕透，臉色蒼白，罵罵咧咧。

青鯉游到了岸邊，驟然停下，直接把朱衣童子給甩到了岸上。小傢伙打了一連串滾，灰頭土臉，對著江水裡晃晃悠悠返回對岸的那條青色鯉魚破口大罵：「上梁不正下梁歪，你家主子是個騷婆娘……」

鯉魚猛然轉身，死死盯住岸上的朱衣童子，後者嚇得屁滾尿流，撂下一句「好男不跟女鬥」，往土地廟飛快跑去。

小廟未關門，小傢伙好不容易爬過門檻，翻身落地後，抬頭對著那尊掉漆嚴重的滑稽泥像叉腰怒喊道：「大爺差點淹死在江水裡，你還不趕快跪下領旨？信不信大爺治你一個大不敬之罪，把你的腦袋喀嚓一下？」

砰然一聲響，朱衣童子被人一腳當石子踢出土地廟。

有個五短身材的漢子一屁股坐在門檻上，罵罵咧咧道：「你一個這破廟裡誕生的香火童子，還敢跟大爺我自稱大爺？」

不是一家人，不進一家門。

那朱衣童子氣喘吁吁地一路跑回來，艱辛地爬上門檻坐著，齜牙咧嘴，眼神哀怨。

漢子皺眉問道：「什麼事情？」

小傢伙嘀咕道：「有點餓。」

漢子抬起手臂作勢要打，朱衣童子抱住腦袋，嚷嚷道：「我剛從城裡城隍閣那邊偷聽來的消息，說是朝廷禮部和欽天監下了兩道祕旨，要求紅燭鎮四周千里之地的一切山水神靈全部就地待命，不得擅離職守，不得閉關，必須隨叫隨到，若是點卯之時無法準時出現，斬立決！你大爺的，要不是我給你遞消息，就你那憊懶性子，早就給人借刀殺人⋯⋯哦，忘了你不是人⋯⋯」

小傢伙這次是被一巴掌打得摔進土地廟內的。

漢子站起身，望向紅燭鎮方向，神情肅穆，不忘提醒道：「香爐裡給你留了點伙食，記得省著點吃。」

「算你有點良心。真不知道你是怎麼混的，不僅是一州之內在土地廟任職時間最長的可憐蛋，而且跟同僚們的關係也差。這就算了，連繡花江裡那些個蝦兵蟹將都敢不把你放在眼裡，你說我怎麼就這麼倒楣，在你的爐子裡生出來？唉，下輩子應該找個好一點的爐子投胎的……」朱衣童子嘴上不斷埋怨著，可不耽誤他熟門熟路地爬上香案，一頭撲入零零散散插有七、八支香的黃銅香爐。

返回枕頭驛的路上，程昇發現身旁的孩子一下子咬牙切齒，一下子長吁短嘆，像是在做一個生死攸關的抉擇。

李槐終於停下腳步，鼓起勇氣問道：「老程，我身上有三十文錢，能不能去先前的書鋪買本書？那兒最便宜的書是多少錢？還能不能給我剩下點？」這些是李槐偷偷攢下的所有餘糧了，大半是從舅舅家偷出來的，小半是姐姐李柳的私房錢。

程昇有些哭笑不得，思量一番後，認真回答道：「難。那間鋪子的書是紅燭鎮公認的不實惠，若非愛好搜羅善本、孤本的讀書人，一般沒有人去那邊買書。你要是真想買書，我知道東邊有兩間大書坊，儒家經典、諸子文集、志怪小說皆有，在那兒我還能幫你還價。」

一根筋的孩子搖頭道：「不行，就得是方才的書鋪！」

之前在書鋪，那個一年到頭穿草鞋的窮酸傢伙既不是打腫臉充胖子地二話不說就買下一本將近十兩銀子的破書，也不是不願為他花費這麼多銀子就當場拒絕，而是問他會不會看那本書，這讓李槐很意外。雖然當時他說會看，事實上買下之後，看當然會看，隨手翻閱打發時間而已，他對這本《斷水大崖》其實沒太大興趣，但是有人願意為自己掏出十兩銀子，這讓李槐覺得很開心。

李槐不傻，別人對他是好是壞，他心知肚明。

一雙雙草鞋、還未打造好的書箱，加上這本《斷水大崖》，欠了人家這麼多，所以李槐覺得要是不為陳平安做點什麼，自己會過意不去，心裡堵得慌。

其實李槐不喜歡朱鹿，甚至連患難與共的林守一也不怎麼喜歡，反而覺得在學塾就經常欺負自己的李寶瓶還不錯。他最喜歡的是吊兒郎當的阿良，至於那個來自泥瓶巷的窮光蛋，李槐有些怕他。

此時，程昇低頭看著滿臉認真的孩子，心想，不愧是那傢伙所謂的仙人資質，有些事情確實福至心靈。他忍住笑，想著剛好順水推舟，能夠幫這孩子一把，指不定就結下一樁天大的香火情。所謂與人為善，事實上與一千個凡夫俗子為善遠遠不如與一位仙人結下善緣，這是他親眼所見、親耳所聞，千真萬確。

程昇帶著李槐走向兩街間的小巷，那個年輕店主正坐在門檻上望向他們，滿臉笑意，好像就是在等待他們的到來。

就在此時，小巷另一端走來一個手提燈籠的佝僂老人，與李槐二人相向而行。

年輕店主緩緩起身，對程昇擺擺手：「今天書鋪關門打烊，回頭再帶這孩子來。」

程昇二話不說，拉著李槐掉頭就走。

年輕店主在確定二人離開小巷後，便不復見之前的恬淡閒適，略顯恭敬侷促，抱拳輕聲道：「沖澹江李錦，拜見郎中大人。」

老人點了點頭，徑直跨過書鋪門檻，李錦緊隨其後。

老人隨手將燈籠握柄插入書牆高處的書籍底端，轉頭看著面如冠玉的年輕人感慨道：「四十年前你我初次見面時你就是這般容顏，如今再見，依然如此，羨煞旁人啊。」

李錦握緊摺扇，微笑道：「對我們這些異類而言，能夠生而為人，才是天大的幸事。」

老人點點頭，並未反駁。

李錦好奇地問道：「那撥人能夠住在枕頭驛，是大人的安排？」

見老人默不作聲，李錦識趣地不再詢問。

他在百年前開了這間小書鋪，冷眼看世事，見多了人情世故和宦海風波，對於大驪官場並不陌生，想要在枕頭驛騰出這麼多甲、乙驛舍來，差不多該是六部侍郎的本事了。當然，三位郎中除外。

大驪朝廷六部衙門尚書、侍郎之下，郎中為各司主官，員外郎為副官，雖官職不顯，但其中三司郎中的權柄之大超乎想像——這便是吏部考功司、兵部武選司以及禮部祠祭清吏司。這三司主官可謂位卑權重，朝野矚目，一旦外放地方，必然破格提為封疆大吏，一位職掌王朝所有四品以下地方官員的升遷考察；一位負責為王朝軍方篩選、審核武人升遷，尤其還掌握著江湖人士的招安大權；一位具體負責一國祭祀大典，許多時候君王都要問策於此人，而此人往往是儒家學宮、書院出身。

眼前這位貌不驚人的老人，正是其中之一。

李錦在四十年前作為這間書鋪的主人曾經贈予一名進京趕考的寒酸士子兩本典籍，沒有想到之後那名寒士一路升遷，成了大驪禮部祠祭清吏司的郎中，清貴且權重。但是對不在廟堂、遠在江湖的李錦而言，禮部祠祭清吏司還有另外一層意義——據說許多京城官員連這座小衙門的門都找不到，它卻暗中掌管著天下山水正神的篩選評定，雖無最終的勘定權，卻有至關重要的舉薦權。

李錦透過路過紅燭鎮的官宦商賈得知老人坐上這個位置後，寄去數封書信，無一不是泥牛入海，杳無音信。李錦不敢造次，只得遺憾作罷。他百年來苦心孤詣，竭力謀求沖澹江江水正神的位置，用了許多門路香火，全部無功而返。

老人突然說道：「沖澹江之所以不設江神之位，你應該是知曉緣由的，所以你悄悄寄去我府上的書信，我只當沒有看到，並非不願幫忙，而是實在有心無力。」

李錦笑容苦澀，點頭道：「理解。只要皇帝陛下不點頭，恐怕禮部尚書開口發話都不頂用。」

老人笑了，凝視著眼前這個年輕人。每過二、三十年，此人就會更換臉皮容貌。

老人瞇眼道：「但是現在有個機會擺在你面前，就看你敢不敢爭取了。」

李錦沒有流露出激動神色，反問道：「聽說曾是驪珠洞天的龍泉縣境內，大驪皇帝敕封了一位龍鬚河河神和一位鐵符江江神，披雲山、點燈山和落魄山則各自敕封了一位山神，一次給出三山兩水總計五個席位，這就已經用掉了皇帝陛下的許多家底，怎麼可能在這個快要捉襟見肘的時候，再對沖澹江丟出一個寶貴名額？」

老人笑道：「放心，不是什麼針對你的陰謀，說句難聽的，你還不至於讓我親自出馬。」

李錦起先有些羞惱，隨即又有了寄人籬下的無奈之感，不再說話。

老人收斂笑意，道：「以紅燭鎮為中心，方圓千里之內，所有大驪朝廷敕封的山水正神以及候補的土地、河婆，近期全部需要待命，隨時準備參與一場圍剿。除此之外，包括大驪野夫關在內的南方邊鎮出動了大量精銳騎軍，撒出了不計其數的斥候偵騎。至於你，若非當年那點贈書的情分，我絕不會將這個消息告知於你。有你沒你，毫無差別。」

李錦被震撼得無以復加：「在大驪境內擺出這麼大的陣仗，到底是在圍剿什麼？」

老人直言相告：「一個人。」

李錦望向老人的眼眸，見他不似作偽，緩緩問道：「郎中大人需要我做什麼？」

老人笑道：「一點力所能及的小事情，只需要幫忙盯住一個剛到紅燭鎮的男人。我知道走出沖澹江後兩百餘年，你在紅燭鎮上經營得很好，比城隍他們更熟悉水路，比兩位江神又更熟悉小鎮的風吹草動。而且如果京城檔案沒有紀錄錯誤的話，你豢養有幾尾珍稀的青冥魚，來自古書，最適合小範圍內偵察、傳遞消息。」

李錦臉色不太好看。

老人譏諷道：「放寬心，青冥魚確實百年一遇，可我還不至於下作到見財起意的地步。」

李錦自嘲笑道：「是我以小人之心度君子之腹了。不知那人是？」

老人緩緩答道：「一個戴斗笠的漢子，腰間別有一只銀白色小葫蘆，身邊跟著一群孩子。那些孩子來自曾經的驪珠洞天，如今的龍泉縣城。至於漢子的真實身分，大驪諜報尚未獲悉。」

李錦瞠目結舌：「那人之前來過我這鋪子。」

見老人目光如電，李錦又小心道：「巧合而已。」

老人擺擺手，叮囑道：「無所謂了。從現在起，切記不要露出馬腳，哪怕無功，也好過有過。如果因為你的紕漏不小心打草驚蛇，你也不用擔心，因為你那時候肯定已經死了，那個人不殺你，我也會親自動手。但是如果這件事情成了，我不敢保證你成為沖澹江江神，但是我可以讓皇帝陛下先記住你的名字。」

李錦自嘲道：「這算不算簡在帝心？」

老人停下隨手抽書翻閱的動作，轉頭問道：「怎麼，不願意？」

李錦哈哈笑道：「富貴險中求，更何況又不需要我親自陷陣，穩賺不賠的買賣，做了！」他打了一個響指，肩頭附近浮現出兩條尾巴極其纖長的玲瓏小魚。牠們與他神意相通，魚目所見，即是李錦目之所及。

牠們搖曳長尾，瞬間消失。

老人離去之前，笑著感慨道：「你鋪子裡的書，價格還是這麼貴啊。」

李錦只有在這一刻，才覺得老人依稀有幾分當初那名年輕寒士的風采。

老人取回燈籠，離開鋪子，走出小巷。拐角處站著一個雙臂環胸的魁梧男子，兩人並肩而行，後者問道：「就不怕畫蛇添足？」

老人隨意道：「其實這場圍獵，收網到了這個地步，那李錦就算突然失心瘋，跑到那個叫阿良的男人面前說破一切真相，都無關緊要了。」

男人沒好氣道：「歸根結底，還是要還他當年的贈書人情？」

老人笑瞇雙眼，流露出幾分自負，輕聲道：「我欠下的人情，多少還是值點錢的嘛。」

朱鹿說要吃糖葫蘆，朱河雖然有些好奇自家閨女怎麼突然喜歡上了甜食，可這點要求根本算不得什麼，就帶著朱鹿一起去找攤子。

有扛著一大串糖葫蘆的小販走街串巷大聲吆喝，朱河不喜此物，朱鹿卻一口氣買下了三串。朱河有些疑惑，朱鹿笑著說她自己吃一串，其餘兩串可以給李寶瓶和陳平安。朱鹿還說，她想今晚就跟陳平安道歉，好歹跟他說一聲對不起才能安心。

朱河如釋重負，開懷至極。

父女二人回到驛站，得知陳平安和李寶瓶也已經返回。

朱鹿一串糖葫蘆還未吃完，挑了甲等驛舍後邊的院子，讓父親幫她給陳平安捎句話，說跟陳平安約在那裡見面。

朱河大步離去，心裡有些好笑：『這丫頭臉皮子也太薄了些，跟人低頭認個錯而已，有什麼丟人的。』

沒過多久，陳平安出現在彩繪廊道那一頭，看到坐在另一端長椅上的朱鹿後，微微加快步伐。

朱鹿身側的長椅上散落著十五、六顆糖葫蘆，她笑著站起身，雙手放在身後，姿態看似嬌憨，向陳平安走去。

陳平安看著她走來，腳步輕盈，走在燈火朦朧的廊道上，像夜色裡的年幼麋鹿。

朱鹿再沒有平時的頤指氣使，彷彿一個鄰家少女，巧笑盼兮。

陳平安有些不敢置信，放慢腳步，瞪大眼睛凝視著那張有些陌生的清秀臉龐。

朱鹿從背後抽出左手，朝陳平安揮了揮，邊走邊道：「陳平安，棋墩山石坪上的事情，我爹希望我能夠跟你說一聲……」

五步之隔，二境巔峰修為的少女猛然發力前衝，剎那之間就來到了陳平安身前。朱鹿臉龐上帶著猙獰、憤怒和快意、解脫之色，複雜至極；陳平安的眼神除了黯然之外，更多的是凌厲，視線中帶著那種用斬龍臺磨礪出來的柴刀鋒芒。

朱鹿左手一拳直擊陳平安的額頭，此舉作為障眼法，她甚至是故意稍稍放慢了出拳的速度——真正的殺手鐧在右手，她手握三根鋒利竹籤，直直捅向陳平安的心窩，她之前未曾說完的那句話也順勢脫口而出：「對不起！」

此刻少女哪有什麼嬌憨神態，唯有狠厲。

但是下一刻，朱鹿滿臉驚愕，心知不妙，就要後撤。

陳平安右手迅猛抬起，不但格擋掉少女的左拳，還借著她膽敢示敵以弱的機會，手臂順勢向前，一把掐住朱鹿的脖子。與此同時，他的左手死死握住朱鹿暗藏殺機的右手手腕，向外一扯，不讓三支糖葫蘆竹籤刺中自己的心窩。

攥緊她脖子的手驟然發力，將她往自己這邊一扯，一記膝撞狠狠撞在朱鹿腹部，勢大力沉，撞得她差點吐出膽汁苦水，身軀情不自禁地彎曲起來，整個人頓時失去了戰力。

陳平安沒有掉以輕心，猶不甘休，當頭一錘猛敲下去，以額頭撞額頭，朱鹿踉蹌後退。

陳平安一腳蹬去，朱鹿如斷線風箏般重重摔在兩丈之外的廊道青石板地面上，掙扎了兩次仍是無法起身，嘴角滲出血絲，面如金紙，花容慘澹。

一氣呵成，毫不留情。

朱鹿用手肘抵住地面，忍住撕心裂肺的疼痛，竭力讓身軀向後倒退，盡量遠離那個草鞋少年，哪怕多出一寸、一尺也好。

陳平安環顧四周，見並無異樣，這才走向戰力幾無的狼狽少女，渾身肌肉緊繃，依然小心謹慎。

朱鹿陷入莫大恐慌，顧不得擦拭嘴角的鮮血，帶著哭腔解釋道：「不要殺我，陳平安，我只是跟你開一個玩笑。真的，我不騙你，如果我要殺你，我怎麼會用這幾支糖葫蘆竹籤？再說了，我為什麼要殺你啊……」

陳平安一針見血道：「之前在觀水街分開，妳拉上妳爹說要逛兵器鋪子，是不是想挑選匕首之類容易隱藏在袖口之內的稱手兵器？我猜，應該是鋪子關了吧，所以只好用竹籤代替。」

朱鹿驀然笑起來，胸膛劇烈起伏，咳嗽得厲害，摀住嘴，猩紅鮮血仍是不斷從手指縫隙滲出。她鬆開手，彷彿認命一般，仰頭望著那個居高臨下俯視自己的少年，視線從上往下，最後看到一雙粗糙低賤的草鞋。

朱鹿再次抬起頭，好似魔怔、失心瘋了，不哭反笑，死死盯住越來越靠近自己的少年，沙啞笑道：「沒想到你沒我想像的那麼蠢，但是我很奇怪，你是怎麼看出我要殺你的？」她提高嗓音，原本清秀可人的臉龐扭曲而癲狂，「陳平安，在殺我之前，可不可以讓我死個明白？」

陳平安腳步不停，反問道：「為什麼？」

朱鹿剛要嘗試著坐起身，就被陳平安一腳踩在額頭上，後腦勺重重撞上青石板，嘴裡嘔出一大口鮮血，澈底放棄了掙扎起身的企圖。此時她內心深處最大的恥辱便是這樣一個穿著草鞋的陋巷少年居然能站著跟自己說話，而自己卻只能躺著，連坐起身都成了奢望。

朱鹿用手背抹去鮮血，笑道：「還記得我家二公子寄給小姐的那封家書嗎？我家二公子琴棋書畫無所不精，尤其擅長行書，就像二公子的為人性情，瀟灑不羈。但是我家二公子在離家趕赴京城之前突然說要學習楷書，因為他說要學會懂得遵守外邊世界的規矩，他要開始約束自己的心性了。」

陳平安蹲下身，掰開她的五指，取出那三支竹籤握在自己手心，然後坐在廊道長椅上，面無表情地盯住她，不讓她有任何折騰出么蛾子的機會。但是顯而易見，朱鹿殺他殺得毫不含糊，一點猶豫都沒有，可要陳平安反過來殺她殺得心無芥蒂很難，因為這中間夾著那個紅棉襖小姑娘，還有性情爽朗的朱河，以及這個什麼李家二公子。

陳平安在看到朱鹿從廊道遠遠走來的第一眼起，就知道她不懷好意了。他的眼力極好，她的隱藏、掩飾卻遠遠不夠精湛——顫顫巍巍的睫毛，咬住牙根鼓起的腮幫，低斂視線的狠辣——陳平安一目了然。

但是陳平安怎麼都沒有想到，她真的會殺人。當她提起那個李家二公子，整個人的氣態就搖身一變，看向陳平安的眼神就像是人在看狗。

「當時小姐在枕頭驛跟我第一次提及家書內容，二公子說大驪烽燧點燃的太平火綿延千萬里，一直從邊關傳遞到京城。但是小姐並不知道，你們所有人都不知道，二公子在這之前，從未跟我說過這『邊境以太平火向君王報平安』的事情。二公子跟我說了什麼趣聞逸事，自我懂事起，就記得一清二楚！所以我當時就覺得事情不對勁，向小姐索要了那封家書。果不其然，我看出了玄機，這個世上，也只有我朱鹿能夠看得出來！」

陳平安低頭看著滿臉狂熱的少女，一言不發。

朱鹿沉浸在自己的世界裡，這一刻，她又變成了倨傲自負的李家婢女、初出茅廬的武道天才。她繼續說道：「然後我仔細看了兩遍，只用了兩遍，我就找出了正確答案，解開了我家二公子故意留給我的這道謎題！」

她看著陳平安那張冷漠的黝黑臉龐，嗤笑道：「小姐是心性不定的跳脫孩子，當然領會不到二公子的良苦用心，所以二公子在一開始，就沒把希望寄託在小姐身上，而是選中了我。那封家書，洋洋灑灑兩千餘字，幾乎全部以行雲流水的行書寫就，唯有七個字，是楷書！」少女幾乎要笑出了眼淚，「大驪上柱國姓氏、陳氏嫡長孫、殺馬賊、太平火、報平安、得誥命。那七個字，正是『殺陳平安得誥命』！」

書生殺人不用刀。

陳平安皺了皺眉頭。

朱鹿摀住絞痛不止的腹部，滿頭冷汗，可嘴上仍是譏笑道：「是不是連『誥命』這兩個字你都沒聽過？」

她掙扎著背靠陳平安對面的長椅，這次陳平安沒有阻止她。

「知道我除了殺你之外，最想做什麼事情嗎？你不是認識很多字了嘛，我就想把那封家書交到你手上，說不定你還會自慚形穢呢，覺得世間怎麼會有這麼好看的字。如此好的文采，任你陳平安翻來倒去看十遍、百遍也不會知道真正的學問竟然只是那七個字，是不是很好笑？我覺得很好笑，都快要好笑死了！」

陳平安安安靜靜坐在長椅上，身邊剛好散落著那些糖葫蘆，一顆顆無人問津。他看著朱鹿，扯了扯嘴角：「如果不是朱河，妳今天就真的要好笑『死』了。」他站起身，緩緩說道，「我知道，這些話妳其實是說給妳爹聽的，而且妳這次掙扎起身，是為了引誘我對妳出手，妳要讓朱河沒有選擇的餘地，要麼我殺妳，要麼他殺我，對不對？」

朱鹿臉色陰沉，不再說話。

朱河不知何時站在了廊道之中，望向兩人，雙拳緊握，手背青筋暴起，滿臉痛苦。一個是自己心愛的閨女，一個是自己欣賞的晚輩。

朱鹿伸出大拇指，使勁抹掉嘴角的血跡，微微低頭，眼睛卻盯著草鞋少年。

她緩緩轉頭，破天荒臉色平靜，對那個熟悉的身影說道：「依我們小姐的脾氣，如果知道了這一切，我就算不死也要脫一層皮，這輩子就算是毫無希望了。爹，我求您了，不要心慈手軟，趁著阿良還沒有回來，趕緊動手！二公子說過，當斷不斷，反受其亂！」

陳平安突然轉身彎腰，隨手撿起一顆糖葫蘆，放入嘴裡咀嚼起來，然後站在廊道中央，與朱河對峙，同時對朱鹿輕聲道：「妳會死的。」

朱鹿心一沉。她爹和陳平安相距約莫十五步，陳平安雖然武道境界不高，但身形矯健，她爹就不應該這麼光明正大地出現在那麼遠的地方。生死之爭，講什麼高手風範？

朱鹿扭頭朝地上吐出一口血水：「有本事你就試試看。」她又望向父親，提醒道：「爹，今天您要是不出手，我就死給您看！不管如何，先把陳平安拿下再說！」至於拿下之後，她爹不願出手殺人，她來便是。

朱鹿早已強提一口氣，隨時準備應對陳平安拿她要脅父親。

她爹曾經無意間說過，一旦對上這個出身泥瓶巷的低賤胚子，若是點到即止的武學切磋，她有勝算，但是生死搏殺，她必死無疑。起先她是半點不信，但是那場發生在棋墩山石坪的風波，她與白蟒對峙時被嚇得毫無鬥志，只能束手待斃，反觀陳平安，無論是膽識、氣魄還是對時機的把握全在她朱鹿之上，這其實已經讓她的習武之心幾乎絕望了。一旦心境崩碎，武道之路就算走到了盡頭。所以哪怕在進入紅燭鎮之前的棋墩山邊界，魏檗送給他們人手一份臨別贈禮，她在朱河的強硬要求下拿到了那本所謂的仙家祕笈、無數山下武夫夢寐以求的武道寶典《紫氣書》，她也並未提起多少心氣。

心氣一事，自古易墜難提起。這一切，醉心於武道攀登的純粹武夫朱河又如何曉得？但是那封書信的到來，宛如自家公子在面授機宜，就像一場雪中送炭，讓悟出其中玄機的少女重新燃起希望，告訴自己一定要習武，至少要成為爹那樣的武道宗師，一定要在沙場立下汗馬功勞，讓那個「誥命夫人」來得天經地義。

尤其是他們父女二人如今擁有了真武山英雄膽和《紫氣書》，就像朱河親口所說，如今他連第七境的風光也敢去想一想了，那麼她朱鹿，為何不敢去想一想自己以前不敢想的風光日子？

只是所有的錦繡前程和所有的陽關大道都建立在一個小小的前提上——

陳平安必須死。

所以自知正面搏殺不是他對手的朱鹿，需要一場暗處的襲殺。就如陳平安揭穿的真相那樣，她需要一把匕首，不湊巧，兵器鋪子關門歇業，買不到。

剛好她爹說到讓她向陳平安道歉一事，而陳平安與李寶瓶，又提過要買糖葫蘆。

匕首能殺人，糖葫蘆的竹籤子用在二境巔峰的武夫手裡，也可以。

擔心一根竹籤容易折斷，她便藉口要帶給陳平安和李寶瓶。三根竹籤握在一起，她不信還捅不穿少年的心窩。

環環相扣。朱鹿之機敏急智，可見一斑。

那個從未露面的李家二公子，識人之明、用人之準，同樣顯而易見。因為朱鹿真正的厲害之處，還在於她既給自己找了一條退路，又給身為五境武夫的朱河——她爹，選擇了一條沒有回頭的路——她死，或者陳平安死。

朱河望向那個束髮別玉簪的貧寒少年，說了本該由他女兒誠心誠意說出口的三個字：「對不起。」

陳平安笑道：「沒關係，路都是自己選的。」

他那不合常理的笑意，給人森寒之意。

這種荒誕感覺，不遠處的朱鹿感受尤為明顯。

當初在棋墩山轄境內，與朱河切磋之後，陳平安察覺到自己體內的三座氣府竟然讓那條橫衝直撞的氣機火龍都只敢過門不入，直到那個時候，他才意識到那三處藏有三縷極小極小的劍氣與他心意牽連，使用起來毫無門檻。

之前炸爛那條白蟒的頭顱，陳平安用掉了一縷劍氣。

為了活命，再用一縷劍氣，陳平安覺得不虧，但是少年覺得下一次動用劍氣必須要有賺才行，總這麼不虧也不是個事啊。

這場用心險惡的陷阱，朱鹿說了很多很多。

陳平安不過開口數次，加在一起也沒幾個字。所以他覺得要說點什麼，為自己，也為那個需要自己活著她才能活著的神仙姐姐，否則心裡有些不痛快。

陳平安一腳向前踏出，一腳向後挪去，雙膝彎曲，身形下墜，雙指併攏，直指廊道遠處的男子，嘴唇微動。

不知是心有靈犀還是祖蔭庇佑，朱鹿沒來由地滿懷惶恐，尖聲喊道：「不要！」

朱河更是頭皮發麻，堂堂五境小宗師竟是心神陷入泥濘，四肢動彈不得。

陳平安默念道：『劍來！』而後肩頭一沉，氣息隨之凝滯，那縷原本即將離開氣府的劍氣已是箭在弦上，不得不發。可被人在肩頭突兀一拍後，如大蟒出山卻遭逢擋住去路的河蛟，先前勢不可當的氣焰自然為之停頓，暫時選擇了按兵不動。

「打住打住。」阿良站在陳平安身旁，摟住他的肩頭，嬉笑道，「相親相愛的一大家子，打打殺殺成何體統。」

陳平安抬起頭，神出鬼沒的阿良對他笑了笑：「相信我，我是阿良啊。」

陳平安嘆了口氣：「暫時聽你的。」

阿良只是看了眼朱河，甚至懶得瞥一眼朱鹿，懶洋洋道：「這麼珍貴的劍氣用來殺一個朱河，太暴殄天物了，你不心疼，我都替你心疼。何況……算了算了，不說這些大煞風景的話，總之，我阿良的良心會過不去。這一式十八停的運氣方式，你就當是補償吧。」

陳平安原本正準備收起雙指併攏的姿勢，就在此時，阿良鬆開摟住他肩頭的手，後退一步，搖頭笑道：「這姿勢也太不高人風範了，我教你一個厲害的。站穩了！」

阿良輕喝一聲後，彎曲手指，先是在陳平安肩頭一叩，之後出手如飛，在少年心口點了七、八下。與此同時，使出比那聚音成線更上乘的仙家神通，直接在少年心湖之上激起漣漪，響起一連串心聲：『記住體內這股氣的起始，記住所有氣府名稱和運轉路線：「氣若龍脈綿延，起於萬山之祖凜沖，此乃世間養劍的頭等氣府，此處為一停；快速過三山六關，至此扶乩穴為二停；又急掠六洞九府，至此純陽府，作第三頓……此為最後一停，總計十八停。」這些竅穴氣府如今說法迥異，乃是上古無數劍修披荊斬棘，付出巨大代價得出的珍貴心血，你記清楚沒有？』

陳平安額頭滲出汗水：「記住了七七八八。」

阿良笑道：『差不多可以了，之後如果撞得頭破血流，不用怕，這是每一名劍修必須要走的道路。等以後熟悉了路線，你可以嘗試慢行氣機，這才是十八停最有意思的地方。嗯，這是阿良我琢磨出來的學問，有人佩服得不行，使勁誇我，說光是這一點，就將劍道高度拔高了很多。哈哈，有點難為情啊。』

陳平安突然覺得這個所謂的「十八停」，多半是比《撼山譜》好不到哪裡去了。

阿良彷彿看穿了少年的心思，一本正經道：「我像是個信口開河的騙子嗎？我阿良這輩子就不知道吹牛是什麼事情！」

朱河心神已經從泥濘當中勉強拔出，但是四肢比先前更加僵硬，一動即死——這是朱河腦海中唯一的念頭，這就是阿良帶來的無形震懾。

當那個腰佩綠刀、別葫蘆的傢伙與你是朋友的時候，會覺得他怎麼看怎麼不像高手；可當這個傢伙成了敵人，朱河整個人嚇得汗流浹背，當真是要魂飛魄散。

遠處的朱河已是心神失守，近處的朱鹿只能聽到陳平安在自說自話。

阿良又以心聲告知陳平安：『輕舟已過萬重山，氣機流轉一瞬百里、千里萬里是很好，可若是能夠做到緩行，如山嶽百年累土不見絲毫增高、海川千年積水不見半點抬升更好！以後運氣，可以專心練習這條道路，做到睡覺的時候也能自行運轉。』

陳平安疑惑道：「我怎麼知道睡了後有沒有運轉這十八停？」

阿良雙手環胸笑道：「行到水窮處，坐看雲起時。到時候你自然而然會知道答案。」

他一屁股坐在長椅上，只是剛坐下，臉色就有點不對勁。陳平安捣住額頭。

阿良不露聲色地抬起屁股，用手拍掉那些黏在屁股上的糖葫蘆，挪了個位置坐下，雙手攤放在欄杆上，重重呼出一口氣，終於第一次正視朱鹿：「妳和妳爹除了要把真武山那顆英雄膽和《紫氣書》一併還給我，還需要拿出那疊李家傳承下來的符籙。但是這些符籙只能救下一個人，朱鹿，我現在讓妳來選擇，是妳活著離開枕頭驛，還是妳爹？」

不等朱鹿說話，朱河已經沉聲道：「懇請阿良前輩讓朱鹿離開，我願意自盡謝罪，甚至不用髒了前輩的竹刀。」

阿良只是笑咪咪看著朱鹿，根本不理睬已經掏出丹藥和黃紙符籙的朱河：「朱鹿啊，妳希望誰能活下來？」

朱鹿已經哭成一個淚人，只是用手使勁捣住嘴巴，不敢哭出聲，另一隻手在身後攥緊，指甲刺破手心，滿手鮮血。

朱河在遠處廊道重重跪下，磕頭顫聲道：「阿良前輩！」

阿良望向陳平安，問道：「你覺得呢？要不然一起放了？你要是怕朱河報復，我可以廢掉他的武道修為，怕意外的話，我可以隨便打斷朱河的長生橋。嗯，朱鹿的也行。」

陳平安不去看朱河，只是看著朱鹿：「我說過，妳必須死。」

朱河猛然抬頭，怒吼道：「陳平安，朱鹿還是個孩子！」

一直心態相對平靜的陳平安在聽到這句話後，莫名其妙就氣得臉色發白。

他迅猛向前，就要一拳打爛朱鹿的胸膛。此時她氣機紊亂，比起尋常少女的孱弱體魄好不到哪裡去，只是不知為何，出拳之後，陳平安的拳頭不由自主就變成了巴掌，路線傾斜向上，一記耳光狠狠甩在朱鹿的臉頰上。

阿良再次按住少年的肩頭：「可以了。有些懲罰，比一死了之殘酷多了。」

陳平安坐回長椅，怔怔出神。之後阿良如何處置朱氏父女二人，他們如何離開的枕頭驛，以後去往何方見何人，他一概不知。

陳平安突然抬頭問道：「阿良，有沒有酒喝？」

阿良笑了：「酒有的是，我那只小葫蘆能裝下千斤酒，可是我必須告訴你一件事，一個人在傷心的時候千萬不要喝酒，容易變成酒鬼。快意的事情可以喝酒，說不定喝著喝著就成了酒仙。」

枕頭驛大門外，林守一獨自站在街道上。少年不知為何被阿良留在外頭，說讓他等一個人的出現，再由他自己決定是不是要跨過驛站的門檻。

哪怕百無聊賴，少年仍是站如山巔孤松，腰杆挺直。

借著枕頭驛門口懸掛的大紅燈籠，少年從懷中掏出那本道家典籍《雲上琅琅書》，開始瀏覽那些拗口難懂的文字，可謂佶屈聱牙，盲風澀雨。但是每當讀到會心處，或是悟出些許真意後，就猶如雨後天晴，撥開雲霧見青天，讓少年欣喜不已。可是身世坎坷造就出的冷漠少年，不願與人分享這份由衷的喜悅。

少年從不憚以最大惡意揣測這個世道的人和事。

遠處走來一個姿色平平的婦人，望著少年，目露驚豔，感慨道：「果真是個修道的好胚子。」

婦人走到距離少年七、八步外的地方，微笑道：「你好，林守一。之前在水邊我們已經見過面了，我在畫舫，你在岸上。我的真實身分，是大驪長春宮的太上長老。非是自誇，我確是市井百姓眼中的山上神仙，貨真價實，可一揮袖呼風喚雨，一跺腳地動山搖，尤其擅長一手五雷正法，覆掌鎮殺妖魔邪祟……」說到最後，婦人自顧自笑起來，揮揮手，「不行不行，這套措辭實在是太讓人難堪了，下次得讓人換些素淡的。」

林守一卻點頭道：「我相信妳。」

婦人笑道：「雖然不知你爹在那封家書上是如何跟你說的，更不清楚那個阿良的想法，但是他既然明知道我尾隨你們，還把你留在驛站之外，那麼我覺得可以試試看能否說服你隨我一起返回大驪京城，與你父母道別之後，再跟我去長春宮修行道法。」

林守一臉色淡漠道：「我爹要我乖乖留在紅燭鎮，然後會有高人接我去大驪京城。要不然我不明不白死在外頭，他不會幫我收屍，因為一個死人是不值那些路費的。我爹提了一句，如今大驪京城物價很高，家裡開銷很大。」

婦人嘆了口氣：「你爹說話是難聽了點，可這難道不是大實話嗎？」

林守一嘴角滿是譏諷之意。

婦人猶豫了一下，向少年伸出手，神色莊重肅穆：「雖然你會覺得太過兒戲，不夠玄之又玄，少了許多跌宕起伏的機鋒和考驗，可我還是想告訴你，林守一，向前走出一步，你就走上長生橋了。」

林守一收起那本道書放回懷中，搖頭道：「感謝仙長好意。生在什麼門戶，姓什麼，全由不得我。可該走什麼路，我心裡有數。」

「可惜了。」婦人唯有嘆息一聲，並未強人所難，「林守一，那就有緣再會，希望到時候你不會後悔。」

林守一作揖行禮，一板一眼：「恭送仙長。」

婦人一閃而逝。

驛館廊道，陳平安和阿良此刻一人一邊，對坐在廊道長椅上。

陳平安輕聲問道：「阿良，你是不是要走了？」

阿良點點頭，提起小葫蘆喝了口酒，一看就知道是想到了什麼傷心事。所以之前口口聲聲說的「傷心之時不喝酒」，純粹就是這斗笠漢子的客套話。

阿良怔怔望著對面的少年，看著他那雙乾淨的眼眸，就好像很多很多年前看到的那雙眼眸……

『阿良，我想好了，讀書沒用，煩得很！我齊靜春要跟你去闖蕩江湖，我要快意恩仇，喝最烈的酒，用最快的劍，騎最好的馬。嗯，我錢都備好了，十幾兩銀子呢！不夠的話，我可以回去跟先生再借一些。先生通情達理得很，跟我說真不想讀書的話，也可以出去走走，千萬里的大好河山，都是學問。』

被人揍得鼻青臉腫的青衫讀書郎，眼神清澈而堅定。

書院大門處，有個老秀才躲躲藏藏不敢見人，只露出一顆腦袋，朝阿良使勁使眼色，見阿良不搭理自己，就乾脆橫移幾步，走到門檻邊，捲起袖管，擺出你敢拐騙我學生我就跟你拚老命的架勢。

『去去去，毛都沒長齊，淨說些大話。等哪天你毛長齊了，我再帶你去見識外邊的花花世界。』

『阿良，一言為定啊，我等你。』

最後，阿良背對著少年，一手握住劍柄，吊兒郎當地敲打肩頭；一手揚臂，握緊拳頭，與那少年告別。

游俠兒阿良，與憧憬江湖的少年郎齊靜春揮手告別。

最後，阿良轉過頭，看到那個老頭子已經牽起少年的手，邊聊天邊走回書院。

『靜春，先前忘了問，到底是誰打你的啊？』

『那個姓左的。』

『啊？他啊，下手這麼沒輕沒重啊，我回頭就去說他，君子動口不動手嘛。不過為什麼要打架啊，是不是他講道理講不過你，惱羞成怒？』

『不是。』

『嗯？』

『他辯論輸了之後，倒也願意認輸，可他故意說我讀書再多，這輩子學問也沒希望超越先生您。我覺得這怎麼可能嘛，先生您學問雖大，可如今一翻書就犯睏，經常看著看著就打盹。我年紀還小，總有一天，我看的書會比先生您看的多得多。可他還在那裡念叨，說我有本事明天學問就大過先生您，我氣不過，就率先動手了。打不過他，我也認了，之前找到先生我就沒告狀，對吧，讀書人這點骨氣當然要有。先生您在這方面就不太好，跟人吵架贏了、打架輸了，就只說自己學究天人，說那場辯論如何前無古人、後無來者；若是跟人吵架輸了、打架贏了，便只說打架打得如何驚天地、泣鬼神……先生、先生，您擰我耳朵作甚？哎哎哎……君子動口不動手啊。』

『什麼君子！先生我是聖人！』

看到這一幕的阿良，終於瀟灑轉身離去。

經此一別，竟是再無重逢。

在那段漫長的崢嶸歲月裡，聽到的那些個從倒懸山遙遙傳來的小道消息，就沒一個是喜訊，全他娘的是噩耗。那時候，阿良會坐在那座長城上，一口一口喝著酒，後悔當年沒帶上那個少年，會埋怨那個老頭子連自己的得意弟子也照顧不好。

此時，看著對面的陳平安，阿良突然笑了：「曾經，我和一個跟你差不多大的少年說過一句話。我跟他說：『相信我，你讀書比練劍更有出息。』現在我覺得應該對你也說一句：『相信我，你練劍比練拳更有出息。』」

斗笠下，阿良那張臉龐笑得眉眼都擠在了一起，可陳平安仍然認為他是在傷心。

陳平安從來沒有見過這麼傷心的阿良。

阿良不再喝酒，繫好銀白色小葫蘆，不過仍是蹺著二郎腿，那柄魏檗新打造的竹刀就橫放在他的膝蓋上。他雙手輕輕拍打刀柄和刀鞘頂部，一上一下，說道：「一路走來，我其實一直在試探你，很多次了。你的選擇，會決定我護送你到哪裡。簡單來說，就是我能陪你走多少路，取決於你能跨過多少個坎。」

陳平安點頭道：「到後邊我也琢磨出一點意思了，但只是覺得阿良你肚子裡憋了很多想法，具體想什麼，我一直沒想明白。」

阿良對此並不覺得意外，開誠布公道：「第一次是在龍鬚溪邊上，如果那次你讓我覺得你是個不諳世事的小屁孩，是個靠著一腔熱血意氣用事的濫好人，我可能只會留給你一頭驢子，拍拍屁股就走了，至於你能不能熬到風雪廟魏晉出關，關我屁事，反正早死晚死都是死，浪費我感情。」

阿良一邊回憶細節，一邊娓娓道來，聽得陳平安目瞪口呆，完全沒有想到阿良的心思如此細膩，更無法想像在自己的人生當中，曾經出現過那麼多個稀奇古怪的考題。

「倒數第三次，是棋墩山石坪一戰。如果不是我故意引誘，魏檗和兩條蛇蟒不會那麼莽撞行事。倒數第二次，是引誘你返回竹林多砍幾棵竹子。這一次，如果不出意外，是最後一次了。原本還想護送你們到野夫關再離開，現在有些意外狀況，不得不提前離開了。有些考驗，是刻意為之；有些試探，則是順勢而為。在這期間，你做的有些事情讓我很不以為然，迂腐得很；有些事情，又做得讓我覺得很痛快。這才是對的，這不是齊靜春、崔瀺他們讀書人的科舉制藝，首重真實。我做了這些，然後冷眼旁觀你的一言一行，跟某些宗門老神仙收取關門弟子是一個路數，重心性，輕天賦。

是不是覺得我阿良是吃飽了撐的，或是人心鬼蜮，一肚子壞水？呵呵，我哪有那份閒心啊，我阿良這麼大的一個人物，很忙的好不好。」

陳平安把雙腿放到長椅上，懶洋洋盤腿而坐，雙手托著腮幫，問道：「阿良，是不是我跟齊先生認識的緣故，所以你才會對我這麼上心？」

阿良收斂玩笑神色，沉聲道：「修行路上，誘惑太多了。李槐的那本《斷水大崖》及林守一的修道天賦都可以用來賣錢，換成你陳平安的踏腳石。齊靜春的弟子，不該如此淒慘。尤其是李寶瓶，那麼好的一個小姑娘，我一想到她被自己信任的小師叔傷透了心，我阿良的心都快要碎了。」阿良才正經沒多久，很快就又露出狐狸尾巴，「唉，我們這些老男人啊，什麼家國破碎、山河陸沉，都扛得住、挑得起，唯獨最受不得這些小小的美好了。」

陳平安從身邊撿起一顆沒被阿良屁股坐過的糖葫蘆緩緩嚼著，含糊不清地問道：「阿良，你現在覺得我咋樣？你要是覺得我不行的話，不然你找朋友送寶瓶他們去大隋，可以嗎？我倒不是怕吃苦，這真不騙你，我就是怕齊先生失望，怕我護不住寶瓶他們的周全。」

阿良笑罵道：「你小子別想跑路，這門差事，還真的就是你最合適。齊靜春別的不行，眼光是真好，除非換成老頭子親自帶他們遊學才行……不說那老頭子了，膽小怕事的縮頭烏龜，摳摳搜搜的窮酸秀才，說起來就是一肚子火氣……」

阿良扶了扶斗笠，仰頭望去，嘖嘖道：「喲呵，這大驪皇帝倒也有趣，厲害厲害。趁著還有點時間，跟你聊一點最沒用的東西，順便解釋為何我願意把大把時間放在你小子身上。」他跟陳平安一樣盤腿而坐，橫刀在膝，「不管是習武還是鍊氣，修行路上，最忌諱拖泥帶水，所以順從本心、為人處世是一條捷徑，可難就難在多想了一個為什麼。

兵家修士是不會作『退一步想』的；世間武夫大抵難逃此窠臼，只覺得逆流而上就是勇往直前，拚的就是一個勇猛精進，獨步登天；道家喜歡捫心自問；佛家喜歡看前生來世；儒家喜歡講規矩、畫框架；墨家比較奇怪，喜歡兼濟天下，最講俠義，不太喜歡談長生；小說家眼高手低，希冀著自己搗鼓出一個紙上世界。人心此物，脆如琉璃，經不起推敲。齊靜春是既迂腐且自負的君子，不願試探，那就由我來替他做。

涉及文脈香火的傳承豈能兒戲？你陳平安若是個繡花枕頭或是個經不起誘惑的，到時候咋辦？齊靜春是死了，可我阿良還活著呢，到時候齊靜春眼不見、心不煩，我不得被噁心死？要知道，能吃苦耐勞與經得起誘惑是截然不同的兩回事。」

阿良嘆了口氣，道：「這大概算是皇帝不急太監急？」

陳平安一本正經道：「阿良你放心，我雖然喜歡錢，但我只喜歡我雙手掙來的錢，別人的錢財，哪怕掉在地上，我遇見了，也只會尋找失主，絕對不會放在自己兜裡。」

阿良笑道：「不能說你錯，但你若是真有急需急用，可以先用了，解燃眉之急，這筆帳記在心頭就行，以後有能力償還的時候，多償還一些便是，雙方皆大歡喜。這才是真正的好人，要不然你還真守著那點錢餓死自己？」

陳平安問道：「那如何判斷我是否急需？」

阿良指了指自己心口，再指了指自己腦袋：「這兩關都過去了，那筆錢就能用了。」

陳平安眼睛一亮，有所了悟，使勁點頭道：「阿良你雖然沒讀過書，但到底是走過很多路的人。你這麼一說，我就想通了。」

阿良揉了揉鼻梁：「怎麼感覺比李槐的馬屁還不如。」他靠著圍欄，望向廊道外的清朗月夜感慨，「知道嗎？你那種迂腐，其實換成齊靜春他們讀書人的說法，叫正直。對，是真的正直，心與行相合，正人君子的正，直道而行的直。」

阿良大笑起來，指著一臉懵懂的少年：「哈哈，你小子自己是曉得這些的，泥腿子，小財迷，吝嗇鬼。但偏偏是這樣，你很像很像老頭子年輕的時候。其實齊靜春跟你這麼大的時候，脾氣差得很，反而是公認大器晚成的老頭子跟你一樣，從小就心思重，脾氣也好，跟泥捏的菩薩差不多，天生就是坐在神壇上的……」阿良本來越說嗓音越低，只是說到這又驟然拔高，「當然了，我阿良是隨心所欲慣了的，不是很喜歡你這種風格，當年就是因為這種感覺，讓我拒絕了那個少年的請求。我經常會想，如果當初帶著他一起走走江湖，會不會比現在更好一些。」斗笠漢子咧咧嘴，「所以這趟來大驪，我想跟有些人嘮嘮嗑。我想告訴他們，齊靜春不在乎的事情，有人在乎。」

阿良莫名其妙地伸手隨意一彈指，觀水街那條小巷的書鋪裡，李錦的額頭如遭重錘撞擊，整個人倒飛出去，直接破牆而出，跌入隔壁店鋪，把那個站在櫃檯後頭打盹的店夥計給嚇得噤若寒蟬。

阿良嘀嘀咕咕道：「神仙打架，看戲就好。小小錦鯉，真以為什麼大江大浪都見識過了？我阿良見過的大江大河比李槐吃過的米粒還多，真以為這句話是吹牛？我阿良這輩子就不知道吹牛是什麼。」他繼而向身側凌空一抓，遠處院牆邊一條青色游魚模樣的袖珍精魅如上鉤之魚拚命掙扎。

阿良手掌往回一扯，這尾青冥魚便被他拘束在掌心大小的方寸之地。更加出奇之處，在於斬斷牠與主人的神意牽連後，本該奄奄一息的靈物反而比先前更加靈氣充沛，悠然自得，扭尾游弋。

阿良解釋道：「回頭讓李槐豢養在那本《斷水大崖》當中……咦，怎麼感覺這個小王八蛋每天都有狗屎運？李槐在小鎮是不是天天踩到狗屎，從不擦鞋底板？」

遠處有個稚嫩嗓音響起：「阿良你才天天踩狗屎！」

陳平安望向阿良，後者低聲笑道：「沒事，三個傢伙都是先後趕來這裡沒多久，不知道朱河、朱鹿的事情，關於他們的『不告而別』，回頭你自己找個藉口對付過去就行了。」

阿良招手道：「別偷聽了，來來來，分贓了分贓了。」

李寶瓶、李槐和林守一先後來到廊道。李寶瓶坐在陳平安右手邊，林守一則默默坐在阿良身邊。李槐坐在陳平安左邊，結果跟阿良的遭遇如出一轍，罵罵咧咧摘下屁股上的東西，一看是糖葫蘆，又立即眉開眼笑，二話不說就丟進嘴裡。

阿良轉身交給林守一那一摞黃紙符籙：「好好研究，不要輕易浪費了。齊靜春說過，你們小鎮的福祿街和桃葉巷大有玄機，至今還隱藏著一樁不小的機緣。」他拍了拍冷峻少年的肩膀，「不管怎麼說，你林守一如今是所有人當中第一個名副其實的修行中人了，要更加珍惜自己的前程。」

林守一點點頭，鄭重地收起那疊符籙，與《雲上琅琅書》一樣藏在懷中。

阿良轉頭望向賊頭賊腦的李槐，沒好氣道：「你那本破爛書呢？拿出來。」

李槐怒罵道：「你惦記它幹嘛？除非你先給我十兩銀子！」

阿良打了個響指，那條原本隱匿蹤跡的青冥魚浮現在幾人眼前。除去陳平安，其餘三個孩子都瞪大了眼睛。

阿良一臉嫌棄地道：「拿出那本破書，隨便翻開一頁，將這條魚夾在其中就可以了。至於如何飼養，自己琢磨去，老子不伺候。」

李槐蹦跳起身，掏出那本《斷水大崖》，攤開之後，腳步飛快地追上那條青冥魚，之後猛然合上書本，書頁之間隱約傳來細微的哀鳴之聲。

阿良揉了揉額頭：「剩下那頭毛驢，誰要？」

李槐立即舉起手：「我我我！能賣了換錢不？或者餓慘了，能不能殺了燉肉？」

阿良不想說話。

李槐突然放低嗓音，怯生生問道：「阿良，你該不會是要死了，在跟我們交代遺言吧？」

阿良翻白眼道：「滾你娘的，有多遠滾多遠。」

李槐嘆了口氣，重新坐在陳平安身邊：「我爹娘還有我姐，如今離這裡已經夠遠了。所以阿良，你別走好不好？以後我不罵你就是了。」

阿良欲言又止，摘下銀白色的酒葫蘆拋給李寶瓶：「接住嘍，這只小葫蘆是世間最好的養劍葫之一，尋常養劍葫根本無法媲美。」

之後阿良便站起身，伸了個懶腰：「無事一身輕啊。」他低頭看了眼綠色竹刀，抬起頭笑問，「小寶瓶，能不能跟妳借用一下那把狹刀祥符？」

李槐靈光一現：「阿良，是不是要幹架？我幫你……」

阿良向他投去懷疑和詢問的目光，他乾笑道：「幫你搖旗吶喊！」

李寶瓶車軲轆似的飛奔，很快就一個來回，雙手把狹刀遞給阿良。

阿良懸佩好那柄名為祥符的名刀。

不知何時，陳平安、李寶瓶、李槐、林守一，四人並排站在了他的對面。

阿良伸出兩根手指，拈住斗笠邊沿，大笑道：「以前跟你們說我阿良有多強，劍術有多高，你們總是不信，還嫌棄我吹牛。你們啊，真是太年少無知了，我是怕嚇到你們，還故意挑一些芝麻綠豆大的事情，比如什麼出劍快到潑水不進的，講給你們聽。」而後阿良又望向暗處，吩咐道：「護住他們。」

暗處有人點點頭。

接著，這個初次相逢便頭戴斗笠的漢子終於第一次摘下斗笠，隨手扔掉，只是不等墜地，斗笠便化作齏粉，煙消雲散。

與此同時，以懸佩雙刀的男人為中心，方圓千里之內，地牛翻身一般，轟然震動。

阿良下意識去扶斗笠，才意識到已無斗笠了，便撓撓頭，咳嗽一聲，笑道：「我叫阿良，善良的良。」

第二章　強者阿良

提著燈籠的老人——那位禮部祠祭清吏司的郎中大人揀選僻靜街道，最後來到紅燭鎮城隍閣。一腳跨過門檻之前，老人手中燈籠率先進入門內時，如同穿過一陣水紋漣漪——用以隔絕陰陽、井水不犯河水的漣漪轉瞬即逝，只是老人的大紅燈籠內出現了一縷縷四處飛掠撞壁的流螢，流光溢彩。

這盞燈籠，有人以朱筆寫就了四個古樸小字：魂去來兮。

這座與縣衙分掌陰陽庶務的城隍閣內，一個面如紅棗的儒衫老者向來人作揖，朗聲道：「紅燭鎮城隍，拜見郎中大人。」

這位城隍爺身後還站著兩人，分別是手捧玉笏的文官及披甲佩劍、肩上蹲著一隻狸貓的武將，俱是可以劃入陰物範疇的神祇英靈。這三人的身姿容貌與此處城隍爺的泥塑神像以及文昌閣、武聖廟供奉的文武兩個神像一模一樣。

燈籠老人點頭還禮，臉色凝重道：「想必你們三位已經收到朝廷密令，方圓千里之內，大大小小的山水正神、土地、河婆以及城隍閣和文武兩廟供奉的神祇，都要截殺一個名叫阿良的佩刀男子。如果有任何人膽敢畏敵不前，或是故意隱藏實力，事後一律打碎金身，水神碎片埋於山根、山神碎片沉入江底，你們一閣兩廟出身的也差不多是這個下場，到時候要全部從地方縣誌除名。」他露出一絲笑容，緩和一下氣氛，「不是要你們爭相赴死，只是全力攔阻而已。陛下親自運籌帷幄，所以也是各位建功立業的大好時機。如今我大驪鐵騎的南下腳步勢不可當，一旦版圖擴張，亡國的疆土上，便會空出許多更好、更高的位置來，對於你們來說意味著什麼，你們久居神位，想來都明白。」

三位地方神靈分別慷慨出聲：

「屬下絕不敢敷衍了事！」

「定當全力以赴！」

「生前就已為大驪戰死過一次，如今得享香火數百年，自當拚了金身碎裂，也要讓那狗膽惡獠授首於此！」

燈籠老人欣慰點頭：「南邊的大好河山，大驪以後肯定需要仰仗各位幫著坐鎮山河氣運。總之，我們勠力同心，共襄盛舉。」

稍稍靠近紅燭鎮的玉液江神祠內，曾經和燈籠老人一起出現在觀水街的魁梧漢子，其真實身分是兵部武選司郎中。可以說，這個壯漢掌管著大驪王朝大部分江湖人士的生殺大權，只不過比起跟神仙中人笑談長生事的禮部祠祭清吏司，兵部武選司被形容成是跟泥塘裡的雜魚王八打交道的衙門。

江神祠內，站著兩位氣勢不俗的江水正神，一位手持黑黝黝鐵槍，時不時有金色銘文閃爍亮起；一位青蛇纏繞手臂，靈動青蛇間歇性張開小嘴，吐出一口口雪白色的氣息。

魁梧漢子沉聲道：「一旦收網，那刀客多半是要往南方逃竄，所以要你們在這邊碰頭，到時候我會第一個出手攔阻。死道友不死貧道的事情我倒是想做，可皇帝陛下說不定就盯著咱們呢，所以借給我十個膽子也不敢，希望你們兩位同樣不要讓皇帝陛下失望。」

魁梧漢子說完話便大踏步走出江神祠，面向北方的紅燭鎮，乾脆脫去上衣，露出一身雄健肌肉和猙獰的紋身——前胸是一條尋常草莽武夫絕對不敢紋的過肩龍，背部則紋有一頭出林虎。

月色之下，魁梧漢子雙臂環胸，不動如山，氣勢高漲。

通向枕頭驛大門的那條長街上，那名試圖勸說林守一隨她一起返回長春宮的婦人並沒有遠去，而是挑選了街旁一家酒肆落座。酒肆裡，年輕貌美的女掌櫃沽著酒，面不改色地與客人說著粗鄙不堪的葷腥笑話，她那個畏畏縮縮的丈夫只是埋頭做事。

這位長春宮的太上長老身邊坐著當初畫舫上划船的少女，她是世代賤籍的船家女出身，只是這次得到天大福緣，被身邊這個師父相中，要被帶去長春宮修行傳說中的仙術。按照這個天上掉下來的師父的說法，少女天賦不錯，估計是世代依水而居的關係，又與沖澹江孽緣糾纏，故而天生親水，屬於有望躋身中五境的不俗資質。

少女不知道什麼叫中五境，此時此刻，正學她師父小口喝著烈酒，不是因為怕醉，而是師父身上那種渾然天成的氣度，讓少女不由自主就想要去模仿。

少女輕聲問道：「師父，那少年為何不願隨我們去往長春宮啊？」

婦人淡然一笑：「倒也不能說他不知好歹，只能說緣分未到吧。修行當然是在修力，這就像是建造房子，需要夯實地基，可是最終高度有多高，仍是看修心修到了什麼地步。那個林守一，心性堅定，是個天生修道的好胚子，哪怕不入我長春宮，一樣可以走得很遠。所以妳要努力，才有機會在下一次重逢之時，不用再覺得自慚形穢。」

少女「嗯」了一聲，低頭喝了口酒。

不得不說，這位彷彿青春永駐的婦人，氣度、胸襟相當不錯。

正在此時，紅燭鎮突然開始震動。好在雖然氣勢很大，但沒有什麼實際影響，只是岸上桌椅搖動、河中畫舫晃蕩而已。

婦人臉色微變：「果然是上五境的鍊氣士。」她心情沉重，輕聲道，「只希望不要是傳說中的十二境，或是十一境的兵家鍊氣士。」

她對少女道：「等下我離開之後，不管發生什麼，不要驚慌，留在原地就是了。」

碰上他們這個境界的神仙打架，哪怕能預知災禍臨頭，也未必跑得掉。實在無法想像，如果天下沒有七十二座書院坐鎮一方，沒有三教之外最強勢的兵家修士依附王朝，沒有那麼多山水神祇幫著王朝君主盯梢、掣肘山上勢力，這個天下會亂到什麼地步。

阿良來到廊道外的空地，衣袖獵獵，雙手分別按住綠色竹刀和狹刀祥符，大口呼吸了一下。好像沒有了斗笠遮蔽天機，沒有了某種刻意為之的壓制，這個男人終於能夠舒展身姿，不用再束手束腳。

阿良似乎不太放心，望向某處，又叮囑道：「你雖是一尊修道有成的陰神，但是大驪如今國勢蒸蒸日上，每座雄關大城往往陽氣剛烈，先天克制你們這類鬼魅陰物。你可以先讓林守一嘗試著煉化那疊符籙裡的幾張純陽符作為你的通關文牒。」

廊道不遠處，在阿良出聲後，有一人緩緩浮現，出現在了陳平安四人的視野中。黑霧繚繞，一顆清晰可見的頭顱，其上五官分明，只一雙沒有瞳孔的雪白眼眸詭異瘆人，高大的身形隱隱約約、模模糊糊，如一條入雲蛟龍，見首不見尾。

這尊所謂的陰神點了點頭。

阿良笑道：「那我就把這些孩子交給你了，最少護送到大驪野夫關，之後就看他們自己的造化了。總這麼老母雞護崽子，終究不是個事。千人之諾諾，不如一士之諤諤，我相信你。」

那尊陰神用地地道道的小鎮方言沙啞開口問道：「前輩為何願意相信一個來歷不明的陰物？」

阿良樂了，直白道：「看你的面相啊，長得這麼不近人情，一看就是面冷心熱的。」

陰神猶豫了一下：「是因為像前輩嗎？」

阿良給這句話噎得不行：「你這個不人不鬼的王八蛋……說話挺逗啊。」

陰物咧咧嘴，不說話了。

李槐早已躲在李寶瓶身後，扯了扯她的袖子，膽戰心驚道：「寶瓶寶瓶，是鬼，真的是鬼！」

林守一滿臉好奇，但還是盡量克制，以免太過直接的打量眼神惹到那尊陰神。《雲上琅琅書》裡粗略介紹過，陰物成神亦有道，一是憑藉信徒的香火願力，二是寄生於兵家的膽魄之中，三是如鍊氣士修行。第三條道路最為崎嶇難行，但是一旦成勢，陰神魂魄也最為穩固，便是烈日曝曬、罡風吹拂、梵音沐浴等等，都能夠反過來成為砥礪自家修為的捷徑法門。

那尊陰神看了眼陳平安，然後望向躲在最後邊的膽小鬼李槐。

李槐哭喪著臉：「你別一個勁看我啊，看林守一，看陳平安，要不然看阿良也行。」

那尊一路尾隨卻將分寸拿捏得恰到好處的奇怪陰神緩緩散去身影，陰氣森森的廊道隨之恢復正常。

阿良舉目眺望了一眼北邊的遠方，沒有急於離去，嘿嘿笑道：「有點小意外，所以咱們還有點時間可以聊聊。大夥兒有什麼想說的話，趕緊的，麻溜的。阿諛奉承、溜鬚拍馬儘管來，以後再見面，就不知道是猴年馬月嘍。」

李寶瓶第一個開口：「阿良，如果刀壞了，就不用還我，因為我跟你是朋友！」

阿良開懷而笑，朝小姑娘伸出大拇指，道：「這話暖心窩，我喜歡！可是回頭肯定把祥符原封不動還妳，放心好了。」

林守一認真問道：「阿良，我以後的體魄淬鍊需不需要比純粹武夫或是鍊氣士當中的兵家修士更加堅韌？」

阿良搖頭沉聲道：「不用。有些人適合這麼做，比如我；有些就不適合，比如你。你林守一的修行之路只能在『精深』二字上下苦功夫，不可在『駁雜』二字上浪費氣力。」

阿良這番話說得很嚴肅認真，林守一輕輕點頭，示意自己明白了。

李槐嘀咕著「阿良你一天不吹牛就渾身不舒服」就要跑到阿良身邊說話，卻被神出鬼沒的那尊陰物用一隻手掌重重按在了肩膀上：「不要亂走，阿良前輩實在……太強大了，若非前輩故意為我們留出地盤，僅憑他一身凝如實質的氣勢，數丈之內就能夠讓我這等陰物形神俱滅。何況一場大戰在即，阿良前輩的心神已經遠在千萬里之外的北方，不好分心照顧我們這邊。」

李槐愣了愣，大概是這些話太過驚悚荒誕，使得他對身旁的陰物都沒那麼畏懼了：「你在開玩笑嗎，他是阿良啊，連我也能攆著他打。你該不會是欠了阿良很多銀子吧？」

這尊幾乎就要凝聚出一點金身苗頭的陰物笑容僵硬，對著這個口無遮攔的小王八蛋皮笑肉不笑道：「你能長這麼大，真不容易。」

阿良悠悠然收回些許心神，望向陳平安、李寶瓶、李槐、林守一，突然覺得這場甚至稱不上行走江湖的相逢，淨是一些狗屁倒灶、雞毛蒜皮的短暫相聚，臨了感覺還不錯。

這個已經盡力壓抑那股向外流瀉氣勢的男人笑道：「好了，差不多了。」

他磅礴的氣勢如瀑布直墜，根本無法完全掩蓋起來，之前專門找人特製那頂竹篾斗笠便是為了能夠鎮壓住這股洶湧澎湃的狂躁氣勢。

世間鍊氣士，只恨法寶器物增長修為不夠多，唯獨阿良不是這樣。

在劍氣長城，他可以無所顧忌，因為那裡自有沉積了萬年的劍氣、劍意幫忙壓下他身上這股凶悍至極的精神氣。

斬殺那名大妖後，先在城牆上刻下了一個字，再通過那座倒懸山來到這方天下，阿良便不得不戴著斗笠「低頭做人」，以免太過耀眼，被天外天的人上人俯瞰人間的時候一眼就捕捉到了動向。他不是怕打架，而是怕麻煩。

阿良這輩子就沒怕過打架。在那方無比蠻夷荒涼的天下，十八尊遠古大妖雄踞一方。阿良最喜歡做的事情，就是一人仗劍遠遊，深入腹地，與其中的十一尊面對面打生打死。最長的一場架打了整整兩個月，東西縱橫千萬里，打得最後劍氣長城不得不出動四位大劍仙連袂而去，配合阿良對付六尊大妖。

阿良豪邁地笑道：「你們四個一定要記住，每一個強者的自由都應該以弱者的自由作為邊界！真正的強者，他的對手，是天地間無形的規矩，是世俗力量的強大慣性，是人皆有生老病死的鐵律，是這些看不見的存在。從來沒有一個強者因為踐踏弱者而強大，必然是遇強則強，越挫越勇。」阿良伸出大拇指指向自己，「比如我阿良，打完大驪這撥，就要去別的地方，打遍那些個最強者。」

李寶瓶揚起拳頭，神采飛揚：「阿良，好樣的！」

李槐哭得一把鼻涕一把淚。

林守一滿臉漲紅，少年的人生終於有了追趕的目標和方向。

陳平安看著阿良，離別之際，竟是說不出話來。

阿良最後對他眨了眨眼：「小小年紀，心思這麼重可不好。陳平安，你是翩翩少年郎啊，來，給阿良大爺笑一個。」

陳平安擠出一個笑臉。

「要打就打大的，小魚小蝦沒意思。走了！」

大笑聲中，阿良身形剎那間拔地而起，天空之中響起一陣陣轟隆隆的炸雷聲響。

雷聲響起一次，高空就隨之出現一團巨大的雲霧。

整座紅燭鎮轟然巨震，揚起一陣遮天蔽日的塵土。

那尊陰神眼神恍惚，站在廊道的頂端，仰頭望向那些奇異的景象，喃喃道：「實在太強了，不講道理的強啊……」

大驪京城，一個身穿明黃色袞服的中年男子在司禮監兩大貂寺屏氣凝神的領路下，來到一座祭祀社稷的高臺。高臺底下站著一名身材高大的白袍男子，正是從驪珠洞天趕赴京城的大驪軍神——藩王宋長鏡。

桀驁不馴如宋長鏡此時微微低頭，抱拳道：「陛下。」

大驪皇帝見到宋長鏡後，笑著伸手在他肩頭拍了兩下，欣慰道：「第十境了啊，不錯不錯，不愧是我的弟弟。啥時候躋身第十一境？到時候我親自給你放爆竹慶祝慶祝，你要是覺得場面不夠大，我可以下旨讓朝野上下一起放爆竹。嗯，如此一來，我可以先偷偷囤積爆竹材料……」

宋長鏡看著眼前這位神遊萬里的大驪皇帝陛下，有些無奈，換了一個稱呼：「皇兄，是不是可以做正事了？忙完正事，咱們再閒聊？」

大驪皇帝笑著點頭：「哦、對，正事要緊，賺錢可以靠後。」

他撂下宋長鏡獨自走向高臺，拾級而上，突然轉頭笑問道：「要不要一起？」

宋長鏡沒好氣道：「不耐煩跟那兩個怪脾氣老頭相處，怕一言不合就打起來。」

大驪皇帝哈哈大笑，一邊繼續登高，同時扭頭打趣道：「說好了，小打小鬧我肯定幫你，真要跟他們搏命，我可不幫你。」

宋長鏡收斂笑意，正色問道：「皇兄，這次一定要鬧這麼大？如果我更早一點知道，那人根本就不是風雪廟魏晉，而極有可能是一個十一境甚至是十二境的危險傢伙，我一定會阻攔你擺出這麼大的陣仗。」

大驪皇帝已經轉過身去，淡然道：「我大驪需要告訴整個東寶瓶洲，十三境之下，皆可殺。」說完這句話，他踩上最高一級臺階，一步跨入高臺，身形隨即消失不見。

一棟高達十數丈的突兀高樓出現在大驪皇帝眼前，此樓不是京城隨處可見的木製建築，而是由不計其數的白玉雕砌而成，底層梁上懸掛匾額，上書「白玉京」三個金色大字。

高樓大門自行緩緩開啟，大驪皇帝走入，只見一柄雪白電光瘋狂縈繞的大劍懸浮其中，整棟樓層皆是絲絲縷縷的遊走電光。皇帝無視那些孕育著凌厲劍意的電光，大踏步往樓梯行去，電光如廟堂群臣遇見一朝首輔般紛紛退避。

二樓亦是相似場景，樓內如溪澗綠水緩緩流淌，唯有一柄飛劍懸停中央，通體呈現出晶瑩剔透的幽綠顏色，只是相較於一樓飛劍寬闊的劍身，此飛劍劍身纖細如初春柳葉。

三樓既無氣勢驚人的飛劍懸停，也無光怪陸離的養劍環境，可是之前一步不停的大驪皇帝卻在這一樓稍作停留，眯眼仔細環顧一周，低聲笑著說了句「找到你了」，便走到不遠處的牆壁下，身體微微前傾，視線之中出現一柄繡花針似的袖珍飛劍，可如此之小的飛劍竟然還配有灰白劍鞘，銘刻有「砥柱」二字——這把不起眼的小玩意兒，倒是有一個大氣誇張的名字。

四樓是一把劍身布滿符籙篆文的古樸長劍。

五樓是一把大到匪夷所思的劍，與大驪男子等高，刻有「鎮嶽」二字。

大驪皇帝依次登樓，最後來到十樓才停步，樓內站著一老兩小。

老人面目黧黑，肌膚皺起，身材高大，穿一襲白衣，頭戴高冠，一雙深沉眼眸之中不斷有旁人肉眼可見的紫氣快速流轉。

老人身邊一雙少年、少女竟是驪珠洞天那座小鎮的泥瓶巷主僕：宋集薪和婢女稚圭。宋集薪錦衣玉帶，已是大驪頭等風流的少年郎了，唯一美中不足的是肩頭趴著一條土黃色的四腳蛇。好在細看之下，蛇的額頭隆起，崢嶸初露。

稚圭好像比在泥瓶巷的時候個子長高了寸餘，容顏更勝一籌，整個人光彩四射，給人一種久旱逢甘霖的玄妙感覺。

老人此時正站在十樓窗戶位置，伸手指向大驪京城某處，為宋集薪授業解惑。發現大驪皇帝的到來，不過是點頭致意而已。大驪皇帝對此全然不以為意，走到宋集薪身邊，想要摸一摸他的腦袋，宋集薪卻不露聲色地側過身，躲過了那隻手掌。

大驪皇帝臉色如常，收回手後，笑問道：「宋睦，你跟隨陸先生學習望氣之術已經有一段時間了，可曾發現咱們大驪京城山河大陣的陣眼所在？」

宋集薪臉色冷漠，生硬語氣裡透著一股疏離隔閡：「尚未發現。」

陸先生笑道：「堪輿一途，哪有這麼簡單。不過宋睦已經算是出類拔萃了，絲毫不遜色於其他大洲的年輕俊彥。關鍵是宋睦後勁很足，因為精通術算和推衍，學什麼都事半功倍。樓上欒長野何等眼界，依然對宋睦不吝美言，稱讚為『瑚璉也』。」

大驪皇帝哈哈大笑：「我的兒子嘛。」

稚圭悄悄後退幾步，皺了皺鼻子，嗅了嗅。

大驪皇帝轉頭笑罵道：「妳這小毛賊，真是不客氣。」

稚圭一臉茫然無辜，大驪皇帝伸手指了指她，打趣道：「有借有還，再借不難，可別只進不出，小心我把妳送回那口鎖龍井。再說了，離京城最近的仙家門派長春宮就有一口水井，到時候讓妳搬到那裡頭住去也未嘗不可。」

大驪皇帝不過說了一句玩笑話，卻讓稚圭臉色蒼白，趕緊微微張嘴，吐出一絲絲金黃之氣。這些宛如一條條金黃小蛇的縹緲氣息迅速依附在大驪皇帝袞服的團龍圖案之中，如魚得水，在絲線之中歡快遊走。那件龍袍隨之微微顫抖，泛起一陣陣光彩，龍袍下擺處的海水江崖當真激起了些許水花。

大驪皇帝哈哈笑道：「膽子這麼小，為何當初還敢一次次跟齊先生發脾氣？」

稚圭臉色黯然，挪步去往別的窗戶，視線一路南下，離開高樓，離開宮城，離開京城，試圖看到那遙遠的南方家鄉。

她不太喜歡這裡，這座名為升龍城的大驪京城。

大驪皇帝收斂笑意，問陸先生：「欒鉅子當真有把握將這白玉京建造出第十三樓？」

陸先生沉聲道：「若非如此，他欒長野來大驪做什麼？」

大驪皇帝點了點頭，雙手撐在窗臺上，望向繁榮興盛的京城，自嘲道：「那就好。我雖然是朝野公認的勤儉天子，還被東寶瓶洲那麼多君主私底下嘲笑為一個勤儉持家的婦人，可有些花錢的地方，我確是砸鍋賣鐵也願意出的。」

陸先生會心一笑，感慨道：「勤勤懇懇數百年，大驪宋氏經營驪珠洞天的收入，如今全部砸在這座白玉京裡，若是這還小氣的話，東寶瓶洲再找不出第二個大方的君主了。」

大驪皇帝問道：「雖然很不灑脫，但我仍然想最後跟陸先生確認一遍，只要是在東寶瓶洲觀湖書院以北地帶，針對一個膽敢與大驪敵對的十境修士，此樓只需祭出十劍即可。按此理，十一境修士需十一劍，那麼，如果十二劍全部飛掠出樓，一樣可以瞬間斬殺十二境修士於千萬里之外？」

陸先生豪氣干雲道：「小小東寶瓶洲而已，絕無意外！」隨後補充，「觀其氣象，加上各方諜報的匯總，那名用刀的斗笠漢子肯定是上五境的鍊氣士了，十一境的可能性居多，十二境也不是沒有可能。說到底還是距離太遠，那人又刻意隱藏氣機，無論是我的占星推算，還是掌上河山的遠觀神通，依然有些模糊。」

他輕輕隨意一揮袖，笑道：「但是事先說好，目前白玉京總計十二層樓，一樓一飛劍，雖然神通廣大，殺力無窮，足以震懾一洲鍊氣士，可每一次飛劍出樓皆是巨大的耗費，哪怕大驪剛剛吞併了富甲北方的盧氏王朝，一旦一次性全部祭出十二劍，二十年內，想要再來一次，仍是力所未逮，除非陛下願意承擔飛劍盡毀的代價。」

大驪皇帝點點頭，心中了然。

宋集薪突然開口問道：「當下欒鉅子尚未搭建出白玉京第十三樓，那名挑釁大驪的不速之客如果是十三境修士，那怎麼辦？」

大驪皇帝笑著不說話。

陸先生放聲大笑，柔聲解釋道：「十三境的鍊氣士？在天底下最大的那個洲——我陸某人的家鄉，亦是鳳毛麟角的存在，更何況……天機不可洩露，不說了、不說了。你只需知曉，便是十一境的風雪廟阮邛，已是足夠開宗立派的大人物了。『宗』一字，是極有分量的說法，唯有上五境修士坐鎮方可稱為某某宗，否則就算僭越禮制，儒教那幫最講規矩的老傢伙可是會氣得吹鬍子瞪眼的。」

大驪皇帝緩緩道：「阮邛雖然脾氣不太好，行事殺伐果斷，稍顯不近人情，已經惹來大驪本土仙家的許多非議，可此人性情很對我大驪的胃口，我自然願以禮相待。這樣的修士，我大驪不但來者不拒，我身為大驪國主，甚至願意與他們平起平坐。再說了，千金買馬骨的淺顯道理，只要是坐龍椅的人，都會懂。」

宋集薪猶不甘休，固執己見：「萬一是十三境的鍊氣士呢？」

陸先生笑著搖頭。上五境最頂層的兩大境界早已失傳，故而十三境就是天底下最大、最高的傳說了。不見於俗世王朝的任何典籍密檔，即便是「宗」字頭的山上仙家，對此也諱莫如深。他自己因為出身於世間最頂尖的千年門閥，是大洲的高門子弟，曾經又是被寄予厚望的修行俊彥，所以才能透過長輩們零零碎碎的言談，勉強拼湊出一些內幕，距離真相應該不會太偏、太遠。

上五境中的飛升境已是「天下」的巔峰，就像純粹武夫的第十境，是真正的止境了，前方再無有跡可循的道路可以行走。而且一旦躋身此境，就會被虛無縹緲的天道所察覺，被判定為竊取天地根基的大盜巨寇，為天地所不容，必須除之而後快，絕不留給此境修士立錐之地。因此這個境界的鍊氣士比起世人眼中的神仙聖人，比起那些十境修士更加隱世不出，否則就要被迫飛升。至於到底飛升去往何處，屆時肉身神魂如何安置，他也全不知情，只是私自猜測，興許和早已崩塌的神道有一定牽連。

大驪皇帝微微低頭，看著那張猶有稚氣的年輕臉龐，反問道：「萬一？」

宋集薪點頭：「對！」

大驪皇帝收回視線，笑道：「萬一真被你小子烏鴉嘴說中了，那也無所謂。」

宋集薪毫不掩飾地嗤笑出聲，對於父親的話，他一點也不當真。如今踏上修行之路，身邊兩位前輩本就是當世最頂尖的鍊氣士，自己也順風順水得到了白玉京的莫大機緣，所以越發清楚一位十三境的鍊氣士對於一國一宗的巨大威懾力。

大驪皇帝視線柔和，凝視著少年，輕聲道：「我大驪王朝，歷代皇帝，正是靠著這個萬一，才能從昔年盧氏王朝的附庸小國一步步走到今天，吞併了盧氏王朝不說，馬上就要以舉國之力攻伐大隋，勝算極大。再接下去，沒有了後顧之憂，就會真正南下，而且前期註定會是勢如破竹的大好局面。所以我對於『萬一』這個說法從不反感，我甚至一直告訴自己，真正有資格在後世史書上被譽為雄才偉略的帝王，就是能夠將那些有利於敵方的萬一一個一個打破碾碎。至少至少，也要能夠承受這種萬一。」他神色從容，「宋睦，這才是一方雄主、一國之君該有的氣度。」最後又笑，「這些道理，宋煜章應該早點教給你的，只不過他不敢罷了。」

宋集薪臉色陰沉。

大驪皇帝不理會他的那點小心結，抬頭望向天空：「天上白玉京，十二樓五城。真想知道天上那座真正的白玉京到底是怎麼個巍峨法。」

他彎曲手指，輕輕敲了一下宋集薪的腦袋，宋集薪躲避不及，有些憤懣。

大驪皇帝快意而笑，毫不忌諱還有兩個外人在場，直截了當說道：「你娘親看好你弟弟，不過我更看好你。虎毒尚且不食子，真是最毒婦人心。」他有些傷感，自言自語，「惡紫奪朱。」隨即又展顏一笑，「那位齊先生，是我有愧，是大驪對不住他。可你是他的弟子，就很好。」

宋集薪憋了半天，總算憋出一句題外話：「你身為大驪皇帝，為何不自稱寡人？」

大驪皇帝輕輕將手掌放在少年肩頭：「大驪被視為蠻夷之地近千年，我就是希望以此自省，讓自己不要忘記這份奇恥大辱！」

宋集薪愣了愣。

大驪皇帝收回手，忍俊不禁：「騙你的，我只是嫌棄『寡人』這個說法不吉利。」

陸先生驟然出聲：「來了！」

大驪皇帝問道：「面對圍剿，不是逃跑，而是殺向我們這裡？」

陸先生心神劇震，瞪大眼睛望向窗外南方，顫聲道：「十境，十一境，十二境！已經是十二境巔峰了！」

大驪皇帝神色平靜，吩咐宋集薪：「宋睦，該你出手了。」

宋集薪深吸一口氣，轉身面向南方站定，雙手掐訣，咬牙道：「我宋睦，奉大驪皇帝敕令，命你們十二位坐鎮山河氣運的正神，接劍！」

大驪京城風起雲湧，這棟高樓瞬間劍氣沖天。

一樓一劍率先破空而去，電光乍起，大驪京城內，無數人驚駭舉頭望向那條懸掛頭頂的電光。片刻之後是二樓、三樓飛劍，一直到第十二劍。

其中半數飛劍並非直直南下拒敵，而是選擇繞路向其餘三個方向，而且飛劍離開高樓之時就已變得無比巨大，離開京城之後更是再度暴漲。哪怕是那柄在樓內小如柳葉的小巧飛劍，在遠離大驪京城百里之後，也變成了一把長達十數丈的巨大飛劍。

以這棟仿造天上白玉京的十二層高樓作為起始之地，四面八方皆有神靈聽從敕令，露出一尊尊威嚴法身。其中在最南邊的大驪南嶽之巔，一尊高達百丈的金身正神屹立於山頂，高高舉起手臂，高聲大喝道：「南嶽奉旨領劍！」

大驪版圖各地，其餘十一尊顯露出巨大法相的山河正神紛紛接住離開高樓的飛劍，然後踏空而行，淩空一步就是數十里之遙。

無一例外，矛頭直指那道從南往北破空飛掠的長虹。

那尊南嶽正神的金身法相率先迎敵，砰然巨響後，法相與飛劍一併支離破碎。

京城內，白玉京頂樓傳來一聲驚嘆，充滿疑惑，以及無奈。

陸先生喃喃道：「不可能，不可能……」

宋集薪嘴角滲出血絲，大驪皇帝眉頭緊皺。

唯獨稚圭趴在窗臺上，沒心沒肺地四處張望。

第二尊金身神祇如出一轍，轟然炸碎。

每隔一段時間，就傳出一聲響徹大驪疆域的雷響。

宋集薪已是七竅流血的慘澹光景，面容猙獰，但仍在強自堅定心神不動搖。

當第六聲響起時，頂樓的欒長野苦笑道：「怕了你了。老夫給你讓路還不成嗎？」其餘六尊原本從北到南一線排開的金身法相開始各自左右偏移，讓出正中間的那條道路。

似乎覺得有些意猶未盡，那抹白虹微微凝滯些許，不過很快打消了找那些神祇麻煩的念頭，繼續筆直向前。

最終，這道身影一頭撞入大驪京城，落在那座隱藏有白玉京的高臺下方。

宋長鏡的額頭上早已滲出汗水，但仍然站在從天而降的男人之前，攔住去路。不過他很快又露出笑容，只覺得若是能與此人酣暢一戰，雖死無憾，不枉此生！

廣場上，一個相貌平平的男人站在那裡，滑稽的是，此人小腿上還綁著便於行走山路的纏腳，手裡拎著把破碎的綠色竹刀。這漢子轉頭看了眼京城城頭，有些納悶地「咦」了一聲，這才轉頭望向那個十境武夫，微微點頭，流露出一點讚許之意，最後抬起視線，望向暗藏玄機的高臺之頂。

他丟了那把竹刀，輕輕一跺腳，高樓白玉京頓時被迫顯現出真容。

他拔出腰間另外一把狹刀祥符，隨意抬臂舉起，刀尖指向高樓，高聲道：「裡頭五個，哪個是大驪皇帝？我趕時間，趕緊自己出來磕頭認錯！我數十聲，十！一！」

直接從十跳到一，阿良對著那座高臺和高樓猛然間一刀劈下。

兩者之間出現了一條極其細微的金色絲線，如一線潮向前迅猛推進。

宋長鏡不退反進，大步向前，氣勢瞬間攀升到武道之巔，怒喝一聲，雙臂交錯格擋在身前，腳底地面被他重重踩踏之後，崩裂出一張巨大的蛛網。

於生死之間砥礪武道，這絕不是一句空話。宋長鏡當初以大驪皇子身分毅然投身軍伍，戎馬生涯二十餘年，大大小小的勝仗敗仗、苦戰死戰不計其數，最終能夠從整個東寶瓶洲的武夫當中脫穎而出，就是這一次迎難而上的底氣。

那條金線觸及宋長鏡的胳膊，所著白袍的袖子瞬間被劃破，如鐵線切割白嫩豆腐一般輕而易舉。要知道，宋長鏡身上這一襲袍子可是大驪仙家首屈一指的道家法寶，名為「流水袍」，曾是一位上五境陸地神仙的珍貴遺物，號稱能夠抵擋住上五境修士之下的所有術法神通，可是對上那條罡氣凝聚成實質的金色絲線後，竟是如此脆弱不堪。

雖然沒了外物的倚仗，可宋長鏡仍是執意不退。他想要試一試，自己這副傳說中可以媲美金身羅漢的武夫體魄，到底能不能擋得住這一記貨真價實的神仙刀。

答案很快就水落石出——能，但只能支撐一眨眼的工夫。

宋長鏡仍是不願就此退去，一聲怒喝，滿臉煥發出異樣的金色光彩，體內氣機流轉，從之前的洪水滾滾、氣勢洶湧，變成了一瞬間水面冰凍的大千氣象。

宋長鏡的修長身形連退數丈，雙臂皮肉已經被割出一條細小的溝壑，卻不見絲毫鮮血。與此同時，那條勢不可當的金色絲線即將刻入他的骨頭。

「讓開！」

一尊高達數丈、身披青甲的道家符籙將宋長鏡撞飛出去數步。

銘刻有無數道家金字元籙雲紋的符甲武將渾身寶光流轉，雙手死死攥緊那根與它雄壯身軀不成正比的金色絲線。

一退再退，最終這尊道家大宗精心造就的山字訣符將整個身軀被一切為二，只是略顯暗淡幾分的金色絲線依舊向高樓白玉京推進。

符將被分屍之後轟然倒塌，但是它身後又出現了一個身穿樸素麻衣的老人。

老人伸出一隻手掌，擋在那一線之前。

他一身遲暮腐朽之氣，卻分明面若稚童，給人的感覺古怪至極。

老人滿臉苦笑，以別洲雅言沙啞問道：「阿良，能否就此收手？」

阿良皺眉道：「欒長野？你不是因為爭奪鉅子候補之位失敗，被流放到北邊去了嗎？」

欒長野一邊抵擋住那條金色絲線，手心已經滲出血絲，一邊無奈道：「一言難盡。」

阿良恍然道：「我就奇怪東寶瓶洲怎麼有人能建造出這麼一個拙劣的小號白玉京，原來是你啊。」

欒長野猶豫了一下，低聲道：「我曾向齊先生請教過建造此樓的問題。」

阿良斜瞥了蠢蠢欲動的宋長鏡一眼，後者一番天人交戰，最終還是選擇放棄了再戰的念頭。

阿良望向欒長野這個墨家的熟人，手腕輕抖，手中狹刀祥符微微搖晃，顯得尤為慵懶輕敵。事實上，先前一刀劈下之後，他若是執意痛打落水狗，宋長鏡會死，欒長野擋不住，這座白玉京註定要倒塌，大驪國勢至少會後退四、五十年。也就是說，齊靜春當年建造山崖書院為大驪國運帶來的裨益，阿良會全部收回來，無非是再加一刀劈砍的事情而已。

諸子百家當中，墨家勢力不小，分為三支脈，其中一支幾乎全是遊走四方的豪俠，多是鍊氣士當中的劍修，而阿良多年遊蕩江湖，是一個名震數個大洲的游俠。準確說來，阿良與這個欒長野有過一面之緣，但跟此人不熟，而曾經距離墨家鉅子只差兩步的欒長野，對阿良那是真正欽佩敬畏的。

可是欒長野這句跟齊靜春有關的話讓阿良有些氣不打一處來，再次提起祥符，刀尖指向那個被墨家除名的老人，笑道：「齊靜春人都死了，還能拿來當你們大驪和這棟白玉京的護身符？你欒長野啥時候臉皮比我阿良還厚了？」

欒長野的臉龐泛起一絲促狹笑意，使勁搖頭道：「跟阿良前輩沒法比。齊先生說起阿良前輩，也是阿良前輩您此時的表情。」

前邊那句話，阿良將信將疑；後邊這句，阿良相信。他仰頭看了眼天空，緩緩收起祥符，瞪了欒長野一眼：「別以為你這緩兵之計我看不穿。」

當阿良收起祥符之後，大驪皇帝才在陸先生的護送下出現在欒長野身旁，宋集薪也緊隨其後。

大驪皇帝想要上前，被陸先生一把抓住袖子，輕聲道：「不可唐突。」

大驪皇帝笑著搖搖頭，掙脫開陸先生的手掌，繼續向前，走出十數步，抱拳道：「大驪宋正醇，見過阿良前輩。」

阿良瞇起眼，猛然間握住刀柄。

一瞬間，所有人都心生絕望，宋正醇更是笑著閉上眼睛，坦然赴死。

阿良身後有人苦苦哀求道：「阿良！不可以殺他！」

阿良沒有轉身，怒意更甚：「你這個不爭氣的王八蛋玩意兒！從小就喜歡跟齊靜春爭這爭那，爭不過就爭不過，有什麼好丟人的，為什麼要玩弄這些上不了檯面的伎倆，真當我阿良會念那點舊情，不敢把你活活打死？」

阿良身後站著一個身材修長卻臉頰凹陷的憔悴老人，青衫佩玉，氣質極好，如同一位教化百姓的儒家聖人。

老人神色複雜，輕聲道：「阿良，齊靜春後半生的心血都在大驪啊。」

阿良轉過頭，臉色陰沉：「放你個屁！崔瀺，山崖書院都沒了，你還有臉跟我說這個？」

崔瀺眼神堅定：「我說的是事實。齊靜春是真的希望大驪能夠走出一條不一樣的路，哪怕到最後只有失望。但是不管如何，阿良你不能否認，他選中的人，正是如今我們大驪龍泉的孩子！阿良，是你當年親口說，我崔瀺可以走自己的路的。」

阿良嗤笑道：「跟你這種鑽牛角尖的聰明人講道理，我還不如去跟李槐那個小王八蛋吵架。」他鬆開握住刀柄的手，「老頭子這一生，驚天動地的壯舉多了去了，最後卻不得不自囚於功德林，倒是寂天寞地的可憐下場。一生大起大落，爛泥灘裡打滾的歲月都不短。可老頭子給人的感覺，依舊是潔淨和溫和，潔淨在外，溫和在內。齊靜春也一樣，你崔瀺就不行。當年齊靜春是一根筋，你崔瀺學什麼都快，哪裡想到最後，齊靜春都能跟那些老王八打得驚天地、泣鬼神，你崔瀺卻淪落到不人不鬼、不神不仙的下場，你咎由自取啊。我最後一次見到老頭子，他說你的想法不錯，但是你做得不對。他最後還說，你的字帖寫得真好，〈小園韭菜帖〉和〈天下黃花帖〉真是漂亮，早知道是這麼個師徒反目的光景，當初就該多跟你討要幾張。」

崔瀺眼眶通紅，顫聲道：「先生也覺得自己是有錯的，不是全對的？」

阿良翻白眼道：「我阿良的臉皮是跟誰學的？老頭子嘴上不認錯，你們做學生的，蹭吃蹭喝那麼多年，就不能揣著明白裝糊塗？再說了，老頭子的通天本事和為難之處，別人不知道，你崔瀺還不知道？算了算了，懶得跟你廢話，你閉嘴，滾遠點，我不想看到你這個樣。」

崔瀺搖搖晃晃、踉踉蹌蹌轉身離去，嗚嗚咽咽的古怪苦笑聲在空曠的廣場上迴蕩，倍感淒涼。

阿良再次望向天空，罵罵咧咧道：「知道了知道了，催催催，催你娘的催，你們又跟崔瀺那混小子一樣姓崔！有本事下來打我啊，來啊！」

罵歸罵，事要做。阿良摘下祥符，想了想，高高拋給宋長鏡，話卻是對宋正醇說的：「這把刀，我留下來，你們大驪替我還給一個名叫李寶瓶的小姑娘。記得對小姑娘客氣一點，她是我的朋友。」

宋正醇笑著點頭道：「沒有問題。」

阿良自言自語道：「嘖嘖嘖，策馬飲酒，佩刀、別葫蘆，好俊的畫面，美不勝收哇。將來你們人間有眼福嘍。」

宋長鏡握住那柄狹刀。雖是一把刀，卻是劍氣滿溢的駭人氣象，如江海深廣。

阿良猶豫了一下，沒有將那綠竹刀鞘一併摘下，伸了一下懶腰，甚至還輕輕蹦跳了兩下，抬頭笑問道：「來來來！天上的，告訴我，是佛法遠，還是道法高？到底是誰的本事更大，拳頭更硬？」

天外有天，有人微微一笑，有人佛唱一聲。

阿良大笑：「那就容我阿良跟你們打過再說！」

這個自詡從不知道吹牛為何事的男人，氣勢驟然暴漲，從之前的鍊氣士十二境巔峰，轉瞬就攀升到了十三境巔峰，整個人如一道璀璨光柱從人間拔地而起，直接破開浩然天下的天幕穹頂，最終消逝不見。

宋集薪久久不願收回視線，最後發現站在最前邊的他爹背後全是汗水。

他忍不住再次抬頭望去，這一刻，少年才知道原來人間有這麼猛的傢伙。

棋墩山之巔，之前那個腰間掛滿酒壺的粗獷漢子奄奄一息地躺在血泊中。

當那道虹光從紅燭鎮往北而去的時候，參與這場圍獵的祕密高手當中，距離最近的大驪鍊氣士是那個在枕頭驛附近酒肆喝酒的婦人——長春宮的太上長老。可惜她根本來不及出手，或者說念頭剛起就放棄了——根本攔不住，也不敢攔，就這麼簡單。婦人那顆清澈如琉璃的道心蒙上一層灰塵，於是喝酒真正成了喝悶酒。

第一位出手阻攔阿良的人物，正是這粗獷漢子，他毅然決然撞向了那道虹光，然後便被隨意一巴掌拍回原地。

魏檗嘆了口氣，蹲下身按住漢子的心口，幫忙護住心脈，讓這個悍不畏死的可憐男人不至於被自己的紊亂氣機震死。

很快，魏檗身邊就出現了一個其貌不揚的年輕男子，蹲下身給渾身浴血的下屬餵下一顆通體朱紅的丹藥，再抓起漢子的滾燙手腕，感覺到脈象終於趨於平穩，他輕輕吐出一口濁氣，轉頭對魏檗說道：「魏檗，老劉的命是你救下的，這份救命之恩我心領了。大驪朝廷事後如何跟你計較，我沒辦法改變，關於神位一事，更不適合開口幫你求情，一旦開口，說不定只會讓大驪皇帝反感。不管如何，我個人欠你和棋墩山一個人情。」

魏檗面無表情道：「順手為之而已。」他緩緩站起身，才發現這個氣勢內斂的年輕男子雖然是被大驪視為京城看門人的頂尖劍客，腰間卻不佩劍，而是將那柄相依為命的長劍隨意橫掛在腰後。

魏檗猶豫了一下，仍是忍不住問道：「你身在紅燭鎮，為何不出手阻攔刀客阿良？」

年輕男子將老劉小心翼翼地背在身上，起身後笑道：「刀客？他是劍客，是我心目中天底下最瀟灑的劍客。我年少時之所以選擇劍修這條道路，就是因為仰慕這個人。」

魏檗無言以對。

年輕男子本想帶著下屬就此離去，突然臉上有些追憶往昔的稀罕笑意，沒來由有了點聊天的興致，就站在原地，望向燈火輝煌的紅燭鎮，輕聲道：「嗯，對於我曾經待過的那些大洲而言，你們東寶瓶洲算是個與世隔絕的小地方，有些犯忌諱的趣事說了也無所謂，我不妨跟你說件事好了。你應該知道儒教有三大學宮，此人當初為了齊靜春先生一事，憤懣不平，便一人仗劍硬闖過兩座，打得那叫一個雞飛狗跳。要知道，阿良遊歷各大洲的江湖，素來奉行他那句著名的口頭禪，叫『你們這裡有沒有能打的，我阿良只打大的和老的，不打小的和弱的』，可是那兩次，阿良竟是半點也沒收手，誰跟他講道理，誰攔他的去路，他就當場打得對方長生橋全部斷裂，毫不留情。你知道有多少位高高在上、不可一世的君子和賢人因此而淪為真正手無縛雞之力的凡夫俗子嗎？只不過這兩樁慘劇被最重禮數規矩的儒家視為逆鱗，誰也不敢胡亂提及罷了。」

魏檗咽了咽口水，戰戰兢兢問道：「阿良前輩如此跋扈行事？真正的聖人呢？」

年輕男子臉上浮現出一副與有榮焉的神情，呵呵笑道：「所以啊，最後驚動了文廟最正中三尊神像的某一位，悄然從天而降，站在了阿良身前，阿良才收手，勝負未知。反正那位大聖人隔絕出了一方天地——據說是一塊棋盤，也有人說是一部書籍作為兩人捉對廝殺的戰場。反正外人無從得知過程，只知道在那之後，阿良才離開學宮，跨過兩座大洲，經過倒懸山，去了另外一方天下的劍氣長城。倒懸山是道教聖人在浩然天下親手布置的一塊飛地，也算是儒家門生的禁地，所以很多註定會驚世駭俗的消息一樣被澈底隔絕了。」

魏檗彷彿聽天書一般，眼神恍惚。

武夫橫行的江湖上，有句話叫「不是修行人，不知山上事」，但是修行路上，也有一句話：「已是山上人，不知天外事」。

年輕男子雖然意猶未盡，還有一肚子傳奇故事想說，可仍是決定作罷，只道：「你的事情我不好摻和，但是那名少女，我會讓她和長春宮傾力栽培，前提是你魏檗不覺得冒犯的話。」

魏檗笑道：「我豈是那種不知好歹的蠢貨，謝了。」

年輕男子鬆了口氣，看著這位大驪禮部密檔榜上有名的刺頭神祇，微笑道：「那我回去跟她說一聲，讓她們返回大驪京城的時候，先步行走過棋墩山，之後再御空北歸。」

魏檗神色複雜，嘆了口氣，微微低頭道：「無以為報，那我只能再謝你一次了。」

年輕男子小聲問道：「以前我是不信禮部檔案記載的內容，如今親眼所見，不得不信。魏檗，你為了她，已經耽擱了證道不朽金身這麼多年，如今還不願意放下嗎？」

魏檗搖頭道：「既然拿得起，就沒有放不下的道理。」

年輕男子搖搖頭：「不懂。」

魏檗記起一事，有些為難，問道：「算是和阿良前輩訂立的約定，我打算近期去一趟龍泉縣的落魄山，把此處的黑蛇帶過去。雖然我會按照你們大驪禮部的既定流程走，層層通報上去，但是哪怕最後不答應，我也會快去快回，麻煩你跟龍泉縣縣令打聲招呼，行不行？」

年輕男子灑然笑道：「些許小事，不值一提。更何況這本就是你主動跟大驪緩和關係的舉動，是好事，放心便是。大驪宋氏歷代國主雖然一個個雄心壯志，總給人咄咄逼人之感，但真正相處下來其實還好，要不然我和欒師伯也不會留在大驪這麼多年。」

魏檗突然又問道：「阿良前輩氣勢洶洶去往北方，是找大驪的麻煩？」

年輕男子點點頭，笑意苦澀道：「麻煩得很。」

魏檗震驚道：「按照你的說法，阿良前輩在去往倒懸山之前，就已經能夠讓儒教前三聖之一的大佬出手，那麼他這次真要出手，大驪京城會不會就此從東寶瓶洲版圖上消失？」

年輕男子想了想，開門見山道：「如果換成是我，那麼有望成為一洲之主的大驪王朝，說不定就要亡國了吧。」

魏檗一臉古怪表情，像是在說：所以這才是你選擇不出手的真正原因吧，大驪經此一役，鼎盛國勢被打回幾十年甚至百年前原形，你是不是要良禽擇木而棲？

年輕男子是真正心性豁達之輩，並不在意魏檗以小人之心度君子之腹，搖頭道：「不是你所想的那樣。你要知道，我不是阿良，我這輩子也做不成阿良那樣的劍客。阿良的道理總是跟別人的不太一樣。很奇怪，那些尋常鍊氣士眼中的仙家豪閥一旦跟阿良起了衝突，在知曉他的身分後，往往怕得要死，以為要迎來滅頂之災了。可是阿良幾乎從不大打出手，點到即止，給了教訓就走人。當然了，傳說他還喜歡調戲年輕貌美的仙子，不過這件事，我一直沒機會當面詢問。可惜，估計以後再也沒機會了。」

年輕男子運用修為竭盡目力望向遠處，伴隨著一聲聲巨響，一次次絢爛炸裂，身為大驪扶龍人之一的他，既嘆息，身為同道中人的劍客，則又神往。

他有一事沒有告訴任何人。

阿良在紅燭鎮找到過他，問了他一些問題：

「大驪，到底是怎麼樣的一個大驪？大驪皇帝，到底是怎麼樣的一位君王？以及齊靜春這麼多年，在山崖書院，在驪珠洞天，到底做了哪些事情？」

大事小事，他都想知道。

兩人坐在紅燭鎮最尋常的酒肆裡，一邊喝酒，一邊聊天。結果到最後，滿懷激動的年輕男子光顧著回答問題了，等到阿良拍拍屁股走人，才發現自己那些個憋了無數年的小問題一個都沒來得及開口詢問。比如：阿良你劍術如今到底有多高了？在那座以一堵城牆抵擋下一個天下妖族攻勢的地方，你有沒有刻下一個屬於你阿良的字？妖族之中，到底有沒有漂亮的尤物禍水，讓你阿良心動過？

到最後，他只好這麼安慰自己——天底下有幾個人能請阿良喝酒呢？

一想到這個，已是成名劍修的他就挺開心了。

年輕男子就要離開的時候，魏檗突然爽朗大笑道：「那我魏檗能夠挨上阿良前輩一記竹刀，結果還沒死，算不算了不起的壯舉了？我才不管是不是阿良前輩手下留情。不行不行，咱倆下次有機會一定要喝酒，我好跟你詳細說一下過程。那一戰真是蕩氣迴腸，來來去去幾百個回合還不止啊……」

年輕男子冷哼一聲，身形轟然沖天而起。

魏檗伸手拍散那陣揚天而起的塵土，收斂笑意，望向如夜幕中一盞燈火的紅燭鎮，眼神溫柔，怔怔無言。

昔年的神水國北嶽正神，這一看，就是百年、千年。

看著她一次次在沖澹江畔的那片水灣呱呱墜地、風華正茂、白髮蒼蒼。

他始終不願承認，她終究早已不是她了。

大驪京城，高臺之上失去陣法遮掩的白玉京可謂劫後餘生，仍舊屹立不倒。

但是在那道白虹破開天地屏障的同時，原本短暫打開禁制的京城陣法轉瞬便恢復了正常，而欒長野和陸先生也幾乎同時遮蔽了白玉京的景象，只留給潛伏在京城內的那些別國諜子類似驚鴻一瞥的震撼和驚豔。

欒長野一屁股坐在高臺臺階上，滿是無奈。

陸先生是想要跳腳罵人，卻如何也不敢，只是修身養性的本事全部不見，原地打轉，氣呼呼地嘀嘀咕咕：「禍從天降，難道真是大道無常？沒理由啊，大驪運勢在東寶瓶洲獨一無二，我陸家一家之學即占據陰陽家的半壁江山，我雖然不敢說學到了十之八九本事，可這麼大一樁風波，怎麼會算不准、算不到？」

欒長野嘆了口氣，疲憊不堪道：「因為那個阿良，來自最不受天道、天機影響的劍氣長城，之前又故意以外物遮蔽氣象，莫說是你了，恐怕連你們陸家的老祖宗也要最開始就竭盡全力才有希望查探出一點端倪。所以今天此事，非戰之過，你我不用太過自責。」

宋長鏡單膝跪地，低頭望著那具被一分為二的道家符籙傀儡。這個鐵石心腸的男人破天荒地流露出一絲悲傷，將那柄狹刀祥符插入腳邊的地面，小心翼翼掬起一捧「水花」，收入身上那件流水袍的大袖之中。

宮城外的兩尊武將傀儡是大驪宋氏稱帝之時某座道家大宗贈送的開國之禮，心智早已與常人無異。這兩尊東寶瓶洲俗世最大的「門神」代代守護宮城，若是某一代宋氏皇族有人能夠獲得青睞，門神就會願意庇護其一生。在宋長鏡這一代，就是他和哥哥宋正醇有此福緣，這在當初被視為大驪將興的祥瑞徵兆，因為在這之前，兩尊青甲武將已經有兩百年不曾相中一人了。

宋集薪驟然間臉色雪白，怒吼道：「劍呢，我的劍呢？不是還剩下六把飛劍嗎，為何一點也感知不到了？」

宋正醇臉色如常，只是眼神中的痛苦之色清晰可見，低聲道：「我大驪至少二十年國運毀於一旦。行百里者半九十，古人說的真是不錯。沒了十二把飛劍坐鎮，只留下一棟空無一物的白玉京樓，短期之內又有何用？然後又只留給我……」這個有著氣吞一洲志向的袞服男人止住話頭，不再繼續說下去，緩緩抬起頭，望向恢復正常再無異象的天空，「你還不如一刀砍掉我的頭顱好了。」

他深吸一口氣，轉頭下令道：「長鏡，你去親自坐鎮城頭，看看有沒有鼠輩藉機興風作浪，一經發現，殺無赦。從這一刻起，你有監國之權。」

宋長鏡問道：「如果是宋氏自己人，又該如何？」

宋正醇慘澹一笑：「以前是廢人可以養，我宋正醇身為大驪國主，這點財力和氣度還是有的。只是現在不一樣了，他們自己找死，就讓他們去死好了。」

宋長鏡又問：「那麼她？」

宋正醇平淡道：「我來親手處置。」

宋長鏡點點頭，大步離去，殺氣騰騰。

大驪京城之內，修行之人一律不得凌空飛掠；宮城之內，一律步行。

宋長鏡雖然被准許破例，就像那位國師崔瀺一樣，可是這位藩王終究是自幼在此長大的人，不願意打破這點所剩不多的規矩。

宋正醇轉身走到臺階那邊，坐在名不副實的墨家鉅子欒長野身旁，陸先生也頹然坐下，兩個老人幾乎同時露出一副欲言又止的表情。

宋正醇笑道：「我知道，續命一事，已是奢望。畢竟這是阿良的手段，除非是十二境農家鍊氣士出手救治，我才能延長壽命，不用像現在這樣扳著手指頭，數自己還有幾天可以活。」

兩個老人約好一般點了點頭。

宋正醇自嘲道：「只剩下十年，撐死了十五年的壽命，世間國運，從來都是此消彼長的規律，這麼說來，恐怕讓我艱難打下一個強勢崛起的大隋就差不多了。之後呢？好像都跟我無關了。我大驪的馬蹄踩踏在觀湖書院以南的土地上，我大驪的升龍旗幟將來在老龍城的南海之濱獵獵作響，我都看不到了啊。」他閉上眼睛，雙拳緊握著捶在膝蓋上，咬牙而笑，「問題在於，這個決定我壽命長短的傢伙是飛升去了別處，有可能繼續看著我們人間，甚至有可能重新回來，他不是死了，不是死了啊！」

這讓大驪連報復的膽量也不敢有，這才是讓這位大驪皇帝感到最憋屈的地方。所以他才會說，為何不乾脆一刀砍下自己的腦袋，一了百了，不用受這窩囊氣。

大驪京城的城頭，身形消瘦的青衫老人始終仰頭望著那個男人消失的天穹處。

不知何時，老人身邊出現了一個身材矮小卻豐腴的宮裝婦人，徑直問道：「崔國師，這場無妄之災，我該怎麼辦？」

崔瀺甚至不願收回視線，隨口答道：「等死。」

婦人心中悚然，厲色道：「國師！你胡說什麼？」

崔瀺扯了扯嘴角：「運氣好的話，等個半死。」

婦人撕破臉皮，伸手指向這位功勳卓著的大驪國師，怒色道：「那你崔瀺能好到哪裡去？」

崔瀺總算正視這位身分尊貴的大驪娘娘，笑道：「不好意思，我已經半死不活了。」

除了寥寥無幾的存在，無人知曉，有個傢伙正盤腿坐在天上看人間。

兩個天下，對這個男人而言，只有一線之隔。

低頭望去，無數光點密密麻麻攢聚在一起，腳下就像一條緩緩流動的璀璨銀河。其中有的星光驟然爆炸、一閃而逝，有的越發絢爛明亮，有的逐漸暗淡無光，有的死氣沉沉，有的朝氣勃勃，更有一些最為矚目的大團亮點選擇龜縮原地不動，就像是一些個老烏龜王八蛋。

男人站起身，這回是真的要動身離開了。他嘿嘿笑道：「老頭子，你說的果然沒錯，這就是人間，好看得很！」

他在心中對這天下人間撂下的最後一句話很有意思：「小子，一定要好好練劍啊，以後要跟我阿良一樣猛。更猛的話……哈哈，就算了吧，難得很！」

欒長野瞥了眼隔著一位大驪皇帝的陸先生，後者立即站起身，開始施展陸家的陰陽術神通，遮掩天地，讓此處更不易被人以心神或是術法遠觀查探。

欒長野這才語不驚人死不休：「這樁潑天禍事，極有可能是『別家』暗中下絆子，至少也是在推波助瀾，說不定剛好在齊靜春去世沒多久，阿良就殺到了大驪，就是有人暗中傳遞了消息。諸子百家當中，肯定有人不希望我欒長野身後墨家的這一支和陸家代表的陰陽家這一脈順風順水地幫助大驪吞併整個東寶瓶洲！」

宋正醇鬆開拳頭，揉了揉臉頰，臉色冰冷，冷笑道：「好一個千年未有的大爭之勢，亂世格局！」

欒長野輕聲提醒道：「事已至此，更加不可洩氣啊。」

宋正醇聞言一笑，搖頭道：「不會，我不會的！十年也好，十五年也罷，可以做的事情不少了！回想一下我大驪歷代皇帝在這東寶瓶洲所遭受的屈辱、白眼，我這點內傷不算什麼。」

他強行咽下一口湧至喉嚨的鮮血，低下頭用手指揉了揉脖子，嘴上雖說得雲淡風輕，面上卻流露出一絲猙獰和悔恨之色。只是猙獰神色久久不散，悔恨卻很快就消散殆盡，到最後，仍是只留下一份無奈。

原來阿良在飛升之前，用了一手無上祕術悄然打斷了宋正醇的心脈，使得他的長生橋徹底崩碎，原本一位生機盎然的隱蔽十境修士，如今生機孱弱到了令人髮指的地步。不但如此，白玉京猶存，可十二柄飛劍被毀去半數不說，其餘六把也不知所終了。

簡單說來，就是殺力無窮的白玉京只剩下了一個空殼，淪為了繡花枕頭，嚇唬人還可以，想要斬殺上五境的修士則是癡人說夢。

之前倉皇失態的宋集薪來到三人身前，已經恢復平靜，但仍是刨根問底道：「欒鉅子、陸先生，可以告訴我到底是怎麼回事嗎？為何我感知不到任何一把飛劍了？」

白玉京十二層樓，有十二柄飛劍——香火、砥柱、鎮嶽、山海、桃枝、雷霄、紫電、經書、梵音、浩然氣、紅妝、雲紋。

這十二柄傾盡半國之力打造出來的飛劍皆是大驪王朝名副其實的鎮國重器，其中包括香火在內的六把飛劍已經與那六位大驪正神的金身法相一同被毀掉。但是照理說，其餘讓出道路的六尊山河正神根本就沒有參與拒敵一事，飛劍此時哪怕沒有返回白玉京，也絕無可能杳無音信，如同斷線的風箏，讓身為十二劍共主的皇子宋集薪失去了心神牽連。

欒長野回頭看了一眼孤零零的白玉京樓，重新轉頭，重重嘆息一聲，一語道破天機：「六把飛劍已經被飛升途中的那個傢伙全部搶走了，雖然沒被帶去天上，可應該被他丟在了某些不為人知的地方，暫時肯定是找不回來了，就算找得到，能否再拿來為我們所用，還不好說。」

宋集薪終究只是個少年，一夜之間突然就從泥瓶巷私生子變成了東寶瓶洲數一數二王朝的皇子，渾渾噩噩到了京城又莫名其妙被帶來這裡，吃盡苦頭得到十二柄飛劍的點頭認可，好不容易覺得可以揚眉吐氣了，在那個王八蛋男人面前也能挺直腰杆說話，不承想到最後，就只是竹籃打水一場空？少年的眼淚一下子就流了下來，他死死咬住嘴唇，臉上還有些擦拭不乾淨的血跡。

欒長野也不知如何勸說、安撫宋集薪。

其實這位身世坎坷的老人也有些恍若隔世，不敢置信。

墨家連同游俠這一脈在內，一直恪守首任聖人鉅子的祖訓，其中就有扶持弱者弱國，不受強者強國欺凌一條。但是到了欒長野這裡，他翻閱各朝各代的正史、野史，走過無數山河國家，親眼所見，親耳所聞，最終得出一個結論——一味扶持弱小，縫縫補補，無濟於事。百年亂世，群雄逐鹿，扶持弱國對抗霸主之姿的強大王朝，最終死的人，要遠遠多於強勢王朝一統江山的傷亡，所以欒長野需要找到一個合適的王朝，一個合適的君主，來施展自己的抱負。

最後，他找到了大驪皇帝宋正醇，而且沒有失望。哪怕是圍剿阿良一事，害得大驪如日中天的強盛國勢遭受重創，但是欒長野從沒有覺得這件事情本身是錯的，錯就錯在人算不如「天算」而已。跟某些幕後大佬比拚算計，欒長野自認不如，但是他偏偏要賭，孤注一擲，賭贏一個不可阻擋的天下大勢！

宋正醇開口笑道：「你們兩位能不能去看看白玉京有沒有出現紕漏，萬一那傢伙還留有後手，我就真要一頭撞死算數了，剛好我和宋睦也能單獨相處一會兒。不過事先說好，兩位要保證不偷聽啊，我們父子接下來要說些自家話，你們體諒一下。」

兩個老人趕緊起身，一人笑著說「不會」，一人說「不敢」。

宋正醇抬頭望向那個滿臉倔強的少年，拍了拍身邊的臺階，然後悄悄捏碎腰間懸掛的那枚玉佩，沉聲道：「坐下說。從現在起，我是你爹宋正醇，你是我兒子宋睦……還是叫你宋集薪好了。薪火相傳，點滴收集，很好的兆頭。宋煜章取名字俗氣歸俗氣，還是花了心思的。」

宋集薪老老實實坐在他爹身邊。

宋正醇先是感慨了一句：「不得不說，大隋高氏的運氣實在太好，再就是你小子的烏鴉嘴實在太臭了。」

當兩人單獨相處的時候，宋集薪總有些惴惴不安。哪怕表面再不怕這個男人，可是宋集薪從叔叔宋長鏡、婢女稚圭以及兩位老先生的態度當中，真真切切感受到了這個男人對大驪王朝的掌控力。那種表面上的大度和散漫，實則骨子裡滿是近乎自負的自信，有點像阿良對東寶瓶洲和整個浩然天下的態度。

宋正醇微笑道：「剩餘那六把出樓離城的飛劍，既然沒有返回，那就是全部沒了。沒了就沒了，天塌不下來。」

宋集薪冒出一股無名之火：「沒了就沒了？你怎麼可以說得這麼輕巧！欒鉅子和陸先生都跟我交代過，這十二把飛劍，意味著大驪對於整個東寶瓶洲格局的走向，有著不言而喻的……」只是少年很快就不敢繼續說下去，而且很快就回過神。

白玉京和飛劍的締造者不是自己，而是身邊這個「認命」的男人。

宋正醇望著遠處一座大殿的屋脊，上有蹲獸依次排開。他輕聲道：「對於一國君主而言，不要怕天大的麻煩。出現麻煩之後，只要能夠解決，就意味著你和王朝變得更強了。如果無法解決，就說明你治理江山的本事還不夠。眼下這麼個讓人措手不及的大門檻，我和大驪都沒能有驚無險地跨過去，很遺憾，但是我不後悔。這句話是真的，不騙你。」

宋集薪打死都想不明白，問道：「為什麼？」

宋正醇眼神銳利，再無半點先前的無奈和灰心，伸手指向那座大殿的屋脊：「因為這越發證明我一手訂立的大驪國策是對的！

山上之人，鍊氣修道，無論善惡，都需要被關進一座籠子！他們做神仙、求長生，大驪絕不干涉，甚至會幫襯一二，樂見其成。可一個王朝必須有其底線，至少要讓那些人上人在某種規矩之內行事，不能隨心所欲，不能僅憑個人喜好就動輒在世俗王朝搬山掀水。隨隨便便的一場仙人爭鬥，最後傷亡最慘重的，是那些手無寸鐵的王朝百姓。

我要讓大驪轄境內的所有世俗百姓，之所以願意禮敬神仙，不單單是出於畏懼害怕。哪怕是一個活在最底層的市井百姓，若是因為神仙打架而無辜死去，那個時候，我大驪就得有底氣和本事，為神仙眼中螻蟻一般的那個死者，討回一個該有的公道！」

宋集薪被震驚得無以復加，張大嘴巴，一個字也說不出口。

宋正醇伸出兩根手指，幾乎貼在一起，笑道：「現在我大驪能夠討回來的公道，很小，就這麼點大，可是比起東寶瓶洲那些個給山上神仙為奴做婢的王朝，已經是天壤之別了。」他隨意甩了甩手腕，最後握緊拳頭，對著那座屋脊高高舉起，像是在跟誰示威，「我由衷希望以後的大驪能討還回來的公道，可以這麼大，甚至更大！」

宋集薪已經有些麻木了。只是少年第一次覺得自己身邊的男子變得有血有肉，不再是跟那張龍椅、那件龍袍差不多的死板存在了。

宋正醇轉頭問道：「知道那個阿良的哪句話最讓我生氣嗎？」

宋集薪壯起膽子說道：「是那人放話要你磕頭認錯？」

宋正醇大笑起來，搖頭道：「我身為大驪江山的主人，可以站著死，絕不跪著活。如果這一點都做不到，大驪還想馬蹄南下，吞下這個東寶瓶洲？人自欺則天欺之，人自強則天予之。你最好記住這句話。還有，那些個神仙嘴裡口口聲聲說咱們東寶瓶洲是天下最小的洲，但是你真的知道一洲之地到底有多大嗎？你去隨便翻閱這個天下的任何一本史書，有誰成過完完整整的一洲共主？」

宋集薪臉色堅毅，點頭道：「人自強則天予之，我記住了。」

宋正醇有些傷感地道：「真正讓我生氣的話，是他說大驪就沒一個能打的。一個都沒有啊。我偷偷摸摸，一步一步走到鍊氣士十境的位置，在東寶瓶洲已經算很了不起了。你叔叔宋長鏡，更是誇張的十境武夫了，結果又如何？在人家眼中，還是屬於『不能打』的那一類。不過福禍相依，這正是我能活下來的理由……之一。如果我今天有十二境，讓那個傢伙覺得有一戰之力的話，恐怕已經被一刀斃命了吧。」

宋正醇沒來由地放聲大笑，卻給人一種英雄遲暮的感覺。

宋集薪哪壺不開提哪壺：「一刀？」

宋正醇點頭道：「可以確定，就是一刀的事情。那個傢伙，是十三境巔峰的劍修，所以才這麼不講道理啊。」

宋集薪滿臉糾結，幾次張嘴都咽了回去，好像有一個撓心撓肺的問題，卻又不方便一吐為快。

宋正醇身體後仰，雙肘撐地，就這麼姿態閒散地望著天空：「是不是想問那人為何不殺了我們，再飛升去世人不知在何處的那個別處？」

宋集薪用手背狠狠擦了一下臉頰，「嗯」了一聲。

宋正醇坦然道：「告訴你答案之前，先告訴你一個不幸的消息。傳聞破除十三境之後的大人物是可以重新下來回到我們這天下人間的。雖然次數極少極少，可畢竟有過先例，只是諸子百家，千年豪門，出於某種目的，都故意選擇祕不示人而已。」

宋集薪心思敏捷，臉色駭然。

宋正醇唏噓道：「所以說我們大驪選擇的這條路還很長，任重道遠嘛，你別氣餒。」

宋正醇最後伸手指向宮城某處，笑道：「有個被他娘親一手調教出來的少年，早年死活不願意去山崖書院求學，我呢，也懶得計較。這個小傢伙，他的性子很有趣，如果路邊有條狗作勢要咬他，不管最後有沒有受傷，他肯定要殺了那條狗燉肉吃，說不定還要把那條狗的七大姑、八大姨一併找出來，全部殺了才痛快。那麼你呢，宋集薪？」

宋集薪毫不猶豫道：「也是如此！」

宋正醇點點頭：「我小的時候曾經也是這樣，坐上龍椅之後，脾氣稍稍改了一些。因為突然有一天，覺得有點無聊。但是少年時候，有這樣的脾氣個性是好事，銳意進取，鋒芒畢露。人敬我一尺，我敬人一丈；人欺我一時，我欺人一世。大丈夫當如此！」

宋集薪輕聲道：「我還以為你會覺得很失望。」

宋正醇拍了拍他的肩頭：「不失望。如果你小小年紀，還沒學到什麼真本事，就已經先學會了對我察言觀色，拿出廟堂群臣那套揣摩帝心的東西來，還美其名曰屠龍之術，我才會真的失望。」

宋集薪身體前傾，雙手擱在膝蓋上，下巴又擱在手背上：「但是我認識一個人，可能會做出不一樣的選擇。」

宋正醇坐直身體，伸手按在少年的腦袋上：「相信我的眼光，那傢伙比誰都能記仇，他只是從小吃過的苦頭太多了，小小年紀就懂得隱忍。這種人成了敵人，才是真正的心腹大患，所以我才會對綠波亭截殺一事選擇睜一隻眼、閉一隻眼。不過你放心，他從來沒有把你當作敵人。尤其是在你憑藉本心做了那兩件看似無聊的小事之後，他就更不會了。」

宋集薪滿臉漲紅。

宋正醇又道：「但是當你有一天成為大驪的皇帝，就不好說了。」

「趁著那人才飛升，暫時肯定不會返回人間，我們一鼓作氣斬草除根便是，把這個『萬一』早早除掉。」宋集薪冒出這個念頭後，剛說出口就有些懊惱，自己否定了自己，喃喃道，「不行，萬一那人以後回來，大驪就真的亡國了。」

宋正醇樂了，欣慰道：「是不是覺得這個問題是無解的？沒關係，那是因為你宋集薪的位置還不夠高而已。」

宋集薪有些洩氣，只得在心中默默安慰自己：人自強則天予之。

宋正醇笑道：「人這輩子，需要一、兩個亦敵亦友的存在才有趣。我很小就有了，你也一樣。」

沉默片刻，宋集薪疑惑道：「答案你還沒說。」

「自己慢慢想去，我的脾氣還沒好到被人打了個半死還喜歡自揭傷疤的地步。對了，成為白玉京的主人只有裨益沒有壞處，這件事，我騙了你娘。相信你在失去飛劍的控制之後，就知道我沒有騙你。至於這其中意義，你自己好好琢磨，凡事多想，總歸是好的。」

宋正醇剛抬起屁股，打算起身離去，突然又坐回去，拿起宋集薪的手掌，笑呵呵道，「來給你看看手相，我會一些皮毛，以前是沒機會用，今天拿你來試試手。」

宋集薪懵懵懂懂遞過手去。

宋正醇一邊觀察少年的手心掌紋，一邊隨口說道：「在十年或者十五年之後，你可以依舊親近你的叔叔宋長鏡，但是絕對不要心生依賴。至於說招徠什麼的，讓這位武道天才對你一個晚輩心悅誠服，還是算了吧。我這個弟弟啊，對自己的野心都懶得掩飾，哪怕是我這個從小就壓他一頭的哥哥，也從不敢對他擺出半點馴服猛獸的姿態。

不管怨恨誰，在你真正成長起來之前，可以在心裡想著報仇，但絕對不要輕易出手。但也別因為我的隻言片語，就對你叔叔心懷芥蒂。他啊，的確是一個真豪傑，否則也說不出『世間豈是我大驪獨有英雄』的真心話。所以你將來只要有比他更強的地方，他說不定就會認可你。」

片刻之後，宋正醇笑著起身離去。

宋集薪攥緊拳頭，繼續趴在膝蓋上。

那個男人說了一些似懂非懂的客套話，但是在這期間，男人不動聲色地在他手心寫下了四個字——壽、三、小心。

宋集薪猛然間抬起頭，對著那個大步離去的背影喊道：「爹！」

宋正醇轉過身，笑望向少年，神情根本不像是一位帝王。而這個男子——真正的志向是與整個天下的山上神仙來講一講山下規矩的傢伙——畢生心血似乎全已付諸流水，且無聲無息。

宋集薪站起身，眼眶濕潤，嘴唇被咬出血絲，正要開口說話，宋正醇已經轉身，嗓音溫醇，撂下兩句不搭邊的話：「千里之行始於足下，以後三餐要準時吃。」

有個風塵僕僕走出棋墩山的老秀才總算到了山腳下，扶了扶身後的行囊，捶著腰哀嘆道：「我這老腰老骨頭喲，遭罪，真是遭罪。」

第三章　天地有氣

欒長野和陸先生一起走回白玉京內，直接登上十二樓。樓上地面放著兩只草編蒲墩，是老百姓也用得起的尋常之物，並非什麼能夠幫助錬氣士坐忘凝神的法寶。

兩人相對而坐後，陸先生笑問道：「你何時跟齊靜春請教過建造白玉京的學問了？」

欒長野笑著搖頭：「沒有過。我要是不這麼說，天曉得那個脾氣古怪的阿良會不會一言不合就一刀砍死我們所有人。」

陸先生愣在當場，疑惑道：「這還不至於吧？」

欒長野爽朗大笑道：「當然是開玩笑的，阿良應該不是那樣的人。不過我後邊那些話確實沒騙他，這一點，我相信阿良自己心裡也清楚。齊靜春的心血的的確確留在了大驪王朝，而且對大驪以及東寶瓶洲的未來寄予厚望，否則他也不會建造那座山崖書院，身在大驪，卻對所有東寶瓶洲的讀書人授業講課。那些山崖書院走出去的讀書人，他們一個個繼續對下一代傳道授業解惑，都算是承載著齊靜春的希望。」

欒長野略微停頓片刻，道：「你真以為對齊靜春之死，這些讀書人沒有半點怨氣？」

陸先生沉吟不語，最後緩緩道：「在那個形勢之下，大驪只能兩害相權取其輕。」

欒長野呵呵一笑，對此事亦是蜻蜓掠水，點到即止，馬上換了話題：「在我看來，今日這場讓你我傷筋動骨的風波，根源其實不在大驪因為想要藉機立威，所以針對阿良開展了那場圍剿。以阿良的境界修為，以及他當年行走各洲江湖的心性脾氣，根本就不在意這種『小事』。」

「阿良如何想，我不清楚。」陸先生嘆了一口氣，「但是，你方才沒有說出口的心裡話，我來說便是：『歸根結底，那人的心結還是齊靜春』。在於大驪當初面對那種來自四面八方的壓力，沒有選擇挺身而出為齊靜春說幾句公道話；加上齊靜春一走，山崖書院就撤銷了，人走茶涼得實在太快了些，還有趁火打劫的嫌疑。但是你我心知肚明，僅就大驪皇帝而言，這才是真正的明智之舉。換成尋常君主，我估計連那點愧疚之心都不會有，只會覺得這難道不是天經地義的事情？

話說回來，如果設身處地去想，我們倆和大驪一起興師動眾地主動與他打這一架，在阿良眼裡，像不像一個下五境的鍊氣士在那兒耀武揚威，一副要跟他拚命的架勢？而且這個小傢伙偏偏還胸有成竹，勝券在握。」

陸先生抬手提了提衣袖，略微更換坐姿，苦笑道：「讓你這麼一說，怎麼覺得自己有點滑稽啊。」

欒長野哈哈笑道：「如果有一天，能夠有像我們這樣的，嗯，就是還算有那麼點身分地位的旁人，聊著我們兩人曾經做過的某件事情，能夠為之驚嘆、喝彩，就好了。」

陸先生唏噓道：「白玉京如果順利搭建出第十三層樓，可能還有點希望，如今難嘍。」

欒長野感慨道：「不知道大驪這撥孩子裡頭，將來誰的成就最出人意料。」

陸先生微笑道：「我賭宋睦。你呢？」

欒長野笑咪咪，半真半假道：「我賭小丫頭王朱。你覺得呢？」

陸先生搖頭笑道：「一枝可以獨秀，但難成林。」

欒長野也搖搖頭，不置可否，記起一事，問道：「齊靜春在驪珠洞天不是還收了一些學生嗎？比如那個趙繇。好像除此之外，東寶瓶洲兵家跟道家還爭奪過一個姓馬的孩子。」

陸先生淡然道：「拭目以待吧，只希望我們兩個糟老頭子能夠活到亂世落幕的一天。」

稚圭一直留在白玉京十樓不曾走出去，趁人不注意爬上窗臺，蜷縮身軀斜靠著，扭頭望向南方。她就這麼看一眼天上，又看一眼南邊，如此反復，樂此不疲。

你就是喜歡跟螻蟻講道理，連到了我這裡，也喜歡講你的大道理，活得比誰都乏味，死得比誰都慘。這個好像跟你很熟的傢伙就跟你大不一樣，他根本就沒把我們所有人放在眼裡，瀟灑得很。可我為什麼還是覺得你更好一些呢？

不過我覺得吧，好歸好，至於真正為人處世嘛，還是得像這個奇怪的傢伙。

稚圭最後瞇起那雙金黃色的重瞳眼眸，笑道：「咦，我好像不是人？」

怔怔出神，許久之後，她伸出一根手指，抹過眉眼下方的臉頰。

京城城頭之上，兩個昔年的盟友之間，氣氛劍拔弩張。

宮裝婦人尖聲道：「崔瀺你根本一開始就認識那個人，對不對？所以你為了討好他，故意打開京城大門，任由他一路殺到白玉京之前！你這是死罪！死一次都不夠！你以為我被打入塵埃，你能好到哪裡去？你是不是腦子壞掉了？」

崔瀺淡然道：「如果我不撤去京城大陣，妳信不信除了我下場更慘之外，白玉京之前肯定還要死人？而不是像現在這樣，至少沒有誰死掉。」他冷笑，「我知道，如今宋集薪的存在意義已經沒了，已經不用妳另外那個兒子，嗯，也就是我的好學生去做那極有可能人劍俱毀的白玉京樓主，所以估計妳巴不得這小子早死早超生。」

婦人嫣然一笑，神情自若道：「國師怎麼睜眼說瞎話呢？」

崔瀺也不再在這個話題上糾纏不清，道：「京城裡那把名動一洲的符劍，誰也拔不出來的『符籙』，原本是按照陸先生的提議，用來當坐鎮白玉京十三樓的飛劍。一來欒鉅子覺得不妥，讓它作為十三樓的壓軸之劍不夠分量；二來龍泉縣需要消耗掉兩柄神兵利器作為劈開那塊巨大斬龍臺的開山代價，皇家寶庫實在是捉襟見肘，剛好那柄『符籙』被譽為堅韌第一，運氣好的話，能夠承受住三次劍仙的出手。」

婦人皺眉道：「崔瀺，你到底想說什麼？」

崔瀺自顧自說道：「不料斬龍臺過於巨大，兩次出劍，劍身上的裂痕就宛如小鎮龍窯瓷器的冰裂紋，內裡劍元破碎不堪，完全失去了修復原樣的可能性。咱們的皇帝陛下心疼歸心疼，卻也沒問責於誰，之後看似臨時起意，乾脆將它轉贈給了名叫楊花的女子，正是娘娘妳身邊的那個婢女，但是同時下令讓那名女子成為鐵符江的江神，於是娘娘妳就失去了左膀右臂，對吧？」

婦人笑道：「你是想說陛下在對我敲打、提醒？」

崔瀺譏諷道：「娘娘果然秀外慧中。」

婦人冷笑連連，崔瀺嘖嘖道：「不妨想一想咱們五嶽正神們的下場。」

婦人原本白皙粉嫩的臉龐唰一下變得蒼白。

她陷入沉思，如同棋手開始復盤。

崔瀺也不打攪她的思緒。

宋正醇原本希望借著驪珠洞天下墜之事，將那座氣運濃厚的披雲山一舉破格升為大驪王朝的北嶽！但這就出現了一個很尷尬且微妙的局面：現今大驪五座山嶽全部位於披雲山的北面。

雖然在當時，沒有任何一位山嶽正神提出異議，但是這些山水神祇所處的位置，如同位於大驪仙家和江湖之間的「半山腰」，好似一國之腰膂的雄關要隘，一夜之間，局勢變得暗流湧動，許多宗門洞府假扮尋常香客造訪五嶽，不談香火大事，只談風花雪月，而五嶽四周低一等的山水神祇不約而同陷入沉默。

最後，那個在某些大事上極其獨斷專權的大驪皇帝不知為何突然改變了主意，收回了這個事關國祚和氣運的重大決定。

不過很湊巧的事情發生了，大驪出現了一個膽敢斬殺兩名宗師死士的外鄉人。

以宋正醇一貫雷厲風行的鐵腕性格，就有了這場聲勢浩大的狩獵圍剿，否則以大驪王朝在整個東寶瓶洲的固有蠻夷印象，大驪鐵騎的滾滾洪流向南湧去，註定會出現一塊塊河流砥柱的存在，那些眼高於頂的山上神仙出於各種原因考慮，肯定會來親自試一試大驪的刀到底有多快，大驪的鐵騎到底有多強大，是否真的有資格與山上的他們平起平坐了。

大驪當然也有自己的仙家勢力，在檯面上就依附宋氏王朝的就有不少，暗中的更多，但這依然攔不住那些飛蛾撲火的修行中人。最怕的是那些皮糙肉厚且行蹤詭譎的鍊氣士，專門挑選大驪普通士卒濫殺一通，這裡一錘子，那裡一鋤頭。關鍵是，他們殺完就果斷跑路了，碰到這種情況，大驪朝廷該怎麼辦？於是白玉京飛劍樓應運而生。最早知道這個天大機密的就是十二尊山水神祇，這撥大驪京城之外的「自己人」。

若說，之前大驪宋氏要將披雲山作為北嶽，而把原先的五嶽全部撤去封號，哪怕大驪皇帝私下給過五位山神隱晦暗示，外加一份各不相同的明確承諾，確實還是有過河拆橋的嫌疑，五位山神默不作聲的姿態勉強還算合情合理，畢竟涉及香火金身和大道根基，誰敢輕易相信口頭上、紙面上的東西？可是出手拒敵、殺敵一事，那十二位本就與大驪國祚榮辱與共的存在沒有任何可以推諉的理由，否則就會被視為無情無義。

這一切，在真正與阿良交手之前，其實挑不出任何毛病。恐怕就連已經元氣大傷的六尊法相留在山河的真身也根本沒覺得有任何問題，因為當初大驪皇帝給他們的密旨上清清楚楚說的是殺一個第十境、有可能第十一境的修士，僅此而已。

最終的結局，表面上顯而易見，極為慘澹難堪，大驪王朝從皇帝陛下本人，到白玉京的打造者，再到六位山河正神，全是輸家。而這一切，是因為包括大驪皇帝在內，沒有任何一人預料到這個敵人如此強大。

但是此時站在城頭的崔瀺，委實有些細思極恐。

因為在輸局的結果之中，那位大驪皇帝實現了一部分他想要達成的目標。

五嶽正神之中，只有一向死忠於大驪宋氏的中嶽和之前處境最為難堪的北嶽兩位法相真身得以完整保全，其餘三位全軍覆沒，修為大跌，幾乎淪為尋常山神，苟延殘喘，失去了在更換山嶽名號一事上再去跟大驪皇帝掰手腕的心氣和底氣。

真正可怕的微妙處還不是這個，而是崔瀺在早年與宋正醇一場相談甚歡的棋局中，在皇帝陛下的詢問下，一向言談無忌的國師大人就說起過一些心得，其中就說到了君主任用臣子，有些時候，不妨用一用那些犯過錯、吃過打的人，甚至可以重用，因為吃過痛，長過記性，就會格外聽話。

所以五嶽之中，除去中嶽正神不說，其餘東、南、西、北四嶽，只要有朝一日咀嚼出了這樁慘案的餘味，那麼多半都會開始對大驪皇帝心懷怨懟，唯獨當年最早站錯隊的舊北嶽神靈，只會生出更多的恐懼。

假使在今天之前，崔瀺還願意將這些細微處的先機一一說給她聽，但是到了這個時候，他不打算陪著她一起遭殃了。

這個女子所做的一些齷齪事情，他崔瀺可以忍受，畢竟事不關己，盟友越是心狠手辣，自己的敵人就越是難受，崔瀺還不至於傻乎乎去勸說這位盟友要有菩薩心腸。崔瀺能夠走到今天這一步，靠的肯定不是什麼宅心仁厚。可假設此次圍獵成功，那位皇帝陛下興許只是敲打敲打眾神祇而已，但是現在形勢大不一樣了。

這位當真是全無半點婦人之仁的娘娘讓那名盧氏降將摘掉了宋煜章的頭顱，並且偷偷放在木盒內，以備不時之需。

針對誰？自然是兒子宋睦，或者說在泥瓶巷長大的宋集薪。

宋煜章當然該死，建造廊橋一事，涉及宋氏皇族的天大醜聞。宋煜章回京之後擔任了一段時間的禮部官員，板凳還沒坐熱，又被皇帝欽點去往驪珠洞天，名義上是為了更加熟悉當地民風事務，利於敕封山水河神一事，事實上宋煜章心知肚明，這是給了他一個相對體面的死法，不是暴斃在京城官邸，更沒有被隨意安上一個罪名處斬。

宋煜章依舊坦然赴死。饒是身為大驪國師的崔瀺，哪怕覺得宋煜章是不折不扣的愚忠，可不否認，他還是有些佩服這個書呆子的醇臣本色。

崔瀺私下認為，一個王朝的廟堂之上，始終需要兩件東西——不起眼的墊腳地磚和撐起殿閣的棟梁廊柱，缺一不可。

宋煜章，屬於前者。

他國師崔瀺和藩王宋長鏡，還有那些個六部主官，則都屬於後者。

但是這個女人竟然「收藏」那顆頭顱，第一次越過了皇帝陛下的底線，所以就有了她那個名叫楊花的心腹大將被強行派任鐵符江江神一事。那名宮女確實天賦異稟，可是正常情況下，絕對不至於如此倉促上位。以宋正醇的勤儉精明，一定會更好地利用她的潛力。

這位娘娘仍是硬著頭皮，費盡心機，讓宋集薪成了白玉京的主人，獲得十二柄飛劍的認可，一樓一樓走上去。看似是母親對失散多年的親生兒子做出補償，事實上，沒有這麼簡單。宋和才是她真正視為己出的心頭肉，是寄予極大厚望的存在。畢竟一個朝夕相處，親眼看著一點點長大，方方面面都讓她順心順意；一個遠在驪珠洞天，在滿是雞糞狗屎的市井陋巷裡摸爬滾打。皇帝陛下的那本密檔，她在很早的時候試圖偷看過一次，但是被嚴懲，估計就是從那時候起，她對那個長子由痛心轉為死心，加上大驪宗人府簿籍上的「宋睦」後面清清楚楚寫著「早夭」，名字被朱筆勾去，觸目驚心。

至於她的內心深處是否有煎熬、痛苦，女人心海底針，崔瀺不知道，誰也不知道。對她為何、如何將長子宋睦作為弟弟宋和的墊腳石，那些不為人知血腥細節和心路歷程，崔瀺更不感興趣。

婦人笑道：「我已經知道自己錯在哪裡了，可是你崔瀺知道嗎？」

崔瀺一手負後，一手輕拍箭垛牆面，緩緩道：「知道啊。我打開京城大陣，開門迎敵，雖然初衷是好的，能夠讓阿良見識到我們大驪的誠意和退讓，可我卻還是陷入了一個兩難境地。」

婦人用可憐的眼神望著這位國師，幸災樂禍道：「皇帝陛下也是一個扶龍之人，他的性命是你能夠擅自放到賭桌上去的？」

崔瀺點頭道：「確實如此。」

婦人「好心好意」道：「堂堂大驪國師，曾經的文聖首徒，這個時候，如果悔恨得淚水漣漣，說不定咱們陛下會對你網開一面呢。」

崔瀺笑道：「我是跌倒過很多次的可憐人，吃得住痛也耐得住寂寞。娘娘妳不一樣，妳出身鐘鳴鼎食之家，自幼就過慣了錦衣玉食的神仙日子，怕是有點難了。」

婦人臉色陰沉，終於撕破臉皮，直截了當問道：「咱倆這是要散夥了？」

崔瀺坦然道：「小人之交甘若醴，以利相交，利盡則散，有何奇怪？怎麼，娘娘該不會以為咱們是那風清月朗的君子之交吧？」

婦人咬牙切齒道：「好好好，算你狠！那你得祈求陛下一棍子打死我，要不然……」

崔瀺擺手道：「莫要拿話嚇我，我崔瀺是什麼性格，娘娘清楚得很。山高水長，將來的事情誰也說不定，只要娘娘能夠熬過這一關，崔瀺自然願意與妳結盟。若是熬不過，娘娘且放心，我也不會落井下石。陛下的心思，我還算略懂一二，我絕不會做損人不利己的事情。」

婦人難得說了句真心話：「崔瀺，你這個人很可怕。」

崔瀺笑著不說話，只是沒來由地想起那個熟悉的身影。

還是少年的崔瀺，曾經在那個老頭子門下求學的時候，就經常見到那個仗劍游俠來老頭子身邊，一個說聖賢道理，一個說江湖趣事，兩個人純粹是雞同鴨講。很多年之後，崔瀺一意孤行，不認那個授業恩師，叛出師門，之後更是做出欺師滅祖、師兄弟手足相殘的一系列事情，但崔瀺從不後悔，一切只為大道！

只是失去了那個人的友誼，這讓崔瀺如此冷漠的人也覺得遺憾，遺憾到有些後悔。

可如果再給崔瀺一個重新選擇的機會，結局一樣是如此，不會有任何改變。大道之上，走出第一步之後，往往就再無半步退路了。

崔瀺的話語尚未落地，一隻金羽鷹隼就破空而至，驟然停在箭垛之上。

崔瀺後撤一步，微微低頭，宮裝婦人趕緊側身施了一個婀娜多姿的萬福。

鷹隼死死盯住婦人，一個清脆稚嫩的孩童嗓音響起：「宋正醇說了，讓妳去長春宮結茅修行，什麼時候躋身上五境了，才可以離開長春宮返回京城。但是在此期間，不禁止妳跟任何人交往。即刻起，妳將手中竹葉亭所有檔案轉交給崔國師，只需安心修行便是。」

崔瀺彎腰作揖道：「謝陛下隆恩。」

鷹隼扭轉頭顱，望向這位大驪國師：「宋正醇說讓你下不為例，當年與你說過的事不過三，要你珍惜。」

崔瀺點了點頭，沒有任何多餘的言語。

婦人只問了一個問題：「能否讓睦兒、和兒時不時去長春宮探望我。」

鷹隼點頭道：「當然。宋正醇還說了，宋和要留在養心房繼續讀書，妳若是覺得在山上一人孤寂，可以攜帶宋睦去往長春宮修行雷法，一切由妳自己決定。」

婦人眼神游移不定，鷹隼依舊有些不耐煩：「宋正醇最後要我告訴妳，大驪因為那人而國力受損，這件事情是他自己的決定，與妳無關，妳不用多想。」

婦人泫然欲泣，抬頭望向宮城方向，這一刻真是風情萬種，嬌柔顫聲道：「陛下……」

鷹隼驟然間嗓音尖刻起來：「爛婆娘！狐狸精！還不快滾出京城，老子忍妳很久了！」

婦人笑問道：「這句話也是陛下說的？」

鷹隼冷哼一聲，振翅高飛，轉瞬即逝。

等牠離去，宮裝婦人一個踉蹌，雙手撐在城牆上，臉色煞白。竹葉亭是她苦心經營出來的諜報機構，是大驪王朝的一根棟梁，幾乎是她的第三個兒子。

崔瀺有些兔死狐悲。殺人不過頭點地，誅心之痛萬萬年，但是崔瀺如今哪怕手握竹葉亭的生殺大權，仍是半點也高興不起來。原本已經恢復心意相通的那副少年身軀好像澈底消失了，就連那個楊老頭都選擇視而不見，竟是一點消息也不願傳回大驪京城。

沖澹江那段激流險灘，無異於老百姓眼中的鬼門關，故而船夫舟子每次偕客歸來，必然收穫頗豐，囊中鼓鼓。他們繫舟於貫穿小鎮的河畔，下船便是鶯歌燕舞的青樓酒肆，夾雜有眾多販賣廉價低劣散酒的小酒肆，多是貌美婦人招徠生意，可以一醉方休。船夫若是能夠說服乘船的士子順勢去往他們相熟的酒肆青樓，檯面下更會有一筆額外的不菲收入。

今天就又有人僱用了一名船夫，去遊覽那段石林森嚴如槍戟的河段。

船夫是個身材敦實的漢子，約莫五十歲了，依舊身體雄健，雙臂肌肉鼓脹，且健談。僱用他的是個老秀才，看上去至少也是花甲之年，滿身寒酸氣，卻還要獨自出遊。出手倒是湊合，給了不多不少的十兩銀子，這讓船夫有些納悶。

小船在激流之中隨波起伏，不斷有浪花濺射到兩人身上。船夫看著老秀才側過身用雙手死死抓住船舷的樣子，心裡有些發笑：讀書人不管歲數，好像都這樣。

他實在不明白那些個水裡的石頭到底有啥可看的，是會說話啊還是能比我們紅燭鎮兩岸的婆娘更好看啊？掏錢買罪受，讀書人腦子真是拎不清。

小船駛出險灘後，船夫大略說了那座娘娘廟的老掉牙故事後，隨口問道：「老爺子，您是外鄉人？哪兒的啊？不過您大驪官話說得還湊合。」

「我啊，家鄉在老遠的地方，就是喜歡遊覽風光，走走看看，無牽無掛的，舒坦。」

「您老看著年紀不小嘍，可得悠著點。」

「還行還行。」

「老爺子，問您個問題，您走南闖北的，肯定去過很多地方了，那您覺得我們大驪的風光如何？」

「很好很好，人傑地靈。」

「那我們紅燭鎮的酒好不好喝？」

「好喝好喝，就是稍稍貴了點。」

「那我們皇帝陛下是不是很厲害？」

「厲害的。」

「我們大驪國師的棋術是不是比大隋那些人更高？」

「應該是吧。」

「我們大驪是不是北方最強的？」

「肯定啊，必須的。」

其實除了第一個問題，後邊的一連串問題都是船夫故意在逗這個老先生呢，因為他發現老先生真是個老好人，好好先生，什麼事情都喜歡點頭說對。

快上岸的時候，再次看到滿臉誠懇、使勁點頭的老先生，船夫實在忍不住笑了：「老爺子啊，您這人脾氣好，可也太好了點，哪有您這麼只說好話的？我以前見過的讀書人，大大小小、老老少少怎麼都有百來號人了，那都是說話文縐縐、酸溜溜的，讓人聽不懂，讓人覺得很有學問。唉，只可惜我悟性不好，又沒上過學塾，更沒有先生教書指路，便是想要插嘴說話，也難。」

「有心就好，萬事不難。」老先生哈哈大笑，然後問道，「對了，你可曾聽說過山崖書院的齊先生？」

船夫猶豫了一下，輕輕嘆息，最後搖頭道：「不曾聽說。」

老秀才點點頭，笑咪咪道：「大驪是有點不一樣啊。為什麼這麼說呢？我途經一座只有兩個人的邊境小烽燧，當時有仙人落下討要吃食，要是換成別的國家，那還不得跪下磕頭雙手奉上啊，可你們大驪的邊卒不一樣，是挺直腰杆跟仙人說話的。當然了，心裡打鼓是不可避免的。」

船夫喲呵一聲，笑道：「敢情老爺子您還看過神仙哪？那這麼多路，可沒白走了，比我強。那些個外鄉遊客，都說我們沖澹江下邊有水鬼、河婆什麼的，可我撐船三十年了，一次也沒見著什麼古怪玩意兒。」

老秀才笑道：「可不是，我真見過。只是那些仙人的脾氣差了點，那兩名烽燧戍卒就一人挨了一巴掌，飛了出去，桌子、凳子全給砸得稀巴爛了。不過有位仙人吃飽喝足後，臨走丟了顆金錠在地上。」

船夫嘖嘖羨慕道：「那豈不是發大財了，換成我，別說一巴掌，十巴掌也成啊。」

老秀才點頭讚許道：「你倒是心大天地寬，好事，好事啊。」

船夫突然擔憂問道：「對了，那些神仙沒為難老爺子您吧？」

老秀才看著神色誠摯的船夫，開懷笑道：「沒為難、沒為難。」

船夫放下心後，又想逗一逗這個有趣的老先生，問道：「老爺子，想不想喝酒？」他眨了眨眼，辛苦忍住笑，小聲道，「是花酒，我可以帶路。」

老秀才瞪大眼睛，憋出三個字來：「貴不貴？」

船夫爽朗大笑，打算不再戲弄這個老先生：「老貴了！」

老秀才一番天人交戰：「沒事，上岸之後，你等我，我去跟人借錢去，說不定能借個二、三十兩銀子。」

船夫愣了一下，到底是心性憨厚之輩，自然不忍心帶他去那花錢如流水的銷金窟：「老爺子，我跟您開玩笑呢。花酒那東西，沒勁，想著一杯酒下肚就喝掉了二、三兩銀子，心疼死，喝酒都顧不上滋味了，咱們別去了。您要是真想喝酒，我帶您去個岸邊的小酒肆，地道的紅燭鎮自釀土燒，價錢還算公道。」

小船緩緩靠岸，老先生站起身之後，拍了拍船夫的肩膀，笑呵呵道：「口言善，身行惡，國妖也。」

體魄雄健的船夫頓時臉色發白，想要後退，卻根本無法動彈；想要一躍入水，現出原形迅速遠遁，更是奢望。

老秀才繼而又笑：「口不能言，身能行之，國器也。希望你能夠堅守本心，向善而行。」

船夫好似心胸之間憑空湧出一股莫名其妙的浩然之氣，想要說話，卻一個字都說不出口。

老先生登岸緩緩離去。船夫熱淚盈眶，等到終於能夠動彈的時候，立即躍上岸，對著老人的背影噗通一聲跪下，行那三跪九叩之大禮。

相傳天地有聖人，口含天憲，言出法隨。

老秀才一路詢問，走到了枕頭驛門口，問那個叫陳平安的少年還在不在。

驛卒問他是誰，老秀才想了想，說是那少年的半個先生，結果驛卒讓他滾蛋。

不知為何，一個眉心有痣的清俊少年這些天一直老老實實待在一座老舊學塾，每天就是捧著書讀。

更奇怪的是，少年經常讀著讀著就哭得滿臉鼻涕淚水。

先前龍鬚溪與鐵符河交界處，正是一條水勢磅礡的瀑布，只是如今龍鬚溪應當稱呼為龍鬚河才對，鐵符河亦是改成了鐵符江。

夜幕中，有一個懷抱金穗長劍的女子站在江河交界處的青色石崖上，正是那位娘娘身邊的貼身婢女，雖然極貌美，卻有一個粗俗名字——楊花。

楊花先將那柄本名為「符籙」的東寶瓶洲劍中重器猛然擲入江水，然後深吸一口氣，一件件褪去身上衣服，隨手丟入水花四起的鐵符江之中。最後一步跨出，修長嬌軀直直墜落——她要入水成神。

已經獲得大驪朝廷敕令的楊花，今夜要成為這條鐵符江的一尊江水正神。

大驪王朝的縣分三等，河水也是如此。龍鬚溪如今連升兩級，即從溪水升為中等河水。河水之下的溪水為最底層的水運神靈，即便朝廷敕封了神祇坐鎮一方水路，一律只賜號為河婆，不得僭越獲封為神；河水之上的江水則並無高下區別。

只是鐵符江、龍鬚河這首尾相連的兩條江河皆暫時不建江神祠，不塑神像金身。這不禁讓人想起此前大驪朝廷一口氣敕封的三位正統山神的封神儀式，真可謂聲勢浩蕩，不僅有大驪皇帝的親筆聖旨，聖人阮師還幫忙宣告開壇、禮部侍郎宣讀內容、欽天監青烏先生「埋金藏玉」、龍泉縣縣令吳鳶為神像揭幕等等，一系列繁文縟節，半點不差。

東寶瓶洲的山神，總共分五嶽正神、一般山神及土地，老百姓俗稱的土地爺，有點類似官場候補。

一般說來，山脈峰巒哪怕過上百年、千年，規模大小終歸是個定數，所以土地山神很難原地升遷。但這也不是絕對的，若是地界上出現了一位結茅修行的得道高人，最後被朝廷器重，成為地位超然的國師、真君，就有可能雞犬升天。畢竟，山不在高，有仙則靈。

三座得封山神的山中，落魄山有一尊山神尤為古怪，只知道姓宋，比起其餘兩尊通體鎦金的泥胎神像，這尊山神像專門打造了一顆金色頭顱，其餘衣飾則只是彩繪，並不塗抹金粉。據傳，這是朝廷下達的密旨。

渾濁江水之中，頭頂就是轟然墜落的洶湧瀑布。楊花一隻腳的腳尖輕輕踩在那把珍稀道家符劍的劍柄上，金色劍穗如藤蔓，不知何時輕輕纏繞住了她的腳踝。

懷璧其罪。雙眼緊閉的女子睫毛微顫，有淚水緩緩流淌出眼眶，然而身處江底，那點淚水自然轉瞬即逝。

她天生體質異於常人，自幼就親近大江大水。年少時有遊方道士找到她家，給她測了八字，說她容易招來一切水中陰穢之物，所以最好不要獨自靠近水源，尤其是無根之水臨時彙聚的地方。楊花逐漸長大，很快就被青烏先生相中，帶到了那位娘娘身邊修習上乘水法，修為境界一日千里，可能隨隨便便三年修行就頂得上別人耗費三十年甚至更長歲月修來的功夫。然而，她為何會走上這條「不歸路」？要知道，成為河伯河婆、江水神靈一事，從來就被正統鍊氣士視為「斷頭路」，根本不是什麼長生正途。

試想，一座長生橋，明知它半道崩塌，讓人根本到不了對岸，那還算什麼長生橋？

她心裡清楚，這叫懷璧其罪。因為她獲得了那柄京城符劍的認可，在風雷園年輕劍修劉灞橋出手之前，成功掌控了「符籙」。

獲得這樁天大機緣之後，她的修為更是一路暴漲，就當她覺得上五境也指日可待的時候，接連的噩耗來得悄無聲息。先是娘娘需要她拿出符劍交給坐鎮驪珠洞天的阮邛去兩次劈開斬龍臺，然後交還到她手中的符劍就已到了差點支離破碎的境地。但她能如何？一位是恩同再造的娘娘，一位是被大驪奉為座上賓的兵家聖人，她只得咬牙接受這個結果。可是她怎麼都沒有想到，之後皇帝陛下又一紙令下，臨時敕封她成為鐵符江的江神。

楊花摒棄一切雜念，開始靜心凝神，雙手掐訣，不動如山。她的青絲一根根脫落，消散於江水之中，隨流而逝，緊接著，身軀的血肉也一點點消融。

劇烈的疼痛不僅僅來自血肉，更多是來自魂魄深處，讓以大驪不傳祕術隔絕感知的女子仍然顫抖不止。

形銷骨立！

到最後，她淪為了一具真真正正的骷髏。

水面沸騰，蒸汽高升。

那柄半毀棄的「符籙」在江底始終紋絲不動，依稀可見那具恐怖骷髏開始搖晃起來，如水草飄忽，脆弱至極，好像隨時都有可能被江水一沖而走。

就在千鈞一髮之際，「符籙」的金色劍穗開始散發出金黃色的光芒，不但將骷髏的腳踝捆綁得更加緊密，還不斷向上緩緩攀緣，最終在膝蓋處停滯不前。骷髏這才得以穩住身形，不至於被江水蘊藉的玄妙神意所鄙棄，澈底淪為最低賤的水鬼陰物一流。

凝聚神性，重塑金身，肉身成就偽聖。

只見骷髏頭頂開始生出第一縷髮絲，不是之前龍鬚河婆「老嫗」的那頭鴉青色長髮，而是淡金色的髮絲一根根出現在白骨之上，隨後越發茂盛，最終彙聚出一頭長達數丈的金色長髮，無比絢爛——這屬於百年難遇的「雨師」之象！

天底下的江水神祇，不論大小，終究是依附於大地之上，順勢流淌。而幾乎已經在東寶瓶洲絕跡的雨師卻能夠算是天上神靈，雖然品秩不會高出一江水神太多，但其中差異，就像尋常鍊氣士對上同境的劍修，戰力其實很懸殊。

道教推崇的大羅金仙、佛門護法的羅漢金身、世間神祇的一尊尊泥塑金身、俗世王朝所謂的金枝玉葉，都帶了一個「金」字。其中神祇的金身法相其實是一個虛指，並非說神祇真正做到了遍體皆金身。龍鬚河那位河婆的金身其實不過是孕育出眼眸一點金光而已，與象徵雨師資質的滿頭金髮有著天壤之別。

楊花開始恢復容顏，白骨生肉。當她再次睜眼，已經猶勝之前的姿色。

一襲江河水精凝聚而成的青色衣裙包裹住她那具誘人至極的嬌軀。

她緩緩前行，呼吸自如，比起在靈氣充沛的洞府修行更加讓她感到酣暢淋漓。

楊花抬手一招，那柄一直不曾出鞘的符劍從江底自行跳出，被她握在手中，橫在身前。她輕輕拔劍出鞘，凝視著那些觸目驚心的裂縫，如同一位美人臉上的道道傷疤，讓人遺憾，讓人可憐。

已成大驪江神的楊花手腕一轉，將符籙劍鋒豎起，低頭望去，凝視著唯有鋒銳不減當年的它，柔聲道：「到頭來只有你，對我不離不棄。」

符劍微顫，靈氣衰竭，如病榻上的枯槁老人，意氣盡無。

「我不會嫌棄你的，斷頭路也好，我們一起走到最後。」

楊花低下頭顱，微微側過臉頰，用鋒刃在自己臉上割出一條條血槽，深可見骨。

鐵符江水滾滾流逝，水勢越發雄渾壯烈，殺氣騰騰，絕無半點幽怨惆悵。

世間事，懷璧其罪。

世間人，身懷利器，殺心自起！

龍鬚河畔青牛背，一個老人蹲在石崖上抽著旱煙，石崖邊緣小心翼翼地坐著一個年輕婦人，長髮一直延伸到河水之中。如今成為被大驪朝廷認可的正統河神，她已經能夠靠這種方式短暫上岸。不要小看這一小步，河婆、河伯之流，任你修行百年、千年，依然有心無力。

馬蘭花怯生生道：「仙長，憑啥我就不能有一座河神廟？哪怕丁點兒大的一座小破廟也行啊。」

楊老頭吞雲吐霧，嗤笑道：「就妳那爛大街的名聲，還想有持續不斷的香火？怕是只有幾大水缸的唾沫口水吧。何況妳以為享受香火祭祀就能夠旱澇保收了？」

馬蘭花訕笑道：「仙長，您知道我就是頭髮長見識短的村野婦人，您老人家給說道說道，免得我又犯了忌諱，惹惱了某位大人物。我倒是不怕挨打，若是給仙長添了麻煩，我這心裡就難受得緊。」

說到頭髮長見識短的時候，她眼角餘光瞥了下自己那一頭青絲，心中微微自得。自己的頭髮可是真的長，小鎮上那些陽壽短暫的婆姨愚婦，好些人四十來歲就已經頭髮灰白了，能跟自己比？論身分，論家底，她們拿什麼來跟自己這尊堂堂河神媲美？

楊老頭緩緩道：「祠廟一起，神壇一立，香爐一擺，第一炷香點燃之後，妳就算是跟這方水土真正相依為命了。例如之前從紅燭鎮傳來兩次地震，龍泉縣也跟著地動山搖、江水晃蕩。妳如果有了地盤祠廟和泥塑金身，那麼就要遭受這種震動帶來的衝擊。」

馬蘭花雖然故作點頭附和，可內心有些不以為然。

楊老頭面無表情，一手持煙杆，閒著的那隻手隨意在石崖上輕輕一叩。

馬蘭花渾身血肉瞬間寸寸崩裂，疼得她跌入河水之中，在水底竭力哀號，身軀瘋狂扭轉翻滾。

楊老頭對此視而不見，緩緩道：「山水正神為何選擇死心塌地跟隨山下君王，幫著他們制衡山上人？除了香火來源一事，山上人一場場神仙打架會影響到一地氣運的興衰起落也是關鍵。誰樂意自己朝不保夕，說不定明天就要金身重創，後天就會消亡於天地間？除此之外，一地的民風、文教、兵戈諸多底蘊和變故也會影響到你們的道行，或是潛移默化，或是突逢變故，皆不以神祇的意志為轉移。前者，是鈍刀子割肉；後者，是禍從天降。妳啊，好好珍惜當下的閒散光景吧，這才是真正的逍遙快活似神仙。」

馬蘭花緩緩浮出水面，再不敢上岸，求饒道：「大仙，奴婢知曉輕重利害了。」

楊老頭揮揮手：「滾遠點。」

馬蘭花潛入水底，腰肢一晃，身形瞬間穿過那座石拱橋，遠遠遁去兩、三里水路，優哉游哉地路過鐵匠鋪子所處的河段。如今的她已經沒那麼懼怕那個手段厲害的小娘子了，畢竟她除了勤勤懇懇為兵家聖人增加流水的陰沉重量，偶爾也會被那個娘子喊去問一些陳芝麻、爛穀子的小鎮往事，久而久之，她便覺得自己的腰杆已經很粗了。

不過那個小娘子著實古怪，每天不是打鐵就是盯著那棟馬上修繕完畢的老屋，再隔三岔五幫忙打掃幾間宅子，還把那籠老母雞和雞崽子全部搬去了鐵匠鋪子。

馬蘭花其實完全不理解阮秀的想法。一位兵家聖人的獨女，怎麼活得跟小鎮尋常人家的閨女似的，乏味無趣不說，還沒啥遠大的志向。不過她可不敢把心裡話說給阮秀聽，那條火龍的厲害，她成為正統河神之後，感觸越深。

但她如今覺得自己是真正有靠山的！認為自己跟秀秀姑娘算是化敵為友了，還算兵家聖人的半個幫工，而且怎麼也算是楊老頭的不記名弟子了吧？

這些事情，都讓她尤為得意。

其實她也記打，可就是有些忘性大，經常好了傷疤忘了疼，但她樂在其中。

獨自坐在青牛背上的老人感慨道：「井底之蛙，偶見圓月，便欣然忘憂。」

良久之後，一個眉心有朱砂痣的少年緩緩走上石崖，蹲在老人旁邊，唉聲嘆氣。

楊老頭笑問道：「今天在學塾讀書多不多啊？」

少年崔瀺被這句話傷得不行，竟是氣得渾身顫抖。

楊老頭沒有繼續在他傷口上撒鹽——畢竟兩人做過短暫的盟友。他道：「袁家文昌閣和曹家武聖廟的泥塑金身都造好了吧，選址一事，卻還沒敲定？你就不幫幫你那個學生，真願意看著他的仕途就在這龍泉縣折戟沉沙？」

少年崔瀺臉色頹喪道：「擱在以前，我自有後手，現在你覺得我還有這個必要嗎？」

楊老頭點點頭：「慘是慘了點。」

少年崔瀺惱火道：「喂，老楊頭，你當時不幫我求情也就算了，還好意思冷嘲熱諷？」

楊老頭不為所動：「我這頂多算陰陽怪氣，不叫冷嘲熱諷。」他想了想，又道：「即便我捨得拉下這張老臉替你求情，有用嗎？」

少年崔瀺囁囁嚅嚅：「總得仗義執言，說點什麼嘛。」

他向後仰去，躺在凹凸不平的青色石崖上，望著高不見頂的深邃夜空，自言自語道：「你和宋長鏡是不是跟我一樣，有過私底下的盟約？」

楊老頭笑道：「有啊，而且沒怎麼遮遮掩掩，要不然李二就不會跟宋長鏡鬧出那麼大的動靜來。與其讓你們的皇帝陛下費心猜疑，還不如放在檯面上，讓他自己看見，心裡有個數。不過我估計以宋長鏡的桀驁性格，到了京城，肯定是當面一五一十說了的。」

少年崔瀺憤憤道：「我只是運氣不如宋長鏡罷了。我就不該來這個破地方，還洞天福地呢，他娘的，這地方根本就是我崔瀺的殃地！」

楊老頭笑道：「對另一半國師崔瀺而言，可未必。」

少年崔瀺坐起身，怒道：「楊老頭，你再這麼說話，我跟你拚命啊！」

楊老頭轉頭看了眼接連遭受橫禍的少年，不再火上澆油：「你有沒有意識到，在被斷去牽連後，你變了很多？」

少年崔瀺皺了皺眉頭，納悶道：「有嗎？」

楊老頭點頭，神色認真道：「有。心性漸變，魂魄漸穩，雖然修為已經可以忽略不計，但是比較之前的那個國師崔瀺，你總算有一點少年的模樣了。」

少年崔瀺臉色鐵青，眼神冒火。

楊老頭望向遠處，打趣道：「看來讀書還是有些用處的。」

原本只是寄居於這副寶貴身軀的崔瀺，如今就像是遷徙遠方、扎根當地的移民。崔瀺，一分為二。國師崔瀺失去了一部分魂魄，少年崔瀺神魂居住的身軀既是立身之地，也是一座牢籠。

少年崔瀺不願在此事上糾纏，生怕自己一個忍不住就投水自盡了，趕緊轉移話題道：「皇帝陛下先前沒有答應將龍鬚溪和鐵符河合併為一條江水劃分給河婆，而是一分為二，各自提拔，同時將在此『因病去世』的宋煜章毫無徵兆地提拔為落魄山山神，並且命人祕密打造了一顆黃金頭顱送往這龍泉縣城。如此說來，是將皇弟宋長鏡和那位枕邊人各打了五十大板。」

楊老頭望向西邊綿延起伏的山脈和山峰，問道：「崔大國師也需要這麼揣摩帝心？」

少年崔瀺愣了愣，喟然長嘆：「一是久在樊籠裡，馬瘦毛長，人窮志短；再就是那位皇帝陛下志向高遠，喜歡陽謀，堂堂正正，實在是讓人小覷不得。換成別的王朝，宋長鏡早就篡位了。至於那個娘兒們，說不定早就嘗過女帝的滋味了。

東寶瓶洲小歸小，有一件事情卻是別洲沒有的，那就是在有據可查的正史上，至今尚未出現過一位君臨天下的女帝。不知多少婦人蠢蠢欲動，想要摘得頭魁，藉此機會混一個流芳千古，哪怕是遺臭萬年，估計也願意。

就是不知道大驪能否熬過這個坎，就算熬過去，又不知要倒退多少年。

但是，天底下只有我知道阿良想做什麼，猜得到他會做什麼。」

說到最後，少年驀然神采奕奕。

楊老頭問道：「京城的崔瀺也不知道？」

少年崔瀺嘆了一口氣，神色複雜道：「那個我，應該不知道了吧。」他使勁揉了揉臉頰，「那龍尾郡陳氏突然在這裡開設學塾，無償為龍泉縣所有蒙童授課，重金聘請了三位先生，無一不是名動州郡的大儒文豪，全是與陳氏關係莫逆的客卿、清客。這其中有沒有潁陰陳氏的授意？是不是他們這一支儒家文脈在東寶瓶洲有所圖謀？」

楊老頭呵呵笑道：「我知道這段因果，但是不告訴你，反正你馬上就要捲舖蓋滾出這裡了。我能跟你聊這麼多，就很仁至義盡了。」

少年崔瀺這次倒是沒有生氣：「走了好。」但他站起身後又瞬間變臉，氣得跺腳，暴怒大罵，「好個屁！帶著兩個天大麻煩的拖油瓶就算了，我忍了！可要我給那小子當弟子是怎麼回事？老頭子你是咋想的？是不是沒了境界修為，沒了身分地位，乾脆就連學問也丟光了？你要是敢現在站在我面前，我這次保證罵得你狗血淋頭！老頭子你這叫臭不要臉，耍無賴知道不？做人要講點良心講點道理啊……」

楊老頭伸出大拇指，嘖嘖道：「少年俠氣，英雄膽色。」

少年崔瀺突然止住罵聲，小聲問道：「我可沒指名道姓，老頭子曾經是有一身通天徹地的本事，可那是多少年前的老皇曆了啊，現在就剩下那麼一丁點兒了，總不能還可以聽到我的言語吧？」

楊老頭站起身收起煙杆，拍拍屁股準備走人：「那可說不定，畢竟你曾是他的首徒，有可能會有例外呢。」

少年崔瀺一陣乾笑，自我安慰道：「不可能、不可能。」

就在此時，一本本最尋常的儒家蒙學書籍依次憑空浮現在他身前，無人翻動，卻自行緩緩攤開了第一頁。

少年崔瀺呆若木雞，如喪考妣。

楊老頭揚長而去：「唉，有人又要讀書嘍。」

少年崔瀺眼神呆滯地正了正衣襟，挺直腰杆，開始撕心裂肺地大聲朗誦道：「天地有正氣，雜然賦流形。下則為河嶽，上則為日星……」他猛然回神，望向那個老人的背影，「你大爺！是不是你故意洩密，將我的話語傳給了老頭子？老王八，沒你這麼欺負人的啊，我不過是說破你的身分而已，一定要這麼記仇嗎……」

少年崔瀺沒來由地手掌一抖，痛得打了個激靈，如有嚴苛學塾先生站在一旁，以規矩戒尺敲打頑劣學生。

他繼續嘶吼道：「於人曰浩然，沛乎塞蒼冥。皇路當清夷，含和吐明庭……」

紅燭鎮枕頭驛門口，對一個窮酸老秀才惡語相向的驛卒大概是覺得不能跟一個糟老頭子動拳腳，所以最後還是罵罵咧咧地跟老人說，那些人在白天就坐船離開了，是順著繡花江往南去了。

看到老秀才轉身離去後，驛卒狠狠朝地上吐了口唾沫，事後才記起是自家驛站門口，又趕緊悻悻然拿腳尖抹掉。

自從那些孩子來了枕頭驛，怪事就接連不斷出現，最後還害得為人厚道的驛丞大人丟了官身，真是一幫掃把星。

老秀才走在街道上，仔細想了想，臨時決定就此作罷，路遙知人心而已。

他悄然一伸手，握住了一根碧玉簪子，隨手放回袖中。

那些孩子往南去大隋，老秀才則去往了西邊。

大路朝天，各走半邊。是否殊途同歸，不知道，不好說。

但是腳下的路，到底是要自己一步一步走的。

一艘大船上，因為有一頭礙眼礙事的白色驢子，害得陳平安四人只能站在船頭，不能舒舒服服地坐在船艙裡。好在四人早已習慣了風餐露宿的苦日子，只是李槐有些氣憤船主的狗眼看人低。不過很快，他就笑嘻嘻地讓林守一幫著牽毛驢，自己爬上驢背。坐船又騎驢，李槐笑得合不攏嘴。

林守一握著韁繩，江風徐徐而來，輕輕吹拂少年的鬢角髮絲。少年摸了摸心口位置，那裡有黃紙符籙和《雲上琅琅書》。

陳平安蹲在一旁，正拿著柴刀動作嫻熟地劈砍綠竹，他答應過要給林守一和李槐一人做一只小書箱。

蹲著也不願卸下翠綠書箱的李寶瓶突然驚訝道：「小師叔，你頭上的簪子不見了！上船之前分明還在的。」

陳平安愕然，摸了摸頭頂髮髻，有些茫然。但是這段時間以來，他已經習慣了種種意外，所以雖然心裡很失落，仍是笑道：「沒關係，我記得那八個字，以後給自己做一支，刻上一樣的字。」

李寶瓶點了點頭。

走在紅燭鎮街上的老秀才會心一笑，低聲道：「善。」

繡花江很秀氣，綠波蕩漾，沒有什麼疾風勁浪，水面寬闊卻給人溫婉的感覺。

陳平安四人乘坐的南下之船有兩層，多是青衫儒士和商賈旅人。李寶瓶是不怕生的，喜歡背著小書箱往人堆裡湊，豎起耳朵聽他們高談闊論。一般文人士子見到是個長得靈氣的小姑娘，還背著個遠遊求學的綠竹小書箱，又是安靜站在不遠不近的地方，對小姑娘便有些善意笑臉，繼續閒聊，言談無忌。

李槐小心翼翼地控制著韁繩，騎著白色毛驢在船頭小範圍打轉繞圈，如同巡視邊關的大將，不可一世。說來奇怪，白驢還真就只願意讓李槐騎乘，這讓李槐高興壞了，至於什麼風雪廟的魏晉將來過來牽走驢子，要獅子大開口跟那人討要報酬這些真正重要的事情，反而全被李槐當作了耳旁風。

林守一來到陳平安身邊，背靠船欄內壁而坐，猶豫了一下，問道：「你就不想知道為什麼阿良說我是錬氣士了，又是如何成為錬氣士的？」

陳平安停下手中的柴刀，笑道：「當然想知道，但是沒好意思問，怕你多想。」

林守一有些鬱悶。學塾三人當中，瞎子都看得出來，陳平安真正在乎的人只有李寶瓶。在他和李槐之中，陳平安應該是更加親近李槐的，至於是不是因為都出身於小鎮市井陋巷的緣故，或是自己太過沉默寡言的關係，林守一不清楚，而且對這些不值一提的瑣碎事情，其實他也從不真正在意。但是難免鬱悶。

林守一問道：「你到底知不知道那只銀白色小葫蘆的厲害？」

陳平安先是不露聲色地環顧四周，然後點頭低聲道：「連阿良都說這是少有的什麼養劍葫，當然很寶貴稀有。」

林守一說道：「那你知不知道，你當初因為練拳拒絕喝酒，錯過了多大的機緣？我之所以能夠正式登山，成為一名錬氣士，就是因為喝過了小葫蘆裡的酒。喝過酒之後，我感覺得到，無論是血肉筋骨還是視覺、聽力，還有體魄、腳力，都強於從前。原本這趟遠遊走得最吃力的我到後來甚至可以跟上你的腳步了，你沒有看出來？」

陳平安手指下意識摩挲著沁涼的綠色竹片：「其實你離開鐵符河邊後，後邊的山路就走得很輕鬆了。」

林守一臉色不變，輕描淡寫道：「哦，原來你早就看出來了。」

陳平安笑道：「阿良懶散得很，本事大卻不願意管小事。那麼我是帶路的，當然要照顧到你們每個人的腳力，什麼時候停下來休息，要心裡有數，需要讓大家走得不那麼累的同時，還要盡可能讓你們靠著走路增長腳力。我們的路還很長，我希望大家以後不用那麼吃苦。」

林守一看著陳平安的臉色和眼神，雙手環胸，沒來由地冷哼道：「別人說這話，我可不信。」

陳平安揚起手中的竹片，笑問道：「越來越順手了，不過肯定是最後一只竹箱做得最好看，那麼這一只先給李槐？那我就做得小一些了。」

林守一瞥了一眼騎在老驢上的李槐，搖頭道：「算了，先給我做吧。大不了被他念叨幾句。」

陳平安笑了：「那我盡量給你做得結實一些，多用點繩子。神仙大人嘛，如果以後真能夠像阿良那樣飛來飛去，不牢固一點，怕是背不了幾天。」

林守一嘆了口氣，覺得自己不算笨，可想要跟上這個傢伙的想法，實在是很難。他突然想起一件百思不得其解的事情，好奇地問道：「為什麼在枕頭驛，阿良走了沒多久，你就把朱河、朱鹿的事情原原本本告訴了李寶瓶？」

陳平安臉色認真起來，反問：「你覺得我跟寶瓶關係好，還是跟那對父女關係好？」

林守一沒好氣道：「廢話。」

陳平安點點頭道：「所以我必須要讓寶瓶清楚知道，從她們家裡走出來的人做了什麼事情。朱鹿到底是什麼樣的人，我大致清楚了，阿良故意給她設陷阱的時候，她不單單是猶豫那麼簡單，而是希望她爹朱河……再一次站出來。如果說在棋墩山，因為她的亂來，讓我們都陷入危險，可既然事後大家安然無恙，我可以認為是她救父心切，所以我雖然心裡有氣，可絕不會當面埋怨她半句話，但是在枕頭驛廊道裡，朱鹿的所作所為實在是不值得被原諒。我覺得只要別人給的好處夠多，她會出賣任何人，包括她的小姐寶瓶。」陳平安有些感傷，「如果她還是這樣的性子，總有一天，她爹真的會被她害死的。我不希望朱河這麼一個不錯的人，活著離開紅燭鎮之後，最後還要死在自己女兒手上。為什麼明明有爹，卻不知道珍惜呢？」

林守一臉色冷漠：「你以為世上每個爹娘都很好嗎？」

陳平安語氣堅定道：「別人不管，我的爹娘就很好！」

林守一的臉色有些難看，不過陳平安之後的言語，讓少年臉色稍稍緩和：「朱河是個好人，但是好像不太會教子女做人。有些事情，既然對錯那麼明顯，為什麼不說、不教呢？我想不通。林守一，你人很聰明，知道原因嗎？」

林守一神色有些疲憊：「可能是燈下黑吧。不過天底下的父母，不是簡簡單單一句『天下父母心』可以一概而論的。陳平安，家家有本難念的經，你爹娘走得早，有些事情才不用那麼糾結。當然，我沒有其他意思，如果話難聽了，你別往心裡去。」

陳平安擺擺手，笑道：「當然不會。」

林守一瞥了眼陳平安的髮髻：「簪子就這麼沒了，不找找？」

陳平安繼續低頭打造小書箱，搖頭道：「找不到的。你以為我這麼貪財的人，這麼貴重的東西會自己弄丟嗎？」

林守一的臉色突然古怪起來：「難怪阿良說我的名字應該跟你換一下。」

陳平安好奇問道：「這裡頭有說法？」

林守一已經轉移話題，身體微微前傾，對著身為行家的陳平安指手畫腳道：「書箱這裡能不能做出一點弧度來，否則太死板了些，方圓有度更好，遠遠看著也會舒服。」

陳平安點頭道：「我盡力啊，到時候做出來效果不好，我可就不管了。」

知道這傢伙是說一不二的性格，說不管，那就是雷打不動的真不管了，於是其實對小書箱寄予很大期望的林守一頓時急了，加快語速：「那怎麼行，這些棋墩山的竹子很有來頭的，用掉一片就少一片。我的書箱必須要賞心悅目，同時兼顧實用牢固。陳平安，你動柴刀的時候可以慢一些啊，搭建竹箱框架的時候多想想，一定要多想想啊……」

陳平安依舊下刀如飛，地上不斷墜落零碎、狹短的綠竹，然後又一一被陳平安收入背簍裡，看得林守一驚心動魄。

陳平安眼角的餘光瞥見冷峻少年的焦急模樣，忍住笑：「要不然還是最後做你的書箱？」

林守一怒道：「我叫林守一，我是那種喜歡反悔的人嗎？」

陳平安突然知道為何阿良那麼喜歡使壞了，感覺不錯。

李槐牽著毛驢大搖大擺來到兩人身邊，大大咧咧問道：「陳平安，你說阿良會不會明天就回來了？」

陳平安抬頭道：「忘了？」

李槐趕緊捂住嘴巴，鬆開之後，賊眉鼠眼地四周張望一番，這才鬆開韁繩，蹲在陳平安對面，壓低嗓音說道：「那就後天，後天也行。反正最晚最晚等我們下船，如果阿良還沒回來，那我以後就不認他這個朋友了。陳平安，你說，我這是不是已經很厚道了？到時候阿良跪在地上求我的時候，嗯，你可以適當替他說說好話，到時候我再勉為其難地點頭答應，繼續跟阿良做朋友。」

林守一乾脆閉上眼睛。對於這個同窗，視而不見、聽而不聞是很好的選擇。他就沒見過這麼欠揍的人，真懷疑有一天李槐闖了禍之後，自己會幸災樂禍。

一聲毛驢的嘶鳴聲響起，然後是一名稚童的跌倒哭喊聲。

李槐轉頭望去，有些發懵。是那頭白色毛驢闖禍了，估計是那個倒楣孩子覺得好玩，跑去逗弄驢子。可那頭畜生脾氣大得很，雖然不會傷人，可絕對要嚇唬一下敢在太歲頭上動土的小傢伙。比如現在，牠揚起蹄子，一次次重重踩踏在船板上，嚇得那個坐在地上的孩子都不敢哭了。

陳平安猛然放下手中刀和竹，快步走去，小心翼翼攙扶起了孩子，然後伸手作勢壓了兩下白色毛驢。毛驢看到陳平安的手勢後，雖然還有些焦躁，可終是停了下來，安安靜靜站在原地。

孩子穿著一身綢緞衣衫，胡亂揮舞雙手，使勁掙脫開陳平安的攙扶，看到家中長輩從大船二樓迅速趕來後，頓時號啕大哭起來。

一個身材壯實的黑衣大漢三步作一步瞬間來到孩子身邊，蹲下身小聲問道：「瑜少爺，怎麼了？誰欺負你了，我替你出氣！」

陳平安對試圖躡手躡腳逃離的李槐招招手，後者縮了縮脖子，與陳平安對上視線後，不敢繼續當縮頭烏龜，走到陳平安身邊，耷拉著腦袋，病懨懨小聲道：「我家小白驢絕不會胡亂咬人的，不騙你，陳平安……」

陳平安「嗯」了一聲，輕聲道：「但不管怎麼樣，你要跟他們說聲對不起。」

李槐抬起頭，滿臉委屈道：「憑啥？是那個孩子主動招惹小白驢，又沒傷著他，我為啥要道歉？那個不懂事的孩子要跟我道歉才對。」

陳平安剛要跟李槐解釋什麼，李寶瓶一溜煙從遠處跑回來，站在陳平安身邊。林守一也起身，只不過留在原地，需要幫著陳平安看護背簍。

那夥人中有一聲威嚴怒喝響起：「大膽孽畜！竟敢傷人！」

原來是一個滿身官威的中年人。他臉色陰沉，眼神在四人身上一掃而過：「你們長輩呢？出來！」

陳平安臉色平靜，輕聲道：「李槐。」

已經大半身子躲在陳平安背後的李槐怯生生道：「嚇到你們家小孩，是我沒管好我家小白驢，對不起啊。」

一鼓作氣跟那些陌生人道歉後，李槐哽咽起來。阿良曾經打趣這個小兔崽子只會窩裡橫，家裡當老爺出門裝孫子，這倒是沒冤枉他。

陳平安輕輕揉了揉李槐的腦袋，然後望向那個中年人：「我們能做點什麼嗎？」

中年人嗤笑道：「屁大孩子，好大的口氣，讓你父母長輩出來說話！」

一個滿臉心疼的雍容婦人抱起孩子，聽著懷中孩子不停告狀，說是那毛驢亂撞，見著他就要張嘴咬人，凶得很，如果不是自己跑得快，肯定就要被那頭畜生咬掉一條胳膊了。

婦人氣得嘴角抽搐，眉眼越發凌厲，沖中年人憤怒道：「你也不管管？在京城坐了這麼多年冷板凳，好不容易到了地方，自己兒子還要被一頭畜生欺負，你不嫌丟人，我一個婦道人家都替你臊得慌！」

陳平安深吸一口氣，望向那個臉色陰晴不定的中年人，緩緩道：「我們長輩沒有隨行遠遊，所有事情，我可以做主。」

婦人視線偏移，冷冷望向陳平安，譏笑道：「四條腿的畜生都管不好，兩條腿的能好到哪裡去？一群有爹生、沒娘養的賤種！」

李寶瓶氣得嘴唇顫抖，滿臉漲紅出聲道：「我家小白驢乖得很，做錯了事，我們認！沒做錯的，不許你們亂潑髒水！有本事你們再問那個孩子一遍，問清楚事情起因和經過再來大放厥詞！」

林守一臉色陰鷙，抬臂伸向懷中。

那疊黃紙符籙之中，品秩高低懸殊極大，以林守一如今剛剛踏足修行的體魄和神意，只能駕馭最低的三張符籙，例如那名為「盤中珠」的水符，最適合在此時此地使用。

陳平安快速望向林守一，投去一個隱晦的詢問眼神。後者點點頭，也以眼神示意那尊陰神離此不遠，他已經與之聯繫上，陰神隨時可以出現。

陳平安收回視線後，對男人一本正經道：「希望那位夫人能夠跟我們道歉。」

中年人似乎覺得跟一群孩子較勁太掉價了，而且多少也曉得自己兒子的脾氣，所以先前的怒意重新落回肚子。此時聽到那個草鞋少年的荒誕言語，頗覺滑稽，只當是市井少年不知天高地厚，所以不以為然道：「既然你們道歉了，又是長輩不在身邊的情況，我也不計較什麼，但是要防止那頭畜生再度傷人，我覺得最好還是將其擊斃，否則等到真傷了人，後果就真的很難收拾了，絕不是你們幾個孩子擔當得起的。」

婦人冷笑道：「敬復！主辱臣死的道理都不懂？」

最先出現的那個黑衣漢子神色有些尷尬，趕緊轉身向那位一家主婦彎了彎腰。

孩子突然在她耳畔竊竊私語，指了指李寶瓶。

婦人點點頭，笑道：「對了，打死那頭畜生丟入江水之後，記得稍稍教訓一下那三個小傢伙就行了。至於那個紅棉襖的小姑娘，我看著挺順眼的，給我家瑜兒當個貼身丫鬟就不錯，也算賜給她一點造化福氣。」

李槐惶恐至極，使勁抓住陳平安的袖子：「他們打我、罵我都沒關係，但是小白驢不能死。我再跟他們認錯，我可以把那本書賠給他們，你不是告訴我那本書很值錢的，不要丟了嗎……」

陳平安伸手重重按住李槐的腦袋，不讓他繼續說下去：「認個屁的錯，你現在已經沒任何錯了。」

李槐愣在當場。

陳平安另外一隻手按住李寶瓶的腦袋，輕聲道：「小師叔試試看能不能幫妳出氣，現在不好說，但是試過了才知道。」

林守一正要說話，陳平安對他輕輕搖頭，最後望向看似通情達理的中年人，問道：「是不是道理講不通，沒得聊了？」

中年人有些心煩意亂，瞇眼陰沉道：「你知道你在跟誰說話嗎？」

他一揮袖，對身旁黑衣扈從下令道：「殺驢！」

陳平安深吸一口氣，氣勢渾然一變。

阿良曾經教過他一門十八停的運氣法門，他嘗試過很多次，最多七停就要絞痛得難以自禁。要知道，陳平安對於疼痛一事的忍耐程度是遠超同齡人的，這次只支撐到第七停就讓他差點滿地打滾。不過對於前六停，擁有武道二境體魄的陳平安就能相對順暢地完成。顯而易見，六停與七停之間存在著一道極為關鍵的分水嶺。

陳平安在棋墩山跟五境巔峰的朱河切磋，雖然朱河事先說好就將氣機運轉壓制在三境的地步，但少年與其對戰起來猶有一戰之力，雙方打得有來有回。朱河不曾真正走入過江湖，所以不太清楚這其中的意義。只有當初小鎮上那位兵家劍修才能夠一眼看出，少年在河邊粗樸至極的走樁早已渾身走拳意。

練拳不練真，三年鬼上身。練拳找著真，一拳打死神。

朱河當然知道這兩句話，但由於尚未躋身六境，不曾領略到武道更高處的風光，所以並不算領悟其中真相。他甚至不知道，在他堅信的止境便是第九境之上，還有著傳說中「山登絕頂我為峰」的第十境。

武道一途，憑藉機緣天賦跨過門檻後，能吃多少苦，就享多少福，最是公平。

不管山上修行的鍊氣士再如何瞧不起「下九流」的純粹武夫，當拳頭真正落在這些神仙頭上的時候，那可是真的痛。

黑衣漢子大踏步向前，從儒衫家主身邊走出，隨口道：「勸你們最好讓開。」

陳平安二話不說，一步向前，船板聲響沉悶，外人看來聲勢平平，最多就是少年有些莽撞氣力罷了。

《撼山譜》拳法的走樁總計六步，大小錯開，陳平安在死死記住十八停後，自己嘗試著去一停一步。他一旦跟自己較起勁來，那真是無藥可救的。就像當初只因為寧姚姑娘的一句話，陳平安就決定要練拳一百萬次，在那之後每天都不曾懈怠。

身為三境武夫的黑衣漢子雖然對一個萍水相逢的貧寒少年走著有模有樣的拳樁有些驚訝，可仍是沒有半點小心戒備，反而還有些慶幸。如果只是殺了毛驢之後欺負幾個孩子，他的臉面都不知道往哪裡擱了，這艘船上可是有不少擔任家族扈從的同道中人。

六步拳樁迅猛走完，陳平安最後一步轟然發力，腳底船板吱呀作響，整個人已經如一支箭矢瞬間來到黑衣漢子身前。

目瞪口呆的漢子竟是只能在倉促之間猛提一口氣，雙臂護在胸前。

漢子的手臂傳來一陣鐵錘重砸的劇痛，整個人被一撞之下只得踉蹌後退，好不容易止住後退頹勢，正要讓近乎麻痹的雙手迅速舒展些許，不料一抹黑影如附骨之疽高高躍起，以膝蓋撞在了中門微開的漢子胸口。

這一下漢子當真是受傷不輕，砰然一聲倒飛出去。

當鮮血湧至漢子的喉嚨，他的頭腦徹底清醒過來，心神反而比之前更加清澈。到底是實打實的三境武夫，想著那少年出人意料的狠辣攻勢，多半是強弩之末了，只要等到自己借著這股衝勁在遠處摔落，應該就可以很快起身迎敵。

但是那個草鞋少年如一陣江心的清風，速度不減反增，已經來到尚未摔落在地的漢子身側，對著後者腦袋就是一拳掄下。

砰！黑衣漢子的身軀被直直打落地面，由於下墜勢頭過大，甚至還在船板上微微反彈了一下。

嘔出一大口鮮血後，一拳未出、一招未使的三境武夫就這麼澈底地昏厥了過去。

不幸中的萬幸，當看到他暈死過去後，少年幾乎要踩在他面門上的那只草鞋驟然收了回去。

一切不過是眨眼工夫。

中年男人來不及轉身，只是保持那個扭頭的姿勢，一臉讀書人掉進糞坑裡的表情。

婦人臉色雪白，懷中的孩子張大嘴巴，一行僕從丫鬟更是沒回過神來。

陳平安瞥了眼腳邊的黑衣漢子，確定沒有出手偷襲的可能性後，看了眼儒衫男人，最後把視線停留在婦人身上，緩緩開口道：「現在道理是不是講得通了？」

嚇破了膽的婦人突然對中年男人尖聲道：「馬敬復是個中看不中用的廢物，你堂堂大驪清流官員難道也要當廢物？快點亮出你的官家身分啊！」

中年男人轉身，伸手指向陳平安，暴喝道：「你放肆！本官是這條繡花江盡頭的宛平縣縣令！此時正是在赴任途中……」

陳平安根本不去看那個惱羞成怒的男人，死死盯住婦人。

婦人那句「有爹生、沒娘養」，還要擄走李寶瓶當丫鬟，他記得很清楚。

陳平安不是不記仇的人，有些別人傷害到自己的無心之舉，陳平安熬一熬，也就忍過去了；可有些必須要報的仇，只要一天沒報，那麼他活一百年，就能記住九十六年！

阿良曾經笑問：「剩下四年被你吃掉啦？」

少年一板一眼回答：「四歲之前，我有爹娘，又不懂事，可以不算。」

陳平安再次如清風一衝向前，一腳踹得那婦人連同懷中孩子一起踉蹌摔倒。

只是比起那個黑衣漢子，他們的驚嚇多過疼痛。

陳平安冷冷瞥了眼那個錦衣玉食的孩子。

中年男人破口大罵道：「豈有此理，你竟然連婦孺也不放過？匪人豎子！喪心病狂！」

陳平安走向他，說道：「只要是個人，到了懂事的歲數，就要講道理。我管你是大是小，是男是女？」

中年男人步步後退，始終伸手指著陳平安，顫聲威脅道：「我要治你的重罪，讓你吃一輩子牢獄飯！」

就在此時，二樓有人沉聲道：「小傢伙，這就有些過分了啊。教訓過那名扈從就差不多了，還不快快收手？如果繼續不依不饒，靠著一點本事就敢恃武犯禁，老夫雖然不是官場中人，可要攔下你，幫助那位縣令大人將你抓捕歸案，還真不難。」

陳平安聞聲轉頭望去，一名青色長衫老者站在二樓船頭，身旁站著一個佩劍的白袍男子，正在閉目養神。

陳平安收回視線，對中年男人說道：「跟我們道歉。」

中年男人眼見有人仗義執言，無形中膽氣大壯，憤怒道：「休想！到了宛平縣轄境，本官要讓你這個匪徒見識一下我們大驪的律法！」

陳平安深吸一口氣：「道歉！」

中年男人有些畏縮，望向二樓，高喊：「還望老先生見義勇為，在下定會銘感五內！」

老人對此面無表情，望向陳平安的背影：「少年，老夫最後勸你一句，停步，收手！」

陳平安對船頭的林守一以眼神示意暫時不要輕舉妄動，轉身問道：「先前老前輩在做什麼？」

老人坦然笑道：「自然是袖手旁觀。當然了，若是那位縣令大人真敢強奪民女，老夫肯定也會出手阻攔。」

陳平安又問道：「那他們殺我們的驢子呢，您會不會攔著？」

老人啞然失笑道：「老夫又不是救苦救難的活菩薩，自然不會出手攔阻，一頭驢子而已。」

陳平安繼續問道：「那到底是誰沒有道理呢？」

老人愣了愣，破天荒有些猶豫：「道理嘛，大概還是在你們這邊吧。但是小傢伙，有了道理，不代表就可以為所欲為啊。」

陳平安最後說道：「要他們道歉，就是為所欲為了?老先生，那咱們的道理還是不太一樣。」

老人哈哈大笑道：「那今天老夫還真就要看看，到底你的道理，大不大得過老夫的道理。」

手臂自然垂下的陳平安點了點頭，手腕悄然一抖，另外一隻手指向那個已經睜眼的白袍男子：「靠他對吧？」

林守一心領神會，嘴唇微動。

老人早已怒意滿胸，只是臉上依然笑意如常，點頭道：「怎麼，不服？」老人笑著轉頭望向身邊的扈從劍客：「白鯨，那個小傢伙好像覺得自己的拳頭比你的靈虛劍更能講道理啊。」

白袍劍客扯了扯嘴角，泛起淡淡的輕蔑譏諷。

就在此時，異象突起。

還不等船上內行咀嚼出「靈虛劍」三字的分量，彷彿劍仙出世的白袍劍客就像被人抓住脖子，從二樓船頭橫飛出去，劃出一道漂亮的弧線，最終一頭狠狠撞進繡花江，濺起巨大的水花，過了很久也沒能浮出水面，生死不知。

那個中年男人嚇得肝膽欲裂，望向已經開始登樓的少年，趕緊亡羊補牢：「對不起，我錯了！是本官錯了！」

陳平安來到老人身邊，二樓船頭只剩下了臉龐抽搐的他。

看到少年的身形後，老人咽了咽口水。

陳平安輕聲問道：「老先生，您活了這麼一大把年紀，照理說懂的應該比我多很多，您的道理都跑到狗身上去了嗎？」

老人正要說話，一個白影好似一條大白魚跳出了繡花江，原來是白袍劍客白鯨被拋回了大船二樓。

老人彎下腰，欲言又止。

陳平安已經下樓離去。

中年男人讓家中所有人乖乖站好，在陳平安走過的時候，人人賠禮道歉。

陳平安對他道：「可以了。不過我知道你其實心裡恨不得殺光我們。」

中年男人膝蓋一軟，恨不得給這個少年跪下來。

陳平安不再搭理他們，回到船頭原位坐著。

李寶瓶伸出大拇指，林守一依舊背靠船欄內壁，臉色平靜。

李槐滿心愧疚，攥緊白色毛驢的韁繩，生怕再給陳平安招惹麻煩。

陳平安認真想了想，輕聲道：「以後我練拳要更加勤快一些。再就是林守一，如果可以的話，你也別偷懶。」

林守一笑著點頭：「不用你說。」

李槐小聲道：「對不起，陳平安。」

陳平安抬起頭，笑道：「你該說的對不起早就說了。如果是因為惹了後邊的那些麻煩才跟我說對不起，那不用。只要你沒錯，就別認錯，跟誰都是這樣。我們今後去大隋的路上還是像今天這樣不惹麻煩，但麻煩找上門了，也絕對別怕麻煩！做得到嗎？」

李槐一下子熱淚盈眶，挺起胸膛：「我可以的！」他又很快破涕為笑，「陳平安，你可以啊，打架好生猛，要不然以後我也喊你小師叔吧。」

陳平安瞥了他一眼，他立即改口道：「以後再說！」

陳平安突然加了一句：「如果，我是說如果啊，如果真遇上了拚命也打不過的對手，那就趕緊認錯認慫，不丟人。活著比什麼都要緊。」

李寶瓶雙臂環胸，靠著小書箱，氣呼呼道：「小師叔，這件事，不行的！」

林守一拆臺道：「我覺得可以。」

李槐嘿嘿笑道：「我反正聽未來小師叔的。」

繡花江水底，如魚游蕩在水中的一尊陰神，笑了笑。

第四章 狹路相逢

經過這樁風波，勢利眼的大船主人立馬跑來，說是給貴客們準備了上好的二樓雅間，便是把驢子一併牽入也無妨，是他這艘小船蓬蓽生輝才對。還有一些慕名而來的豪客，多懸刀而不佩劍，顯然是來套近乎的。

陳平安應付這些不在行，都是林守一出面幫著婉拒。到底是督造衙署長大的少年，言談舉止滴水不漏，哪怕拒絕了他們，也讓那些人仍是面帶喜氣地離去。

劍客白鯨是大驪南方小有名氣的散人修士，佩劍是貨真價實的法器，名為靈虛，是道家符籙一脈的神兵利器。相傳是一位下山修心的遊方高人在荒郊野嶺坐化兵解後的遺物，無意間被白鯨獲得，憑藉一身本就不俗的劍術悟出了劍道真意，從此揚名。只是他生性不喜拘束，才沒有被大驪官府和邊軍招徠，反而喜歡在江湖上仗劍遊歷。

此人在蛟龍四伏、宗師輩出的大驪江湖上能夠被記住姓名，實際上已經很不簡單了，結果連劍都沒能出鞘，從頭到尾被人如此玩弄於掌心，說不定連劍心都要蒙塵，劍意亦會沾染汙垢，那麼草鞋少年一夥人的家底有多深厚，可以藉此掂量掂量。船上多是見多識廣的文人、商賈和江湖豪俠，不管各自心性是好是壞，蠢人還真不多。

林守一眼見著不再有人過來客套寒暄，揉了揉太陽穴，有些心煩意亂。若非空隙歇息的時候能夠親眼看著碧綠書箱在陳平安手裡一點一點顯露出雛形，就林守一那種天生寡淡冷漠的性子，恐怕早就忍不住惡臉相向了。

陳平安有些於心不忍，說道：「放心，我肯定把這只書箱做得讓你滿意。」

林守一盤腿而坐，滿臉疲憊，破天荒吐露心扉，輕聲道：「真想找一個山清水秀的地方獨自面壁修行，只管我山中一甲子，任由世上已千年。但是阿良說過，這種路數的修心叫枯塚，可行是可行，但獨屬於境界到了一定高度的鍊氣士。我才剛剛入門，若是現在就這麼幹，肯定會走火入魔，墮入旁門外道而不自知。」

陳平安點點頭：「那的確是得小心些。」

李槐托著腮幫蹲在一旁，樂呵呵道：「林守一，說不定阿良嚇唬你呢。我看棋墩山就不錯嘛，適合你去當神仙，無聊的時候，還能跟那個叫魏檗的土地爺聊天打屁，坐著大烏龜或是騎著黑蛇、白蟒，威風得要死。不過這樣的話，你既然都不跟我們去大隋了，那就把這只書箱留給我唄？我現在背不動，過幾年個子高一些，力氣大一些，剛好把小書箱換成大書箱。我會念你的好，大不了將來從大隋遊學歸來，再還給你。」

林守一斜眼瞥著打小算盤的李槐，冷笑道：「我就算留在棋墩山修行長生之法，也不把書箱留給你。」

李槐「哦」了一聲：「那你還是繼續跟我一起去大隋吧。」

林守一揉了揉眉心，覺得還是只有阿良治得了李槐。

不對，李寶瓶也可以，陳平安好像也可以……難道只有自己拿李槐沒轍？

心情不太好的林守一盯住李槐，把後者給看得毛骨悚然，趕緊表忠心道：「幹啥咧，林守一？我其實是想你跟我一起去大隋的啊，我就是有點眼饞你的書箱，沒辦法，比我的書箱要大嘛，這個我不否認啊，但是你如果真要下船返回棋墩山，我肯定是不樂意的。你想啊，咱們四個人裡，就你道貌岸然、一肚子壞水，以後如果碰上沒把壞字刻在臉上的傢伙，比如包藏禍心的那種，肯定就只有你能一眼看穿啊，對不對，陳平安、李寶瓶？」

李槐左右張望，尋求援手。陳平安低頭打造書箱，專心致志，置若罔聞；李寶瓶不知道在想些什麼奇奇怪怪的問題，神遊萬里，心無旁騖。

林守一有些心情沉重：「你以為我們這趟去大隋遊學很輕鬆嗎？除了山水險阻之外，肯定還有很多我們想都想不到的么蛾子。」

李槐眨了眨眼睛。

林守一緩緩道：「我們大驪以武立國，江湖勢力不容小覷，讀書人很少有人出名，在先生的山崖書院建立之前，一直被整個東寶瓶洲罵作蠻夷之地。」

李槐點頭道：「這個我知道啊，咱們齊先生從不忌諱說這些的，又不是沒講過咱們大驪的處境。」

林守一嘆了口氣：「記得我小的時候，督造官宋大人曾經說過一件事情，說早年大驪好不容易有一個讀書人靠本事考進了觀湖書院，結果受盡了來自四面八方的屈辱。不單單是言語辱罵那麼簡單，按照宋大人的說法，應該是大隋高氏和盧氏王朝的兩名讀書人聯手設置了一個連環局，害得我們大驪的那名書生心境崩碎，變得瘋瘋癲癲，多年後好不容易恢復了神志，又在男女情事上被狠狠捅了一刀，最後就投湖自盡了。

我們大驪因為此事，舉國震怒，這才掀起了與盧氏王朝賭上國運的大戰。要知道在那之前，對於昔年擁有大驪上國身分的盧氏王朝諸多刁難，大驪素來是能忍則忍的。當然，如今局面已經變了很多，現在我們大驪的讀書人越來越多，山上的鍊氣士也開始下山，他們都在為大驪朝廷效命，在邊關奮勇殺敵。

這就又出現了一個嶄新的格局，那就是大驪的文人很清貴，讀書人當官就會自視高人一等，比如先前那個自稱宛平縣縣令的人，多半是從京城外放地方的貨色，正兒八經的科舉出身，所以我現在擔心那個男人在宛平縣轄境渡口下船後，不管是書生意氣還是想著新官上任三把火，會選擇對我們下手。好在他是讀書人出身的文官，而我們當中也有一位不曾露面的『山上神仙』，說不定能夠震懾住他。畢竟讀書人在大驪再金貴，仍是比不過鍊氣士。怕就怕那個縣令不夠聰明，或者不曾真正見識過鍊氣士的厲害，那我們還會有一連串的麻煩。」

李槐憂心忡忡，轉過身對著側臥在身後的白色驢子就是一巴掌，怒罵道：「惹禍精小白驢！你當自己是黃花大閨女啊，給人摸一下就耍性子、發脾氣？」

李寶瓶突然開口道：「那個老頭子肯定是宛平縣縣令的座上賓，說不定現在正相互吐苦水呢。我相信老人的身分越高，那名劍客的劍術越好，宛平縣縣令就越不敢明面出手。我大哥說過，秀才造反三年不成。至於暗中使小絆子，我們可不怕，只要那傢伙不敢動用朝廷力量，兵來將擋、水來土掩便是了，你林守一怕什麼？別自亂陣腳！」

林守一仔細想了想，點頭道：「應該是這樣了。」

李寶瓶說完之後，臉色認真問道：「小師叔，對吧？」

陳平安無奈道：「我哪裡知道這些讀書人和當官的彎彎繞繞。總之遇上了麻煩，妳和林守一商量著來。」

上次學塾馬夫子「托孤」一事，幾個孩子能夠安然返回小鎮不說，還把那名自稱大驪諜子的車夫耍得團團轉，其實就是林守一起的頭，李寶瓶制定大方向，林守一再在細節上查缺補漏，天衣無縫，心志早熟得遠遠超過同齡人。

陳平安突然停下手中動作，想了想，乾脆連柴刀也一併放在腳邊。心不靜時，陳平安就會什麼都不做，寧可先放一放，也絕不輕易犯錯。以前燒瓷是如此，如今練拳更是如此。

李寶瓶和林守一幾乎同時察覺到異樣，就連李槐都趕緊端正坐姿。

陳平安看到三個疑神疑鬼的傢伙，苦笑道：「幹嘛？我只是想到一件事情，你們這麼緊張做什麼？」

李寶瓶說道：「小師叔，你說出來聽聽。」

陳平安笑道：「我剛才就是想，除了跟你們識字之外，是不是也要跟你們學一學書上的學問。」

李寶瓶愣道：「可我們跟先生學到的只是入門蒙學，沒什麼了不得的大學問。再說了，我們自己都只是蒙童，如何教得了小師叔？更何況很多蒙學上的語句，我隨口問起，連齊先生也答不出來的，我們咋教啊？胡亂回答，不好的！」

李槐嘀咕道：「先生不是回答不出來，只是回答得晚了一些，妳就不願意聽了。」

李寶瓶猛然轉頭，一拳砸在李槐腦門上。

李槐其實沒怎麼疼，仍是抱著腦袋鬼叫道：「這日子沒法過了！李寶瓶的力道越來越大了，我也要練拳，不然將來我肯定會被她失手打死的。」

林守一好奇問道：「陳平安，學書上的東西做什麼？」

陳平安緩緩道：「我怕有一天我跟人講的道理，事後發現其實是沒有道理的，所以我希望除了姚老頭、阿良他們教給我的道理之外，再從你們讀書人的書本上學一些。」

李槐如墜雲霧，滿臉震驚道：「陳平安，每天練拳那麼辛苦，而且你打架已經那麼厲害了，難道不是為了能夠跟人不講道理？」

林守一猶豫了一下，搖頭道：「陳平安，我覺得不用事事講道理，畢竟天底下所有人都有自己的道路要走，我們堅守本心即可，否則只會深陷泥濘，過猶不及的。」

李寶瓶滿臉嚴肅：「小師叔，你別急，讓我想一會兒。我覺得這件事很大，我必須要認真對待，仔細思考！」

在小鎮學塾的時候，齊靜春就是這樣，每當李寶瓶詢問一些個看似淺顯至極的問題，反而會陷入沉思，多半要拖延幾天才給出答案。

陳平安越發無奈，仰起頭望向蔚藍天空，片刻之後，收回視線，不知為何突然就滿臉笑容了：「我之所以要這麼麻煩，是因為我在得到那部拳譜之後就一直有個感覺，說出來不怕你們笑話，就是每當我與人對敵的時候，不管說不說出口，只要覺得我是對的，那麼我心底就像有人在不斷告訴我，你陳平安可以出這一拳，不管是對誰！」

接下來，三人彷彿都看到了一個陌生的陳平安。

只見這個來自泥瓶巷的貧苦少年神采飛揚，雙拳緊握擱在膝蓋上，從未如此自信：「而且，這一次出拳，可以很快！」

林守一眼神癡癡，小聲呢喃道：「應該不算習武走火入魔吧，挺正氣凜然的，還真有點像是先生在學塾……講述那些聖賢大道最精妙處時的樣子。」

李寶瓶正忙著思考先前那個問題，陳平安已經重新拿起柴刀，繼續給林守一做小竹箱子了。

李槐有些神色恍惚，很久都沒有還魂回神。

先前那一刻的陳平安，讓他感到似曾相識，好像記起了小時候有一次，吵架本事天下無敵的娘親讓人給撓得跟大花貓似的，回到家就撒潑打滾。他和姐姐李柳跟著娘親一起哭，那個被街坊鄰居罵作窩囊廢的爹就只是悶悶地蹲在門檻邊。

娘親最後就說自己瞎了眼，才找了這麼個沒骨氣的男人，自己婆娘給人打了也放不出個屁。李槐他爹始終沒吭聲，氣得從小就跟娘更親近的李槐跑到門口狠狠踹了那個傢伙的後背兩腳，說以後再也不認他這個爹了。

後來他娘親哭累了，扯著男人的耳朵往門外一甩，說罰他今夜滾院子裡睡去。可是才關了門、熄了燈，她又讓李槐去開門，把他爹喊回屋子睡覺。

李槐不太情願，可熬不過娘親催促，只得開了門，讓他差點氣炸的是，他爹依舊老老實實蹲在院子裡。

然後那一刻，身材矮小結實的男人緩緩站起身：「兒子，爹要連夜出山一趟，跟你娘親說一聲，很快就回家。」

不光屁都不放一個，還這麼躲著娘親和他們姐弟，這算男人嗎？李槐氣得渾身顫抖，哭喊道：「什麼兒子，我是你李二的爹！」

男人半點也不生氣，笑罵道：「臭小子，不愧是我李二的崽兒！」

那一刻，李槐有些癡呆。記憶中，他爹是從來不會這麼跟人說話的，好像永遠都低人一等，除了睡覺打呼跟打雷似的，就是個沒出息的悶葫蘆，哪怕在他和姐姐面前也從來沒有半點一家之主的樣子。

的的確確，他爹就是個怕天怕地、怕人怕鬼，什麼都怕的窩囊廢，可是那天晚上，他爹走的時候，走得雷厲風行，很像是福祿街、桃葉巷那邊的富貴老爺。

李槐當時沒有多想，只是覺得他爹有可能是大半夜幫著娘親當街罵人去了。

可第二天李槐就失望得很，因為把他娘親撓花臉的婦人一大家子見著他們娘仨依舊趾高氣揚。之後他爹很長一段時日都沒出現，應該是入山燒炭，賺錢養家糊口去了，所謂的「出山」，李槐覺得肯定是他爹的口誤。

不過他爹回來的時候，彷彿開竅了，不但拎回來一隻肥膩燒雞，還給他們娘仨都帶了禮物。

娘親一手叉腰，一手點著他爹的眉心說：「孬歸孬，算你李二還有點良心。」在那之後，他爹就又是那副「你來罵我啊，我還嘴一句算你有本事；你來打我啊，打死我也算你有本事」的孬樣了。

但是不知為何，隨著李槐慢慢長大，那一夜在院子裡，他爹「出山」之前的笑容、說話的語氣和走路的架勢，在他的腦海中不但沒有模糊，反而越來越清晰。

李槐突然說道：「陳平安，我們以後回到小鎮，我請你去我家做客。」

陳平安疑惑道：「你爹娘和你姐姐不都已經離開小鎮了嗎？你之前說過，他們以後都不會回來了。」

才記起此事的李槐驀然紅了眼睛，嘴唇顫抖，就要哭出聲來。

陳平安只得安慰道：「別哭別哭，你不也說了嘛，你爹答應過你，只要真正成了讀書人，他就會來探望你的。」

李槐委屈道：「可是我又貪玩，又吃不了苦，一讀書就喜歡偷懶犯睏，比李寶瓶和林守一差太遠了，我恐怕當不了讀書人了，爹娘就再也不要我了。」

若說林守一和李寶瓶的歲數已算少年、少女，還是大門大戶出身，見的世面多，膽子相對大一些是理所當然的，可李槐卻真的只是個孩子罷了，跟他陳平安一樣是窮苦出身，膽子小一些也很正常。所以陳平安從頭到尾對李槐都算是最耐心的那個人，哪怕是棋墩山那次，李槐在泥濘裡使勁踩踏，只有被濺得一身泥的陳平安打心底裡沒覺得有絲毫煩躁。

陳平安笑道：「別胡說，你爹娘如果不心疼你，還會送你去學塾念書？早點讓你下莊稼地裡幹活，幫著家裡放牛，不是更好？」

李槐心情略微好轉，抹了把臉，哭喪著臉道：「我家窮，買不起牛啊。」

陳平安輕聲道：「你現在還窮？不說那本《斷水大崖》裡的古怪，就書籍本身也值十兩銀子。」

李槐笑顏逐開，轉頭瞥了眼白色毛驢，咧嘴嘿嘿笑道：「我還有頭驢呢！」

林守一突然神色一凜，壓低嗓音對陳平安道：「水底陰神告訴我，有人來了，要見我們。但是那人自稱認識阿良，還說阿良之所以提前入城，就是想問他一些問題，所以陰神問我們如何處置，是不答應他們登船，還是……陰神還說那人身邊跟著一位江水正神，不出意外，是這條繡花江享受萬民香火祭祀的神祇。」

陳平安有些為難，最後沉聲道：「讓陰神前輩護在我們身邊就是了，其實讓不讓人家登船差別不大。接下來你們幾個要小心，還是之前約定的老規矩，一切先由我來應付，實在不行，林守一你再動用那些黃紙符籙。」

林守一點頭道：「好。」

他心神微動，細語呢喃。片刻之後，這艘行駛在繡花江水面上的大船微微一震，如果不是陳平安四人事先知情，一般人都不會察覺到其中玄機。

雖然他們肉眼見不到陰神的存在，但是明顯感到船頭這一塊陰氣森了幾分。

這時陳平安發現船頭不遠處多了一個盤腿而坐的年輕劍客，長劍橫掛在腰後，懷中還抱著用棉布包裹的長條物品，像是一把刀劍。

他起身後，走到陳平安這邊，對隱蔽身形的陰神微微一笑，不再向前，開門見山道：「我帶來了你們四人的通關文牒，有大驪龍泉縣縣衙戶房的朱印，以及關於你們此行出境遠遊的許可朱文。至於我是誰，不重要。總之，我認識阿良，所以絕對不會是你們的敵人。船上先前的那點衝突，你們不用擔心，那個宛平縣縣令不會耽誤諸位的求學之路。」

最後年輕劍客雙手遞出手中物，望向李寶瓶，笑道：「妳就是寶瓶姑娘吧？這把刀是阿良交代我們大驪務必要原原本本交還給妳的。」

李寶瓶雖然心情激動，但仍是一動不動。

陳平安獨自向前，從年輕劍客手中接過那柄祥符狹刀，說道：「麻煩前輩了。」

年輕劍客開懷笑道：「你們都是阿良的朋友，我可不敢以前輩自居。」

陳平安問道：「阿良還好嗎？」

年輕劍客神色不變，點頭道：「放心吧，很好。」

這把刀，是大驪藩王宋長鏡親自命心腹送出京城，交到年輕劍客手上的。

還過了刀，年輕劍客如釋重負：「諸位放心遠遊便是，接下來一路到達邊境野夫關，只要涉及朝廷和官府都會暢通無阻，除此之外，我大驪就不會參與了。當然，如果真有了麻煩和意外，只要你們跟邊軍或是當地官府打聲招呼，朝廷一樣願意竭力相助。」

陳平安望向此人的眼睛，點頭道：「我們知道了。」

年輕劍客從袖中拿出四份通關文牒交給他，最後把到了嘴邊的話又咽回肚子，換了一些客氣話，抱拳道：「那就此別過，我去二樓打聲招呼就走。」

陳平安有些彆扭地抱拳還禮。

二樓一間擺設精美瓷器的上等雅室裡，所有人全部站著。老人和劍客白鯨臉色凝重，即將上任的宛平縣縣令和妻兒則戰戰兢兢，大氣不敢喘。

只有一名不速之客坐在那裡自斟自飲，他身材魁梧，袖上有青蛇盤踞，呼吸吐納皆是白霧繚繞。男子一身神采，絕不似凡俗人物。

見年輕劍客來，男子立即起身彎腰抱拳，一言不發，卻極其恭敬。

年輕劍客擺擺手，看也不看老人和白鯨，對那位宛平縣縣令說道：「到了宛平縣轄境，本本分分做你的父母官便是。今日之事，不要多嘴，到此為止，朝廷可以當作什麼都沒有發生。但如果稍有風吹草動，我可能不會親自來找你，但是這位繡花江的水神大人是可以把你的腦袋擰下來的。」

年輕劍客不願多說什麼，只是對那位始終不敢坐下的繡花江神笑道：「你幫忙看著點，我先回去了。」

繡花江神沉聲道：「那屬下就不送大人了。」

年輕劍客走出雅間後，來到外廊，望向江水，想起草鞋少年的那番言語，頗有感觸。

最終，他的身形一閃而逝。

山下純粹武夫之所以矮山上鍊氣士一頭，就在於他們作為立身之本的東西——練拳的拳譜也好，習劍的劍術也罷，十八般武藝、十八般兵器，全部被習慣性稱為武學，其實在山上鍊氣士看來，跟「道」這個字八竿子打不著。

一旦武學始終不升到武道的高度，那終究只是在爛泥塘裡打滾而已。

恐怕那個陋巷少年自己都不知道，他那番發乎本心的言語，關於如何出拳的感悟，是至少武道六境之上的宗師才會去深思、才會需要自問自答的問題。

棋墩山，有名姿色平平的婦人在自家大人的祕密授意下，帶著一個船家女出身的貌美少女開始徒步爬山，向北方行去。

這是少女第一次出門遠行，所以一路上不斷回頭張望，戀戀不捨。

婦人也不多說什麼，人之常情，無須苛責。

何況長春宮她這一脈比較奇怪，修心重情，尋常鍊氣士視為累贅忌諱的拖泥帶水，反而是她這一脈的證道階梯，所以少女才離鄉就思鄉，反而是好事。

至於為何要帶著少女步行穿過棋墩山，那位大人沒有明說，她也不方便刨根問底。

一路翻山過水，風景宜人。

少女生性天真爛漫，雖然略顯疲憊，可是精神很好，走著走著，順手折了路旁一根花枝輕輕晃悠，哼起了一支世代相傳的鄉謠小曲。

長春宮婦人皺了皺眉頭，但是始終沒有說什麼。

遠處有一個俊美非凡的年輕人，如同山鬼精魅，同樣是在緩緩而行，始終望著婦人身邊的少女。少女的嗓音空靈婉轉，哪怕鄉謠的內容很悲傷，可從她嘴中哼唱出來，就別有韻味，哀而不傷。

年輕人輕聲與少女的歌聲相和，聲韻略有不同，更為醇正，也更為悲愴。

少女如春草裡穿梭的黃鶯，男子如孤零零站立墳頭的老鴉，一個歡快鳴叫，一個低沉嗚咽。最後，在山脊用青石板壘砌起來的寂寥驛路上，少女猛然抬頭，發現遠處走來一名白衣年輕公子，模樣好看得不能再好看了。

兩人在狹窄的驛路相遇，年輕人卻已經低下頭，不說話，就這麼悄無聲息擦肩而過。

少女忍不住回頭望去，發現那人站在遠處，不走也不回頭，背對著她。

少女有些奇怪，搖搖頭，轉頭繼續前行。

之後繡花江兩百多里水路，安安穩穩。

陳平安一行人下船的時候，李槐和林守一都背上了書箱，加上李寶瓶，負笈遊學變得越發名副其實，結果就是讓陳平安看起來更像一個大戶人家的少年僕役。如果不是親眼所見，實在無法想像他是一名練家子，能夠讓一個大驪縣令身邊的武祕書郎毫無還手之力，下船之時，竟然是讓人用擔架抬下去的。

陳平安下船之前就仔細看過了堪輿圖，如果不進宛平縣城，那麼繞城南下之後要穿過一片崇山峻嶺，估計需要大半個月的腳力。陳平安在船上找當地人問過了，有山路可走，但是比起棋墩山的青石驛路要難走很多，不通馬車，多是驢騾馱物。

如果不走山路，就必須經過一座郡城。林守一說他尚未悟出純陽符的法門，無法讓那尊陰神遮掩先天而生的陰穢之氣，這樣的話，它多半無法光明正大進入城內。按照阿良的說法，郡城的城隍閣、文武廟以及一座將軍府邸恐怕都會對陰神產生先天排斥，若是有高人坐鎮，很容易節外生枝。

一行人一邊問路一邊前行，其間陳平安還跟鄉野村夫、婦人試探性詢問那些山嶺有沒有古怪傳說，會不會有山鬼出沒。當地百姓看到四個孩子年紀都不大，又背著書箱，便當成了富貴人家跑出去遊山玩水的讀書郎，笑著跟陳平安說，那邊的山山水水連個名兒也沒有，哪來的神神怪怪，他們就從來沒聽說過。最後大多不忘跟四人推薦繡花江的江神祠，說那兒求籤拜神很靈驗，說不定真有江神老爺，每年縣令大人都會帶人在江邊祭祀，爆竹連天，熱鬧得很。

正午時分，四人準備入山。

李槐站在山腳下，彎腰作揖，狠狠拜了三拜，抬頭看到陳平安沒動靜，奇怪地問道：

「陳平安，上回在棋墩山你都拜了拜，這次咋偷懶了？」

陳平安猶豫了一下，回答道：「我以前跟老人經常進山，學了一點看山吃土的本事。老人心情好的時候，說過些山勢走向，什麼地方會是山神老爺擱放什麼金身的地兒，很有講究的。大致上一座山有沒有山神老爺坐交椅，進山之前你仔細看幾眼就能看出一點苗頭的。加上之前當地人都說這兒沒那些說法，就大致能夠確定我們要走的山路不是山神的地盤了。」

林守一心念微動，說道：「陰神前輩說了，一個王朝的山水正神名額有限，不可能處處都有神靈，否則就會氾濫成災，使得地方氣運一團亂麻。加上山水之爭跟山下爭田地、搶水源是差不多的光景，反而對王朝不利，所以一般來說，地方縣誌上沒有明確記載山神廟的山頭，就不可能出現山神。」

李槐有些失望：「唉，我還想多幾個彩繪木偶呢。」

原來在棋墩山因禍得福，白白拿了一個栩栩如生的彩繪木偶，這讓李槐期待得很，恨不得走過一座山頭就拿到一個，那等走到大隋書院，自己的小書箱就能堆滿了不是？要不然到頭來裡面只放有一個木偶和一本書，太「家徒四壁」了。

林守一氣笑道：「你有什麼臉皮說陳平安財迷？」

李槐一臉無辜：「我沒說過啊，我只說過陳平安是君子愛財，取之有道。」

林守一冷哼道：「馬屁精！」

李槐大怒：「如果不是我苦苦哀求，你能有小書箱？林守一你有點良心好不好？」

李寶瓶沒好氣道：「閉嘴。」

陳平安在四下無人的時候就會練習走樁，因為背著大背簍，不敢動靜太大，就讓自己收著力氣和架勢，盡量往慢了走，畢竟阿良在枕頭驛傳授十八停運氣方式時就說過一個「慢」字才是十八停的精髓所在。陳平安如今卡在第六和第七停之間，死活邁不過去這個坎，剛好拿《撼山譜》的走樁來練練手。

進山走了約莫兩個時辰的山路，李槐已經氣喘吁吁，李寶瓶亦是如此。

陳平安知道這就是所謂「一口氣」的盡頭了，於是挑了一條溪澗邊休息。林守一不愧是一隻腳登山的神仙了，氣定神閒，只是額頭微微滲出汗水，比不過陳平安而已。眾人各自找地方坐下，陳平安從自己的大背簍裡拿出李寶瓶的那把狹刀祥符。

雖然當時阿良說了「墊底」二字，可陳平安又不是瞎子，而是用慣了菜刀和柴刀的人，甚至連寧姑娘的壓裙刀也借用過一段時間，知道這把刀肯定名貴異常，所以只要四周沒人，就會拿出那塊莫名其妙多出來的小小斬龍臺，小心翼翼地磨礪刀鋒。

拔刀出鞘後，把黑得發亮的斬龍臺輕輕蘸水，陳平安就蹲在溪畔開始緩緩磨刀，動作舒緩，不急不躁，像是對待小鎮最珍貴、脆弱的貢品瓷器。

陳平安喜歡專心做一件事情，尤其是能夠做好的話，會讓他格外開心。

就像每次到了「會當凌絕頂」的視野開闊處練習立樁劍爐，陳平安會感到最舒心。每當收回心神的時候，他會感到神清氣爽，同時又有一些遺憾，恨不得去將拳譜後邊的拳招鑽研精深，一下子就融會貫通，一口氣全部學會，使得自己的出拳更加有章法，更加迅猛，擁有阿良離開枕頭驛之時拔地而起、化虹而去的那種氣勢。

但是每當這種時候，陳平安就會默默走樁，將這股躁動之氣一點一點壓抑下去，告訴自己不要急，要心靜。心不定，一味求快，就會跟燒瓷拉坯一樣，反而容易出錯，功虧一簣。有一次走樁，陳平安怎麼都靜不下心來，於是就去翻看那些州郡堪輿圖，無意間翻出小心珍藏的三張藥方，正是那位陸姓年輕道人的手筆。

寧姑娘說這些字寫得沒滋沒味，像什麼讀書人的館閣體，最無趣，可是陳平安如今有事沒事就會拿出那三張紙看一看、讀一讀，心就能靜幾分。

李寶瓶洗了把臉，縷縷髮絲沾在額頭上。這麼長時間步行遠遊，小姑娘曬黑了許多，所以此刻沒了頭髮遮掩的額頭顯得格外光潔白皙。

李寶瓶喜歡看小師叔聚精會神磨刀的樣子，狹刀在斬龍臺上推移的時候，好像天地之間就只剩下了小師叔一個人，她怎麼也看不厭。

當然，陳平安走路練拳的時候，擋在她身前用拳頭跟人講道理的時候，跟他們認字的時候等等，她都喜歡，只是分喜歡、很喜歡、更喜歡、最喜歡。

當然，也有不那麼喜歡的時候，不過李寶瓶一般很快就會忘了。

李寶瓶突然想到紅燭鎮枕頭驛，想到自己寄回家裡的那封信，心情有些陰鬱。

陳平安察覺到小姑娘的異樣，笑問道：「怎麼了，有心事？」

李寶瓶嘆了一口氣：「不知道家裡如何了。二哥人這麼壞，大哥以後會不會被二哥欺負呢？」

陳平安認真道：「就事論事，我以後肯定會當面跟妳二哥問清楚有關唆使朱鹿殺我的事情。但是話說回來，妳二哥對妳這個妹妹應該是不壞的。」

李寶瓶苦著臉道：「朱鹿怎麼會這樣，怎麼可以這樣！她既然已經是武夫了，還有她爹朱河，只要去邊軍，誰都會搶著要的，她以後靠自己去爭取一個誥命身分，很難嗎？為什麼我二哥說什麼，她就真的照做？」

陳平安搖頭道：「這些我就想不明白了。」

不遠處林守一臉色陰沉：「天下熙熙，皆為利來；天下攘攘，皆為利往。」

李槐哼哼道：「屁咧，我看朱鹿這傻瓜就是喜歡上了妳二哥。少女懷春，春心萌動，得到了心上人的承諾，比那誥命夫人的誘惑更讓她動心。」

林守一冷笑道：「那她就真是又蠢又壞，無藥可救了。」

陳平安嘆了口氣，看了眼身邊三人，想起泥瓶巷、杏花巷那邊的風景，雞飛狗跳、雞毛蒜皮、婦人罵街、背後壞話，什麼都不缺，說道：「你們是讀書人，懂得多，又是齊先生手把手教出來的學生，所以跟我們很不一樣。其實像我生活的地方，哪怕很多上了年紀的人，就跟船上那個縣令和老人差不多，是不願意講道理的，要麼只願意講自己的道理。」

他乾脆不再磨礪狹刀，收刀入鞘，有些感慨：「不過別看他們不講理，可有些人力氣大，燒瓷燒炭就能賺錢養家；有些人莊稼活做得比誰都好，所以日子過得其實不差；還有比如給人接生、喜歡燒符水裝神弄鬼的馬婆婆，人壞得很，可這麼壞的人，對她的孫子馬苦玄又好得很，恨不得天底下所有的好東西都給自己孫子。」

陳平安笑道：「所以我要讀點書，想明白到底是為什麼。」

李寶瓶突然站起身，在溪水旁邊緩緩踱步，臉色凝重，最後她突然開口道：「小師叔，你上次在船上的問題，我一直在想，現在我覺得想明白一點點了。你要不要聽聽看？」

陳平安忍住笑：「剛從你們那裡學來一個『洗耳恭聽』，現在正好用得上。」

李寶瓶氣呼呼鼓起腮幫，最後有些埋怨道：「小師叔！」

陳平安趕緊笑道：「妳說妳說。」

李寶瓶還沒開始講她的道理，就先為自己做鋪墊、埋伏筆、找退路了：「我可能說得比較亂，小師叔你如果覺得不對，聽聽就好啊，不許笑話我。」

陳平安搖頭道：「我在船上能跟那麼大歲數的老人講道理，為什麼跟妳就不可以？妳只管說，小師叔用心聽著呢。」

李槐撇撇嘴，拎著那只彩繪木偶胡亂揮動，像是指揮千軍萬馬的大將：「說說說，說話吵架從來不疼，打架才疼。」

李寶瓶先講了三個說法，有點類似夫子講學的開宗明義，提綱挈領：「我要講仁義道德、鄉俗規矩、王朝律法。」

李槐立即有些頭疼了，把心思放在那個精美絕倫的彩繪木偶上，想著哪天它能活過來跟自己聊天解悶就好了。

林守一笑了笑，單手托著腮幫，望向站在溪邊的李寶瓶。

陳平安豎起耳朵，用心聽講。

小時候經常去學塾的牆根處偷聽齊先生說書，這讓他始終有些懷念。

李寶瓶接著道：「這三點分別對應君子賢人、市井百姓、違禁壞人。君子賢人，讀書多了之後，懂了更多道理，但是要切記一點，就像我大哥所說的，道德一物，太高太虛了，終究是不能律人的，只能律己！又故而立身需正，身正則名正，名正則言順，言順則事成。除此之外，一旦獨善其身了，若想兼濟天下、教化百姓，大可以將自己的道德學問，像我們先生那樣在學塾收弟子、傳道授業。一般的市井百姓，只需遵守鄉俗規矩即可。而王朝律法，就是用來約束壞人的一條準繩，而且是最低的那根，也是我們儒家禮儀裡最低的『規矩』。」

陳平安覺得這些話雖然都聽得懂，只是其中的道理始終沒有成為自己的道理。難怪阿良說要多讀書啊。

林守一不知何時已經正襟危坐，皺眉道：「那是法家。」

李寶瓶面對三人，斬釘截鐵道：「法必從儒來！」

林守一愕然。

李寶瓶看到心不在焉的李槐，氣不打一處來，輕喝道：「李槐！」

李槐彷彿回到了鄉塾蒙學，被齊先生在課堂上一次次溫聲點名的歲月，本能地回答道：「到！」結果發現齊先生已經換成了經常揍自己的李寶瓶，便有些悻悻然，覺得挺丟人現眼的，只得繼續低頭擺弄木偶。

李寶瓶不理睬李槐，繼續說道：「各有各的規矩，相安無事，世道清明，天下太平！君王垂拱而治，從而聖人死，大盜止！」

林守一又開口道：「聖人不死，大盜不止，這是道家的說法吧……」

李寶瓶眼神熠熠，大聲道：「一法通，萬法通，天底下最根本的道理，必然是一致的！」她好像記起了什麼，在三人面前緩緩踱步，「我在學塾的最後一堂課，是先生單獨跟我說起『天經地義』四字，經義是我儒家立教之根本……」

李槐終於開口道：「先生沒跟我們講這個啊。林守一，你呢？」

林守一搖搖頭。

李寶瓶雙臂環胸，氣道：「你們一個是先生講道理不愛聽，一個是先生講了東西不愛問，難道非要先生把他的學問塞進你們腦袋裡去啊？」

李槐嬉皮笑臉道：「如果可以的話，我是不介意的。先生那麼大學問，分我一點都夠用一輩子啦，這樣省心省力，還能少走彎路。」

林守一自言自語道：「一法通，萬法通……若真是如此，確實需要自己找到那個『一』，阿良說的『求精深而棄駁雜』也能對上了。」

被李槐這麼一打岔，李寶瓶像是又想到了別處，遇到了瓶頸。她有些難為情，對陳平安說道：「小師叔，我再想想啊，又有問題跑出來難住我了。」

陳平安微笑著抬手伸出大拇指。

李寶瓶雀躍道：「講得不壞？」

陳平安沒有收回大拇指，大聲道：「很好！」

四人並不知道，原本暗中守護在不遠處的那尊陰神，如同一個從油鍋裡爬出來的可憐人，渾身劇顫。

福禍相依，這尊陰神先是漫不經心地聽著那些稚嫩的「講學」，然後就是一系列匪夷所思的反應，心神搖盪，魂魄分離，一身渾厚陰穢之氣如同被一陣陣強勁罡風如刀削去。陰神一開始還不信這個邪，始終不願後退一步，到最後實在是經受不住，一退再退，竟是退了數十里才略微好轉。陰神不願就此作罷，頂著那股無形的罡風浩然氣一步步前行，如一葉扁舟在江水滔滔之中逆流而上。

相傳浩然天下九大洲，儒家七十二書院裡的那些正人君子，胸中一點浩然氣，天地千里快哉風。

與此同時，在這片山嶺人跡罕至的百里之外，有一處輝煌如王侯宅邸的所在，一名身形曼妙卻臉色雪白的紅衣女子本想點燃一盞白紙燈籠高高掛起，可是燈火點燃一次就自行熄滅一次，這讓她的臉色變得有些猙獰。

整棟恢弘宅邸，鬼蜮橫行，陰風大振。

她丟棄手中燈籠，緩緩升空，最終懸停在比屋簷更高的地方，環顧四周。

陳平安一行人從北向南入山，與此差不多時候，湊巧也有一行人由南往北而行。

為首的是一個背負桃木劍、腰懸一串銀色鈴鐺的老道人，道袍老舊，腳踩草鞋，仙氣沒有幾分，寒酸氣十足。他身後跟著個神色木訥的跛腳少年，除了背負著大包裹，肩膀斜斜扛著「降妖捉鬼、除魔衛道」的幡子。估摸著幡子是清洗的次數太多，布料早已泛白，八個字也墨色淺淡。還有一個七、八歲的圓臉小姑娘，瘦瘦小小，伸手攙扶著不知為何始終閉眼的老道人。

老道人猛然抬頭「望」向連綿逶迤的青黑大山，驚訝道：「咦？此山距離繡花江的江神祠並不算遠，竟然還有這麼明顯的妖氣沖天而起，這其中必然有隱情。雖說山水有界，互不干涉，可此處古怪，大有古怪。」

圓臉小姑娘聞言，憂心忡忡問道：「師父，那咋辦？上回您在三枝山捉妖失敗，出錢僱用咱們的人最後氣得連盤纏也不給。如今咱們可真沒錢了，不然咱們繞路？」

老道人冷哼道：「繞路？若是貧道沒能遇上也就罷了，算那妖物邪祟走運，如今既然被貧道遇上了，豈有放過的道理！幡子上寫著的『除魔衛道』，豈是給外人看的……」

圓臉小姑娘嘆氣提醒道：「師父，這裡沒外人。」

老道人訕訕笑道：「順嘴順嘴。師父還沒從三枝山那邊緩過來呢，委實是太氣人，沒有功勞也有苦勞，竟是半顆銅錢也不願意給，世間竟有如此厚顏無恥、為富不仁的傢伙，活該他們祖墳被山鬼侵占，子孫橫禍連連……」

圓臉小姑娘又提醒道：「師父，您不是常說我們修道之人要有平常心嗎？」

前一刻還慈眉善目的老道人勃然大怒，伸出雙指擰住圓臉小姑娘的胳膊，滿臉厲色道：「誰給妳的膽子教訓起師父了？還敢沒完沒了！」

圓臉小姑娘痛得放聲大哭，趕緊求饒道：「疼疼疼，師父，不敢了不敢了……」

老道人並未轉身，伸手重重一拍腰間鈴鐺，獰笑：「小雜碎，還敢對妳師父起殺機？」

跛腳少年神色默然，很快就有鮮血從耳鼻滲出，可是他始終一言不發，紋絲不動。

圓臉小姑娘哭得更加傷心：「師父，您就放過師兄吧，他肯定是無心之舉。我答應師父，接下來三天之內，爭取多給師父一斤符泉！」

老道人眉開眼笑，使勁揉了揉她的腦袋，力道不輕，使得她的纖細身軀左右晃蕩。

老道人說：「不是爭取，是必須。」

他總算收回乾枯如老樹枝椏的手，大笑道：「入山！馬無夜草不肥，說不定就是一筆橫財。還別說，自從有你們兩個小雜種在身邊，雖然混吃混喝，可師父修道就修得安心許多了。如此一想，師父覺得以後是要對你們好一些，哈哈。」

圓臉小姑娘攙扶著老道人開始登山，跛腳少年默默擦去鮮血，習以為常。

圓臉小姑娘偷偷轉頭笑了一下，跛腳少年咧咧嘴，示意自己沒事。

師徒三人入山之後，竟是兜兜轉轉，無法準確找到妖氣的來源。老道人能夠感受到細微的妖氣彌漫在附近的山野草木中，可始終不得其門而入。老道人心知那大妖的道行肯定不弱，否則也沒本事使出遮天蔽日的障眼陣法，不過他仍是不願死心，就讓扛著幡子的跛腳少年去探路，自己則帶著圓臉小姑娘在靠近山路的地方休憩，時不時察看手中的一塊木製羅盤。此羅盤俗稱「顛倒盤」，是道門修士和陰陽術士常用的款式，並不出奇，只不過天池海底的朱紅細針偶爾有金光流瀉，顯現出此盤暗藏玄機。

天色陰沉，霧氣彌漫，隨時都有可能下雨。老道人此時蹲在路旁，低頭「凝視」著羅盤，神神叨叨念著：「顛顛倒，二十四山有金山銀山。倒倒顛，二十四山有龍潭虎穴。」

老道人收起羅盤，轉頭向山路遠處，輕聲笑道：「財路來啦。天無絕人之路，看來到了宛平縣能夠小酌幾杯嘍。」

圓臉小姑娘順著老道人的視線，看到一行人緩緩行來。為首一人是個背著大背簍的草鞋少年，手持柴刀，偶爾將山間狹窄小路旁的枝椏劈砍掉，以防勾連刺破衣衫。他身後還有三人，年紀都不大，一個身穿紅棉襖的小姑娘，一個鬼頭鬼腦的男孩，還有一個神色冷漠的少年，三人都背著可愛至極的翠綠小書箱。

這些人身後居然還跟著一頭馱著行囊的白色毛驢。

圓臉小姑娘壓低嗓音道：「師父，不像是有錢人家，要不還是算了吧？」

老道人一挑眉：「蚊子腿那也是肉啊。妳是半個當家人，兜裡還剩下多少銅錢，心裡沒數？就妳師兄那個饕餮肚子，吃掉師父多少銀子了？若不是師父可憐你們，你們以為這個世道，能容你們活幾天？」

懂事的圓臉小姑娘趕緊給老道人敲肩膀，笑容真誠，感恩道：「所以我和哥哥給師父做牛做馬，從無怨言的。可是師父如果以後生氣，能不能在哥哥不在場的時候才教訓我啊？那麼哥哥也不會生氣，師父就不用拿師門家法懲罰他了。」

老道人緩緩起身，圓臉小姑娘立即束手立於一旁。

一行人正是南下大驪邊境野夫關的陳平安他們，陳平安其實早就看到笑呵呵的老道人和拘謹的圓臉小姑娘了。

老道人在陳平安他們走近後撫鬚而笑，以稍顯拗口的大驪官話語不驚人死不休道：「如果貧道沒有看錯的話，諸位此行遠遊有過血光之災。可千萬別以為大難不死，必有後福，在貧道看來，你們接下來還有一場真正的災禍，這個坎過去，才有真正的後福。」

陳平安心頭一沉，不露聲色。

李寶瓶打量著那個臉色微白的圓臉小姑娘，後者羞赧笑了笑，李寶瓶也笑了笑，兩人立即就相互喜歡上了。

李槐到了嘴邊的那句「老道兒你不是瞎子嗎，怎麼看這看那的」差點就要脫口而出，只是繡花江船上的風波讓他銘刻在心，立即捣住嘴巴，堅決不惹事。

老道人好像察覺到了李槐的心思，哈哈笑道：「你們有所不知，我道門有十大神通，其中便有『心眼洞開，天地清明，鬼祟退避』一說。貧道正巧掌握了這門神通，不敢自誇已經爐火純青，卻也算小有氣候，看人不以眼看皮囊，只需以心觀望各位的氣象即可。」

林守一臉色淡然道：「我儒門聖人有教誨，萍水相逢，不語怪力亂神。」

老道人略有訝異，很快便嘆息道：「罷了、罷了，佛家不度無緣人，道門亦是不救蒙蔽漢。去吧，希望此行路上你們自己小心便是。若是真有麻煩，不妨大聲呼喊，貧道如果僥倖聽聞，必然反身相助；可若是路途相隔遙遠，貧道就算有心，也無力了。」

說完這些話，老道人側身讓過小路。

陳平安笑道：「我們會小心的，感謝道長提醒。」

雙方擦身而過，李寶瓶朝乾乾瘦瘦的圓臉小姑娘大方揮手，小姑娘怯生生舉起小手在胸口輕輕晃了晃，作為無聲的告別。

老道人等到陳平安一行人的身影在山路消失，嘀咕道：「一路行來，大驪人要麼是粗鄙武夫，要麼是無知百姓，貧道這一套百試不爽，怎麼今天失靈了？晦氣晦氣，諸事不順。看來這次降妖更不能失敗了，山野大妖必有雄厚家底，這次……」

他眼皮子微顫，止住話頭，拍了拍身邊戀戀不捨望向山路的圓臉小姑娘腦袋，和藹可親道：「酒兒，只要此事成功，師父的雷法修行就有了保障，再不用為錢財擔憂，那麼以後師父對你們兄妹一定會更好的。」

名叫酒兒的小姑娘揚起腦袋笑道：「只要師父以後不經常拍打鈴鐺就很好了！」

老道人不置可否，猛然抬起頭，手指掐訣，神色不驚反喜：「變天了！好重的妖氣，竟然能夠惹來一地山水氣候的變換！好好好，總算引蛇出洞了。小酒兒，準備隨師父一起除魔衛道！」

酒兒使勁點頭，即將面對山下百姓人人聞風色變的妖物鬼祟，竟是絲毫不懼。

她掏出一把長不過寸餘的銀色小刀，擼起袖管，準備用刀在手臂上劃，問道：「師父，現在就要符泉嗎？」

老道人點頭道：「雖然師父還有一些，不過小心起見，先來一些，讓師父以備不時之需，免得被妖物打個措手不及，到時候反而是害了你們兄妹。」

酒兒深吸一口氣，用小刀在手臂上劃開一道口子，頓時鮮血湧出，趕緊抬起手臂：

「師父，好了。」

老道人熟門熟路地伸出一根右手手指，左掌攤開，迅速用手指蘸血在掌心畫了一個符，然後指掌互換，右手掌心也畫了一張符。

臉色越發蒼白的酒兒仍是認真問道：「師父，夠不夠？」

老道人哈哈笑道：「暫時夠了，師父這就讓那頭盤踞此山的大妖嘗一嘗五雷轟頂的滋味！」

距離師徒二人約莫一里山路外，陳平安突然停下腳步，舉起柴刀示意後邊三人注意。

只見遠處有一個手持奇怪幡子的少年，身形矯健如山野猿猴，從密林深處一躍而出，背對陳平安他們，落在山路上。少年使勁搖動幡子數次，然後就想沿著利於奔跑的山路去跟老道人會合，結果一轉身，就看到山路上多出了陳平安一行人。

他有些著急，略作思量，一咬牙改變主意，選擇繞路撤退，繼續往山下逃竄，同時不忘對陳平安他們做了一個快走的手勢。

李槐目瞪口呆：「這是在幹啥？」

林守一皺眉道：「應該是有邪祟在追逐少年，我感覺得到有股陰穢之氣。」

果不其然，一抹模糊身影裹挾著滾滾黑煙，看到陳平安一行人後，停滯片刻，散發出瘆人陰森的氣息，不過最終仍是追著那手持幡子的跛腳少年，迅猛離去。

陳平安對林守一說道：「問一下陰神前輩怎麼說。」

片刻之後，林守一答道：「陰神前輩讓我們繼續前行，不要逗留，他會隨機應變。但是他也說了，自己只是護送我們去大驪邊境，提醒我們此行目的只是遠遊求學，不是當捉妖除魔的大善人，他不希望我們主動惹是生非。」

陳平安點點頭：「跟陰神前輩說一聲，我們會見機行事，如果能幫忙就幫忙，不能也不強求。還有，林守一，你也準備好那三張符籙，然後你來帶頭領路，我在隊伍最後。寶瓶、李槐，記得如果真的遇到了傳說中的鬼怪精魅，不要怕，更不要慌，千萬別學……算了，我們趕路！」

陳平安原本想說千萬別學棋墩山石坪上的朱鹿，明明有武道二境巔峰的修為，遇上妖物白蟒，竟是連出手都不敢。但是又想到阿良隨口說的那句「背後說人是非者，必是是非人」，陳平安便把話咽回了肚子。

林守一神色自若。那一疊小鎮李氏珍藏的壓箱底符籙中三張品秩最低的黃紙符籙如今他已能夠勉強駕馭，分別是水符「盤中珠」、火符「火雨」，還有一張五嶽破障符，屬於山氣符範疇。

但是林守一真正的憑仗，不是三張不知威力大小的符籙，而是自身，是那部《雲上琅琅書》所記載的祕傳雷法。不過林守一當然不會因為想要驗證這一手雷法的威力就去自找麻煩，而讓所有人置身於險境。

一行人快步而行，李槐邊走邊舉起手，納悶道：「這就下雨了？也不事先打聲招呼啊？」

陰雨綿綿，不大，卻讓山林間的寒氣濃郁了許多。

陳平安從背簍裡拿出四頂斗笠，全都是在紅燭鎮購置的，就是為了在這種風雨之中匆忙趕路。

每人戴上一頂斗笠後，腳步不停，陳平安時不時回頭張望。

遠處，老道人面向朝自己一路狂奔而來的跛腳少年，大笑道：「來得好！小小邪祟，自尋死路！給貧道去死！」

他腳踏罡步，手心畫符的一掌拍出後，才對跛腳少年出聲提醒道：「趴下！」

跛腳少年一個前撲，在泥濘山路上打滾。

老道人掌心裡的金光熠熠生輝，符籙每一筆皆有金光亮起，掌心隱約有雷聲響起。

這一抹璀璨金光，在風雨如晦的荒郊野嶺之上格外引人注目。

跛腳少年身後那團黑煙驟然停止，剛想要逃竄就已經被金光砸中，像是被一團金色大網籠罩全身，滋滋作響。

黑影哀號不已，很快煙消雲散。

跛腳少年一路弓腰跑到老道人身後，氣喘吁吁，將招魂幡子往地面上一插，看到酒兒的擔憂神色，仍是咧咧嘴，搖搖頭，示意自己沒事。

老道人歡暢大笑：「枯骨而生的末流陰物，也敢在貧道面前露頭？」

有一縷灰色像是被人拉扯進了那杆幡子，老道人身形在原地騰空而起，扭身就是一掌揮出：「來來來，儘管來，全部化作貧道的無量功德！」

跛腳少年和酒兒後方的一個陰物又被起於老道人手心的雷法一掌轟散，很快就又有一縷灰色飛入幡子。

山路上，老道人身形輾轉騰挪，雙手快速互換，一掌掌揮出，一次次亮起金光，雷聲轟隆隆，聲勢驚人。

老道人痛快大笑，陰雨天氣中，雷光映照得那張蒼老臉龐氣勢凌人。看來這老道人確實有幾分斬妖除魔的真本事，幾招得手，豪氣沖天：「貧道雷法何等浩蕩，豈是你們這些陰物能夠抗衡的。那頭鬼鬼祟祟藏在幕後的大妖，你還要讓這些嘍囉來送死嗎？趕緊束手就擒，交上一半家底，說不定貧道悲天憫人，還會放你一馬！」

雷法之術，千年以來，始終雄踞於道家萬法之首，一旦使出，公認威力浩大，勢不可當。只是所謂的五雷正法，東寶瓶洲除了寥寥無幾的道家宗門能夠真正領略其精髓，其餘很多傳承，皆是體系並不完整或是只得形似不得神意的旁門，這對於施法之人必有反噬，長年累月，生機衰竭，便就成了夭壽之源，所以這個老道人目盲眼瞎，未必是天生的。

原本在山路四周的樹林之中快速游弋的一道道滾滾黑煙逐漸減少，那些嗚咽、哀號、低吼彙聚在一起的噁心聲響徹底恢復平靜。

酒兒輕聲道：「師父，後邊，有很多燈籠掛起來了。」

老道人轉頭「望去」，感知到一盞盞白紙燈籠在北邊山路憑空出現、憑空點燃，像是一條長達千百丈的火龍，緩緩遊走於山野大澤。

老道人神色凝重，搓了搓掌心，以女徒弟鮮血作為朱漆的手心符籙已經消耗得差不多了。他伸手從背後抽出桃木劍，如臨大敵。

一名身穿鮮紅嫁衣的女子姍姍而來，手持一柄油紙傘，分明嘴唇未動，卻有陰惻惻的嗓音響起於師徒三人耳邊：「這位道長只管繼續畫符，便是畫滿全身也無妨，妾身可以等。之後妾身就會邀請三位去府上做客，親自為你們三人洗臉、抽筋、錐心。」

手持紙傘的嫁衣女鬼似乎對酒兒最感興趣，她伸手覆住自己那張小小的雪白臉龐：「比如洗臉，便是這般。」

下一刻，酒兒嚇得趕緊閉上眼睛。

原來那紅衣女鬼抬手遮住自己的容顏後，輕輕向下一抹，就像整張臉皮被剝離「洗」掉了，露出一張鮮血淋漓的恐怖面目。

老道人手持桃木劍，劍尖直指嫁衣女鬼：「到底是妖是鬼？」

嫁衣女鬼輕輕擰轉傘柄，獨自站在遠處山路上，給人煢煢孑立之感。她一路行來，裙擺已是泥濘不堪，不知為何竟是沒有使用妖術，以那無形的山野瘴氣凝聚成能夠不沾塵垢的衣衫。她身上這一襲豔紅嫁衣顯然是真材實料的綢緞，說不定還是出自山下店鋪有名裁縫之手。

嫁衣女鬼先前往下一抹，剝掉了整張面皮，此時手掌又緩緩往上，重新覆上了一張蒼白無色的容顏，如山下那些待字閨中的美嬌娘，年輕秀美，若非臉色病態，其實與世俗尋常女子並無兩樣，近在咫尺，就連老道人也感受不到她身上的妖氣。

這種修行有道的大妖行走人間城池早已無礙，只要不主動靠近城隍閣和文武兩廟，都不會惹來世俗勢力的鎮壓。當然，前提是這類大妖願意收斂氣息，壓抑殺戮本心，不去為禍世間。

嫁衣女鬼扯了扯嘴角，依舊嘴唇未動，聲音自起：「道長一心斬妖除魔，積攢無量功德，於是妾身來了。道長所謂的五雷正法，妾身更是拭目以待。」

老道人心中越來越震驚，袖中那塊內外總計四層的顛倒盤，分別針對妖怪、精魅、陰物鬼祟、山水神祇。除去精魅一層，其餘三層皆是旋轉大震，這說明眼前此物身分複雜，極有可能生前是一頭修道有成的大妖，死後化作橫行一方的厲鬼，但是澈底墮入邪道前，已經擁有晉升為山水神靈的資格。

老道人心中叫苦不迭，這比起三枝山的那頭陰險山鬼棘手、難纏了何止一籌、兩籌？他竭力面不改色、心不跳，以免被嫁衣女鬼察覺到自己心虛，緩緩倒持木劍以示善意，朗聲笑道：「這位小姐雖然妖氣磅礡，有坐鎮一方通天徹地的氣象，但貧道以心眼觀之，小姐身上分明殺氣極少，罪孽不多，便是有一些縈繞不去的怨氣，那也是很多年前的殘餘，不值一提。貧道身為一介山野散修，與這位小姐可算半個同道中人，大水沖了龍王廟，驚擾了小姐修行，罪過，罪過。」

一直仰起頭望著油紙傘的嫁衣女鬼猛然收回視線，死死盯住擅長雷法的遊方老道人，這一次直接張嘴說話：「小姐？沒看到我的衣飾嗎？喊我夫人！」

最後四個字，嫁衣女鬼幾乎是咆哮而出。

剎那之後，滂沱大雨，山風呼嘯。

啪一聲，嫁衣女鬼收起油紙傘，一手持傘，一手輕撫傘面，動作輕柔地抹去雨水，但是望向師徒三人的臉龐不斷扭曲：「果然是瞎子，老瞎子！你能以心眼觀像是吧，妾身剛好帶你回府，讓你這個居心不良的牛鼻子老道曉得什麼叫作錐心之痛！」

老道人試圖緩和氣氛，嘆道：「夫人何必如此咄咄逼人？事情又不是沒有迴旋餘地。」

嫁衣女鬼開始緩緩前行，一步一步踩在小路泥漿之中，一手持傘，一手提起衣裙，露出一雙濕透的髒兮兮繡花鞋，微笑道：「道法不精，膽敢居心不良，死了好，死了好，省得以後耽誤了郎君讀書，耽誤他考取功名……」

說到最後，女鬼細語呢喃，眼神溫柔，那些彷彿在竊竊私語的細碎言語，在疾風驟雨之中被遮掩得一乾二淨。

老道人冷笑道：「這位夫人，當真要與貧道玉石俱焚？」

眼見是不死不休的境地了，數十年遊歷四方，小半個東寶瓶洲都走過了，老道人倒也不是什麼怕事之徒，輕喝道：「小跛子，只要這次能聯手退敵，貧道答應你，讓小酒兒一整年不用上繳符泉。」

跛腳少年點點頭，伸手握住那杆寫有「降妖捉鬼、除魔衛道」的招魂幡子，沉聲道：

「可以了。」

老道人一腳重重踏地，雙手食指中指併攏，作道家法劍之勢，快速默念一連串劍訣，最後以「急急如律令」收尾。

只見那杆插在地上的招魂幡子原本裹捲在一起的幡面突然之間變得好似迎風招展，獵獵作響，幡上八個字變成慘白色，像是八個身披銀色甲冑的沙場小卒開始聽從軍令，在幡面上跑動起來，排兵布陣。其中「降妖捉鬼」四字沿著幡面、木杆子、跛腳少年的手臂、肩頭，一路迅猛推移，最終分別流竄跑入少年的耳鼻四竅。

少年的眼眸瞬間變成純白之色，每一次呼吸吐納，面目七竅皆有黑煙繚繞。

跛腳少年雙拳緊握，仰天怒吼，全身上下黑煙滾滾，黃豆大小的雨點竟是在他頭頂三尺附近就瞬間蒸發為水氣。

跛腳少年相比陰氣內斂的嫁衣女鬼，顯然更像一個擇人而噬的陰物鬼怪。

嫁衣女鬼一直在打量酒兒，等到跛腳少年開始朝她狂奔而來，這才望向如釋重負的老道人，淡然道：「太讓妾身失望了，竟然連旁門左道也算不上，只是不入流的歪門邪道而已。賊喊捉賊，不該死，應該生不如死。」

跛腳少年轉瞬之間就來到嫁衣女鬼之前，高高躍起，一腿掃向後者頭顱。

嫁衣女鬼既不躲避，也不格擋，始終一手雙指拈住衣裙，身姿婀娜，直線向前。

砰然一聲，嫁衣女鬼整顆頭顱被「連根拔起」，飛向山下不知何處。

只是無頭女鬼繼續前行。

落地後的跛腳少年又是鞭腿橫掃，這一次掃向了嫁衣女鬼的腰部。

嫁衣女鬼持傘的那隻手，只以手背便輕輕擋住他力重千鈞的斬腰橫掃。

跛腳少年那一腿竟是沒能讓嫁衣女鬼手背出現絲毫移動。

借助那股巨大的反彈之力，跛腳少年滯空身形擰轉一圈之後，一掌推向嫁衣女鬼的心口，沉聲道：「降妖！」

銀色「降妖」二字浮現在他手背，然後一筆一畫自動拆散，彙聚成了一柄殺氣騰騰的銀色短劍，蘊含青白之光。

短劍脫手而出，飛掠直刺嫁衣女鬼心口。

嫁衣女鬼以雙指捏住那柄即將刺破鮮紅嫁衣的凌厲飛劍。

長不過一尺的飛劍顫抖不已，嗡嗡作響。

嫁衣女鬼的嗓音悠悠然響起：「頭顱不要便不要了，這身衣裳可不能破損。髒了，可以清洗，但是破了之後縫縫補補就不美了，不然郎君怎會笑話我的女紅……」

跛腳少年一掌遞出之後，幾乎同時一拳上勾，卻沒有喊出那「捉鬼」二字，拳頭之上，同樣掠出一柄由幡面符字凝結而成的飛劍，顯然看似木訥，少年並不是真的癡呆。

出手殺敵，正奇相合。

一聲大喝炸響：「賤婢鬼物，貧道這次就替天行道，沒了頭顱，一樣要妳五雷轟頂！」

山路離地十數丈的空中，一道白雷轟然砸下。

嫁衣女鬼依舊一手持傘，另外一手先以食指、拇指拈住了第一把「降妖」飛劍，又輕輕抬臂，以無名指和尾指接住了第二柄「捉鬼」飛劍，然後一肘輕描淡寫地砸中跛腳少年額頭，後者整個人倒飛出去，摔在泥漿小路後，又倒滑退去一丈多。

嫁衣女鬼抬起持傘之手，啪一聲輕輕打開，白雷轟落在油紙傘頂，絢爛炸開。站在傘下的嫁衣女鬼四指微微加重力道，兩柄飛劍被硬生生從中折斷，跌落地面後，化作兩攤水銀白漿，很快就與泥濘混在一起。

一招手，頭顱飛掠而回，重新落在脖頸之上，血肉生長，很快就恢復原樣。

嫁衣女鬼抬起空閒的手臂，摘去頭上的一、兩根青草。

「再來！」老道人心一顫，視死如歸，澈底放開手腳，重重呼吸一口氣之後，面容威嚴，籠罩著一層淡黃色彩。

他一腳離地，一手握拳於腹部重重捶打，一手掌心向天，袖管滑落，胳膊上露出一連串朱紅色符籙。

老道人沉聲道：「噓為雲雨，嘻為雷霆！雲上琅琅，仙人指路！」

嫁衣女鬼手持油紙傘，嘴角扯了扯，路過重傷不起的跛腳少年，嫌他擋路，隨便一抬腳，少年身形在空中就消逝不見了。

酒兒發瘋一般，用小刀割破手掌、手臂，胡亂塗抹在臉上，衝向女鬼，但是她忘了此時大雨滂沱，她又沒有老道人留住符籙靈氣的仙家手腕，等到她衝到嫁衣女鬼身前時，其實早已面目清爽，只剩下不斷滑落的雨水而已。

嫁衣女鬼隨手一拍，打在她臉頰上，她嬌小乾瘦的身軀立即騰空而起，橫飛出去，與跛腳少年一樣，很快就一閃而逝。

之後嫁衣女鬼每走一步，就有一道粗如水桶的白雷砸下落在油紙傘面上，然後電光四濺，白雷碎裂。若是有人此時從遠處眺望此山，就會看到有一條條如白蛇的雷電一次次從不高的半空落下，然後在山林之間絢爛迸濺開來。

一場本來頭戴斗笠就能撐過去的綿綿陰雨，毫無徵兆地變成了滂沱大雨，實在是難以前行。當陳平安提議尋找地方躲雨的時候，林守一伸手扶住斗笠，以免被急促的雨水砸得歪斜，沉聲道：「不對勁。」

李槐扯住李寶瓶的袖子，大聲喊道：「我有點怕。」

李寶瓶教訓道：「陰神前輩不就是鬼嗎，那你還怕什麼？」

李槐眼前一亮：「對哦！」

反過來轉頭教訓林守一身後的白色毛驢：「小白驢，可不許跟丟了。」

驢子打了個響鼻。

那尊陰神出現在陳平安身邊，沙啞出聲：「這裡有一隻女鬼坐鎮周邊山水，現在她正在跟那老道人交手，不出意外，女鬼穩操勝券。她來歷不明，道行不低，若是平時和別處，我可以將其擒拿，但是此時此地，很懸。」陰神小心翼翼環顧四周，解釋，「在山海譜牒上，只要是有名有姓的山水正神，都會有自己的山頭地界，或者說是轄境。在自己地盤上與人廝殺，就會擁有天時地利的顯著優勢。除此之外，朝廷並未指定神祇的山脈河流，即便有實力超群的妖魔鬼怪和各種精魅能夠脫穎而出，但是想要擁有類似儒家的學宮書院、道家宗門府邸的道場福地、兵家修士的古戰場遺址，比登天還難。這不單單是修為雄厚就能有的，還需要莫大的機緣。可天道對於我等陰物從來不喜，想要正大光明占據一塊地盤，無異於世俗王朝的藩鎮割據，談何容易？」

李槐怯生生自言自語道：「這位陰神前輩生前肯定也是讀書人。」

陰神語氣深沉，指了指所有人的腳下山路：「一個很不好的消息，就是此處領袖群邪的女鬼身分已經不亞於一地山神了，說不定同時還兼任著河婆，從頭到尾都透著古怪。再就是你們腳下一開始就被那女鬼施展了術法，走在了她暗中鋪設的『黃泉路』上。我是陰物之身，能自由進出，可是一旦想要強行帶你們走出這條路，說不定就會重創你們的肉身和魂魄。」

林守一淡然道：「陰神前輩，既然你跟她打架打不贏，我們走又走不掉，怎麼辦？」

陰神沉聲道：「等她現身再說。放心，我絕不會讓你們受傷。」

他有些愧疚，後悔自己先前在浩然氣之中一意孤行地逆流而上，雖然事後對於修為大有裨益，甚至可以說是好處不可估量，可問題是當下，自己的道行折損到只剩下七、八成，又落入那名女鬼的算計，她極有可能一開始的目標就是陳平安一行人，而非目盲老道那師徒三人。

那些長達幾里山路的白紙燈籠根本就是引誘他去一探究竟的障眼法。

陰神心情複雜。那老道人修為不高，但那張胡說八道的嘴巴是真的毒。

陰神說道：「你們全部站到我身後。」

很快，這尊陰神便站在小路最前方，陳平安和林守一靠後一左一右站著。

陳平安已經將柴刀換成了那把祥符，林守一雙手下垂，袖中各有一張符籙。

李寶瓶和李槐則站在更後面。

最後面的白色毛驢有些暴躁不安，蹄子重重踩踏在地面上，濺起泥濘。

嫁衣女鬼手持油紙傘從遠處緩緩行來，手中拽著老道人的一條腿，在跟陳平安他們相距數丈之外的地方終於停步。

山路之上亮起一盞盞燈籠，哪怕陳平安身後也不例外。

嫁衣女鬼隨手將不知死活的老道人丟到雙方之間，一臉很不意外的「驚喜」表情，伸出手指點了點，道：「這麼多貴客呀！一、二、三，有三個讀書人呢，到底哪一位是儒門君子呢？我家郎君就曾經立志，此生一定要成為賢人君子，好為社稷蒼生謀太平。沒想到你們這麼小的年紀就早早達成了我家郎君的夙願呢。」

陳平安想要向前走出一步，陰神搖搖頭，低聲道：「不急。」

嫁衣女鬼歪了歪腦袋，左看右看，打量著那三個背著小書箱的小傢伙：「郎君以前總說品行端良的讀書人才能被稱作讀書種子，所以每當我想念遠遊未歸的郎君，就會讓人邀請一些路過此地的讀書人來我家做客，贈予他們妙齡美婢、孤本古籍、千年古琴。我喜歡聽他們說那些海誓山盟的動人話語，世間唯有飽讀詩書的讀書人才能將那些情話說得如此柔腸百轉。」

嫁衣女鬼最後把視線聚集在陰神身上，微笑道：「這位陰神前輩真是時運不濟，如果放到幾年之後，妾身這次肯定就不敢親自露面了。」

她自說自話，微微低頭，掩嘴嬌笑，秋波流轉：「婦道人家，拋頭露面，確實不好。」

可是哪怕在燈光映照之下，那張仍是慘白無色的臉龐太過讓人毛骨悚然。

李槐只是探出腦袋看了一眼，就嚇得兩腿打擺子。

嫁衣女鬼笑問道：「我實在是太久沒有跟人說話了，情難自禁，你們不介意吧？」

她想起一事，輕輕收起油紙傘。

幾乎同時，大雨驟然停歇，空中一滴雨水都沒有了。

林守一笑問道：「敢問這位夫人，那些被邀請去府上做客的讀書人，最後是怎樣的下場？」

嫁衣女鬼繼續向前走去，笑意不見：「他們啊……這些違背誓言的讀書人，最後一個個都被我攔腰斬斷，種在了我的花園裡。因為我想知道，郎君嘴裡的讀書種子，會不會在泥土裡開出花來，會不會有一天就碩果累累了，可是我很失望，他們只是化作了一具具枯骨。不過可能是那些讀書人還稱不上讀書種子吧，所以你們的出現讓我高興壞了。」

林守一臉色鐵青，李寶瓶氣得渾身顫抖。

李槐乾脆就雙手捂住耳朵：「我不聽我不聽……」

「我以前最喜歡讀書人了，可我最恨負心郎！」

嫁衣女鬼緩緩抬起頭，有血淚從眼眶中流出。

人間頭等癡情，從來被辜負。

山路兩邊懸空的一盞盞白紙燈籠全部從頂部滑落一道道鮮血，最後淹沒燭火。

「到頭來，我才知道天底下就沒有一個讀書人不是負心人啊。」

嫁衣女鬼滿臉鮮血，隨手丟了那把昔年與她郎君作為定情信物的油紙傘，雙手捣住臉龐，苦苦壓抑的嗚咽聲從指縫之間滲出。

「郎君，妾身不怪你了，你回來吧。」

山間小路兩側，無高枝可依的白紙燈籠早已變成了大紅燈籠，懸空而停，隨風搖曳。鮮血如沸水翻滾，四濺的血珠不斷撞擊燈籠，發出劈裡啪啦的瘆人聲響。

嫁衣女鬼自顧自嗚咽抽泣，始終不願放下雙手，根本就不將那尊陰神放在眼中。

陰神心神微動，以心聲祕術告知林守一，要少年有機會就使用隸屬於山氣符的破障符，接下來他會盡力纏住女鬼，一旦破開「黃泉路」，讓林守一帶著陳平安只管趕路出山，不用管他，記得不要再走腳底下這條山路了，要陳平安用那把祥符開出一條新路來。

林守一答應之後，試探性詢問，需不需要給他留下那把祥符。陰神搖搖頭，說自己根本拿不起來，劍氣太重了，用來開路最好。草木沾上了光明正大、日月輝煌的劍氣，先天克制陰物，不利於對手繼續使用鬼蜮伎倆。

嫁衣女鬼雙手向外一抹，露出一張沒有半點血色的慘白容顏，獰笑道：「先是不請自來，然後不告而別，非君子所為啊。」

陰神面目模糊起來，如蠟燭迅速融化，最後化作一團漆黑如墨的滾滾濃煙，衝向嫁衣女鬼。

嫁衣女鬼抬手揮袖，長袖攤開，大如鳥翼，護在身前，但她仍是瞬間被倒撞出去七、八丈，倒退路上的鮮紅燈籠，一盞盞砰然炸裂。燈籠內的鮮血並未濺射、散落在山間，而是飛向被陰神撞退的女鬼，如燕歸巢，情形類似老道人的招魂幡子，吸納陰物殘餘魂魄的精華。

林守一沉聲道：「準備跟在我身後，先岔出這條山路再說。陳平安，接下來我們要在樹木之間劈開一條新路出山，陰神前輩要你用祥符刀來開路。」

陳平安點頭道：「我去背上老道人，總不能見死不救。」

老道人就躺在十數步外，奄奄一息。

陳平安飛奔過去，背起可憐的老道人轉身就跑。

林守一站定，雙指拈出一張黃紙符籙，正是山水符之一的破障符，低聲念誦。

按照那尊陰神的解釋，山水符有千百種之多，是鍊氣士遠遊之時進山入水的必備符籙之一，以防出現老百姓嘴裡所謂的鬼打牆，其實是擔心深陷同行暗中設置的護山陣法，或者害怕道行深厚的山鬼精魅使壞。尤其是進入古戰場遺址、亂葬崗之類的地方，尋常修士若是沒有幾張破障符、陽氣挑燈符、三清靜心符傍身，簡直就是自投羅網。

林守一驀然睜眼，眼神深處閃過一抹金光，沉聲道：「我們跟隨符籙走。」

只見少年指間的破障符飄浮起來，懸在一人高的空中後，開始晃晃悠悠，像是一個正在認路的醉漢，而後來到靠近山牆的那側路旁，靜止懸停。

李槐問道：「這是要我們一頭撞進去嗎？」

林守一率先一步向前，身形突然就此消失。

李寶瓶、李槐陸續走入，陳平安最後背著老道人、牽著毛驢，在山路上消失不見。

那張黃紙符籙原本想要跟隨進入，但是好像被人悄悄一拽，靈氣褪盡，頹然墜地。

一行人出現在密林深處，面面相覷，哪怕是親手使用破障符的林守一也有些茫然失措。

陳平安先讓林守一幫忙背著老道人，他則攀上大樹，在最高處環顧四周，發現他們此時似乎位於一片三面環山的山坳裡，哪怕是以陳平安的眼力也看不真切，只有一個模糊的大概景象。

離開山路之前，那條山路的遠處，陰神和嫁衣女鬼大戰正酣，燈籠爆裂的聲響源源不斷，不絕於耳。

憑藉破障符走出山路後，周圍死寂一片，毫無聲息。這巨大的落差，非但沒有讓李槐覺得心安，反而更加惶恐。

陳平安深吸一口氣，手持祥符狹刀，道：「不管怎樣，往南邊走，只有那邊沒有高山阻擋。」

第五章 陸地劍仙

一片古樹參天的山坳之中，有高樓建築鱗次櫛比，宅邸輝煌，規格猶勝人間的將相公卿府邸，恐怕只有郡王府邸才能與之媲美。

這座府邸高掛「秀水高風」金字匾額，筆力遒勁，如仙人執筆。大門之外兩側有一對巨大石獅，皆有兩人高，一獅伸爪按住真人大小的石雕稚童，姿態威嚴。

空中漣漪陣陣，有一名身穿青衫的老人手提大紅燈籠從中走出，正是那位大驪禮部祠祭清吏司的郎中大人。他嘆了口氣，愁眉不展，顯然覺得此次登門會很麻煩。他將手中燈籠插入一尊石獅子腳底下，幾乎一瞬間，原先陰沉沉不見半點光亮的冷清府邸大放光明，府內高高低低、遠遠近近將近千盞燈籠同時亮起。

又有無數扇房門被推開，走出不下百個管事、馬夫、廚子、丫鬟、家丁模樣的人物，像是同時得到了家主指令，要開始勞作。只是這些人全都臉色慘白，兩眼無神。

一處花園內，跛腳少年和圓臉小姑娘酒兒相互依偎，靠在牆根。

跛腳少年七竅流血不止，已是身負重傷，就算是讓他離開，估計也走不了幾步。先前為了對付道行驚人的嫁衣女鬼，少年牽引幡子讓「降妖捉鬼」四個銀色符字進入自己面目竅穴之內，是極其折損神意魂魄的陰毒手段。酒兒數次劃破肌膚，鮮血流失嚴重，加上多少沾染了一些女鬼的陰穢氣息，因此當下依舊有些頭腦暈沉，噁心作嘔。

當燈籠亮起之後，跛腳少年臉色越發難看，趕緊伸手摀住了酒兒的眼睛。

跛腳少年視線之中，地面上四、五十具腐朽枯骨只露出半截身軀，密密麻麻，像是被栽種在菜園子裡的蔬菜。

他有些絕望。因為其中一具屍骸的脊柱和肋骨竟然呈現出淡金色，而四肢的骨頭則潔白如美玉，已經彰顯出「金枝玉葉」的中五境修士氣象。按照老道人的說法，只有中五境當中的大鍊氣士才能有這等開枝散葉的氣象，像老道人那樣堪堪摸著中五境門檻的野修鍊氣士，就連金枝也沒有修練出來，更別談玉葉了。

難怪會輸得一敗塗地，實力太懸殊了。

府邸門口，中門大開，以隆重大禮迎接大驪最有權勢的三位郎中之一。

青衫老人卻沒有跨過門檻，而是坐在門檻上，望向府邸之外的寬闊街道，輕聲道：「楚夫人，能否聽我一勸，不要為難那些少年、少女？」

門外橫放在石獅腳下的那只大紅燈籠開始劇烈搖晃起來，其上「魂去來兮」四字隨著燈籠的大幅度搖盪，蕩漾出一絲絲鮮紅流光。

青衫老人加重語氣，提醒道：「楚夫人！那些孩子一旦在妳的地界出了事情，到時候別說是妳這座府邸，就是我們大驪都要跟著一起遭殃。」

可仍舊沒有任何回音，青衫老人有了些怒意：「楚夫人！」

一個管事模樣的老者站在門內，頭戴氈帽，雙手負後，弓腰咳嗽，輕聲笑道：「大驪將這山山水水劃入我家小姐的領地已經無數年了，一直相安無事，甚至在老朽尚未擔任管事之前的漫長歲月裡，我家小姐還曾有恩於你們大驪某位先祖，如今我們府上還放著那塊『山水永睦』金書鐵券呢。那件不幸之事發生之後，從你們先帝到現任皇帝，都默許了我家小姐的洩憤之舉，怎麼今天就不行了？」

青衫老人站起身，望向那個老管事，緩緩道：「不但今天不行，殘害過路書生一事，以後也不行了！其中緣由，我自會當面告知楚夫人，但是如果楚夫人既不願收手，又不願見我，那就別怪我大驪不念舊情！」

老管事拍了拍胸口，止住咳嗽，笑道：「大驪如今山嶽動盪，除非是那位阮師親自出手，否則我家小姐還真不怕誰。哪怕打不過你們大驪朝廷的一些祕密供奉，可是小姐真想要躲起來，你們難道真有魄力一口氣挖斷這數百里山根，同時截斷繡花江？就不怕如此一來，牽連了棋墩山和那座落地的驪珠洞天？」

青衫老人臉色陰沉：「我們大人可不是那些架子比天還大的大驪供奉，他從來最反感別人得寸進尺。」

大門緩緩合上，老管事站在門檻內瞇眼笑道：「我家小姐發話了，說讓你們大驪出手試試看。」

「那就試試看！」青衫老人也是一個爽利人，不再言語糾纏，直接走下臺階，取回大紅燈籠向天空一拋，身影消逝，那盞燈籠如紅月升空。

府邸門口的大街上，陳平安一行人站在原地，心情沉重。

誰也沒有想到會從山野密林之中突然就走到了這棟豪門大宅之前。

陳平安一路負責披荊斬棘，以祥符開路，此時也有些氣喘。他體力損耗不大，更多還是心頭負擔的關係。

林守一背著的老道人突然不再裝死了，正自己打自己耳光，老淚縱橫道：「沒想到這女鬼道行如此恐怖，貧道竟然主動招惹她，還想著要斬妖除魔，真是瞎了狗眼啊，這雙狗眼沒有白瞎啊……」

林守一嚇了一大跳，趕緊把老道人從後背放下。

李槐躲在李寶瓶身後，李寶瓶臉色微白，扯了扯陳平安袖子，小聲問道：「小師叔，你怕不怕？」

陳平安抬起手背擦了擦額頭汗水，點頭道：「當然怕，不過沒關係，有我和林守一在呢。」

林守一苦笑道：「先前覺得可以試試看，現在我覺得自己的那點斤兩也就夠人家小指頭勾一勾的吧。」

陳平安將祥符歸鞘，遞還給李寶瓶。看到她和林守一一臉納悶，就解釋道：「等下讓我試試看。」

李槐天真地問道：「那女鬼不怕祥符刀，不怕林守一的符籙，反而怕拳頭？」

陳平安沒有說話，開始屏氣凝神。

身受重傷的老道人大概是自覺死到臨頭，失心瘋一般胡亂說話。

林守一袖中雙手各拈「盤中珠」和「火雨」兩張符籙，盡人事、聽天命而已。

陳平安默默駕馭體內那條氣息遊龍去往兩座氣府，只要給經脈帶來暖洋洋感覺的那條火龍不敢在兩座氣府之前稍作停留，就意味著兩縷「極小極小」的劍氣肯定盤踞其中，並無意外。

這一次，陳平安覺得一縷劍氣未必能夠保證殺掉那個嫁衣女鬼——

那就兩縷！

雖然心疼死了，但總比真的死了來得划算。

這麼想著，財迷少年的臉龐就顯得有些僵硬，殺氣騰騰。

李槐突然發現身旁的白色驢子一直在重重踩踏地面，從最早在山路那裡的急躁不安變成當下的歡快欣喜。哪怕嫁衣女鬼浮現在大門外的臺階頂部，那頭驢子也只是稍稍放緩蹄子而已。

女鬼低頭看了眼鮮紅嫁衣，其上有幾處破洞。她壓下充斥心扉的滔天怒意，望向那些少年、少女，飄然落地，側身施了一個萬福，嗓音嬌柔道：「歡迎各位登門拜訪，你們可以喊我楚夫人。可惜我家郎君遠遊未歸，只好由妾身招待你們了。」

棋墩山，有陣法遮掩景象的小竹林內，借助契機一舉恢復山神神位的魏檗正望著堆積成山的斷竹，全都是被阿良一刀攔腰斬斷的綠竹。雖然在此次風波中，收穫遠遠大於損失，可當親眼看著這些汲取了棋墩山千、百年靈氣的綠竹支離破碎地躺在地上，彷彿一位位被腰斬的美人，魏檗仍是唏噓不已。

他的金色耳環已經用了障眼法，平時哪怕他在自家地界顯露真身，那條黑蛇也無法一窺究竟。此時他在耳畔屈指輕彈，地上那些斷竹開始一根根憑空消失。

等到收拾齊整，魏檗走出竹林，看到除了戰戰兢兢蜷縮在不遠處的黑蛇之外，還有一名橫劍在腰後的年輕劍客，以及拎著酒壺仰頭灌酒的「熟人」——那個被阿良的虹光撞回棋墩山石坪，最終被那名劍客背走的大驪高手，魏檗只知道他姓劉。

魏檗眼中流露出一絲疑惑。沒多久之前，瀕死的漢子雖然仍有些神色萎靡，可這麼快就恢復行走，哪怕是修行了錘鍊體魄的上乘祕術，也不至於有如此神效才對。

可是修行路上，能夠走到中五境的後兩境，誰沒有點壓箱底的本事？魏檗當然不會開口詢問，道不言壽、僧不言姓的規矩，自古皆然。

抹了抹嘴角酒漬，那孔武有力的壯漢沉聲道：「棋墩山的土地老兒，我叫劉獄，雖然看你仍是不順眼，但是救命之恩，以後定當回報。若是有急事相求，捏碎信符，只要我劉獄當時沒有身負朝廷任務，便是在東寶瓶洲最南邊的老龍城也會趕來。」

劉獄隨手丟出一塊羊脂美玉的牌子，魏檗接住後，笑道：「愛恨分明，行事磊落，又有這塊『兵家山廟』所獨有的太平無事牌，劉獄你是風雪廟或是真武山的修士？」

劉獄冷哼道：「你管得著嗎？」

剛剛從繡花江上返回的年輕劍客笑道：「劉獄是典型的刀子嘴、豆腐心，別跟他一般見識。」

魏檗連忙擺手：「不敢不敢。」

年輕劍客手肘隨意擱在長劍上，神色溫和笑道：「剛好龍泉縣臨時有點事情要處置，如果不嫌棄的話，我們同行出山？雖然我之前已經通知了龍泉縣縣令吳鳶，照理說不會有什麼波折，不過不怕一萬，就怕萬一，畢竟落魄山一帶如今有欽天監青烏先生不說，還有眾多外方勢力，我可不希望你跟大驪好不容易緩和一些的關係再度破裂。」

魏檗看似漫不經心道：「看之前大戰的動靜，該不會是你們大驪有五嶽正神不幸隕落了吧？怎麼，難不成我魏檗藉此機會也能少少分到一杯羹？大人所謂的臨時任務，不會真與我有關吧？」

看似粗獷魯莽的劉獄瞇起眼睛，年輕劍客依然雲淡風輕，笑呵呵道：「放心，我不會做過河拆橋的事情。這趟龍泉之行，最後到底如何，仍是要看你魏檗的個人意願，大驪朝廷絕對不會強人所難。至於具體事務，說實話，我是不太清楚的，只知道皇帝陛下聽說了此事後，頗為重視，最後專門加上了『以禮相待』四個字。」

魏檗嘆了口氣：「我可是向來吃軟不吃硬的臭脾氣，這麼一來，我還好意思拒絕嗎？

真是怕了你們了。」

劉獄冷笑道：「軟硬不吃才對吧？」

魏檗笑咪咪道：「過獎，過獎了。」

年輕劍客瞥了一眼乖巧溫順的黑蛇，打趣道：「你倒是眼力不錯，記得以後到了落魄山別惹是生非。那邊附近山頭有一條你的同類棲息在山湖之中，哪怕你們要打架，最好別殃及凡人。除此之外，就沒什麼值得注意的了。既然如今有了大驪山靈的身分，最少可以不用擔心被過路修士隨意斬殺。」

那條黑蛇重重點了點頭顱。自從吞下那一袋子來自驪珠洞天的蛇膽石後，黑蛇的體形不增反減，但是龍爪一般的四趾更加粗壯，一身漆黑如墨的鱗甲錚亮發光，腹部生出一條不易察覺的金色細線。

此去龍泉，暫時並無人煙，所以哪怕帶著黑蛇，依舊用不著晝伏夜出。

來到鐵符江之後，得到年輕劍客的點頭許可，黑蛇小心翼翼地滑入江水之中，雖然極其歡暢，仍是竭力壓制本能，不敢肆意搖晃身軀拍打江水。三人便站在黑蛇身軀上，好似旅人乘船，沿著鐵符江輕鬆北上。

魏檗皺了皺眉頭，輕輕拂袖，舀起一捧水在手心，晃了晃，像是在掂量分量，驚奇道：「由河變江，我是知道的，可是……」

年輕劍客為其解惑：「此處神靈成功融入鐵符江後又有奇遇，驚動了其中一位青烏先生，匆忙上報給了朝廷，皇帝陛下龍顏大悅，在之前連升兩級的基礎上，又給提了一級。」

魏檗輕輕晃動手掌，鐵符江水在手心緩緩旋轉，嘖嘖道：「這位新晉神位的幸運兒豈不是已經走到了人間山河譜牒的頂點了？有意思，真有意思。幾天工夫就走完了同僚們數百年甚至千年的路程，此等際遇，簡直就是天命如此啊。最重要的是，這位江神的上升似乎沒有侵占其餘水流的氣數，不得不說，你們大驪的運勢真是不錯。」

年輕劍客第一次流露出肅容：「魏檗，你確定她的提升並未竊取這千里山水的氣數，而是全部來源於昔年小小鐵符河本身？」

魏檗笑而不語。昔年神水國北嶽正神眼光獨到，自然不是欽天監青烏先生這些「內行中的外行」能夠媲美的。

大驪朝廷由於先前那一役，山河跌宕，一時間國運搖擺不定，五嶽正神有三尊元氣大傷，暫時只能交由青烏先生勘定此事。

年輕劍客沉聲道：「魏檗，相信僅憑此事，你就能夠獲得朝廷的重賞。」

魏檗仰起頭，清風拂面，襯托得本就好似謫仙人的他越發飄然欲仙，眼神柔和，微笑道：「可以換成一份小小的機緣嗎？比如讓一個本就有中五境資質的長春宮新進弟子在未來百年的長生橋上走得更順暢一些？」

年輕劍客笑道：「這有何難？」

魏檗呢喃道：「我有愧神水柳氏。」

劉獄不耐煩道：「多少年前的老皇曆了，哪怕是與國同壽的山水神祇也沒你這般婆婆媽媽的。改朝換代，神像不崩就是天大的僥倖了，若是得以擇明主而依附，繼續享受香火祭祀，更是你們夢寐以求的好事。神水國柳氏就算當初對你有恩，可這都過去幾百年了，該死、不該死的都死絕了，你魏檗矯情個什麼勁兒？」

魏檗置若罔聞，耳畔唯有江水聲。

性情剛烈的劉獄氣道：「一塊茅坑裡的臭石頭！老子竟然會欠你的人情，算我劉獄倒了八輩子楣。」

年輕劍客爽朗大笑道：「孽緣也是緣分，你們倆啊，就老老實實消受了吧。」

劉獄隨口笑問道：「不知老燈籠的南下路途會不會跟那位楚夫人起衝突？要是打起來，我估計老燈籠要吃不了兜著走。」

年輕劍客搖頭道：「韓郎中外圓內方，其實脾氣比你還差。楚夫人之於大驪意義重大，何況她又是那種動輒玉石俱焚的剛烈性情，希望不要有麻煩發生。」

劉獄哈哈笑道：「沒事、沒事，一行人當中，沒有那玉樹臨風的讀書人，楚夫人是瞧不上眼的。倒是老燈籠，若是年輕個三、四十歲，說不定就要被留在那座府邸當壓寨郎君了吧？」

年輕劍客調侃道：「你這話，有本事到楚夫人面前說去。」

劉獄嘿嘿笑道：「她如果敢走出那片山水，我就敢這麼說。」

年輕劍客感慨道：「聖人之所以稱呼為聖人，就在於擁有自己的小天地，坐鎮其中，可以占盡天時、地利、人和。」

劉獄遺憾道：「可惜大人您是劍修，劍修是沒有這個說法的，要不然，大人您攻伐、殺力第一，如果再加上一方聖人小天地，攻守兼備，那麼……」

年輕劍客一挑眉，笑道：「已有一劍，還不夠嗎？」

唯有這一刻，氣勢平平的年輕劍客才給人一種刺眼的感覺。

劉獄訕訕而笑。

魏檗驀然起身望去，只見岸邊有柳樹橫出水面，一個身披青袍、覆有面甲的女子坐在柳樹枝幹上。她擁有一頭罕見的金色長髮，隨水微搖。

不知為何，魏檗沒來由想起一句膾炙人口的詩句——楊花著水萬浮萍。

年輕劍客看到那名女子後，輕聲解釋道：「鐵符江正神便是她了，剛塑就金身不久，朝廷也未建立祠廟，所以暫時還有些神魂不穩的跡象。」

魏檗頭也不轉，問道：「她叫什麼名字？」

劉獄冷哼道：「這小娘兒們名字好得很，楊花，水性楊花的楊花！一路鴻運齊天，讓人眼紅的運道。出身鄉野，被青烏先生相中根骨，在我們大驪京城得到了那把道家名劍『符籙』的認可，如今更是一舉成為屈指可數的頭等江神。就她這好命，以後那還不得升天啊。」

魏檗「哦」了一聲，神色恢復如常，坐回黑蛇背部：「她屬於雨師之象，難怪能夠順風順水。有這麼個實力強橫的傢伙當近鄰，抬頭不見低頭見的，天曉得是好事還是壞事。」

年輕劍客雖然有些奇怪，可也想不出個所以然來。

不過雨師之象，確實是百年難遇。

魏檗一行人乘坐著黑蛇路過依依楊柳，江神楊花無動於衷。

昔年神水國詩人輩出，尤其以送別詩最為世人稱頌，一經青樓女子傳唱，往往風靡一洲，其中楊花即柳絮。

只不過正如糙漢劉獄所說，都是老皇曆了。

魏檗不說，誰會在意？便是說了，又有誰樂意聽？

唯有儒家聖人曾有注解：楊，柳之揚起者也。

魏檗猛然轉頭，卻不是看那楊花，而是看向比棋墩山更南方的地界。

那裡有一盞大紅燈籠冉冉升起。

年輕劍客一手按住腰間劍柄，臉色凝重道：「看來我得親自去一趟了。」

可就在此時，大驪邊境一座巍峨大山之中，一抹白光破開山頭，向北方迅猛飛掠而去，如彗星拖曳著極長的雪白虹光——竟是一把飛劍的劍氣使然！只是不見劍的主人。

劍氣長且重，破開了近乎聖人地界的強大陣法，剛好落在一頭白色毛驢的前方。

白色毛驢如同他鄉遇故知，撒開蹄子繞圈而跑。

楚夫人明顯有些錯愕。作為此方山水的主人，她比任何人都要清晰地感受到這一劍之威。瞬間山根震動，水氣沸騰，若非她以氣機籠罩住了身後府邸，恐怕府內近千盞燈籠就要一口氣熄滅小半。

楚夫人既驚且怒，但她不是望向那柄飛劍落地處，而是死死盯住那個陰沉天幕上無法縫補的缺口。與此同時，那一襲鮮紅嫁衣表面滲出一粒粒鮮血珠子，如水珠在荷葉上滾走，最後越來越多，接連成片。

楚夫人一晃雙袖，仰頭怒吼道：「擅闖此地者死！大膽劍仙，我要將你的頭顱摘下種在花園，讓你苟活十年百年！」

有大笑聲從極遠處傳來，最終凝聚在地面那柄飛劍之上。嗓音溫醇不說，還有一種獨到韻味，如世家子弟說那風花雪月，給人如沐春風的感覺，可是言辭之中卻又毫不遮掩自己的沖天豪氣：「姑娘稍等片刻，在下肉身尚未完全穩固，比不得飛劍速度，只是不知道姑娘的花園風景如何……」

「地方不大，風景也不如何，夠種下你一顆頭顱的！」

楚夫人原本慘白的臉色變成了越發陰森的青紫色，笑容猙獰。兩道猩紅色水流從她嫁衣大袖之中滾滾湧向天幕缺口。

有人朗聲道：「劍至穢退！」

厚重天幕劇烈一震，兩股血水剎那之間在天地穹頂向四面八方炸開，像是下了一場猩紅血雨。楚夫人身軀一顫，輕輕抖袖，不計其數的雨滴返回袖中。

一名身穿白袍的年輕男子從天而降，渾身縈繞著一層白濛濛的氣息，如大湖水霧，如山巔罡風。男子束髮而不別簪戴冠，雙手併攏作劍，渾身有一條粗如青壯手臂的磅礡劍氣，雪亮刺眼，如白色蛟龍環繞四周，迅猛游弋。

那些陰穢氣息和猩紅鮮血一遇上這抹劍氣便瞬間消散。

還不到而立之年的俊逸男人飄然落在陳平安一行人和楚夫人之間，地上飛劍嗖一下掠至他身側，劍尖直指府門匾額「秀水高風」。

男人收起雙指，那道凝如實質的充沛劍氣略作停頓。他轉頭望去，看到背著小書箱的李寶瓶，才恍然記起有件相依為命多年的老物件已經不屬於自己了，隨即灑然一笑，一招手，李寶瓶的小書箱微微顛簸了一下，藏在裡頭的銀白色小葫蘆輕輕晃動，一柄長不過兩寸、通體雪白的飛劍掠出養劍葫，劍氣有些不情不願地鑽入飛劍之中，而飛劍又急急掠向男人眉心，一閃而逝。

男人揉了揉眉心，打趣道：「以後咱們一起四海為家便是，你又不是待字閨中的小娘子，一定要待在繡樓不可下樓。」

白色毛驢踩踏著輕快的蹄子，跑到男子身邊，用腦袋親暱地蹭著他的肩膀。

他微笑伸手，撫摸著白驢的腦袋：「老夥計，好久沒見啊，真的很想你。」

天幕缺口在男人強行破開闖入後已經緩緩閉上，但是為此消耗了許多山水靈氣，短短工夫，楚夫人至少積攢了五十年的家底一掃而空，全部變成了無用的濁氣。

她恢復平靜，冷笑道：「佩劍、外放的劍氣、本命飛劍，一樣比一樣厲害，好一個風采卓絕的陸地劍仙。你應該不是大驪人氏吧？」

橫空出世的劍仙微笑道：「無根浮萍而已，名諱不值一提。」

他說完這句話後，不是轉頭，而是直接大大方方轉過身，將後背留給了楚夫人，溫聲對陳平安道：「我是阿良的半個朋友。嗯，只是半個，另外半個算是他的弟子，可惜阿良不願意認，說我性情太迂、行事太軟，所以出劍從來不夠快，認我做徒弟的話，他丟不起這個臉。我千里迢迢趕來，是感知到了老夥計和養劍葫裡的異樣。冒昧問一句，阿良人呢？你們又是……」

陳平安解釋道：「我們也是阿良的朋友。葫蘆是阿良送給李寶瓶的，驢子是李槐在照顧，至於阿良的去向，相信以後你自己會聽說的。」

相比楚夫人，對這位自稱阿良朋友的陸地劍仙，腦子裡想法一直很古怪的李槐是一點也不生疏。在他看來，阿良的朋友可不就是他李槐的朋友？至於這個人是不是神仙身分，大得過朋友關係嗎？只是那次繡花江渡船風波讓李槐一朝被蛇咬，十年怕井繩，不敢隨便開口說話了，只是一直朝那頭白色毛驢使眼色。

年輕劍仙很認真地聽完了陳平安的話，然後點頭道：「我大致明白了。」

幾乎所有人都察覺到了地面的微微顫動，如鰲魚翻身、山脈倒塌的前兆。

楚夫人臉色大變，剛想要離去，就發現自己被一柄本命飛劍釘死了氣機去向——那柄雪白飛劍不知何時已經懸停在她頭頂三尺處。

楚夫人滿腔怒火，怒喊道：「韓郎中、繡花江神，你們兩個就不管管？若是真被那尊陰神打斷了此地山根，一路北去，不但是繡花江在內的三條大江，還有北邊的棋墩山、鐵符江、龍鬚河，有哪一方能夠倖免於難，不受波及？」

韓郎中手持大紅燈籠，站在天幕之外的空中冷笑道：「楚夫人先前的氣勢，跑到哪裡去了？」

楚夫人臉色一沉。

韓郎中身旁站著的一位身披甲冑、手臂纏繞青蛇的武將神人出來打圓場，以免這二人撕破臉皮，壞了大驪氣運。他沉聲道：「楚夫人，我和韓郎中可以勸阻那尊陰神打斷山根的舉動，但是我們也希望楚夫人接下來不要再有任何過激言行。」

楚夫人嫣然笑道：「妾身想跟這位劍仙大人切磋切磋道法劍術，算不算過激言行？」

韓郎中氣極反笑：「好一個菩薩心腸楚夫人，我韓某人今天算是領教了！好好好，我大驪禮部日後必有報答！」

楚夫人嗤笑道：「小小郎中，口出狂言，嚇唬小孩子呢？等你做了大驪禮部尚書，才有資格對妾身指手畫腳。」

繡花江神手臂上的青蛇迅速吐芯子，白霧陣陣。他顯然比與世隔絕的楚夫人更熟稔大驪官場以及未來走勢，臉色不悅道：「楚夫人！」

楚夫人一手摀嘴嬌笑，一手拎衣裙，側身施了個萬福：「妾身給韓大人賠罪便是。」

韓郎中氣得嘴唇鐵青，不過仍是一言不發，一切以大驪山河形勢的穩定為重。若非如此，以這位楚夫人肆意虐殺過路書生的殘暴行徑，大驪禮部豈會數十年來選擇睜一隻眼、閉一隻眼？不過話說回來，韓郎中從不覺得大驪朝廷做錯了。

山河霸業，千秋萬代，死幾個人算什麼？是否無辜不幸，又算什麼？

他若不是大驪官員，不是這個負責聯繫、招徠鍊氣士的禮部郎中，依照他的性情，身為儒家門生，肯定會毅然出手，哪怕兩敗俱傷也在所不惜。可是他一步步走到今天這個高位，見過了動輒數萬死傷的沙場廝殺，見過了大驪京城一棟棟高門府邸更換了名號，見過了一場場別國死士飛蛾撲火的暗殺，也見過了山上兩位神仙一場廝殺殃及山下數百、上千百姓的慘狀。

在其位，謀其政。他韓某人早已不是當年那個只會書上道理的寒士書生了，他甚至為了大驪律法親手斬殺過路見不平，只為無辜百姓向山上神仙尋仇的武人俠士。

那人死前破口大罵，說這樣的大驪真是可笑至極，罵他是山上神仙的走狗。

他心平氣和地告訴那人，可能三十年、五十年之後，總之肯定會有一天，大驪便不會再有這樣的枉死了，那人死前吐了口血水在他臉上。

天底下哪有一刀切的簡單事？

心思複雜的韓郎中望向北邊，不知為何，自己那位大人並沒有急著露面。

年輕劍仙不理會什麼大驪郎中、水神、陰神的，他只是再次轉身，面向被自己飛劍震懾住的楚夫人，笑問道：「妳想跟我切磋劍術？」

楚夫人笑咪咪道：「若是點到即止，妾身就願意，畢竟如公子這般年紀輕輕的陸地劍仙，妾身還是生平僅見。」

年輕劍仙揮揮手，白色毛驢趕緊跑回李槐身邊。

他伸手向懸在身側的佩劍，點頭道：「可以。」

楚夫人瞇起眼：「哦？公子當真？」

年輕劍仙握住劍柄，輕聲道：「劍名『高燭』。」

簡簡單單一劍劈下，卻讓這方暮氣深沉的小天地驟然間大放光明。

倉皇失措的楚夫人只能抬起雙手遮住容顏，寬大雙袖又遮住全身。她以這樣的姿勢被當場一斬為二，哀號聲響徹大街和身後的壯觀府邸。

那些僕役、丫鬟癡癡呆呆站在原地，開始七竅流血，有一些直接癱軟在地，化作一攤膿水；正在學習女紅的大家閨秀，一針一針刺入自己手臂而不自知；正在砥礪武學的護院家丁站在原地，相互一拳一拳打爛對方的頭顱。

楚夫人匆匆忙忙向府邸大門掠去，被切成兩半的身軀之間有無數條紅色絲線牽連，情景如藕斷絲連，此時在空中又迅速合攏在一起。

年輕劍仙淡然道：「再來。」

一劍橫抹，劍光舒展平鋪在空中，就像波光粼粼的水面。楚夫人如同「出浴美人」被這條水面攔腰切斷，那一襲嫁衣軟綿綿墜落在臺階頂部。

楚夫人化作滾滾濃煙飛入金字匾額之中，不斷有血水墜落在地上，一張痛苦猙獰的女子面孔時不時從匾額表面凸出，其內傳出求饒聲：「劍仙饒命！」

年輕劍仙兩次出手，橫豎兩劍而已，就將不可一世的楚夫人的魂魄一分為四，只得返回那塊寄託著此方小天地「山根水源」的匾額，如此方能苟延殘喘。

世間有俗語，叫「寄人簷下」，其實早已道破了一部分天機。凡夫俗子的屋簷下，無論是橫梁還是匾額，其實往往大有玄機。

林守一心神搖曳，難怪阿良說世間鍊氣士以劍修心性最瀟灑，殺力最大，最不講理。只可惜他林守一修行資質雖好，卻不適合劍修路數。他有些遺憾，但是很快就堅定道心：

以後自己若是能夠憑藉通天道法勝過如此劍法通神的陸地劍仙，豈不是更好？不過林守一無比清楚，眼前這位，多半就是傳說中上五境的鍊氣士了。如果說純粹武夫一直低鍊氣士一等，那麼鍊氣士之中的劍修，則是高出其他鍊氣士一等的。

相傳，曾有人計算過，打斷敵人長生橋的鍊氣士當中，無疑以劍修最多，占據了三分之一，還要勝過殺伐果斷、不沾因果的兵家修士。要知道，修行之路千千萬，每條道路皆有緣法，劍修不過是其中之一而已。

陳平安的想法沒林守一那麼複雜，只是在琢磨一件事：原來劍可以如此使用啊。

年輕劍仙一手負後，手握長劍，笑道：「事不過三嘛，楚夫人還是再接我一劍吧？」

一道身影悄無聲息出現在匾額下，是個同樣年紀輕輕的男子，只不過貌不驚人。

他橫劍在腰後，緩緩道：「風雪廟魏晉，可以了。」

魏晉笑道：「神仙臺魏晉才對。」說話間，又是一劍揮出。

對面年輕劍客面無表情，伸手握住劍柄，緩緩拔出寸餘便不再有所動作。

但是兩名劍修之間竟然出現了一條袖珍可愛的小小山脈，山勢逶迤，橫掛空中。

魏晉一劍斬斷山脈，但是這一劍的意氣也所剩無幾，便沒有不依不饒地繼續出劍。

幾千里外，一條綿延百里的山脈突然從最高處開始向下裂出了一條巨大峽谷，如仙人一劍劈斬而出。

魏晉笑問：「你是不是墨家的那個誰？」

年輕劍客臉色不太好看，心想：『阿良前輩，你就不能多說一個名字嗎？』

年輕劍客對魏晉說道：「稍等。」然後轉向依附於匾額的楚夫人，皺眉道：「楚夫人，事已至此，妳能否拿出一點誠意來？」

魂魄隱匿於金字匾額的楚夫人點點頭，隨後天幕漸漸消失，這是山水地界消散的跡象，性質類似市井百姓的開門迎客。

她再怎麼孤陋寡聞，也總會聽過此人的種種傳奇事蹟——出身墨家游俠一脈，是一位身分顯赫的宗門鉅子，投靠大驪宋氏之後，立即被大驪皇帝奉為座上賓，如今貴為大驪京城的守門人，是大驪震懾山上勢力的關鍵人物之一。據說一有空暇，就會獨自遊歷四方，每有山川奇觀，便將其化作自己的劍意。

禮部郎中和繡花江神出現在街道上，紛紛對年輕劍客抱拳行禮，後者不過點頭示意而已，可見此人在大驪的超然地位。

那尊陰神也站在了陳平安身邊，煞氣沖天。方才他差點拚了修為道行不要也決意打斷此處山根，一旦山根碎裂，就意味著楚夫人的護身符將不復存在，會徹底失去與那些十境修士抗衡的底氣。

匾額中伸出一條羊脂玉似的手臂，地上那件嫁衣晃晃悠悠飄向匾額。當楚夫人從匾額中鑽出的時候，她又穿上了這襲嫁衣，先前被魏晉一分為四，哪怕她身陷命垂一線的險境仍是不忘維持嫁衣的完整，足見其對嫁衣的珍惜到了近乎魔怔的地步。

楚夫人落地後，無意間瞥見那些孩子背後的書箱，眼神瞬間變化，一身戾氣暴漲，雖然竭力壓抑，可這異樣一展無遺。

年輕劍客嘆了一口氣，望向在繡花江渡船上有過一面之緣的草鞋少年，語氣真誠地懇求道：「能否請你們先收起三只書箱？這位楚夫人對讀書人的怨念便是她當年放棄山水正神的癥結所在，此中緣由，實在是一言難盡。陳平安，只希望你們能夠網開一面，看在並未釀成大錯的分上，此次恩怨就此揭過，如何？」他想了想，笑道：「如果可以的話，只需要答應我施展一個障眼法就行。」

陳平安點頭道：「可以。」

很快，三只翠綠小書箱就從眾人的視線中消失了。當然，如果鍊氣士凝神視之，它們便會現出原形。

年輕劍客最後重新望向魏晉，這位東寶瓶洲最年輕的上五境修士，而且還是戰力可以拔高一境的劍修。

不惑之年的上五境，不管放在什麼大洲，哪怕是泱泱浩大的中土神洲，一樣是足夠駭人聽聞的天之驕子。

風雪廟魏晉和大驪宋長鏡在山上修士而言的「年輕」一輩之中，是當之無愧的南北雙璧。如今他們一個破開十境躋身劍修十一境，一個達到傳說中的武道止境第十境，果然都沒有讓人失望，兩人「一文一武」，未來成就皆是不可限量。

年輕劍客笑問：「不知魏劍仙此次趕赴大驪，除了解決今日風波，可還有其他想法？」

魏晉笑著反問道：「若是沒有其他想法，會如何？有，又會如何？」

年輕劍客直截了當道：「若是僅僅遊覽風光，除去大驪幾處禁地，其餘地方都歡迎魏劍仙蒞臨，如果不嫌棄，在下願意作陪；若是趁著大驪局勢動盪有所圖謀，那麼在下便會擋在這裡，親自試試看魏劍仙的飛劍到底有多快。」

魏晉收起手中名為高燭的名劍，懸掛腰側：「風雪廟內，我素來最為敬重阮師，只是因為各種原因，一直素未謀面，故而接到阮師從驪珠洞天傳出的太平牌訊息後，便接下了一樁任務，護送這些孩子去往大驪邊境野夫關。所幸中途遇到一位名叫阿良的前輩，指點了我一番劍術，才有此次閉關破境的機緣。所以我這次北上，你不用擔心什麼。」

年輕劍客以誠待人，魏晉本就是磊落豁達的性格，並未將他略顯生硬的姿態視為挑釁，而是袒露心扉道：「如果你想要切磋劍術，我是很樂意的。之前本以為家鄉東寶瓶洲已經沒有繼續遊歷的必要，聽了阿良許多關於外面的說法，我便很想去倒懸山看一看，去阿良歷練的地方，真正砥礪自己的劍道。」

正因為走過很多地方，見過很多人，魏晉才更加清楚「堅持」二字的可貴。

一邊的老道人根本插不上嘴，也完全沒膽量開口說話。畢竟，一個赫赫大名的風雪廟魏晉就足以讓他感到窒息。

上五境修士，在東寶瓶洲是何等鳳毛麟角的存在！須知十境修士就已是一國砥柱，無一不被君王當作鎮壓國運的供奉。上五境鍊氣士，哪一個不是神龍見首不見尾？那可是能夠開山立宗的存在。東寶瓶洲王朝林立，但是以「宗」字作為後綴的仙家府邸又有幾座？屈指可數！

魏晉雙手抱拳，對年輕劍客說道：「後會有期。」

年輕劍客亦是抱拳還禮，道：「希望將來能夠在東寶瓶洲聽到從倒懸山傳來的關於你的消息。」

兩名劍修相視一笑。白首如新，傾蓋如故，即是此理。

陳平安輕聲道：「走了。」

李寶瓶、李槐和林守一點了點頭。

目盲老道人一咬牙，壯起膽子，小心翼翼地問道：「這位仙師，小道有兩個徒兒被楚夫人……留在府中做客，能否讓小道帶著離開？小道只怕徒弟們粗鄙頑劣，會不小心壞了楚夫人的規矩……」

年輕劍客轉頭對楚夫人溫聲說道：「能否放行？」

楚夫人點頭道：「既然大人發話了，妾身怎敢不從。」

這位深藏不露的京城守門人推劍出鞘寸餘就能夠擋下魏晉的第三劍，分量有多重，楚夫人心知肚明，總之絕不是她能夠抗衡的。哪怕是巔峰時期的她，坐擁山水地界的庇護，一樣毫無意義。更何況她算不得貨真價實的十境，而這位墨家豪俠出身的古怪劍客，天曉得會不會跟魏晉一樣，已是第十一境的陸地劍仙。

她有些惱火，瞇眼望向那些少年、少女。若非他們當中有人害得自己點不著燈籠，又看到了他們負笈遊學的可憎模樣，她怎麼可能淪落到現在的淒慘處境？不說自己挨了魏晉兩劍，差點就連山根水源也給那尊陰神打壞了。

魏晉牽過白色毛驢，笑問陳平安一行人：「那我們動身趕路？」

陳平安當然沒有意見。

多出一個陸地劍仙的遊學隊伍，就這麼緩緩離開。

李寶瓶來到陳平安身邊：「小師叔。」

陳平安輕聲問道：「怎麼了？」

李寶瓶嘿嘿一笑：「沒什麼！」

陳平安揉了揉她的腦袋。

李寶瓶與陳平安並肩而行，其實她是有些想念自己的大哥了。

楚夫人一招手，將跛腳少年和酒兒從花園隨意扯出，丟在目盲老道人身邊。在這之後，她眼角餘光瞥去一個方向，剛好看到那草鞋少年回頭望來的視線。

雙方對視，少年眼神冷漠。楚夫人在一瞬間，沒來由地有些心悸。

她很快就覺得荒誕可笑，迅速收回視線，不再浪費時間在一個平凡少年身上。她只是想不明白，自己為何會如此疑神疑鬼。

等她鬼使神差地再次望去，草鞋少年已經背對著她，落在隊伍的最後面，緩緩離去。

福祿街、桃葉巷的四大姓十大族，僅是對那三十餘座龍窯窯口的爭奪，千百年來就充滿了勾心鬥角，其中不乏血腥味。只不過現在這裡成了龍泉縣，敞開門戶，不得不抱團聚勢，但是私底下，誰不在與大驪朝廷以及那些買下山頭的仙家勢力暗中聯絡？

外邊有些傳聞傳得煞有其事，其實一街一巷並不當真。比如四姓之一李氏的龍麟鳳，隨著李寶瓶的先生，那位山崖書院山長的黯然落幕，就更像是一個笑話了。至於李虹的長子，福祿街所有長輩的印象，就是一個讀書讀傻了的書呆子；而幼女李寶瓶，則是那個從小就不著家的小瘋丫頭啊；唯獨二子李寶箴還算有點光耀門楣的希望，聽說在京城遇上了貴人，破格成為國子監監生，跟隨當朝名士劉文虎學習《大禮》，在小鎮引起過一陣小小的波瀾。

李家書房內，一名神色疏淡的年輕人將一封來自大驪京城的書信交給父親李虹。

李虹笑道：「寶箴跟他妹妹一樣，寧可寄給你這個大哥，也不願寄給自己爹娘。」

年輕人苦澀一笑，輕聲道：「信上寫的東西，爹您要有點心理準備。」

李虹的臉色瞬間凝重起來，抽出信紙後，粗略看過之前的寒暄問候，越到後邊，眼神越是陰沉。他起身點燃一盞油燈，擱置在筆洗之中，一點點燒掉這封家書，灰燼緩緩落在梅子青色的精緻筆洗之內。

李虹用了兩個字，來給自己兒子的所作所為蓋棺論定：「胡鬧。」

他又問長子：「此事你怎麼看？要不要聽從你弟弟的建議，透過縣衙將朱河、朱鹿父女祖祖輩輩落在我們李家的賤籍削去，幫忙提為平民？」

朱家父女若是成功更改了戶籍，從龍泉縣福祿街李氏的僕從賤籍當中劃掉，獲得了平民身分，子孫從此就不用世代為奴為婢，用鯉魚跳龍門來形容也不為過。只不過宰相門前七品官，孰優孰劣，全看脫離賤籍之人的本事高低。只會阿諛之輩，當然是依附大樹更為穩妥；如果有真才實學，自然是自立門戶更有前途。

年輕人苦笑道：「爹，您已經有主意了。」

李虹身體後仰，靠在椅背上，雙手揉著太陽穴：「可我還是想聽聽你的看法。一個家族，總不能人人想著富貴險中求。」

年輕人安安靜靜坐在那裡，眼神明亮：「真正棘手的地方，在於爹不管偏袒哪一方，都會讓另外一人對家族產生隔閡，所以寶箴這次做得不對。寶箴一意孤行，不給自己和家族留退路，更不對。這麼做，不厚道，對不住那個叫陳平安的泥瓶巷少年，最不對。」

李虹眼神複雜地看著長子：「寶箴什麼性子，你這個做哥哥的豈會不知？早知是如此兩難的尷尬境地，為何當初你不隨他一起去京城？」

年輕人無奈道：「爺爺閉關，寶瓶離家，加上如今小鎮形勢翻天覆地，正是決定各大家族未來走勢的關鍵時期，容不得我們李氏燈下黑，我走得不放心。就算要走，也要等這邊形勢明朗，實在不行，科舉一事也可以放一放。」

聽到長子前面老成持重的言語，李虹微微點頭。等聽到最後一句，李虹頓時急眼了，直起腰，高聲道：「絕對不可以！科舉取士是重中之重的大驪國策，絲毫不亞於朝廷對山上勢力的招徠！李寶箴性格比你急躁，離家之前，雖然在我和你爺爺跟前口口聲聲說離開小鎮後會講規矩，以陽謀行事，絕不會心懷僥倖、兵行險招。但結果呢？還不是來了先斬後奏這麼一出，所以只能由著他胡鬧。如果你再延緩科舉，就等於拖慢家族的腳步，至少三年！」

年輕人將一句到了嘴邊的話默默咽回肚子。只要說出口，就意味著他和弟弟本就不算太好的關係會瞬間跌落谷底，甚至再無縫補修復的可能，而且說了毫無意義，因為爹在內心深處，並不否定弟弟的富貴險中求。

在錯誤的道路上早起奮發三年，在正確的道路上按捺住蟄伏三年，兩者各自對家族未來三十年的影響、對兩代人的影響，不言而喻。

年輕人走出書房後，獨自走在雕花素雅的寬敞外廊上，突然聽到簷下一串風鈴的叮咚聲響。他袖手閉眼，微微仰頭，聽著叮叮咚咚的空靈聲響，呢喃道：「聰明人太多了，也不好。」

青衫讀書人，名為李希聖。

沒有了楚夫人暗中作祟，陳平安一行人走得暢通無阻。

山坳裡有一條通往府邸的道路，原本可供兩輛馬車並肩而行，如今雖然荒草叢生，沾著雨露寒氣，可是比起先前他們憑藉破障符離開那條黃泉路後，陳平安必須手持狹刀祥符一刀一刀開闢的道路，已經要好上太多。

魏晉突兀加入隊伍後，並沒有開口說話。這位風雪廟神仙臺的劍修一手牽著白色毛驢，一手扶住腰間劍柄，閉眼行走，心神遠遊。

若說下五境和中五境之間是一條鴻溝，那麼中五境和上五境之間無異於一道天塹。哪怕第十境的錬氣士在山下俗世貴為王朝棟梁的顯赫存在，仍需要如荒塚枯骨一坐數十年甚至百年光陰，最終好不容易摸到了「靜極思動」的破境契機，從洞天福地、山門府邸走下山去，可到頭來竹籃打水一場空，只好又返回山上繼續枯坐面壁的，仍不在少數。

魏晉悄然結束風雪廟獨門吐納之術，睜開眼睛轉頭望去，打量著那些與阿良熟悉的孩子。只是這位白衣劍仙的心思更多還是在風雪廟的祭奠上，慚愧於因為始終無法破境，已經很多年沒去師父墳頭敬酒了；再就是聽過阿良那些所謂狗屁倒灶的小故事後，對倒懸山充滿了憧憬，對那城頭滿是劍修的長城更是心嚮往之。

魏晉嘆了一口氣，覺得意猶未盡。若是之前在「秀水高風」匾額之下，他的肉身已經穩固，與劍意完美契合，達到渾然天成的地步，那麼出劍就不會有任何瑕疵，當時擋住去路的墨家游俠恐怕出劍就不止一寸那麼點距離，劍身最少也該出鞘一半。

李槐看著這個眼神飄忽的白衣神仙，很是好奇。好奇的同時，也很遺憾，覺得如果阿良在場就好了。李槐很想拍著阿良的肩膀，告訴他像魏晉這樣的才是劍術高手嘛，他阿良還是差了點，以後要多跟人學。看看人家魏晉的出場，人未到，劍已至，一身白衣劍氣環繞，打得那個惡鬼婆娘哭爹喊娘。就這驚天地、泣鬼神的出場，跟他阿良戴著斗笠、牽著毛驢走在河邊，能一樣？

林守一發現魏晉在打量他們之後，又察覺到他的心不在焉，不露聲色地扶了扶書箱，思考自己的修行事。

領教過楚夫人深不可測的術法神通，見識過兩位劍修出神入化的劍術切磋，林守一心頭沉甸甸的。任重而道遠，自己那點修為道行，如今給人塞牙縫都不夠。

魏晉收回散漫視線，停下腳步，從袖中掏出一塊散發出羊脂瑩潤光彩的玉牌子，坦言笑道：「我不能一路跟隨你們去往大驪野夫關了，需要立即去往驪珠洞天的斬龍臺砥礪佩劍高燭和本命飛劍，為將來的倒懸山之行做好準備。因為阿良前輩說過，透過倒懸山去往的那個地方，如今正值百年一遇的大戰，我絕對不可錯過。」

魏晉看隊伍中沒有人接手玉牌，耐著性子解釋道：「雖然你們有一尊實力不容小覷的陰神護送，可是為防再次出現今天的意外，我將這塊玉牌送給你們。這是我們風雪廟和真武山獨有的『太平無事牌』，一旦遇到危險，只要持有者灌注真氣，對其說上幾句，鬆手後它就會自行掠向山廟，向自己的宗門發出求救信號。」

魏晉看到仍是沒人接過這塊意義重大的玉牌，沒有怪罪這些孩子的不知天高地厚，反而笑道：「如果你們覺得讓我陪著去往野夫關比起拿著一塊小玉牌子更加安穩無事，我當然不會推諉責任，我只是跟你們商量商量，最後如何，還是看你們的意思。」

陳平安開口道：「劍仙前輩可以自行去往龍泉縣尋找斬龍臺磨礪劍鋒，我們收下這塊玉牌便是了。此去野夫關，本就有陰神前輩護送，加上大驪朝廷之前也答應過幫助我們，所以那三人才會出現在女鬼身邊，雖然略晚了一點，可證明了他們好歹是說話算數的。」

陳平安思量片刻，認真道：「今天這種大的意外，相信不會一而再、再而三出現的。」他接過牌子，轉手交給林守一，小聲叮囑道：「記得收好，最好別放在書箱裡，離太遠了，緊急狀況會不方便取出。」

林守一點點頭，輕聲道：「我知道，會把它和剩餘兩張符籙一起藏於袖中。」

魏晉會心一笑，對這個草鞋少年的通情達理有點小小的意外。其實魏晉早先就有些疑惑，為何是此人在隊伍中一言而決？先前在楚夫人府邸前的街道上，魏晉就已看出名為林守一的少年已經踏足長生橋，氣府景象生機勃勃，壯闊且平穩，是難得的修道胚子。而且少年還是那種清高倨傲的性子，怎麼願意位居人下？關鍵是，少年看上去本身好像並沒有覺得有什麼不對。

至於那個年紀最小、虎頭虎腦的傢伙，既然會被阿良安排去照看白驢，福氣之好，無須多說。因為不管如何，魏晉都會贈予李槐一份離別禮物。他魏晉獨自遊歷列國，這麼多年無牽無掛，種種奇遇機緣，收入囊中的好東西不在少數，大多隨手散給一個個有緣人，能夠留到如今的，自然是重中之重的好物件。

更何況當魏晉以清澈劍心照徹對方，掃開那份有人故意為之的霧障，才發現李槐的先天根骨竟比林守一還要好，是山巔兵家祖師們夢寐以求的頭等良材美玉。

李寶瓶開口問道：「這塊牌子，如果遇到今天的情況，當真飛得出去嗎？先前的黃泉路，還有之後前輩您用飛劍破開的那層夜幕，會不會阻擋它的去路？」

魏晉哈哈笑道：「大可以放心，哪怕是十境修士的聖人地界，也困不住它。此物速度極快，遠勝御劍飛行。玉牌在飛掠途中，只要下山遊歷的風雪廟修士都能夠感知到它的存在，都會以祕術將其牽引到身邊，然後出手相救，所以大多不用師門後援出手，就可以解決危機。」

李寶瓶點頭道：「懂了。玉牌本身就是一種類似通關文牒的物件，如果是連陰神前輩也打不過的對手，肯定身分很不簡單了。以他們的歲數和閱歷，會一眼就認出這塊太平無事牌，也肯定會忌憚前輩和前輩所在的宗門，所以哪怕玉牌無法及時到達風雪廟，只要祭出玉牌，就已經是一種震懾了，等於是在勸誡對方不要挑釁風雪廟。」

魏晉愣了愣，對李寶瓶的早慧和通明感到驚豔。看著一臉嚴肅正兒八經的她，頓時心生歡喜，自然而然就覺得親近可愛。

魏晉又看了眼陳平安。難道只是歲數大一些，才做了三個孩子的領頭羊？

魏晉視線偏移，望向幫助自己一路照看毛驢的孩子李槐。一番權衡之後，一抖手腕，手心出現一排泥塑小人兒，半指高度而已，有佩劍劍士、有拂塵道人、有披甲武將、有騎鶴女子，還有鑼鼓更夫，總計五個。

魏晉遞向李槐：「這五個泥人算是半死之物，結合了陰陽家、墨家傀儡術和道家符籙一脈的艱深學問，我並不理解其中玄機，只知道若是溫養得當，讓它們熟悉你的氣機，說不定哪天就會活過來，之後需要以火靈水精等五行精髓不斷餵養。它們受限於小小身軀的氣府、經脈等等，最高修為最多也才等同於第七、第八境鍊氣士……」說到這裡，魏晉自覺失言，不再說話，只是笑望向李槐。

李槐不忘轉頭望向陳平安，後者趕緊點頭，李槐這才一把摟過五個泥人，心想加上住在背後書箱裡的彩繪木偶，自己就已經擁有六個小嘍囉了！

魏晉翻身騎上毛驢：「那就告辭了，希望你們一路順風。」

他雖然生性豪邁，任俠風流，卻也不是那種善財童子。修行路上，大道漫漫，數面之緣，短暫接觸，結下的緣分其實很難知曉是善緣還是孽緣。若無恰到好處的時機和輕重得當的緣分，以魏晉如今的濃郁氣數和那冥冥之中不可預測的天意，接手魏晉贈送禮物的人若是自身福緣不厚，天曉得會不會反受其害，半路夭折。

為何山上之人下山收徒，慎重又慎重？很多歷練和考驗，會長達數年甚至十數年。

魏晉相信這些孩子，之前阿良與他們同行，肯定也不簡單。

至於到底誰才是阿良最關心、最器重、最看好的人物，可能是大有來歷、福氣深厚的李槐，可能是天生討人喜歡的李寶瓶，也可能是道心堅定的林守一。這三個孩子，都有可能，或者乾脆就是各占其一。

只不過魏晉趕赴倒懸山是當務之急，作為志在登頂劍道的劍修，豈能錯過那場百年一遇的盛會？否則他還真想親自陪著這群孩子去往邊境野夫關。

陳平安下意識抱拳還禮。只是在繡花江渡船上第一次跟人抱拳行禮是習慣性左手覆右手，如今看那風雪廟魏晉和年輕劍客好像都是右手覆左手，如此一來，陳平安就有些彆扭，生怕是自己不懂禮數規矩，連忙換了換左右手的位置。

魏晉將這個細節看在眼中，忍俊不禁，彎腰一拍老夥計的背脊：「走嘍。」

白色毛驢踩著歡快的步子向前走出數步後，突然轉過身，跑向陳平安，蹭了蹭少年的臉頰，這才馱著久別重逢的主人繼續遠遊。

這一路上，說是李槐照顧白驢，可李槐那麼個傢伙，哪裡有這份耐心和毅力，還不是陳平安默默幫著餵食、涮鼻和驅散蚊蠅？

陳平安笑著跟毛驢揮手告別。

魏晉啞然失笑，身體後仰，隨著驢蹄顛簸起伏。

得嘞，敢情自己這位陸地劍仙，還不如自家老夥計來得有人緣啊。

天地寂寥，荒涼貧瘠。

天地之間，好像只剩下一堵不知有多長、有多高的城牆。哪怕從百里之外的南方遙遙望去，依然能夠清晰地看到那十八個以劍氣刻就的大字。

由此可見，字是何等之大，那堵城牆又是何等之高。

道法、浩然、西天

劍氣長存、雷池重地

齊、董、陳

猛

長城南方數百里之外，一聲好似要震破此方天地穹頂的號角聲驟然響起。

無數黑影密密麻麻攢聚在一起，隨著號角聲響起，一點點火光亮起，最終連成一片。若是站在北方的高處舉目遠眺，那就是一片璀璨火海。

城頭之上，一聲蒼老聲音隨之威嚴響起：「起劍！」

屹立於此地萬年、長達數萬里的長城，剎那之間，數十萬柄飛劍同時離開城頭向南方飛掠而去，劍氣輝煌，就像洪水決堤傾瀉而去。

天下奇觀，莫過於此。

府邸匾額之下，年輕劍客習慣性地用手肘抵住劍柄和鞘尾，竟也不給人慵懶感覺，他輕聲道：「楚夫人。」喊了一聲之後，便沒有了下文。

韓郎中和繡花江神竟是不約而同地放緩呼吸，肅然而立。

楚夫人冷笑道：「怎麼，這位大人要跟妾身秋後算帳？」

年輕劍客仰頭望向魏晉的飛劍破開天幕的地方，緩緩道：「楚夫人不用說氣話，我並無此意。但是接下來那些孩子離開此地，以及目盲老道師徒三人繼續北行，希望楚夫人都不要節外生枝了。不管楚夫人當初是有心還是無意，大驪宋氏始終感恩楚夫人，畢竟那是幫助宋氏延續國祚的舉動。在那之後，大驪宋氏又是有愧於楚夫人的，哪怕是我這麼一個外人，聽聞那樁慘案之後，談不上如何義憤填膺，可惻隱之心肯定也是有的。」

再次陷入沉默。

楚夫人抬臂捋了捋鬢角青絲，盡顯女子嬌弱溫柔，瞇眼笑道：「接下來，大人可以說『但是』了。」

年輕劍客果真點頭道：「但是，楚夫人濫殺書生文士一事，越往後推移，越是紙包不住火，就像今天這樣。皇帝陛下會如何想，我不敢擅自揣摩，可我如果再一次聽說有讀書人在此消失，我會獨自登門拜訪，將楚夫人親手帶回大驪水牢。妳放心，陛下念情分，但是一定更重規矩。再說了，情分再多，也有用完的一天。」他嘆了口氣，眼神真誠，「楚夫人，無論妳相不相信，我都不希望有那麼一天。」

楚夫人望向遠方，一手雙指輕輕撚動嫁衣袖子。她難得有心境平和的時候，柔聲道：「就憑你肯那麼低聲下氣地跟一個少年說話，我相信你。」

她停頓許久，神色轉為冷漠：「我現在可以保證不殘害過路書生，但是我希望你知道，一旦我無意間看到那些吟遊山水的讀書人，到時候未必控制得住自己。我並非向你求情，只是想跟你說一點真心話罷了。到時候該如何處置，你就如何處置，是我被你抓去丟入那座水牢，還是我先行打斷此地的山根水源，你我各憑本事，後果自負！」

年輕劍客笑道：「可以。」

繡花江神欲言又止。

年輕劍客離去之前，對他道：「不用藏藏掖掖了，你就乾脆跟楚夫人實話實說吧。這麼多年過去了，楚夫人其實早該知道真相。關於此事，有任何責任，都算到我頭上，你不用擔心朝廷怪罪。」

繡花江神抱拳沉聲道：「謝過大人，以後哪怕是大人的私事，在下一樣赴湯蹈火，在所不辭！」

年輕劍客擺了擺手，帶著韓郎中一起淩空離去。

楚夫人站在原地，看著這位深受大驪朝廷信任的江水正神，有些嫌棄。既不邀請他入府做客，卻也沒有當場趕人。

繡花江神大踏步走上臺階，隨便坐下：「知道妳一向瞧不起我這個粗鄙武人，那我就長話短說了。妳相中的那個郎君，並未辜負妳的真心。只是大驪朝廷顧全大局，生怕妳離開此地再也無法鎮壓以棋墩山為首的神水國殘餘氣運，所以始終不曾告知妳真相，故意讓妳誤會那個書生。」

楚夫人大袖鼓蕩，雙眼通紅，不斷有血水流淌出眼眶，但是她神色依然平靜：「事到如今，你還要騙我？真當我是三歲小兒？我雖然在他離開之後再也不曾去過此處山水之外的地方，不再去宛平縣城和紅燭鎮欣賞人間的風景，可是他當年去往觀湖書院的事情，我不是聾子，路過那麼多讀書人，他們有不少人無意間提起過，所以我知道，我知道得很多！到最後，他愛上了另外一名女子。我知道，他若是愛上了誰，就一定是真心喜歡了。」

繡花江神臉色平淡：「那妳也應該知道，作為大驪第一位靠自己本事考入書院的讀書種子，他在觀湖書院被人聯手陷害得很慘。先是故意捧殺，有人暗中一擲千金，僱請最有名氣的青樓女子，假裝仰慕他的才華，為其揚名；再讓附近王朝的大儒故意將其視為忘年交，還讓他的字帖每一幅都價值連城；還有諸多手段，環環相扣，讓他只差半步就會成為大驪第一位被儒家學宮認可的君子。

可是隨後便有人誣陷他抄襲詩詞，那名花魁詆毀他無法人道，有數位文豪碩儒聯名抨擊他的道德文章，冠以偽君子的頭銜，罵作是觀湖書院的濁流。一夜之間，翻天覆地，聲名狼藉，一個原本意氣風發的大才子就這麼瘋了。

他瘋了很長時間，淪為整個觀湖書院的笑柄，大驪是北方蠻夷的說法越發坐實，但是最後，誰都沒有想到，他竟然清醒過來了。」

說到這裡，繡花江神轉頭望向怔怔出神的楚夫人：「知道他為什麼能清醒嗎？」

楚夫人坐在臺階上，嫁衣緩緩鋪開，如同一朵鮮紅牡丹：「是你們大驪鍊氣士出手？」

繡花江神笑了笑，眼神森冷，直言不諱：「大驪真要出手，那也是殺了這個書生才對。」

楚夫人扯了扯嘴角，點頭道：「有損國威，確實如此。兩國之爭，無所不用其極才是情理之中的事情。」

繡花江神吐出一口濁氣：「那個書生之所以能夠清醒過來，是因為有一名他熟悉的女子去到了他身邊。」

楚夫人身軀僵硬。

繡花江神緩緩起身，走下臺階：「那名女子臉上覆了一張臉皮，與楚夫人妳的容貌一模一樣，連妳的嗓音、習性、喜好都學去了七、八分。如果說之前坑害書生涉及兩國之爭，那麼之後將書生逼到死路、玩弄於股掌之中，恐怕就是讀書人之間的意氣之爭了。」

江神大踏步離去。

「總之，那書生曉得真相後，投湖死了，就這麼簡單。按照這個書生去往觀湖書院前，在大驪京城國子監與兩個至交好友的隻言片語來推斷，他早就知道了妳的非人身分，所以才執意要成為儒門賢人之上的君子。估計他認為只有如此，將來返回大驪，才有底氣跟朝廷討要一個明媒正娶。」

繡花江神早已離去，那個累累罪行罄竹難書的楚夫人依舊坐在原地，臉色安詳，動作輕柔地整理衣襟袖口，這裡撫平一下，那裡折疊一下，樂此不疲。

在魏晉瀟灑地騎驢離去之後沒多久，陳平安身後就傳來了急匆匆的喊聲：「恩人請留步。」轉頭望去，是那目盲老道師徒三人正在追趕他們的步伐。

天曉得那個性情古怪的女鬼會不會臨了反悔，把他們師徒抓去洗臉、錐心？按照兩個徒弟的說法，府上花園真真切切「栽種」著許多讀書種子，似乎還曾經有人掙扎著爬出泥土。如今看來，確是活生生被攔腰斬斷的可憐人。

老道人被酒兒攙扶著一路快跑，身上那件老舊道袍上掛滿了兩邊草木的倒刺也渾然不覺，可謂狼狽不堪。

其實話說回來，老道人雖然一手撈偏門的雷法確實鎮不住楚夫人，可其實放在山下市井，那就是板上釘釘的老神仙。這趟一路北上，還真就經常被當成世外高人供奉起來，在三枝山被視為學藝不精的騙子，終究是少之又少的慘澹境遇。

老道人久經風雨，當然知道這一夥來歷不明的孩子才是自己安然離開此山的關鍵，於是再無初見時的故弄玄虛，擠出笑臉問道：「敢問風雪廟魏大劍仙何在？貧道俗名徐瑩震，道號玄谷子，對魏大劍仙慕名已久，此次因禍得福，能夠遇上魏大劍仙，親眼目睹那風采絕倫的仙人三劍，實在是貧道天大的福運。」

林守一冷笑道：「那位陸地劍仙已經獨行北方了，老道長若是想要套近乎、拉關係，不妨越過我們，說不定還能追得上。」

玄谷子訕訕而笑：「錯過便錯過了，緣分未到，不能強求。」

與魏晉這等隱龍一般的上五境仙人相比，他自知斤兩，若真到了那位風雪廟劍修身前，恐怕除了徒惹人厭之外，根本討不到半點好。山上鍊氣士，相對山下百姓，當然能算是鳳毛麟角。可修士之間，相逢是緣，這不假，只是緣分有善惡之分，因果有好壞之別。玄谷子一路降妖除魔，為自己積攢陰德，大大小小四、五十場交手，能夠活蹦亂跳走到今天，可不是只靠鍊氣士第五境修為以及那劍走偏鋒的旁門雷法。

眼見著有些冷場，玄谷子趕緊左右而顧，笑咪咪道：「小酒兒，小跛子，還不快給恩人們磕頭道謝！」

酒兒聞言就要下跪，手持滿是泥漿幡子的跛腳少年滿臉陰鬱神色。

陳平安快步向前，輕輕拉住酒兒的胳膊，笑道：「不用、不用。」然後對那跛腳少年說道：「之前在山路上，謝謝你的提醒。」

跛腳少年滿臉錯愕，竟是破天荒有些臉紅，一時間囁囁嚅嚅，不知如何作答，最後乾脆別過頭去。他之前在小路上面對楚夫人，與她近身搏鬥，捉對廝殺，雖然道行相差懸殊，可是氣勢半點不弱，不承想還是個臉皮子如此之薄的羞澀少年。

玄谷子心中充滿驚喜，踹了跛腳少年一腳之後，臉色故作悻悻然：「上不得檯面的玩意兒。」隨後他沉聲道：「各位恩人，你們出山後往南而去，約莫一天半的路程就會經過三枝山。記得莫要夜間趕路，那裡有一隻厲鬼以墳塋為老巢，竊據福地，汲取一戶人家的祖蔭靈氣，否則按照命理推算，那戶人家上一輩子孫就該出大官了。厲鬼道行不弱，該有鍊氣士第四境的實力。主要是它神出鬼沒，很難捕捉，又以某種不知根腳的邪門法術製造出十數位陰屍傀儡。貧道曾經與之交手，數次功虧一簣，白白浪費了數張寶貴的雷法符籙不說，還給當地鄉民誤認為是坑蒙拐騙之徒，實在是氣人。」

林守一心神微動，聽到了陰神前輩的暗中提醒，問道：「道長擅長五雷正法？不知隸屬何門何派？」

玄谷子有些尷尬，心想這冷峻少年真是初出茅廬，不曉得行走江湖的規矩，哪有這麼直截了當問人師門根腳的，無論是山上修道仙家還是山下武人江湖，這都是犯了大忌。只不過有之前難兄難弟的可憐遭遇打底子，又有魏晉這樣的陸地劍仙收尾，他就不計較這些了，小心斟酌之後，緩緩道：「說來話長，恩人們別嫌棄貧道嘮叨便是。貧道來自那享譽一洲的南澗國，那裡道法為尊，邊境上有一座『宗』字頭的道家大脈，是東寶瓶洲道門的執牛耳者，占據著天下七十二福地之一的清潭福地，宗主被奉為南澗國國師不說，由於道法玄妙，神通廣大，以至於附近數國君主皆親自登山，共同尊奉這位宗主為一國頭號真君，故而這位道教神仙身兼著四國真君頭銜，是我們東寶瓶洲公認的十大仙師之一。實不相瞞，若是風雪廟魏大劍仙在破境之前遇到了那位仙師，還真沒辦法與之平起平坐。」

陳平安和林守一聽得極其認真，不願錯過一個字。

人外有人，天外有天。

尤其是「真君」這個說法，小鎮上出現的那個劉志茂不就號稱截江真君？

李寶瓶和李槐可就沒這麼專心致志了。李寶瓶時不時打量一下酒兒，後者怯生生躲在玄谷子身側，一副不敢見人的羞赧模樣。

玄谷子興致越濃，在酒兒的攙扶下，不知不覺走到了陳平安和林守一之間，唾沫四濺道：「天底下有資格帶『宗』字的宗門，一般都分為祖宗、正宗和下宗三宗，其中祖宗往往又稱為祖庭。下宗則會有眾多附屬門派，這些門派的取名就沒那麼講究了，只要不擅自帶一個『宗』字，同時不與別家開山立派的門派重名，那麼諸如道家宮觀、佛家寺院等等都可以隨便取名，定期交給下宗一些貢奉，再跟山下朝廷搞好關係，尋一塊風水寶地，在山上安心修行，盡量招徠有修行資質的弟子，就可以百年千年薪火相傳下去。

貧道出身的師門求真觀曾經也是南澗國名列前茅的大門派，在百餘年前敗落了。到了貧道這一代，師長們幾乎全部駕鶴西去，師兄弟沒剩下幾個，真正有出息的，更是一個都無。我們求真觀這一脈的五雷正法，說出來不怕你們笑話，確實不是雷法正統，主修肝膽兩處的氣府竅穴，學問全在『噓、嘻』二字上，取自『噓為雲雨，嘻為雷霆』之意，一旦修成，以心眼內視竅穴，可以看到幾處重要氣府內生出了雲雨升騰、雷聲震動的神異景象，之後就可以與天地共鳴，舉手投足，招引天雷，厭劾邪祟……當然，在魏大劍仙一劍破萬法的大千氣象面前，求真觀這點旁門道法，只能是貽笑大方了。」

林守一皺眉問道：「五臟為心、肝、脾、肺、腎，五處氣機攢聚如五雷，方為大道正法。道長師門為何會煉那五臟之外的『膽』作為引雷之地？」

玄谷子這次的尷尬之色絕非作偽了，重重嘆了口氣，滿臉疲憊，無奈道：「實在是不得已而為之。五雷正法是那道法正宗的不傳之祕，說句難聽的話，外人哪怕得到完完整整的修行之法，又有誰膽敢擅自修行？貧道的求真觀主修肝膽兩地相關氣府，其實哪怕是肝，也只不過是祖師爺因緣際會學到了一點皮毛，最終勉強有幾分形似，而無半點神似，這就是為何世間正宗、正脈極少，而旁門左道多如牛毛的根源所在了。」

林守一恍然道：「原來如此。」

玄谷子由衷唏噓道：「大道難行，難於這泥濘山路何止千百倍啊。正因為貧道師門不是雷法的正統真傳，像那陰陽家修士一旦洩露天機，很容易遭受無形天譴，所以貧道這一脈修行此雷法，往往挑選先天殘缺的弟子加入師門，因為這些人受天道憐憫，即使頻繁使用傷及肝膽本源的求真觀雷法，證道長生不奢望，運氣好的話，好歹也能撈個壽終正寢。

傳說中某個大洲的雷法正宗，鍊氣士一旦出手，雷公電母、雨師風伯、靈官雲吏，種種神人皆為之驅使，幫忙助長聲勢。試想一下，這等天大的手筆，祭出之後，怎麼能不教山河變色？」

說起這些與自己全然無關的事情，玄谷子卻是滿臉神采，再無半點灰心頹喪之色。

這恐怕就是修行難如登天卻依然讓人趨之若鶩的原因之一。

一旦踏上修行路，走上長生橋，見過或者聽過山上高處的絕美風光，可長壽、會術法、呼風喚雨、搬山倒海，一切匪夷所思的壯麗風景都可以期待，如此一來，誰樂意在烏煙瘴氣的山下廝混？

玄谷子嘆息道：「貧道與兩個徒弟這些年相依為命，遊歷四方，降妖除魔、捉鬼驅邪的事情也做了不少，而且也收銀子。沒法子，修道也要求財啊，搭建出來的長生橋本就是天底下最大的銷金窟。權貴人家哪怕有邪祟作亂，可貧道既無門路，也無人幫忙舉薦，當然是沒機會進去的。至於地方上富家翁開設的水陸道場，只會邀請那些當地名氣大的名僧、老道，信不過外人。貧道擅長的師門雷法總不能拿來嚇唬凡俗，以此證明自己不是騙子，只好落得如此下場了。捉妖成功，未必能掙多少銀子；一旦失敗，就一定是入不敷出。修行不易啊。」

一路走，一路說，等到眾人醒悟的時候，原來已經走出那座牢籠一般的山坳，不知是不是錯覺，此處恢復了山清水秀的原貌，已經沒有先前陰森穢氣的濃重冷意。

最後陳平安發現玄谷子哪怕不再說話，也沒有分別的意思，始終跟他們同行南下，忍不住開口問道：「道長你們不是要北去嗎？」

玄谷子哈哈笑道：「耽誤一點時間罷了，無妨無妨。救命之恩無以為報，就當是貧道帶著兩個徒弟為恩人們送行，無非是多走幾步路的小事。」

在那之後，兩夥人就這麼結伴而行，一路無風無雨，順順利利，等到澈底走出那方山水地界後，玄谷子緊繃的心弦終於鬆開，隨便在路邊找了個地方坐下。

酒兒趕緊遞上水壺，跛腳少年站在玄谷子身後，回首望向那條山脈，不知在想什麼。

離別之際，玄谷子從行囊裡掏出保存完善的一幅絹布質地的卷軸，親手遞給陳平安：「這是一幅貧道師門流傳下來的〈搜山圖〉，上邊描繪有近百種山鬼精魅，可供參考。你們是首次遠遊求學，必然會經過一座座雄山峻嶺，說不定將來用得著。貧道早已爛熟於心，只剩一點紀念價值罷了，還不如送給你們，物有所用，方得其所。」

林守一扯了扯陳平安的袖子，後者心領神會，收下了這幅〈搜山圖〉，同時也掏出身上僅剩的那顆蛇膽石送給了跛腳少年，只說是家鄉的特產，不值錢，但數量不多。

跛腳少年想拒絕，玄谷子趕緊讓他收下，說是恩人的一番好意。極為內向的跛腳少年只得默默收下，欲言又止，終究是沒好意思說出「謝謝」二字。

陳平安最後笑道：「你們過了紅燭鎮和棋墩山，到了龍泉縣城，可以去草頭鋪子或者壓歲鋪子那邊找一個叫阮秀的姑娘，向她出示這顆蛇膽石，她就知道你們是我的朋友了，說不定可以幫你們在小鎮安頓下來。我到了最近的驛站就會寄信回小鎮，說明一切情況。」

之後雙方分道揚鑣，玄谷子寧可帶著兩個徒弟繞遠路，也不願再走入那片山水了。

繼續南下，陳平安回頭望去，緩緩收回視線。

他突然有些想練劍了。

第六章　山水少年

人生河流裡的一場萍水相逢，往往各自打個旋兒，就會分別。

玄谷子一路沉默，這讓小姑娘酒兒反而有些不習慣。

跛腳少年雖然不願，猶豫糾結之後，仍是主動將蛇膽石遞給脾氣惡劣的師父。

玄谷子接過，握在手心細細摩挲片刻，破天荒地還給少年：「自己收著吧。」

跛腳少年一頭霧水，望向酒兒，後者也悄悄搖頭，表示自己猜不透師父的心思。

玄谷子輕聲道：「小跛子，這是你的緣分，師父拿不走的，真拿了，反而不是好事。你以為那個叫陳平安的少年為何要寄信回龍泉縣城？貧道估計如果到了那什麼壓歲鋪子草頭鋪子，是為師而不是你親手拿出石子的話，咱們在那邊的日子就不好過嘍。雖說未必會遭人刁難，但是肯定別想順順當當站穩腳跟，更別提找到一座山頭，去寄人籬下修行了。」

跛腳少年「哦」了一聲。他就不是一個有彎彎腸子的人，不擅長想這些問題。

玄谷子揉了揉酒兒的腦袋：「你們兩個，福氣真不錯。」

酒兒比起哥哥，心思更加細膩，問道：「師父，小姐姐他們一行人，身世是不是不一般啊？」

玄谷子點頭道：「那個龍泉縣，本是大驪王朝上空的驪珠洞天破碎後落地生根而成，之前有儒家聖人齊靜春坐鎮一甲子，如今這些孩子背著書箱，一個比一個聰明，說是去大隋書院遠遊，那麼妳說，他們會是誰的學生？」

酒兒有些羨慕：「儒家聖人的學生，真厲害。」

玄谷子嗤笑道：「要不然那風雪廟劍仙魏晉破關後的第一件事就是前來相救？再說，這些孩子身邊有一尊陰神擔任扈從，竟然能夠威脅到那個凶狠女鬼的山根水源，這些孩子就沒一個是省油的燈。」他隨即感慨，「前途不可限量，不可限量啊。」

酒兒有些後知後覺，好奇問道：「既然師父曉得他們有高手保護，那為啥要多此一舉，告訴他們三枝山厲鬼的情形？他們根本就不用擔心啊。」

玄谷子習慣性伸手掐了掐酒兒的臉頰，笑道：「蠢丫頭，這叫惠而不費。一顆銅錢不花就能當回好人，為啥不做？」

酒兒怯生生道：「可如果人家看穿師父的心思，師父不就是畫蛇添足啦？」

玄谷子啞然，搖頭嘆息，最後拍了拍酒兒的腦袋：「師父以後要對你們兩個好一點。師父這麼多年，經常嫌棄你們兩個出身不好，來路不正，總想著哪天能撿個天大的漏，在路邊隨手撿個天資卓絕的弟子，不料回頭看來，倒是師父燈下黑了。」

酒兒有些害怕，這樣的師父太陌生了。她臉色微白：「師父，您是不是鬼上身了？酒兒都不認識了。」

玄谷子哈哈大笑，突然低聲道：「酒兒啊，之前師父答應一年之內不收符泉，現在跟妳商量商量，從一年改為半年，如何？妳看啊，師父這趟降妖除魔，真是道高一尺、魔高一丈啊，被那女鬼狠狠打了一頓不說，不但幡子上少了四個字，還送出去一幅師門祖傳的〈搜山圖〉。你們做徒弟的，就不知道心疼心疼師父，孝敬一二？」

酒兒如釋重負，這才是她熟悉的師父，於是她乾脆俐落道：「半年就半年！」

跛腳少年仔細收好那顆蛇膽石，悶悶道：「石頭已經是我的了。」

玄谷子氣不打一處來，破口大罵道：「狗改不了吃屎！」

酒兒一手搗嘴偷著笑，跛腳少年也跟著笑起來。

人跡罕至處，那尊陰神露出真身，不過依然面容模糊，黑煙繚繞身軀，陰氣森森。他沙啞開口：「沒能護住你們，還害得你們被擄去女鬼府邸，對不住了。」

陳平安實在不知如何安慰人，憋了半天才憋出一句：「盡力就好。」

陰神笑容慘澹：「不管怎麼說，這次我難辭其咎。尤其是因為我貪圖個人修行才連累你們淪落到這般田地，我實在是良心難安。如果你們出了事情，我哪怕事後打爛了此處的山根水源，與那女鬼同歸於盡，也沒有任何意義。」

李寶瓶笑道：「小時候，我大哥喜歡給我講一些古怪事，有一次，講到一個城隍爺的故事，說考量陰德的方式不太一樣，我記得很清楚，叫『有心為善雖善不賞，無心為惡雖惡不罰』。人力有窮時，盡力又盡心了，就不用太愧疚。要不然，做人累，做鬼也累。」

陰神無言以對，被一個小姑娘傳授道理，哪怕她之前展現出了君子氣象，可總歸是有些彆扭。

李寶瓶又陷入自己的世界中去，有些懊惱，以拳頭捶掌心：「大哥總說這些稀奇古怪的事情，當時只當有趣的故事來聽，早知道我該更用心一些的。」

陳平安欲言又止。

陰神望向陳平安，笑道：「我們能不能單獨談一下？」

陳平安點頭，讓林守一三人先行。

陰神等到林守一他們前行出去約莫半里路，開口道：「我是藥鋪楊老頭安排來保護李槐的。」

陳平安撓撓頭：「我還以為你是來保護寶瓶或是林守一的。」

陰神笑道：「李槐他爹李二差點打死藩王宋長鏡，很厲害的。曾經有一次，李二找到楊老頭，說他媳婦給人欺負了，他要出山找那戶人家的老祖宗算帳，一定要離開驪珠洞天，楊老頭強不過，只好答應了。結果聽說後來，東寶瓶洲有一座底蘊不俗的仙家山門硬生生讓李二用拳頭拆掉了祖師堂，而且還是一路從山腳打到山頂。」

陳平安張大嘴巴。不都說李二是小鎮西邊最沒出息的男人嗎？甚至連他兒子李槐也從來都這麼認為啊。

他疑惑問道：「為什麼李二不告訴李槐？」

陰神提及李二後，心情似乎好轉許多：「李二的性子很拗的，要不然也不會娶了李槐的娘親做媳婦。」

陳平安開懷笑道：「那以後知道了真相，李槐可得樂壞了。」

陰神問道：「你不打算告訴李槐這個？在枕頭驛，你就直截了當告訴寶瓶真相了，哪怕阿良勸你不要急著告訴她。」

陳平安向前緩緩而行：「有關我自己的事情，我覺得是對的，當然可以自己做決定。可李槐他爹既然不願意告訴自己兒子，我一個外人，憑什麼告訴李槐真相？難道就因為我覺得這樣李槐會開心一點？這樣不好。」

陰神點點頭，心想難怪李二當年不看好那些個天之驕子，反而更看重這個泥瓶巷少年一些，甚至為此不惜破壞規矩，想要把那尾金色鯉魚連同龍王簍一起送給陳平安。

陳平安突然停下腳步，問道：「因為我眼力很好，當時又擔心你是壞人，所以我記得很清楚，陰神前輩你第一次露面的時候，第一眼看的是我，然後才去看李槐，這是為什麼？只是無心之舉嗎？如果不願意回答，陰神前輩可以當我沒問。」

陰神如果還是活人的話，一定要口乾舌燥、如坐針氈了。他當初哪裡想到陳平安會如此心細如髮，當時自己的視線一閃而逝，隱藏得不算淺了。

不過一想到這一路陳平安的表現，陰神就又釋然了，大概這也是陳平安能夠服眾的原因所在。哪怕林守一如今已經躋身下五境，成為真正的山上神仙，李寶瓶還是不會聽他的。李槐也一樣。至於陰神自己，恐怕一樣不會例外。林守一在他眼中，終究還只是一個極其聰明、資質很好的少年晚輩而已。

這種感覺很奇怪，好像泥瓶巷少年身上有一種能讓人感到「心安理得」和「天經地義」的氣質。他說這件事不對，隊伍裡其他人會覺得那就是不對了；他說這件事可行，那就可以做。但是更奇怪的地方，在於他從來沒有刻意炫耀過自己的任何長處。恰恰相反，他會向稱呼自己為小師叔的小姑娘虛心請教識字和讀書。他甚至從來沒有把李槐當作不懂事的孩子，也願意跟林守一待在一起聊天，聽後者說外邊天地的事情。

陰神最後笑道：「我先不回答這個問題，總之你不用擔心，我不會害你。」

陳平安小跑向前，扭頭笑道：「我如果不相信前輩，這個問題就不會問了啊。」

陰神緩緩逝去身影，嘆了口氣。跟著這幫孩子一起遠遊，心真累。

其實那個心性糟糕的婢女朱鹿，擱在山下王朝的一般門閥，也算不容小覷的天才了，只可惜在這支隊伍裡，從頭到尾，都被直接甩開了十萬八千里，竟是方方面面，一個也比不過。

一路行程，先是龍鬚河和鐵符江，之後又是繡花江、沖澹江，水要多於山。可接下來一天半行程，像是「水運」都給用光了，竟是連條山澗溪水都難找。其實水也有，但是都是一些無法飲用的死水坑子，沿途更多的還是病懨懨的柳樹秧子，不高也不茂，還多歪斜。一路上飛蟲四起，讓人總覺得渾身不舒服。

李槐有些害怕，因為那個烏鴉嘴的目盲老道人說了，他們很快就要經過一個名叫三枝山的鬼地方，那裡有厲鬼，還有什麼陰屍當那厲鬼的小嘍囉。

一想到這個，李槐就鬱悶。自己的彩繪木偶和泥人兒個頭都太小了，哪怕活過來，估計打架的本事還是夠嗆。何況那位白衣劍仙贈送的五個泥人兒他怎麼搗都活不過來。劍仙該不會是騙子吧？心底不願意給好東西，又放不下劍仙的架子，所以就故意畫了張大餅給他？

黃昏中，陳平安停下來搭灶燒飯。李槐熟門熟路地跑去拾取回一大捧乾枯樹枝，然後蹲在一旁，向陳平安告狀：「陳平安，我覺得風雪廟魏晉沒阿良好。」

陳平安沒搭理他。

李槐從書箱裡拎出彩繪木偶和一個泥人兒，用木偶狠狠欺負那個持劍的小泥人兒，再讓後者擺出跪地求饒的姿勢，嘴裡喊著：「女鬼大人，饒命饒命，我魏晉知道錯啦……」

陳平安哭笑不得，只好解釋道：「魏晉是個很好的人。」

李槐翻了個白眼，雙手亂動，繼續讓彩繪木偶蹂躪泥人兒。

林守一坐在不遠處的一塊石頭上，正在翻看那幅〈搜山圖〉。這圖本是玄谷子贈予陳平安的，如今又被陳平安轉贈給了他。他抬頭對陳平安說道：「如果我沒有看錯的話，魏晉好像看不起你，或者說，最不看好你。」

正在默默收拾小書箱的李寶瓶大怒：「還有這種事情？」

撅著屁股趴在地上，緩緩點燃柴火堆後，陳平安蹲著準備煮飯：「看不起我，跟他是不是好人，有什麼關係？」

李槐一臉震驚：「陳平安，你咋想的？看不起你的人，還能是很好的好人？肯定是沒那麼好的好人啊！」

陳平安有條不紊地忙碌起來，自顧自說道：「魏晉那麼厲害的人，還被稱為陸地劍仙，可是跟我們說話的時候還是和和氣氣的，願意跟我們這些孩子擺事實、講道理。你以為所有山上的神仙都是這樣的嗎？不是的。我在離開小鎮之前，就遇到過殺人只看自己心情、只講自己道理的神仙，而且還不止一個。」

這些殺機四伏的往事，他也不願多說，繼續道：「要想讓人看得起，得靠自己。莊稼活做得好，燒瓷拉坏拉得好，進山砍柴燒炭你力氣最大，巷子與巷子之間為了爭水打架，不怕挨揍，敢衝在前邊，自然而然就會讓人看得起。」陳平安看了眼他們，「這是在我們家鄉。以後等寶瓶到了大隋書院，如果讀書很厲害，還有林守一，年紀不大就成了鍊氣士，當然能夠讓人看得起。至於你李槐……等年紀大一點再說，現在不用急。」

李槐急眼了：「陳平安你不著急，可我著急啊！」

陳平安問道：「每天早起跟我一起走樁練拳，你起得來？」

李槐毫不猶豫：「當然起不來！」

陳平安又問：「那教你劍爐立樁？」

李槐一臉嫌棄：「學那個做什麼，我年紀這麼小。」

陳平安無奈道：「現在知道自己年紀小了？那你一開始跟我急什麼？」

李槐目瞪口呆，想了半天，還是沒有答案。最後在大夥兒一起圍坐吃飯的時候，李槐夾了塊醃菜，一大口飯下肚後，問道：「你們說，世上有沒有一蹴而就的捷徑法門啊？比如今天練了明天就能變成神仙的本事。阿良說沒有，早知道魏晉走之前，我該問問他有沒有的，萬一阿良沒有他有呢？那我就發達了啊。如果真能那樣，那麼這次去大隋求學，我就能踩在一把飛劍上頭，嗖嗖嗖，來來回回，比陳平安走樁還快，風一樣！你們就跟在我屁股後頭吃灰塵吧！」

李寶瓶板著臉問道：「誰吃灰塵？」

李槐咽了咽口水，望向林守一，然後默默轉頭望向陳平安，突然靈光乍現，從地上撿起那只彩繪木偶：「它吃！它如今可是我手底下的甲字號大將！沒辦法，個子最大，最漂亮，還是資歷最老的功勳，隨我李槐征戰四方的日子最長嘛。之後那五個髒兮兮的小泥人兒，就只能排到乙丙丁戊己了。」

林守一笑問道：「那夾在那本《斷水大崖》裡的小東西呢？」

李槐搖頭道：「它們？我不太喜歡。」

李寶瓶一語道破天機：「你是因為不喜歡讀書吧，要看到它們，得先翻開書頁。」

李槐一臉「妳說什麼，我沒聽清楚」的表情。

陳平安抬頭看了眼遠處那座略高的三枝山，問道：「過了三枝山，到了城鎮的集市，你們想要買什麼嗎？」

李寶瓶雀躍道：「小師叔，我想買一些雜書。齊先生說，儒家之外的諸子百家都有各自的經典，不妨多看看，這叫『他山之石，可以攻玉』。」

「陳平安，如果可以的話，我想買一副棋，最便宜的就可以了。」

「李槐你呢？」

「給我錢，不買東西，行不行？我想攢下來。我娘親教過我，兜裡有錢萬事不慌！」

陳平安反問道：「你覺得呢？」

李槐嘿嘿笑道：「我這不是心存僥倖嘛，萬一你陳平安良心發現呢？」

陳平安呵呵一笑。

李槐頓時笑臉僵硬，趕緊轉移話題：「那老道人不是讓我們不要天黑走三枝山嗎？」

林守一搖頭道：「我跟陳平安還有陰神前輩商量過了，如果我們夜間趕路，那厲鬼出來傷人，就將其鎮壓。一開始陰神前輩會袖手旁觀，先讓我出手，嘗試著以符籙和雷法退敵，主要是讓我歷練一二；如果厲鬼躲著不出來，就算了，我們繼續趕路就是。」

夜幕降臨，一行人緩緩登山。三枝山不高，且山勢平緩，山坡很大。山上有大片無後人添土的亂葬崗，當然更多還是有子孫祭奠的墳墓，收拾得乾乾淨淨。墳頭豎碑，碑上有字，碑前散落著一些沒有全部燒盡的紙錢。

不到一個時辰就翻過了三枝山，除了夜風微冷，沒有任何奇怪之處。

林守一有些遺憾，不過也不會強求什麼。

在那之後，去往大驪邊境野夫關的行程，更加順風順水。

經過小鎮集市時，李寶瓶買了五、六本雜書，有山水遊記、有佛道經典、有文人筆記。

林守一買了一副棋，教了陳平安規則後，只要有空就經常對弈，因為李寶瓶坐不住，恨不得一口氣在棋盤上丟下七、八顆棋子，還總嫌棄林守一下棋太慢了。至於李槐，那純粹就是懶得動腦筋，不過跟林守一下棋最多的，竟然是那尊陰神。

李槐大概是頗有些懊惱在紅燭鎮花了將近十兩銀子買一本破書，所以這次什麼都沒有買。

雖然陳平安有點想練劍，但是除了偶爾拿出背簍裡那把槐木劍，並沒有真正開始練。在他看來，當務之急還是要先練好拳！等到什麼時候覺得可以分心做事了，再來練劍。阿良說過，十八停本就是許多劍修歷盡千辛萬苦琢磨出來的東西，勤練十八停，就當是給將來練劍打好基礎。陳平安這麼一想，就覺得幹勁十足，渾身都是力氣。

一有閒暇，或是在山巔大樹枝幹上，或是在臨水大崖的邊緣，有少年雙手掐訣，獨自立樁，對著山水默默修行。

有山時看山，有水時聽水。

龍泉縣縣令吳鳶帶著一個心腹文祕書郎離開了福祿街李氏大宅。

身穿官府公服的吳鳶走著走著，突然一個金雞獨立，彎腰脫下靴子，倒出其中的沙礫。那個世家子出身的文祕書郎對此見怪不怪，只是如今福祿街熱鬧遠勝以往，暫時仍是胥吏身分的他立即幫主官遮擋一二，同時輕聲說道：「那李虹先前分明已經鬆口了，願意在神仙墳一事上帶頭退讓，為何突然又改變了主意？他就不怕在大人您這邊落下一個蛇鼠兩端的印象嗎？」

臉色疲憊的吳鳶無奈道：「多半是李虹的二兒子在京城闖出了名堂，說不定已經傍上了靠山，寄過家書密信回來，讓李虹不要輕舉妄動之類的。要麼就是那個深居簡出的大兒子提醒李虹以靜制動，都不好說。總之，現在麻煩的是咱們。沒辦法，原本的安排大都是建立在我家先生……唉，不說了、不說了，船到橋頭自然直。喝酒去，先來兩壺桃花春燒再說，我請客，傅公子你付錢，記在你的帳上便是。」

對於這位上官賒帳一事，姓傅的文祕書郎已經麻木，只是好奇問道：「小鎮上都傳福祿街李家二子一女曾經被某個算命先生鐵口直斷譽為龍麟鳳來著？」

吳鳶揉了揉臉色微白的消瘦臉頰，隨口笑道：「這些玩意兒你也信？在咱們大驪京城，想要出人頭地，尤其是白丁寒士出身的傢伙，對於名士養望、積攢口碑一事，誰沒點獨到心得？哪怕是高門豪閥，又好到哪裡去了？你們傅家『金碧輝煌，琳琅滿目』的說法，其中有沒有水分，外人不知，你傅玉自己心裡沒數？」

被揭老底的傅玉氣呼呼道：「吳大人，您好意思說我們傅家？」

吳鳶心情好轉，哈哈大笑，拍了拍心腹好友的肩膀：「咱倆沆瀣一氣、狼狽為奸。」

傅玉跟著笑起來：「志同道合、意氣相投是不是好聽一些？」

吳鳶笑罵道：「矯情了不是？當偽君子累得很，做真小人才痛快。」

傅玉搖頭惋惜道：「吳大人這話說得隨波逐流了。」

吳鳶哀嘆一聲，轉移話題：「有點想媳婦了啊。」

傅玉微笑道：「縣令大人，咱們龍泉縣的青樓勾欄是不是也該放開禁制了？酒色酒色，只有酒不像話嘛。」

吳鳶點點頭，一本正經道：「那些盧氏王朝的流徙刑徒當中，有些女子的身分正好符合，與其死在深山老林，不如給她們多一個選擇。當然了，此事不可強求，關鍵還是看她們自己吧。傅玉，接下來你就不用陪我每天一起吃人白眼了，親自負責運作此事。」

這下子輪到傅玉滿臉驚訝，他先前不過隨口一提，便疑惑問道：「當真？」

吳鳶扯了扯官服領口，笑道：「有什麼當真、當假的，那麼多座山頭被開闢出來，將來居住的多是仙家府邸的山上神仙，要想留住這些眼界高、錢包鼓的大爺，讓他們在咱們小鎮一擲千金，靠我這個馬上就要丟掉督造官身分的小縣令還是靠你傅玉啊？以前聽我家先生的口氣，那些眼高於頂的山上人對俗世女子所謂的姿容美色往往提不起興致，因為比起修道的仙子，兩者不管是皮囊還是內裡都相差很大，那麼山下女子可取的就只剩下她們的身分了，例如亡了國的金枝玉葉、被抄了家的豪閥女子，多少還有點誘惑。這一點，盧氏王朝那撥刑徒，不缺。」

傅玉憤憤不平道：「朝廷此時有意起用新任窯務督造官，不是摘果子是什麼？大人您這兩個月來，一步一步走遍了六十餘座山頭，跟那幫老狐狸磨破了嘴皮子，從縣衙到城隍閣的破土動工，到文武兩廟的選址協商、前期丈量和木料準備，再到盧氏遺民的安置，事無巨細，哪天睡覺超過三個時辰？好嘛，朝堂老爺們動動嘴皮子，吳大人就是真的辦事不力了？說不定四姓十族的刁難根本就是朝中有人授意，存心要讓大人您的仕途起於龍泉縣也終於龍泉縣！」

傅玉大概是覺得最後的說法太過晦氣，也不現實，悶悶不樂道：「至少也會想著讓大人在五十歲之前無法成功執掌一部，只能靠熬字訣，一點點熬到部堂的高位。」

吳鳶張了張乾裂的嘴唇，最終還是沒有說什麼。

傅玉突然笑出聲，吳鳶轉頭望去：「想起什麼開心的事了？」

傅玉點頭道：「這龍泉縣城，地方是小，可是比起繁華京城，我還是喜歡這兒。燒酒、糕點，還有每天早晨的肉包子，只要想吃了，就能自己走過去買，來回一趟，最多半個時辰。有些時候心煩意亂，就坐在酒肆裡，點一斤散酒，能清清靜靜坐上一個時辰，也不會有人湊過來喊一句『傅公子』，再來一小碗醬肉、一碟醃菜，真想日子就一直這麼過下去。所以我現在就更想在這裡好好做出一點成績來，再困難我也不怕。」

吳鳶「嗯」了一聲：「如果只是躺著享福，被人托著平步青雲，那麼當官有什麼意思？總得腳踏實地為老百姓做點什麼。我是因為窮苦出身，知道市井百姓和鄉野村民的不容易。你比我強，你是世代簪纓的傅家貴公子，能夠這麼想，讓我很意外。」

兩人並肩而行，傅玉無奈道：「問題來了，您做了實事，老百姓也不一定念您的好。史書上，能臣幹吏在地方上開拓進取，最後淪落得罵聲一片、灰溜溜離開的，還少嗎？百年後，朝野總算後知後覺，到頭來只傳下幾篇歌功頌德的詩詞，有屁用。」

吳鳶搖頭道：「這麼想不對。你的初衷在於做點讓自己覺得特別自豪的事情，至於做了之後，老百姓領不領情，朝廷認不認可，你現在不用想這些，想多了，只會自尋煩惱。一個想岔，甚至可能乾脆就喪失鬥志了。我們儒家不同於追求道法到底有多高的道家，不同於追求佛法到底有多遠的佛家……」

傅玉嘆了口氣。

吳鳶好像自言自語：「三教之中，道教講究清淨，是一個人的事情，天崩地裂，我得長生，就夠了，不重視前生來世，反而在意今生的這副皮囊，因為需要靠這副皮囊去證道，走完長生橋。相傳佛教分大小，小與道教相似，大則告訴凡夫俗子，今生苦難來世福，到底是給了人很大念想的。唯獨我們儒教與世俗最近，糾纏最深，又有『近則不遜遠則怨』的困境，學問越大，修為越高，反而越是束手束腳，總覺得伸個腿、抬個頭就要觸碰到規矩的牆壁了。比如我那位先生，提出的學問宗旨重學問更重事功，是希望能夠將那些腐儒、犬儒剔除掉，有點像是要清理門戶，之後會八面樹敵，難免受人排擠。

先生的想法是好的，可是萬事就怕走極端。而且人皆有惰性，極有可能百年盛世之後就是五百年、一千年的世風日下，因為讀書人雖然還在苦讀聖賢書，一個個道貌岸然，可到最後，為的不再是聖人所謂的『養浩然之氣』。

如今還好，立德、立功、立言，儒家三不朽，聖賢君子尚且都在追求『德』字，可一旦先生的學問逐漸成為天下道德準繩，豈不是硬生生拉低到了『立功』這層？長此以往，反而是讀書人最看不起讀書養德這件事，讀了幾個字、翻了幾頁書都像是可以換取多少錢似的，這該是多可怕的場景啊。」

傅玉先是愕然，很快神色劇變，伸手使勁抓住吳鳶的手臂，低聲道：「吳大人！這些話，絕對不能與您家先生說，絕對不能！您不是鍊氣士，不是修行人，不曉得大道之爭的殘酷，一句無心之語，一件無心之舉，就可能惹來殺身之禍！」

吳鳶拍了拍傅玉的手背，沙啞笑道：「我當然沒這個膽子。再者，以我那位先生的學識才智，可能根本就是我想錯、想淺了，先生對我這點想法肯定瞧不上眼。」

傅玉鬆開緊抓的手：「您千萬別說漏了嘴，我可不希望哪天您像宋煜章那樣，莫名其妙就……」他不再說下去，言多必失。

吳鳶轉移話題：「如果以後我走錯了路，不管那個時候我吳鳶當了多大的官，傅玉，你記得一定要當面罵我，最好是罵醒我。」

「放心，到時候我保管二話不說，賞吳尚書一記老拳。」

「六部尚書啊，正二品而已，小了點，小了點。」

「不小。您想啊，等我大驪占據東寶瓶洲的半壁江山，一個六部尚書還小？我看侍郎就已經很大了。反正吳大人，我可說好了，我這個人除了會出一點小主意，會謀而不善斷，所以這輩子就算跟死您了，以後您當尚書，給我個侍郎當當，如何？」

兩個已經身在官場的讀書人，笑著走回衙署官邸。

李家宅邸內，有個青衫讀書人重新拿起書本，微笑道：「關於事功一事，吳鳶你沒有想錯，但確實是想得淺了。」

小鎮日漸繁華喧鬧，少年崔瀺除了每天去荒廢的學塾讀書，平時依然居住在袁氏老宅，就搬一把椅子，坐在那口藏風聚水的天井旁邊，經常發一次呆就是一、兩個時辰。偶爾去龍尾溪陳氏開辦的嶄新學塾逛一逛，蜻蜓點水，很快就會離開。

龍泉縣縣令吳鳶已經正式卸去窯務督造官的職務，接任者據說是一名上柱國曹氏的年輕俊彥，而曹氏與吳鳶未來老丈人所在的袁氏是出了名的朝堂死對頭，能夠一言不合就在各種場合大打出手，在黃紫公卿碰頭的內廷小朝堂，兩個位高權重的上柱國相互指著鼻子對罵更是家常便飯。皇帝陛下對此多是好言相勸，有些時候實在惱火，就讓兩個功勳大佬滾回家吵去，反正兩家自祖輩起就是鄰居。據說兩家小孩從小就學會了隔著一堵牆向鄰居家拋擲各種東西，你丟磚頭，我扔泥塊，禮尚往來。

吳鳶這次登門，是跟先生虛心請教：「先生，朝廷吏部那邊，一向是曹家把持的田地，是不是趁我沒能打開局面，準備將我挪回京城某個清水衙門坐幾年冷板凳？」

「不是。」少年崔瀺依然從容地坐在那把椅子上，淡然道，「曹霽的家世如何？能力如何？」

吳鳶苦笑道：「家世遠勝於我，能力也相當不俗。」

「跟這樣的人打擂臺，剛好說明你吳鳶還是有點斤兩的嘛。何況你才是龍泉縣縣令，曹霽只是窯務督造官，如今重新開禁的龍窯不過是做一些本命瓷相關收尾的事情而已，沒你想的那麼嚴重。曹氏是想要讓曹霽踩著你往上走，現在就看你有沒有本事成為曹霽的官場攔路虎了。攔不住，袁氏還願不願意嫁女兒，就難說了；若是攔住了，袁氏說不定會求著你迎娶那名女子。」少年崔瀺瞥了眼吳鳶，「陛下用人，親疏有別是難免的，對待功勳之後一向優待，可歸根結柢，最後還是要看你們各自的真本事。」

吳鳶笑道：「聽過了先生的開解，學生心情好多了。」

少年崔瀺冷笑道：「你小子心情是好多了，先生我自己怎麼辦？」

吳鳶裝聾作啞，堅決不開口。

少年崔瀺突然莫名其妙來了一句：「阮秀與外人衝突一事，你有沒有想法？」

吳鳶略作思量，很快就道：「阮秀雖然出手重了一些，可畢竟是那個自詡風流的白癡糾纏在先，她提醒過數次，不合情，但合理，挑不出大毛病。何況之前她爹大打出手，殺得驪珠洞天上空烏雲慘澹，之後再無修士膽敢逾越規矩，有其父必有其女……」

少年崔瀺有些不耐煩，大概是嫌棄這個學生太笨了，竹筒倒豆子說了一大串：「我的吳大人，勞煩你去仔細查一查，為何那個白癡會有閒情逸致四處閒逛，又剛好經過阮秀所在的騎龍巷的小鋪子，又又剛好一點也不知道她的身分，又又又在家族購買山頭、與大驪交好的時刻如此不知輕重。如果說，一、兩個巧合是巧合，那麼如此之多的巧合，你就不奇怪？世上又蠢又色的男人是有很多，可是一個有資格代替家族在這裡露面的年輕人，而且本身修行、資質還挺不錯，會這麼霉運連連？」

他說得詼諧有趣，可是吳鳶聽得神情凝重，心情絕不輕鬆。

說到最後，少年崔瀺又開始自怨自艾，雙手狠狠揉著自己的臉頰：「真說起來，我比那個色胚更慘，但我是真的不走運啊！吳鳶，你不如把臉伸過來，讓先生我打幾耳光，出出氣，咋樣？」

吳鳶又不傻，明擺著是打了白打的：「先生，我看還是算了吧。」

少年崔瀺氣憤道：「一日為師，終身為父啊。你小子性情隨我，多半也是個欺師滅祖的種。等到龍泉縣的事務大致落定，你爭取抽空去一趟京城，跟我……跟那個我，繼續商量在披雲山建造書院一事。」

吳鳶點了點頭，看不出臉色變化。

少年崔瀺揮手趕人：「忙你的。」

吳鳶起身告辭。

這棟袁氏老宅裡，除了那個面容精緻的沉默少年，在吳鳶一趟祕密出行後，還帶回來一個名叫夏余祿的刑徒少年，十四歲，身材修長不輸青壯，玉樹臨風，是一等一的好皮囊。不知為何，少年崔瀺讓他改名為于祿，他哪怕十分不情願，也只能默然接受。

于祿大概是從水深火熱的苦難之中脫身，也可能是天生性情開朗，有事沒事就打掃這棟袁氏祖宅，從一樓到二樓，最後甚至爬上屋頂去翻修舊瓦，如果不是少年崔瀺嫌棄他聒噪，喊到跟前大罵了一通，估計他連老宅牆壁也能粉刷一遍。

家裡的碗碟花瓶，全部被于祿擦得纖塵不染。吳鳶每次登門拜訪恩師，都能夠看到于祿在那裡瞎忙活。看到自己後，除了微笑之外，就是站在遠處，抱著掃帚，耐心等待自己離去。禮貌送客之後，于祿就會開始做那清掃腳印、擦拭椅子之類的僕役活計。于祿的樂在其中，讓吳鳶百思不得其解：這少年該不會是家國破滅、舉族淪為賤民刑徒，所以刺激過大，導致腦子有點拎不清了吧？

在于祿適應了老宅清淨且忙碌的生活後，袖子裡多出一封密信的少年崔瀺又悄然帶著一個陌生人回了宅子。那是一個身材苗條卻面容黝黑的少女，姿色只能算是中下，一天到晚都神情僵硬，唯獨那雙眼眸還算秀氣。

哪怕是面對大驪國師，少女也一樣面無表情，既無畏懼，也無討好，這讓于祿心生佩服。聽說她也是刑徒移民之後，于祿便想著對她殷勤熱絡一些，只可惜少女對他不理不睬，做起家務事更是笨手笨腳，紕漏百出，打碎碗碟不是一次、兩次了。

最後于祿實在是無法忍受了，就讓她坐著休息，大小事務，從買菜淘米、下廚做飯，到清洗外衣，全部由于祿一人包辦。少女倒是毫不客氣，每天就大大咧咧地坐在椅子上，比主人少年崔瀺還更像是主人。于祿的好心好意，少女似乎並不領情，也不正眼看他，反而偶爾眼角餘光瞥過，那張平庸臉龐的眼眸之中還會透出淡淡的譏諷意味。

少年崔瀺重重拍了拍手掌：「三個都過來。」

玉樹臨風的高大少年于祿、身材極好的少女、容貌精緻無瑕的沉默少年站在了少年崔瀺面前。

少年崔瀺歪著腦袋望向三人，最後視線停留在于祿身上：「于祿，你一開始就是我爭取來的棋子。」

說完又轉向少女：「至於妳，是那位娘娘志在必得的囊中之物。不過如今她失勢了，混得有點淒涼，給攆到長春宮修心養性去了。身在大驪京城的那個我呢，掌握了竹葉亭之後，便順勢近水樓臺了一回，將妳送到了我這裡，算是把妳帶出了火坑，妳該謝我才對。按照那位娘娘一貫物盡其用的行事風格，妳落在她手裡，將來下場未必能比那個楊花好。妳以後打算姓甚名誰？還是學于祿，乾脆全部改了？」

少女嗓音柔媚道：「國師大人，我只要還姓謝就行。」

少年崔瀺想了想，哈哈笑道：「哦？那不如就姓謝名謝好了，這個名字多占便宜啊，謝謝，妳還不謝謝我？」

少女依舊面無表情，但眼眸之中燃起了怒火，不論她如何盡力遮掩都無法隱藏起來。

少年崔瀺傷感道：「我以後也不叫崔瀺了，你們喜歡的話，就叫我崔東山吧，或者喊我公子也行。」他滿臉心灰意冷，「于祿、謝謝，你們收拾一下行李，明天我們就動身，順著南下驛路去往邊境野夫關。」

兩人都未質疑什麼。

少年崔瀺，或者說崔東山，看向那個滿臉期待的精緻少年：「你啊，就留在這裡吧，要麼去陳氏學塾讀書也行，隨你自己。」

少年滿腹委屈，剛要壯起膽子祈求同行，崔東山已經瞪眼怒目：「滾蛋！」

少年嚇了一跳，快步離開。

崔東山站起身，走到二樓一間小書房，開始提筆寫信。

「過猶不及，大驪朝廷太過推崇文人，使得許多沽名釣譽之輩以詩歌作為進入官場的敲門磚。必須改一改如今大驪京城的風氣，絕對不能夠讓滿朝公卿到販夫走卒一味崇尚豔辭麗賦的浮淺學風，必須重經義、重時務、重實際，必須牢牢拿捏住『事功』二字，哪怕大驪宋氏改朝換代，不管誰來坐龍椅，都不能丟了這份你我成就大道的根本。

只有撼大摧堅，徐徐圖之，才是正理。國子監務必掌握在手中，適當時候可以收回欽天監的安排，換取對國子監的完全掌控……」

寫到最後，崔東山突然將毛筆狠狠摔在地上：「如今寫這些有什麼用啊，我又不是我了。你這個站著說話不腰疼的傢伙，還有臉皮讓我『暫不聯繫，自己保重』，你倒是把家底分一半給我啊！不愧是老崔瀺，一毛不拔的鐵公雞啊！你在京城享福，老子卻要去給人當學生，老天爺，你怎麼不直接打個雷劈死我啊……」

眉心一點朱砂痣的少年大哭起來，傷心欲絕。

拂曉時分，一輛馬車停在袁氏老宅門外，于祿和謝謝各自背著包裹等在馬車旁，崔東山打著哈欠走出宅子，身上穿著一襲質地考究、手工精良的象牙色白袍。他身後跟著那個容貌精緻如瓷器的少年，少年一臉戀戀不捨。

于祿忍不住問道：「公子，我們這是要去哪裡？」

崔東山懶洋洋道：「帶你們遠遊求學，去大隋逛逛，你們兩個本來就是山崖書院的學生。」

于祿和謝謝這兩個盧氏王朝的遺民刑徒面面相覷。

車夫是個大驪駐留龍泉縣城的大諜子，眼觀鼻、鼻觀心，紋絲不動坐在駕車位置上。

崔東山上了車，彎腰掀起簾子後，突然轉頭道：「去把王毅甫喊過來當車夫，你繼續留在縣城，負責盯著騎龍巷和杏花巷兩處地方的動靜。」

那諜子點點頭，一言不發地下車離去。

約莫一盞茶工夫，一個高大男子大步流星走來。

于祿目不斜視，神色從容；謝謝眼神冷冽，似乎不太喜歡他。

王毅甫，正是那個奉命親手擰掉宋煜章頭顱的男子，昔年盧氏王朝的沙場猛將，既沒有淪為大驪階下囚，也沒有成為新王朝的座上賓，更沒有重掌兵權，而是成了那位娘娘的鷹犬，隨著她被「貶謫」到長春宮去結茅修道，王毅甫的主人就從大驪娘娘換成了眼前的這位少年國師。

因為是走驛路官道，馬車不小，足以容納三人，可崔東山仍是讓于祿和謝謝坐在外邊，他獨自霸占著寬敞車廂。沒過多久，車廂內就傳來琅琅讀書聲。堂堂大驪國師，享譽一洲的圍棋聖手，卻每天都要朗誦這些蒙學內容，實在是讓人覺得好笑。

馬車由東門駛出小鎮，崔東山掀起簾子，看了一眼東門口附近的新建縣衙。那裡尚未完全竣工，只是有了個雛形，在衙署胥吏督促下，小鎮青壯忙碌著，使得整個東門都塵土飛揚。崔東山眼神陰沉地放下簾子。

離開小鎮以後，沿著驛路駛出大概一個時辰，崔東山讓王毅甫停車，獨自走向一座小山坡。觀湖書院的君子崔明皇在此等候已久，見到這位被驅逐出家門的祖輩後，畢恭畢敬地作揖行禮。

崔東山站在山頂回望小鎮，只可惜如今境界大跌，修為低微，哪怕窮盡目力也無法見著那邊的風景了：「尊奉披雲山為大驪北嶽一事還需要醞釀，一時半會兒很難成功。但是在披雲山建造新書院勢在必行，最多半年就會有結果。放心，你這次冒了這麼大的風險，差點連命都丟了，我肯定不會過河拆橋，一個書院副山長是跑不掉的。之後大驪肯定會傾盡國力將這座嶄新書院打造得比山崖書院更像是儒家七十二書院之一。」

崔明皇鬆了口氣後，眼神堅毅，承諾道：「絕不會讓老祖失望！」

崔東山對此不置一詞，繼續說自己的：「我將那個瓷人少年留給你，到時候你把他安插進新書院，不出意外的話，他的修行會很順利，可能會以一種嚇人的速度躋身中五境，你做好心理準備。不過你最好將他雪藏起來，不要太早浮出水面。我從瓷山千挑萬選選出了那些碎瓷，好不容易才拼湊出這麼個神魂俱備的瓷人，這少年能夠從一堆破瓷片變到現在這樣活靈活現，與人無異，既是我畢生心血的凝聚，也有很大的運氣成分，所以你務必多上點心。說句不吉利的話，這已經相當於是我在跟你托孤了。」

崔明皇心情激盪，彎腰抱拳道：「老祖放心，我崔明皇一定將其視為己出！」

崔東山神色有些疲憊：「在小鎮這邊，除了藩王宋長鏡之外，其餘兩撥諜子死士，你能夠隨便使喚，我已經幫你打過招呼了。沒事的時候，多跟楊家鋪子的楊老頭聊聊。那個老不死的東西，做事最是公道，從不談什麼好壞、正邪、敵我，你爭取能夠讓老頭子答應跟你做買賣。

至於阮邛，我勸你別去自討沒趣。福祿街和桃葉巷的四大姓、十大族如今七零八落，人心渙散，你多留心李家，嗯，就是李希聖所在的李家。至於那個心比天高的二公子李寶箴，如今靠山一倒，雖說算不上被一夜之間打回原形，但是也算領教過我們大驪京城的波譎雲詭了。這對兄弟之間，你選誰都行，不過只能選一個。還有吳鳶，你自己看著辦吧，就事論事，不要交心就行。」

崔東山說到最後，分明是青蔥少年的俊美相貌，卻給崔明皇一種耄耋老人、萬事皆休的錯覺。

他試探性問道：「你那個學生吳鳶，難不成是？」

崔東山耷拉著雙肩向山下走去，點了點頭，有氣無力道：「他是娘娘的人。她就喜歡挑選這類人，出身不太好，但是聰明、有抱負、能隱忍，只是各有各的致命缺陷，易於她掌控。」

崔明皇恍然大悟道：「難怪，老祖宗您那次在袁氏祖宅洩露天機，我總覺得不對勁，後來才想明白，是因為吳鳶在場的緣故。」

崔東山嘆了一口氣，並沒有藏掖真相，打開天窗說亮話：「當時在袁氏老宅，我給了他一次機會，之前芝麻綠豆大小的瑣事，他把消息全部傳遞出去，我懶得計較。可他如果走出宅子後，將那件事情洩漏給那位娘娘，那他就死定了。弟子欺師滅祖，那麼先生打死學生，也是天經地義嘛。」

崔明皇默然無語。

崔東山拍了拍這位家族晚輩的肩膀：「我對你寄予很大的期望啊，不然不會跟你講這些的。」

崔明皇苦笑道：「誠惶誠恐。」

「行了，你就別送了。」

崔東山加快步伐走下山，走出十數步後，轉頭笑道：「你我都是聰明人，你肯定在想我能這麼給吳鳶挖坑，一定不會放過你。事實上……你沒有猜錯，確實是這樣的，不過陷阱在哪裡，需要在哪天做出生死抉擇，得你自己去琢磨。」

崔明皇沒有驚慌失措，更沒有委屈無辜，反而鬥志昂揚：「該讀的書，差不多已經讀完了，以後人生的樂趣就在於此了。」

崔東山轉過身，望向山腳那輛馬車，雙手攏在袖子裡，嘖嘖道：「果然三種弟子都得有啊，你崔明皇、吳鳶、瓷人，齊全了，以後就看我們師徒四人各自的造化了。」

走著走著，崔東山打了個激靈，呢喃道：「如果哪天知道了真相，以泥瓶巷那小子的脾氣，一定會打死我的啊，說不定眼睛都不會眨一下。」他滿臉焦慮和悲傷，「關鍵是師父打死徒弟，還他娘的天經地義啊。不行不行，我不能混得這麼淒慘，得想個法子……」

他突然瞇眼笑起來，順帶著走路也開始大搖大擺，哈哈大笑，「可以把髒水全部潑給大驪國師嘛，我是崔東山，不是崔瀺！」

他當下寄居的這副身軀，可以視為一件極其珍稀的重寶，天生無垢，但是先天癡呆，不到六歲就魂魄遊離散盡，經過多年祕法煉製，已成為一個易於魂魄借住的客棧。當初因為驪珠洞天太過重要，涉及他的大道契機，他必須親臨此地，所以就搬出了這具身體，分出魂魄進入其中。如此一來，等於世間出現了兩個崔瀺，一老一少，老崔瀺待在大驪京城當他的國師大人，運籌帷幄於千里之外；少年崔瀺則蒞臨小鎮，躲在袁氏老宅，以防意外發生。當然，內心深處，崔瀺未必沒有親眼目送齊靜春走完最後一程的意思，他想堂堂正正打敗齊靜春一次。

只可惜他如何都想不到，先是輸給齊靜春，輸得一敗塗地，之後更慘，被分明已經死在學宮功德林的老頭子找上門，隨隨便便就切斷了他與本體的聯繫，還罰他每天讀那幾本破爛書，可笑的是，這些書沒有一本屬於老頭子編撰的聖賢經典。最後老頭子更是做出一個荒謬至極的決定，要他崔瀺給那個姓陳的少年當學生！

我崔瀺能跟他陳平安學什麼？學燒瓷還是學燒炭啊？

那個老頭子到底是怎麼想的？天曉得！就是字面意義上的那個天曉得。

老頭子雖然一輩子最高的俗世功名不過秀才而已，但在儒教文廟曾經排在第四高位啊！那會兒老秀才真可謂如日中天，要不然人都沒死，神像能硬生生給人搬進去豎起來？老秀才自己攔都攔不住。

不過崔瀺總覺得當時老頭子其實偷著樂呵，根本就沒真想著去攔。

總之，這樁公案註定會消失於正統青史和稗官野史，並且隨著時間推移，僅剩的蛛絲馬跡也會一點一點消失。

通往大驪邊境野夫關的必經之路上，一輛馬車停在驛站外的路邊，崔東山站在車頂，面朝北方，翹首以盼。王毅甫坐在駕車位置上，像往常一樣悶不吭聲。

于祿在清點行囊裡的物件，謝謝最閒散愜意，坐在王毅甫身邊，和于祿背對背，正晃蕩著雙腿，一顆顆嗑著瓜子。

崔東山一跺腳：「總算來了！」

王毅甫沒有轉身，輕聲道：「殿下，以後保重。」

于祿點頭笑道：「王將軍也是如此。」

王毅甫「嗯」了一聲，正要開口，嗑完一大把瓜子的少女拍拍手，雲淡風輕地飄出一句話：「王大將軍沒必要跟我這種刑徒賤民客套寒暄了。」

王毅甫苦笑道：「是我們對不住妳的師門。」

謝謝雙手疊放在膝蓋上，仰頭望向蔚藍天空，笑道：「那你就跟那些魂飛魄散的死人說去。我既沒有參加那場大戰，事後也沒有自盡，相反活得還不錯，很快就是新山崖書院的學生了，所以王大將軍你跟我說這個，挺沒意思的。」

于祿突然說道：「王毅甫，不用理她，她就是個沒長大的孩子而已，心裡有氣，又不知道跟誰發洩，這個時候誰好說話她就刺誰。」

謝謝笑道：「喲，還當自己是貴不可言的盧氏太子啊，還有資格教我做人？」

于祿微笑不言，繼續低頭收拾行李。

王毅甫一陣頭大。若非擔心這倆孩子的安危，他怎麼可能答應大驪娘娘，為她效命。

陳平安一行人沿著驛路邊緣南下，然後就看到了一個臉熟的白衣少年飛奔而來，那種熱情，簡直比一個懷春少女面對心儀情郎還來得誇張。

眉心朱砂痣的白衣少年笑容燦爛道：「陳平安，雖然聽上去很像個玩笑，但我其實是很認真、很嚴肅地告訴你，從今天起，我就是你的學生了！你不認我做學生的話，我就死給你看！等我死了之後，你記得幫我立起一塊碑，碑文就寫『陳平安弟子之墓』！」

陳平安呆滯了很久才緩過來，問道：「你的真實姓名叫什麼？」

少年開懷大笑：「崔東山！」

陳平安點頭道：「那我在碑上幫你再添這三個字。」

少年對此並不意外，開始循循善誘：「我曉得先生您老人家不放心，覺得我是心懷叵測之輩，但是您可以考察我一段時間再來決定要不要收下我做開山大弟子。我崔東山呢，修為如今是不高，但是見多識廣，學問還是有一些的，對於大隋的風土人情更是瞭若指掌。此去大隋，有我在和沒我在，必然是一個天、一個地的境況。」

眼見著陳平安依舊無動於衷，崔東山毫不氣餒，滔滔不絕道：「再說了，我這趟拜師學藝並非空手登門，而是帶了一筆極其豐厚的拜師禮，比如那中五境修士遊歷天下，幾乎人手一冊的〈澤被精怪圖〉。我這一冊更是珍稀貴重，天然孕育出了五、六種精魅。

再有一套文房四寶，筆是那藏著一條吃墨魚的紫管筆，寫字也好，繪畫也罷，用完後便無須清洗，那條小魚兒會自行幫忙吃乾抹淨。如何，是不是很神奇？算得上是一等一的文人清供了吧？墨是三錠松濤墨，以手指輕敲，就會發出松濤陣陣的悅耳響聲，寫出來的字哪怕是蘸墨極少的枯筆，墨香同樣能夠滯留數年之久。硯臺是別洲一位無名老僧遺留下來的古硯，名為『放生池』，大有玄機，您不動心？紙張則是那金石箋，一國皇帝敕封山川神靈，都希望用上此紙，才顯得正統。」

少年講到這裡，深吸一口氣：「最最最重要的一樣壓箱底寶貝，是一柄半死不活的本命飛劍！它品相絕佳，鋒利無匹，最大的好處是它不用後繼者養鍊劍氣、開拓劍意，幾乎拿來就能用。我當初僥倖得到後，之所以珍藏多年也未將其煉製，非是不看重，實在是我不走劍修的路子，生怕暴殄天物……」

說到後來，原本興高采烈的崔東山嗓音越來越低，因為他發現對面的陋巷少年隨著自己報出的拜師禮越來越豐厚，拒絕的眼神反而越來越堅定。

他滿臉幽怨，雙手捧在胸前，可憐兮兮地試探性問道：「真不行啊？我是誠心誠意跟您拜師的，您要不信的話，我可以發誓啊，如果我對您有半點壞心，就天打五雷轟！」

陳平安搖頭，斬釘截鐵道：「不行！」

陳平安第一次看到這個少年，是在阮師傅的鐵匠鋪子，他還誤以為少年是縣令大人的書童。第二次，自稱「師伯崔瀺」的少年主動搭訕，跟陳平安說了許多稀奇古怪的內幕，之後一路跟隨陳平安去了泥瓶巷，還偷走了宋集薪的春聯。

雖然始終沒有從少年身上察覺到類似雲霞山仙子蔡金簡的殺意殺心，但是陳平安絕對信不過此人，希望能夠敬而遠之，哪裡想到如今都快走到了大驪邊境，還被他死皮賴臉追了上來。陳平安又不傻，黃鼠狼給雞拜年，還能圖什麼？

崔東山不露聲色地瞥了眼陳平安的髮髻，那支碧玉簪子已經消失不見。

照理說，按照之前約定，老頭子會幫自己鋪墊一二的，至少不會揭穿自己的大驪國師身分，更不會將自己算計陳平安和齊靜春的事情洩露出來。至於老頭子為何如此大度地放過自己，甚至為何要在這個分明大局已定的時候走出功德林，崔瀺根本就懶得去計算、推演。跟真正的聖人比拚這個，實在是不自量力。尤其當下神魂分離，崔瀺無論是修為和心力都已經大不如前，害怕自己一旦推演到深處，不小心觸及老頭子訂立的規矩根本，會淪落到這副皮囊原主人的境地，變成一個徹頭徹尾的白癡。

崔東山問道：「陳平安，你們在紅燭鎮枕頭驛一帶，難道就沒有遇到一個窮酸老秀才？他沒有跟你講清楚大致緣由？」

陳平安皺了皺眉頭。

崔東山仔細打量著陳平安，覺得眼前少年神色不似作偽：「好吧，那我只好使出殺手鐧了。不過事先說好，陳平安，我拜師如此心誠，你卻如此推託，那麼接下來我的拜師禮就要減半了。我最後給你一次機會！」

陳平安二話不說就要轉身，崔東山趕緊從袖中掏出一枚黑色棋子，高高拋向驛路旁邊的無人處，對陰神道：「這是楊老頭交給你的消息，捏碎後，你就知道這件事情的脈絡，然後你來幫我證明清白，告訴陳平安我絕不是貪圖什麼才來拜師，而是真心要跟他定下師徒關係。」

那尊陰神沒有顯露真身，黑色棋子在空中砰然碎裂，瞬間化作齏粉。

很快，林守一就神色古怪地來到陳平安身邊，竊竊私語道：「陰神前輩說楊家鋪子的楊老頭要你相信這個叫崔東山的傢伙不會暗中使壞，去往大隋書院的路上，大大方方讓他做牛做馬，隨意驅使便是了，這樣的弟子門生，不收白不收，不用白不用。還說此人今後與你榮辱與共，生死相關，不敢對你心懷不軌。」

陳平安點了點頭，看向新弟子的身後問道：「他們是……」

崔東山笑顏逐開：「他們啊，傻大個叫于祿，福祿的祿；小黑妞叫謝謝，姓謝名謝。也不知道誰給她取的這個名字，真是絕了。」

隨後，崔東山露出瞎子也不會當真的悲苦臉色，唉聲嘆氣道，「兩個都是盧氏王朝的刑徒遺民，身世可憐得很。謝謝之前就曾在山崖書院求學過一段日子，于祿運氣差一點，離鄉沒多久，我們大驪就發起了那場大戰，兩人只得各自返回家鄉。如今家國破滅，書院學生的身分便成了他們的保命符，如果我不把他們帶出來，以後肯定會死在你們龍泉縣西邊的大山裡，要麼被某位山上神仙一個不順眼就打死，要麼每天風餐露宿，早早氣力衰竭，不到三十歲就活活累死。所以他們如今頗為感恩戴德，一定要稱呼我為『公子』，我怎麼勸都勸不動。唉。」

不承想，謝謝笑咪咪道：「既然我們的稱呼反而成了公子你的負擔，那我以後就不喊『公子』了。」

好在于祿沒有雪上加霜，微笑道：「我還是繼續喊吧，習慣了。」

崔東山轉頭呵呵笑道：「謝謝姑娘，我謝謝妳啊。」

林守一緩了緩，好像又得到陰神暗中傳授的錦囊妙計，輕聲說道：「楊老頭說這兩人咱們最好是收下，有百利而無一害。如果實在不喜歡姓崔的，以後可以用來當替死鬼，但凡有災有難，全部讓他頂上去就是了。他身上藏著一件方寸物，家底厚實，經得起糟蹋。」

一直豎起耳朵偷聽的崔東山勃然變色，跳腳大罵道：「楊老頭，你個老烏龜王八蛋，有你這麼坑人的嗎？」

陳平安壓低嗓音笑問道：「如果收下這兩個人，以後就算是你們的同窗嗎？」

林守一苦笑道：「可能是吧，其實我和李寶瓶都不清楚山崖書院的真正情況。當初馬老夫子帶著我們離開小鎮，也沒說過這些。」

李槐一直偷看那個名叫于祿的高大少年，覺得他像是個容易打交道的傢伙，肯定比脾氣暴躁的李寶瓶以及性情冷淡的林守一要更好說話。

于祿背著沉重行囊，發現了李槐的視線後，笑著點頭行禮。

李寶瓶則時不時與謝謝對視，一次又一次。與上次遇上玄谷子師徒三人的情況剛好相反，李寶瓶跟酒兒可是一下子就看對眼了，可對於眼前這個姓名古怪的少女，則一點都喜歡不起來。

謝謝雖然面帶笑意，看不出任何真實情緒，可是對於矮自己大半個腦袋的李寶瓶，內心亦是不喜。

初次相逢的小姑娘和少女之間，這種奇妙情緒，應該與任何道理都無關。

陳平安望向崔東山，說道：「于祿和謝謝可以加入我們，但是你不行。」

崔東山收斂一切神色，生硬問道：「為何？」

陳平安答道：「因為我覺得你不是好人。」

驛路這邊，沒有一個人覺得這句話滑稽可笑，哪怕是最沒心沒肺的李槐，都感受到了一股山雨欲來的壓力。

于祿扭頭望向後邊，遠處塵土飛揚，馬蹄整齊踩踏地面，地面傳來一陣陣沉悶的震顫，大地如同被狠狠鞭打的身軀，奄奄一息，只能默默承受。

一股大驪鐵騎的渾厚軍威撲面而來，哪怕是一支只有三、四十輕騎的隊伍，仍是散發出一種粗礪懾人的殺伐氣息，這讓于祿情不自禁地瞇起了眼睛。

這邊崔東山伸出雙掌，做了一個氣沉丹田的姿勢，盡量心平氣和道：「我之所以來這裡，是有個老秀才一定要我跟你學做人。你不收我做學生，沒關係，我就以于祿和謝謝的公子這個身分跟隨你們一起遠遊求學就是了，你們當我不存在，咋樣？」

陳平安點頭道：「只要你別來惹我，不說什麼先生學生的怪話，就可以。」

崔東山剛要說話，大驪騎軍帶著轟鳴聲一閃而過。

一直觀察這支騎軍所有細節的于祿早已低頭，還不忘用手臂遮擋風沙塵土。

謝謝更是早早挪步到了驛路外。

氣勢雄壯的大驪騎軍呼嘯而過，崔東山默然站在原地，恰好穿著一襲纖塵不染的白衣的他如今滿身塵土，還張著嘴巴，卻一個字都說不出口。

李槐只覺得這一幕真是慘不忍睹，小聲道：「慘是慘了點。」

崔東山後知後覺地抬手抹了把臉，眼神恍惚，呢喃道：「這日子沒法過了。」

按照阮邛訂立的規矩，如今閒散修士過境，若無大驪朝廷的特許，只要是經過原先驪珠洞天的上空，一律不可凌空而渡或是御劍飛行。在那撥聲名赫赫的鍊氣士付出了一條條性命之後，如今大驪諸多山上勢力都默認了這個不太講理的規矩。

風雷園修士劉灞橋在地界外降下飛劍，付過銀子，乘坐驛站專門提供給修士的豪奢車馬趕赴縣城，找到龍尾郡陳氏開辦的新學塾，發現好友陳松風正在親自為十數個蒙童授課。陳松風發現站在窗外的劉灞橋後，就想要找人幫自己給孩子們授課。劉灞橋趕緊擺手，示意自己等著就是了。

半個時辰後，陳松風快步走出課堂，和劉灞橋並肩而行，看了眼他的佩劍，好奇道：「這就是大驪京城鎖龍井裡的那把『符籙』？」

劉灞橋翻了個大白眼，雙手抱住後腦勺：「宋長鏡那個王八蛋，說好的將符劍留給我，等著我去拔出來，結果我這北行一路上全是在說大驪京城有人拿走了符劍的消息，我還不信，以為是宋長鏡使出了兵書上的障眼法，故意幫我鋪路呢，結果等我到了京城，好嘛，當真已經被一個叫楊花的厲害娘兒們給捷足先登了！」劉灞橋越說越氣，「我去找宋長鏡討要說法，你猜怎麼著？宋長鏡只是讓人遞話給我，讓我有本事自己去找楊花，把符籙搶回來。我這輩子就沒見過這麼不要臉的止境宗師！後來聽小道消息說，如今這娘兒們就在你們這的鐵符江當了一位享受香火祭祀的江水正神。這就是命啊。」

陳松風愣了愣：「你這趟來龍泉縣城，是想從那位江神手裡拿回符籙？」

劉灞橋搖頭晃腦道：「我劉灞橋是那樣的人嗎？」

陳松風更加疑惑：「那你來做什麼？」

劉灞橋嘆氣道：「不過是返回風雷園的路上稍稍繞路，就到了這裡。之前聽說了關於龍泉縣的很多事情，其中就有你們龍尾郡陳氏在此開設學塾，就想著來見你一面。我還真不是沖著楊花和那把符籙來的。」

陳松風微笑道：「我在這邊為蒙童授業解惑，起先很不適應，恨不得一拍桌子就拂袖離開，如今倒是好一些了，經常告訴自己，就當是砥礪心性好了。」

劉灞橋點點頭：「靜下心來做學問確實挺好的。對了，之前那場始於紅燭鎮一帶、止於大驪京城的變故，你聽說了嗎？」

陳松風點頭道：「當然有收到各種傳聞，但是家族內部眾說紛紜，不同管道傳來的內幕消息相互矛盾，到最後也說不出一個所以然來。」

劉灞橋嘿嘿笑道：「你難道忘了，我當時就在大驪京城。你想不想知道真相？」

陳松風搖頭道：「不想。我又不是修行中人，對於你們這些事沒什麼興趣。」

陳松風之前也曾負笈遊學，跟隨遊人登高作賦不是一次、兩次了，不算是文弱書生，可當初跟隨潁陰陳氏女子一起進山，最後他的腳力和體力連一個陋巷少年都不如，以至於被陳對嫌棄地踢出隊伍。

賣了個關子卻沒有人捧場，劉灞橋當然不太開心，揭短道：「年紀輕輕，暮氣沉沉，活該你被陳對那個小娘兒們瞧不起。」

陳松風大笑道：「喂喂喂，打人不打臉啊，揭人傷疤算什麼英雄好漢？」

劉灞橋一臉神神祕祕，壓低嗓音：「那你想不想知道有關倒懸山的一個驚天大消息？」

陳松風毫不猶豫道：「說！」

劉灞橋打趣道：「嘖嘖，你才說過自己不是修行中人，也會好奇這個？」

陳松風神色疲憊，字斟句酌，緩緩道：「倒懸山傳出的任何消息，只會跟那個天下有關。那個地方的動靜，有可能會決定整個天下的格局。哪怕我們東寶瓶洲只是被最小的漣漪波及，我們早一點知道，說不定就能早些做出一點正確的應對，哪怕最終只是獲利一點點，也好過什麼都不做。」

劉灞橋對此亦是無能為力。各有各的身分立場，有些時候旁人的安慰再好聽，終究有一些站著說話不腰疼的嫌疑，劉灞橋也不願意當這種言語上的朋友。在這位風雷園劍修心目中，真正的朋友，就是你飛黃騰達的時候，見不著我劉灞橋的影子；可當你有了大麻煩，需要有人站出來的時候，甚至不用你說什麼，我劉灞橋就已經站在你身邊了。事後，麻煩解決了，不用道謝。若是我劉灞橋死於這場麻煩了，你都不用愧疚。

劉灞橋伸手指了指東北方向：「其實我知道的也不多，只知道位於咱們天下最東北的那個大洲算是劍修最後的地盤了，幾乎大半劍修在當地兩位大劍仙的號召之下火速趕赴倒懸山。不知為何，兩位大劍仙只在這些劍修經過驪珠洞天上空的時候短暫撤去了氣機遮蔽，才讓我們東寶瓶洲得以驚鴻一瞥，見識到劍修如蝗群過境的絕世風采。」

陳松風笑道：「如蝗群過境？這可不是什麼好說法。」

劉灞橋哈哈笑道：「不中聽怎麼了，你想啊，有比這個更恰當的說法嗎？蝗群過境，寸草不生，氣勢多足啊。」

陳松風猶豫了一下，仍是坦誠相待，說出一個祕密：「陳對曾經說過，大約每過百年，就會有一場大戰發生在那堵城牆之下。」

劉灞橋點了點頭，顯然之前就知曉此事：「所以我想著去出一份力。退一步說，也存了以戰養劍的私心。結果風雷園很快就回信飛劍一把，從師祖到師父再到師兄，全部把我罵得狗血淋頭。」

陳松風幸災樂禍地大笑起來。

劉灞橋突然問道：「那個叫陳平安的傢伙還在小鎮嗎？」

陳松風搖頭道：「不在了。如今這少年可了不得，據說一人獨占了好幾座山頭，其中名叫落魄山的地方還有大驪朝廷剛剛敕封的一位山神坐鎮其中，是貨真價實的大財主了。你對他不是觀感很好嘛，以後重逢，大可以讓他請你喝酒吃肉。」

劉灞橋抹了抹嘴，道：「他帶的醃菜是真不錯，當時差點鹹死老子，但我在大驪京城頓頓吃著山珍海味，越吃越懷念那醃菜的滋味。」

陳松風沒好氣道：「你頓頓吃醃菜試試，看你會不會想念大驪京城的山珍海味！」

劉灞橋笑道：「那還是頓頓大魚大肉好了，偶爾來一餐醃菜就行，要不然面黃肌瘦的，以後萬一真見著了我家蘇仙子，嚇著了她，那多尷尬。」

陳松風問道：「我一直想不明白，以你劉灞橋的家世和修為，那正陽山蘇稼再出類拔萃，一旦拋開風雷園和正陽山的世仇關係，你跟她怎麼都算是般配吧，為何你連跟她打一聲招呼都不敢？」

劉灞橋用心想了想：「可能是怕她一見到我，就不喜歡我了吧。」

陳松風越發納悶：「但是你和蘇稼如果連面都不見，她不一樣不喜歡你？」

劉灞橋轉過頭對著陳松風擠眉弄眼，笑嘻嘻道：「不一樣的。只要一天沒見面，我就對將來的那次見面充滿期待和希望。」

陳松風搖頭道：「你真是無聊啊。就不怕下次見面，你是去參加蘇仙子的婚禮？」

劉灞橋如遭雷擊，伸手摟過陳松風的脖子，凶神惡煞道：「陳松風你找死啊？童言無忌，童言無忌……老天爺別搭理這傢伙，月老更別當真啊……」

過了邊境野夫關，就算離開大驪國境了。在到達大隋之前，還要先穿過大隋附屬黃庭國的西北地帶，大概有一千二百里路程。

大驪市井百姓喜歡說大驪官話，對於東寶瓶洲的正統雅言往往並不熟稔，而文風更加濃郁的大隋和黃庭國，幾乎人人都會說本洲雅言，差別只在地方口音輕重而已。

一輛馬車緩緩跟在隊伍後頭，車夫是于祿，崔東山一天到晚坐在車廂內悶頭大睡；謝謝已經完全融入這支陳平安領頭的求學隊伍，反而與于祿、崔東山的關係越來越疏遠。她能夠跟林守一切磋棋術，說是切磋，其實就是碾壓，其貌不揚的少女下棋殺力極大，動輒屠龍，殺得林守一幾乎局局丟盔棄甲。她也能跟李槐天馬行空胡亂閒聊，陪著李槐一起用彩繪木偶和五個泥人兒來排兵布陣，一大一小玩得不亦樂乎。謝謝唯獨不願跟李寶瓶說話，當然，後者同樣如此。

陳平安對她和于祿都客客氣氣的，只是始終不搭理崔東山。這一路行來，崔東山用盡了法子湊到陳平安跟前噓寒問暖，曉之以理、動之以情，甚至撒潑打滾耍無賴，只差沒有抱住陳平安的大腿號啕大哭了，還試圖用禮物誘使李槐等人，讓這三位「開國元老」幫忙求情，結果都吃了閉門羹。氣急敗壞的他威脅陳平安，說再不答應收他做徒弟，他就要跟陳平安玉石俱焚了。結果陳平安撂下一句「你可以試試看，你叫崔東山，我叫陳平安，墓碑只會有一塊，誰活下來，誰幫忙寫對方的名字」，讓白衣少年立即吃癟，差點憋出了內傷來。他倒是想一巴掌拍死這個姓陳的，可他一旦心生此念，手心就要被老秀才的不知名法術像用雞毛撣子抽一樣，那叫一個紅腫啊。

黃昏臨近，馬車緩緩行駛於山嶺道路上，白衣少年難得掀起車簾，坐在車夫于祿身後朗聲道：「前邊那位陳平安陳大哥陳大爺陳老祖宗！這座山叫橫山，咱們可要小心一點。黃庭國之前，此地歸屬於後蜀國，根據一位後蜀文豪的筆劄《蜀國瑣碎聞》記載，橫山有一座青娘娘廟，廟前有一棵不知年齡的古老柏樹，許願極其靈驗，後人便因此建立神廟。相傳前朝大臣為國殉難，家眷逃散而盡，只有年幼女兒不肯離去，提劍自刎，鮮血浸染柏樹根部，她的魂魄因此依附於老柏，在那之後，多有古怪發生。不過好在種種傳聞多是善終之事，各位不用太過緊張，只當是遊覽一處有故事的風景名勝就好了。」

陳平安心一緊。在嫁衣女鬼楚夫人鬧了那麼一次之後，如今他一聽到鬼怪神靈，難免就會有些一朝被蛇咬，十年怕井繩的滋味。

其實不僅僅是他，李寶瓶、李槐和林守一，甚至那尊陰神，就沒有誰敢掉以輕心，所以他們在暮色籠罩山嶺之前就停步不前，選擇一塊山腰空地作為夜宿之地。

一頓簡陋卻飽腹的晚飯之後，李寶瓶借著篝火的光亮，開始翻閱那本最喜愛的山水遊記。林守一一般不會當著于祿、謝謝的面拿出《雲上琅琅書》，只會打開〈搜山圖〉，欣賞那些維妙維肖的山精鬼怪。而李槐就要繼續搗鼓他那些小玩意兒了，往往只有謝謝願意陪他一起，今天也不例外。

但于祿今天很奇怪，竟然主動開口請求和林守一手談一局。林守一自然不會拒絕，而且感覺很有意思。先前與謝謝對坐而弈，大概是棋力懸殊較大，就像是大山壓頂，林守一雖然心態控制得很好，但每次謝謝離開後，他獨自復盤，還是會有些沮喪。但是跟性情溫和的于祿下棋，發現這個盧氏遺民出身的高大少年下棋下得跟他的性格差不多，溫溫吞吞的，既沒有不堪入目的昏招，也沒有讓人眼前一亮的神仙手，四平八穩。下了兩盤，林守一都輸了，都是棋差一招而已，兩次都是在于祿最後一手落子之前，棋盤上仍是勢均力敵，勝負晦暗不明。

兩個少年對弈時，崔東山雙手負後，瞥了眼棋局，翻了個白眼就不願再看，可是兜了一圈，又實在沒有去處，便只好一次次重新回到棋局附近，要麼站在林守一身後翻白眼，要麼站在于祿身後翻白眼，最後實在是受不了，對默默復盤的林守一道：「于祿那個貌似忠良的小壞蛋這是故意遛狗呢，你小子就半點察覺不出來？你想不想下贏于祿和謝謝？你只要有我一成功力，就保證能下十局贏十局！」

林守一抬起頭微笑道：「等你先當了陳平安的學生再說吧。」

不過林守一眼角餘光還是忍不住瞥向那個藏拙的高大少年，後者朝他微微一笑，眼神清澈，然後低下頭，開始不厭其煩地收拾那點行李。

崔東山雙手捶胸，痛心疾首。

遠處，一棵大樹橫出去的樹枝上，陳平安站在上邊，樹枝被壓出一個弧度。

他輕輕吐出一口濁氣，緩緩閉上眼睛，日復一日地練習立樁劍爐。

山風拂面，如山在呢喃，而少年無言。

橫山山巔，有一座並未懸掛金字匾額的小廟，廟外有一株參天老柏，鬱鬱蔥蔥，古意濃濃。小廟內外燈火輝煌，掛起一盞盞燈籠，廟外有十數名僕役丫鬟模樣的男女，三三兩兩扎堆，竊竊私語。

廟內有五、六名男子正在飲酒，滿臉紅光，笑聲朗朗，一只只開封的酒罈散亂滿地。這些男人應當是正兒八經的士族出身，言談不俗，抨擊時政，縱橫捭闔，其間還有男子喝到盡興，乾脆就袒胸露腹，高高舉起酒杯，轉身望向神龕裡的那尊青娘娘泥塑像，大笑道：「妳是神仙也好，鬼魅也罷，我都不怕，妳只要敢顯露真身，我就敢邀妳共飲杯中酒！哈哈哈，青娘娘，妳今夜如果真願意走下神壇，以後傳出去肯定是一樁美談，香火只會越來越鼎盛不衰，我先乾為敬！」

渾身酒氣的男人打著酒嗝，顫顫悠悠，仰頭灌了口酒，大半灑落在身上和地面。

周圍好友不斷調侃打趣，酒壯色人膽，更有人揚言要將這位青娘娘神像抱下來，神人共春夢一場，這才算真正的美談。這番大不敬的言語，惹來更大的歡暢笑聲。

小廟內一聲嘆息，悄不可聞。

一陣微風飄拂，眾人喝酒正酣，並未察覺異常。

半山腰，練習劍爐的陳平安心神一動，低頭望去，謝謝拎著一根樹枝姍姍而來。

陳平安正要離開枝頭，就看到謝謝抬頭嫣然一笑，搖晃樹枝，嗓音天然柔媚：「你不用下來，我們可以在上面聊天。」

只見她開始輕靈奔跑，腳尖一點，高高躍起，踩在一棵大樹上之後，身形向後彈射而去，踩在了另外一棵樹上。如此反復，身形不斷拔高，數次踩踏，她就來到了陳平安所立大樹附近的樹枝上，一看就是個練家子。

謝謝側身坐在樹枝上，晃著雙腳，微笑道：「你是武夫，我是鍊氣士，咱們不太一樣。在眼高於頂的鍊氣士看來，習武之人就是那種沒有修道天賦的人，之所以練武，不過是退而求其次的無奈選擇，由於你們武道分出九個境界，所以又被取笑為下九流，有點類似修士以清流自居，把武夫視為低賤胥吏，其實到最後雙方兩看兩相厭，都覺著礙眼。」

陳平安問道：「謝姑娘為什麼要跟我說這些？」

謝謝將手中樹枝橫放在腿上，開門見山道：「崔東山估計實在是走投無路了，逮著一座小廟就胡亂燒香。他私底下找到我，說只要能幫他在你面前講幾句好話，哪怕你依舊不答應收他做學生，也會送我一件寶貝。我當然眼饞他的那柄無主飛劍，但他不肯，只願意在事成之後送給我一支竹笛。他給我看了一眼笛子，是名副其實的魚蟲笛，曾是盧氏王朝的宮中祕藏，是一座山門最早與盧氏開國皇帝結盟的契約信物之一。我是女人嘛，當然喜歡世上一切漂亮、養眼的東西，這不，我就來找你了。」

有人打攪，陳平安就不再練習立樁，跟謝謝一樣坐在樹枝上，坐姿端正，與她對視：「謝姑娘妳繼續說，我在聽。」

謝謝笑道：「已經說完了啊。之前聊純粹武夫和山上修士的差異，不過是生怕冷場，想要拋磚引玉來著。說實話，崔東山一次次在你這邊撞牆、碰鼻子，我冷眼旁觀，會覺得很解氣，真輪到自己跟你談事情，就頭疼了，唯恐你什麼都不聽就拒絕我，那麼即將到手的魚蟲笛可就要長翅膀飛走嘍。」

陳平安點頭道：「如果崔東山問起，我會證明謝姑娘妳已經求過情。如果可以的話，謝姑娘能不能說一些關於武道的事情？」

謝謝瞇眼打量著陳平安的臉龐，像是要一眼看穿他的根腳，柔聲道：「武學一事，我就是道聽塗說而已，沒什麼不可說的。之所以曉得這些皮毛，還是因為鍊氣士的下五境。養氣、鍊氣，其實仍是沒能逃出皮肉筋骨體的範疇，這也是為何被稱為『下五境』的理由。」她伸出一根手指，凌空指了指陳平安身上幾處，「人身三百多座氣府竅穴，相互接連，如山脈綿延。你們武道入門第一境的泥坯境是找到那一口氣，然後幫它找到最適合棲息溫養的氣府竅穴，天賦高低，在這裡就能夠體現出來了。這些，總該有人跟你說起過吧？」

陳平安回答道：「之前大致聽人說起過這些，但是我不介意多聽幾遍，所以謝姑娘妳繼續說，不用管我是不是聽過。」

謝謝下意識輕輕拍打著樹枝，微微揚起下巴，望向比陳平安更高的地方：「所謂的武道天才，一是極其年幼就能夠找到那股氣息；二是它選中的氣府竅穴不是什麼生僻位置，而是一些關鍵穴位，先天就占據優勢，就像有人占據了荒郊野嶺的小土包，或是無人問津的亂葬崗，有人則占據了水陸要衝的紅燭鎮，還有人直接占據了大驪京城，三者景象自然是不一樣的；三是這一口氣本身的粗細、濃淡、長短皆有高下之分，否則任你氣府位於大驪京城，卻沒有本事挖掘潛力，就沒有意義了。這麼形容，你能不能理解？」

陳平安道：「還是能理解的。」

「之前崔東山所謂的那把本命飛劍是指我們鍊氣士當中的劍修在本命竅穴之中溫養出來的飛劍，與劍修神魂融為一體。本命飛劍出竅殺敵，即是實質之劍；返回竅穴，便化為虛無之物，很是玄妙。我師父曾經說過，其實人的氣府竅穴可以視為天底下的洞天福地，先天具有『方寸』的神通，如果後天苦修，一經打通其中關節，本命飛劍也好，其他法寶也罷，任它體形大如山巒，一樣都可以容納其中。

你們武道的第二境，就在於以本命竅穴作為起始點，開始向四周拓展道路，將一條條原本崎嶇狹窄的經脈變作寬敞的驛路官道。為何世間有那麼多武學門類？就在於這開山開道的法門不一樣。起始於何處、走哪條道路、如何走捷徑，各家皆有祕不外傳的祕笈，比如武夫練拳所開經脈，與刀槍劍戟是大不相同的。陳平安，我看得出來，你如今就在第二境打基礎，難怪每天都要勤勤懇懇練拳，走樁、立樁，以你的速度，我相信很快就可以躋身第三境。對了，我可以知道你的本命竅穴在哪裡嗎？」

陳平安搖頭道：「不可以。」

謝謝皺了皺鼻子，嘀咕道：「小氣。」不過她一想到崔東山的淒慘遭遇，立即覺得陳平安這樣的性格，拒絕自己才是正常的。他這樣的脾氣，說難聽點，叫茅坑裡的石頭，又臭又硬；說好聽點，則是心性堅韌、雷打不動。

陳平安突然問道：「謝姑娘為何說我很快就可以到達第三境？」

謝謝脫口而出道：「你們習武之人只憑一口氣，歸根結底是以傷害體魄的代價來換取殺力，只要想著延年益壽，就必須要早早躋身第六境才能夠每天滋潤魂魄神意，反哺身軀；要是在二、三境界耽擱太久了，那一口先天真氣就會越來越衰竭，每次與人廝殺，身受重傷，就是一次元氣奔瀉，所以練拳把自己練死的蠢人，世上不計其數。便是豪閥世族的練武之人能夠用名貴藥材浸泡體魄，以此療傷，仍是治標不治本，無法真正裨益一個人的魂魄。雖說武學不高，不得證道長生，可一旦走到武學頂點，躋身第九境甚至是傳說中的真正止境第十境，那麼活個一、兩百歲還是不難的。」

陳平安反駁道：「這樣說不全對。天資好的人可以求快，像我這種資質差的，越著急越容易出錯，還不如踏踏實實一步一步來，一步不走錯，那麼每一步就都有用。何況我習武不是為了追求那些很高的境界，就只是……強健體魄而已。」

陳平安話到嘴邊，變了一個含蓄的說法。其實準確說來，他是在用練拳來吊命。被蔡金簡以歹毒手法暗中打爛了長生橋後，除了修行之路阻塞斷絕，唇亡齒寒，陳平安這副體魄也不好受。之後棋墩山一役，折損嚴重，好不容易增加出來的那點壽命一掃而空。好在一路南下，靠著每日大量的走樁站樁，陳平安又積攢下一點家底，已經能夠清晰感受到身體的好轉，如同一棟破屋子四面漏風的身軀，縫縫補補，終究還是有用的。

謝謝笑道：「習武進展快慢，因人而異吧，你如果覺得穩紮穩打更好，我想也沒有問題。」

謝謝作為鍊氣士，對於習武之事本就一知半解，很多時候會習慣將修行套用在練武上。雖然她的眼界比朱河更高，但是諸多細微，肯定不如身為五境武夫的朱河來得準確透澈。更何況朱河被福祿街李氏老祖親口稱讚為「明師」，評價遠在名師之上，足可見朱河的厲害。不過朱河受限於偏居一隅的小鎮李氏，與山下江湖絕大多數武夫一樣，堅信第九境的武道宗師已經走到了盡頭，所以把第九境譽為止境。而事實上，九境之上還有第十境，這九、十之間，一境之差，比第六境跟第九境的差距還要大。

武學武學，不跟大道沾邊，哪怕肉身淬鍊得比佛家金剛不敗還堅固，仍是很難有大的成就，至少這壽命短暫就是一個實實在在的天大瓶頸，想要打破是癡人說夢，無一人可以例外。正因如此，在鍊氣士看來，山下的習武之人才會矮他們一大截，一輩子就是在山腳小打小鬧，最多來山腰逛一圈，就是他們的止境了，能有什麼大出息大氣候？反觀上五境的修道之人，哪一個不是長壽無疆、有望大道？

陳平安好奇地問道：「謝姑娘，你們鍊氣士作為逍遙自在的山上神仙，也需要跟習武之人一樣鍛鍊體魄？」

當初在小鎮上，寧姚提醒過他，雲霞山蔡金簡、老龍城苻南華這些人，哪怕在小鎮被術法禁絕的規矩束縛下，體魄堅韌的程度仍舊遠超俗人，一拳打死他陳平安很輕鬆，而他陳平安如果不是打在要害，就很難擊殺對方。

聽到「逍遙自在」四個字後，謝謝扯了扯嘴角，靈動雙眸之中滿是苦澀。藏好這點灰心情緒後，她耐心解釋道：「養氣、鍊氣才是最重要的，體魄只能算是順手為之。嗯，這麼說也不太妥當，怎麼說呢……一只瓷碗裝不下十斤酒，但是瓷碗大小的方寸物卻能夠裝載百斤千斤的酒。我們鍊氣士就是要牽引天地元氣來澆築、砥礪身軀體魄的皮肉筋骨血，把那只瓷碗鑄造得牢固一些。鍊氣士的皮囊如果太過纖柔脆弱，肯定會壞了長生大事。」

說完這些，謝謝就沒有聊下去的心氣了，開始沉默，借著月色，扭頭望向橫山之外。

陳平安不去打攪她的思緒。

「交淺言深」這四個字，肚子裡沒什麼墨水的陳平安當然說不出來，可是這個道理，他懂得，所以如今他體內竅穴和氣息遊走的景象，他絕不會向外人透露半個字，對阿良傳授的劍氣運轉十八停，更是守口如瓶。

事實上，體內如火龍遊走的那股氣機一改先前猶豫不決的局面，終於選擇了兩座氣府作為棲息之地，一上一下。其中一座「府邸」，正是棋墩山親手斬殺白蟒的那縷劍氣消失後的竅穴所在。劍氣離去，那股氣機如獲至寶，迅速入駐其中，停留時間遠遠多於下丹田附近的那座竅穴。然後陳平安配合楊老頭早年傳授的吐納法子，盡量讓每一次走樁立樁的呼吸走過或者靠近那十八停經過各大竅穴。

陳平安每一次練拳，旁人一眼就可以看到。但是陳平安近乎執拗的呼吸方式，旁人就未必能夠看出其中的巨大努力了。

姚老頭生前有一番話，能夠讓他死死記住一輩子：「該是你的，就拿好別丟。不該是你的，想都別想。」以前陳平安一窮二白，想得更多的是後邊那句。如今有了些家底，並且開始有所追求，那麼前一句話就開始派上用場了。

『我陳平安要把每一件能做好的事情做到最好！』他經常這麼默默告訴自己。

這一路南下，草鞋換了一雙又一雙，哪怕見過了很多新鮮風光，可那些最早知道的道理，大的小的，反正來來去去就那麼幾個，一個都沒丟。

彷彿是從小窮怕了，在別人眼中可能很空洞無用的道理，在兩手空空的陳平安這裡反而尤為值錢，且隨著歲月的推移，只會越發值錢。為人處世的時候，會想它們；四下無人的時候，也喜歡拿出來嚼一嚼。

儒家蒙學經典之一的《禮記》有言：「天命之謂性，率性之謂道，修道之謂教。道也者，不可須臾離也；可離，非道也。」之前有一天李寶瓶給陳平安解釋這一段聖人教誨，平時從不露面的崔東山走出馬車，默默來到兩人身邊，聽完之後，又默默離開。不過當時李寶瓶照本宣科，講得籠統刻板，陳平安更是聽得雲裡霧裡，兩人很快就跳過此節。

此時，謝謝冷不丁出聲道：「不用管我，陳平安你先走好了。」

陳平安點頭道：「崔東山說這座橫山極有可能存在精魅，這麼晚了，謝姑娘妳自己小心一些。」

謝謝笑道：「我現在雖然是下五境的小修士，但是生死關頭的自保手段還是有一點，不用擔心。」

陳平安順著樹幹滑到地面後，以《撼山譜》的走樁緩緩前行，張弛有度。原本很簡單的外家拳架，硬生生給少年練出了一點行雲流水的內家氣象。

謝謝握住樹枝，輕輕拍打膝蓋。

崔東山神出鬼沒地站在附近高枝上，正是陳平安原先劍爐立樁的地方。他腳下的樹枝輕輕晃蕩，身形隨之高低起伏。

崔東山面朝大山，隨手一揮，一支竹笛旋轉飛向謝謝，後者伸手接住，低頭望去，眼神複雜地問道：「一路走來，將近兩旬時光，連國師大人都沒能看透陳平安的心性？按照您的吩咐，我跟陳平安瞎聊，想到什麼說什麼，可是這能聊出什麼來？」

崔東山眺望遠方，輕聲道：「陳平安看到我的時候，整個人的精氣神會本能地收縮起來，就像一座關隘，看到狼煙示警就要閉關戒嚴。平時他和李寶瓶三人交往，相對會真情流露一些，可是還不夠，需要有人跟他聊一些有分量的家常話。」

謝謝試探性問道：「國師大人想要確定陳平安的真正底線在哪裡？」

崔東山答非所問，滿臉痛苦神色：「老頭子在我神魂上烙印下了一些文字。我暫時只知道它們會極端放大我的某種情緒。發乎情，看似自然而然，回頭看來真是讓人驚悚。如果不是楊老頭提醒了我，我可能至今都覺得理所當然。」

謝謝笑道：「是要國師學會以誠待人？」

崔東山沒有轉頭，臉色冷漠道：「小丫頭，我勸妳別說風涼話，我的忍耐是有底線的。他陳平安我是奈何不得，要不然他早死上一百次了。至於妳這種只能隨波逐流的小傢伙，死了都沒人立碑上墳的可憐蟲，我現在如果真的想踩死妳，就是一腳的事情。」

謝謝默然。

崔東山一手負後，一手擰轉手腕：「于祿比妳聰明、討喜太多了。」

謝謝再不敢胡亂說話。可能是這一路走得太過安穩，身邊這個少年的言行舉止又太過荒誕，才讓她心生輕視而不自知。

崔東山眼神迷茫，自言自語道：「道法高，佛法遠，儒家規矩大，可謂各自的立教根本了，其餘諸子百家，怎麼跟這三家爭？又如何能夠立教？難道就真沒有一點點機會了？真要我學齊靜春，從老頭子的學問門戶裡頭硬生生靠著見識學問獨立出來？可問題在於，當初我就這麼做了，甚至覺得找對了道路，可老頭子你一巴掌就給我拍死了。你到底想要我怎麼樣？你倒是說啊！」

崔東山再一次情不自禁地滿臉淚水。

此情此景，落在一旁的謝謝眼中，就再沒有半點滑稽可笑的意思了，反而恨不得自己是個聾子，什麼也沒聽到。

崔東山流著淚轉過頭，笑道：「妳又欠我一條命了，記住，以後都要還的。」

第七章　秋蘆客棧

陳平安返回牛皮帳篷那邊，頓時有些頭大，因為隊伍中多出了一張陌生面孔。她一襲白裙，肌膚勝雪，嘴唇烏青，氣質幽幽，不似活人。

女子坐在篝火旁，正在跟林守一下棋，而那尊面容模糊的陰神就盤腿坐在一旁，盯著棋盤上的局勢。

李寶瓶也蹲在一旁，小姑娘可沒有觀棋不語的覺悟，不管是林守一還是陌生女子，誰落子她都要點評一二，唯獨于祿守著那輛馬車，沒有靠近篝火。

陳平安有些發愣，這到底是什麼情況？

李槐快步跑到陳平安身邊，小聲道：「這個姐姐很光明磊落的，一見面就坦白自己是來自山頂青娘娘廟的鬼魅，因為生前最喜歡下棋，加上現在小廟那邊聚集了一大堆探幽尋奇、飲酒作樂的文人雅士，她被吵得心煩意亂，就往山下散步，剛好看到林守一在那裡復盤，就忍不住想要對弈一局，她願意拿出一部孤本棋譜贈送給林守一作為酬謝。陰神前輩一番盤問之後，覺得問題不大，就答應她了。」

陳平安下棋沒有悟性，加上因為怕出錯，下得慢，所以林守一有了謝謝和于祿兩個棋友之後，就不愛找陳平安手談了。陳平安清楚自己不是下棋的料，也就不去精深研習了，倒是林守一，經常在休息時獨自打譜，枯寂得像是得道高僧，一看就是家學薰陶出來的。

陳平安走到篝火旁，沒有靠近棋局，添了一把柴火。正在對局的林守一也抬起頭望向陳平安，冷峻少年的臉上帶著些歉意。畢竟跟隨他們一起遠遊的陰神在楚夫人那場風波之後跟他們詳細解釋過，不被朝廷納入山河譜牒的各路香火神靈，修為再高、口碑再好，都只能被劃入鬼魅陰物一類，比他這種無依無靠的孤魂野鬼好不到哪裡去。

陳平安擺擺手笑道：「沒事沒事，你們繼續。」

女鬼下棋極為入神忘我，雙指撚住一枚黑子，抵住下巴，眉頭緊皺。

顯而易見，女鬼的棋力不會太高，要不然不至於被林守一穩占上風。

陳平安獨自坐在距離篝火稍遠的地方，偷偷瞥了眼陰神，後者微笑點頭，示意不用擔心，這個女鬼掀不起風波。陳平安這才澈底放下心來。

這尊陰神本該在大驪野夫關外就會跟他們分別，然後原路返回龍泉縣城，但是他臨時改變主意，說再送一送，不為楊老頭的命令吩咐，只為一點私心。

陳平安不明就裡，看陰神的態度十分堅決，就答應了下來。

陳平安又開始練習劍爐。等到他再次睜開眼，發現陰神就坐在身邊，背對著下棋觀棋的那些人和鬼，笑望向陳平安。

陳平安問道：「有事嗎？」

陰物「嗯」了一聲，緩緩道：「我馬上就要回去了，先跟你道個別。」

陳平安點了點頭。

陰物突然又喊了他一聲，他有些摸不著頭腦，猛然瞪大眼睛，看到一張略微熟悉的臉龐。

露出一張真實臉龐的陰神趕緊伸出手指做了噤聲的手勢，很快就又恢復之前容貌模糊晃蕩的古怪景象。

陰神以祕術在少年心湖響起心聲，柔聲道：『小平安，謝謝你這麼多年幫我照看著小璨，還將那條泥鰍送給了小璨，我實在是不知道該如何報答你，真的。如果可以的話，我願意把這條命交給你，但是我做不到……』

陳平安眼眶有些泛紅，然後咧嘴笑起來。

心善的少年由衷為顧璨感到高興，可怎麼也忍不住，他自己有些傷心。

陰神伸出拳頭，作勢捶了心口一下，笑道：「陳平安，我相信你，總有一天你會走到最高最遠的地方！」

陳平安不知如何作答，這尊陰神的身影已經悄然逝去。

這一年，陳平安十四歲，崔東山十五歲，林守一十二歲，李寶瓶九歲，李槐七歲，于祿十四歲，謝謝十三歲。

謝謝回到篝火旁，林守一和青娘娘正在收官，她只略瞥了眼棋局便伸手靠近篝火烤火。

陳平安劈砍出一截截樹枝，搭建好三頂簡陋帳篷，來到李寶瓶身邊，小姑娘便打著哈欠跑去睡覺。除此之外，李槐和林守一共用一頂帳篷，謝謝也有獨屬於她的帳篷，于祿往往睡在馬車車夫那個位置，毯子半鋪半裹就能對付一夜。當然，隊伍在絕大多數時候都能順利找到住處，或是客棧旅舍，或是山林之間的道觀寺廟。

曾經在一個風雨夜，借著依稀燈火，他們好不容易找到一戶富貴人家，主人竟然是黃庭國的前任戶部侍郎。建造別業隱居山林的古稀老人頗為好客，看到李寶瓶這些負笈遊學的小讀書人大為開懷，哪怕知曉他們來自可謂半個敵國的大驪，依然熱情款待。

對於飲食，老人更是恪守聖人「食不厭精、膾不厭細」的教誨，讓陳平安這幫小地方的土鱉大開眼界。之後大家相處下來，老人好像與李寶瓶和于祿格外投緣，知道李寶瓶喜歡閱讀遊記之後，不但贈送了幾本書樓私藏遊記，還一定要親自帶著他們去往一處風景名勝。那是當地極為著名的一條江畔大崖，崖面平整如鏡，上有不知存世多少年的古老摩崖石刻，所刻字體從未見於經傳，晦澀難懂，歷史上無數文人騷客來此瞻仰奇景。石刻拓片在黃庭國和其上國大隋王朝流傳極廣，但仍然沒有人研究出那些文字的真正寓意。

崔東山當時只是遠遠瞥了眼石崖，就說那是雷部天君親手刻就，天帝申飭蛟龍之辭。老人哈哈大笑，顯然不信。歷朝歷代的諸子先賢，那麼用心去鑽研也不敢妄下定論，一個十四、五歲的少年郎隨口言語，黃庭國的老侍郎不當回事，也是情理之中。

離開老侍郎的別業宅邸後，每次陳平安在荒郊野外用土灶搗鼓出來吃食，就會發現眾人的眼神不太對勁，尤其是李寶瓶還此地無銀三百兩地來了一句：「小師叔，你做的東西很好吃，真的，不比那個老侍郎家的飯菜差！」

李槐也有些犯睏，跟林守一打聲招呼就先去帳篷睡了。林守一並無睡意，與那位青娘娘繼續在棋盤上爭輸贏。之後，林守一跟陳平安說要陪同青娘娘去趟山巔小廟取回那本藏於小廟夾壁當中的珍貴棋譜。大概是怕陳平安擔心，少年笑著解釋說青娘娘本想獨自往返一趟，是他主動要求一起前去。

陳平安不好多說什麼，只是讓林守一自己夜路注意安全。

大概是山上獨有的規矩，青娘娘雙腳不著地，飄蕩緩行，並且身前出現了一點綠瑩瑩的鬼火螢光點亮四周。她一邊走一邊與林守一相談甚歡，故而這一幕非但不讓人覺得驚懼，反而有幾分李寶瓶那本山水遊記上所謂「秉燭夜遊，乘興往來」的風流詩意。

謝謝離開後，崔東山孤零零地站在高枝上。

大山之中偶有夜鴞聲響起，淒厲瘆人，這種鳥被黃庭國百姓稱為「流離鳥」，是不祥的徵兆，往往與「報喪」、「噩耗」聯繫在一起。

一道黑煙穿過樹林，飛掠到白衣少年身旁，懸空靜止。

崔東山收回一團亂麻的思緒，開口道：「要走了？」

陰神點頭道：「楊老頭賞賜下來的那些護身符，確實能夠防禦陽氣罡風和城池關隘帶來的魂魄損傷，不過以大驪野夫關為終點，來回一趟，剛好用完。我私自護送到橫山其實已經很勉強了，說不定到了繡花江和宛平縣城一帶，就要開始難熬起來。」

陰神的面容如湖水漣漪，如燈火搖曳，不停變換，模糊不清。他感慨道：「雖然不知道楊老頭跟您做了什麼買賣，但是我希望到達大隋那座書院之前，國師大人能夠跟陳平安他們善始善終。」

崔東山在陰神這兒還算客氣：「我盡力而為。」

陰神突然笑問道：「國師大人，信不信善惡有報？」

崔東山搖頭道：「從來不信。你如果是想勸我積德行善，那我也反過來勸你一句，道不同，不相為謀，與其擔心我會不會護住你家恩人陳平安，還不如擔心自己妻兒在你看顧不到的遠方，能否不被書簡湖的截江真君劉志茂當作兩顆棋子肆意擺布。」

陰神嘆息一聲，無奈道：「人力尚且有窮盡之時，何況是我這種天地憎惡的陰物。」

崔東山笑道：「大道無絕路，不過是難易之別。聚陰為鬼，聚陽為神，跟是不是人沒關係，你如今又不是沒有封神的機會，那些山澤精怪的修行之路才是真正坎坷。」

陰神沙啞笑道：「確實如此。」之後沉默許久，始終沒有離開的意思。

崔東山問道：「怎麼，還有話說？我知道除了報恩，你本身也很看好陳平安。但你肯定不清楚，我一開始就這麼認為了，比誰都更早一些，只是這其中涉及大道內幕，不好跟你細說。你只需要知道，我當初雖然身在大驪京城，可在陳平安身上投注的視線和關心，不比楊老頭少。」

陰神搖頭笑道：「與此無關。」

崔東山皺眉道：「我現在心情不太好，有屁快放。」

陰神不以為意，緩緩道：「先生的事功之說，利國利民，我很欽佩。儒家內部雖有非議，貶多於褒，可我生前便堅信千百年後如何，那只能是後世子孫自求多福的事情，都不如當下以學問澤被蒼生，獲得太平盛世來得重要。」

崔東山有些訝異，挑了挑眉頭，忍不住轉頭問道：「不承想你還支持我的學問？」

陰神做出一個出人意料的動作，竟是學那儒家晚輩門生面對先賢夫子之時，畢恭畢敬作揖行禮，低頭朗聲道：「顧某這一拜，不拜什麼大驪國師，敬先生崔瀺不只做那束之高閣的道德文章。」

一直到那尊陰神早已神遊數百里之外，崔東山才緩緩回過神，臉上悲欣交集。

最後他向前走出一步，腳下樹枝彎曲弧度更大，雙手猛然抖袖，負於身後，再無半點頹然神色。

少年有振衣千仞崗之浩然氣勢。

林守一返回之時，臉色鐵青，手中攥著一部泛黃古書，坐在篝火旁。

陳平安問道：「怎麼了？」

林守一咬牙切齒道：「一群斯文敗類！這些出身黃庭國士族的讀書人，在小廟內聚會酗酒也就罷了，竟然還做出那等無禮行徑！厚顏無恥，斯文掃地！如果換成我是青娘娘，早就將這群噁心人的傢伙打出山去了！」

陳平安問道：「不管發生了什麼，青娘娘她自己是不是什麼都沒有做？」

林守一點了點頭。

陳平安說道：「那你就入鄉隨俗。」

林守一抬起頭，有些疑惑不解。但當他看到那張微黑的熟悉臉龐時，沒來由地心靜了下來，嘆了口氣，輕聲道：「我明白了。」

一旦露宿荒郊野嶺，守夜一事必不可缺。在紅燭鎮枕頭驛之前，是陳平安守前夜，朱河身為五境武夫，體魄雄健，更能熬夜，便負責守後夜。如今朱河離去，就變成了林守一守前夜，陳平安守後夜，盡量讓篝火不熄，防止意外發生。

瓷器燒窯，盯著窯火是比天還大的事情，陳平安做了那麼多年窯工學徒，雖然被姚老頭視為天賦不行，不願傳授壓箱底的燒瓷手藝，可對於比拚耐心毅力的守夜，他實在是太占優勢了，且還能趁守夜的工夫，練習《撼山譜》走樁立樁，偶爾還能編織草鞋，或是掏出小巧的斬龍臺，幫李寶瓶磨礪那把狹刀祥符。

隨著劍爐立樁的漸入佳境，尤其是體內那條氣機火龍最終選定了兩座氣府作為棲息之地，每當陳平安雙指掐訣如劍爐之際，心神隨著一次次呼吸吐納緩緩沉浸，整個人就會陷入一種半睡半醒的玄妙境地。雖然今年春寒延續極長，暑氣遲遲不來，可陳平安每次守後半夜，哪怕篝火不小心熄滅，依舊不會感到什麼濕氣寒意。每次收起劍爐，起身以走樁舒展筋骨，整副身軀暖洋洋的，白天趕路不見絲毫疲態。

今夜陳平安繼續盤腿坐在篝火旁，勤練劍爐，體內那股氣息很快就沿著丹田處的氣府，像是逆流而上的鯉魚，一點點奔向龍門。然後在劍氣離去的那座竅穴稍作停留，如羈旅之人在驛站旅舍下榻休憩，又如登山之人在半腰換氣，之後就會一鼓作氣，繼續衝刺，繞至後頸，最後直衝眉心。

陳平安睜開眼後，吐出一口濁氣，站起身，輕輕蹦跳了幾下，快速轉頭望去，看到于祿走下馬車，緩緩走來，懷裡捧著一些談不上如何乾燥的樹枝，蹲在篝火旁，學著陳平安搭建「火爐」，小心翼翼添加著柴火，火勢很快就大起來。

于祿伸手靠近火堆，輕輕搓著手，轉頭笑道：「陳平安，我以後能參與守夜嗎？你要修行這拳法立樁，最好不要分心。我身體其實還可以，相信你也看出來了，所以你如果願意相信我的話，可以把天亮前的兩個時辰交給我。」

陳平安搖頭道：「于祿，你的好意我心領了，不過暫時還不需要你來守夜。」

于祿知道陳平安的言下之意，是還不放心把所有人的安危繫掛在他身上。

他沒有惱羞成怒，點頭道：「有需要的時候可以吩咐我，我也想為大家做點什麼，否則心裡過意不去。」

陳平安看著那張火光映照下的臉龐，稜角分明，眼神明亮，能夠讓人清晰感受到他的善意。

陳平安笑道：「好的。」

于祿隨口道：「按照時間，如今算是已經入夏了，不過這氣候卻還是暮春的樣子。」

陳平安附和道：「今年是有些怪。」

于祿閒聊幾句後便起身告辭，陳平安目送他離去。

按照林守一私下的說法，于祿下棋，看似殺力不大，從無神來之筆，實則比起大開大合、血濺四方的謝謝，更厲害。

陳平安早就發現，于祿做事情極為細心，滴水不漏。林守一也說，于祿做事，簡直比最老到熟練的衙署老胥吏還要來得穩當。

陳平安對此深有體會。比如，只是看陳平安編過一、兩次草鞋，于祿很快就能自己編了，還編得有模有樣。又比如，每當陳平安釣魚的時候，于祿就會站在一旁，默默看著陳平安在什麼時辰、什麼水段下鉤，如何拋竿、如何起竿，釣著了大魚又該如何遛魚，如何在大魚第一次見光的時候小心擺頭脫鉤等等。之後有一次，陳平安有事要去忙別的，于祿就問能否讓他試試看。從陳平安手裡接過魚竿之後，從未有垂釣經驗的于祿，魚獲竟然還不錯。

對於這一切，陳平安什麼都沒有說，只是看在眼裡、記在心裡。他覺得這個連姓名都不知真假的高大少年如果是個好人，一定會很好；萬一是壞人，那實在無法想像。

一夜無事。

除了陳平安身邊漸小的篝火，遠處車廂內，早早點燃起一盞燈火，亮了一宿，不知崔東山在翻看什麼書籍，如此入迷。

天濛濛亮，陳平安開始屏氣凝神，來到這座橫山半腰的視野最開闊處，伴隨著旭日東昇開始打拳。李寶瓶和林守一陸續加入其中，唯獨沒個定性的李槐打了一會兒就跑開了，于祿和謝謝對此見怪不怪。崔東山掀起簾子，站在馬車上，看著他們一板一眼地打拳，開始的時候會嗤之以鼻，隨著時間的推移，這位少年國師卻越來越專注。

一行人吃過了早餐，開始沿著山路往山頂走去，路過那座載入地方縣誌的青娘娘廟。廟裡那棵與小廟相依為命的老柏，若是只看綠蔭大小，不談機緣深淺，已經能夠媲美驪珠洞天的那棵槐樹。

林守一本以為陳平安會繼續趕路，但是沒想到陳平安去廟裡看了看，然後把他和李寶瓶、李槐都喊進去。原來小廟內遍地狼藉，酒氣沖天，那尊立於神龕的泥塑像，李槐揚起腦袋怎麼看都不像昨夜與林守一下棋的女鬼。

林守一這一路行來，與那尊陰神打交道最多，知曉許多內幕，便解釋給李槐聽，說許多地方的老百姓感恩於庇佑一方的顯靈神祇，立像祭祀，享受香火的那尊金身往往失真，與真實容貌甚至可能毫不相似，但這不會影響到供奉神靈的香火。

花了小半個時辰將小廟內清掃整潔，陳平安他們才繼續動身。

離去之前，林守一獨自站在神壇腳下，向這位贈送給自己一部孤本棋譜的青娘娘拱手拜別。

與此同時，崔東山帶著于祿跨過門檻。他環顧四周，然後走到神壇前，看了眼積滿灰燼的小香爐。那是個質地普通的銅爐，可能是經過了數百年悠久歲月的沉澱，銅爐表面光亮熠熠。爐內燒到末梢的香火密密麻麻簇擁在一起，由此可見此處小廟雖然不曾納入黃庭國山河譜牒，已經稱得上香火鼎盛了。

崔東山突然開口道：「于祿，遇廟逢祠，就拜一拜，這是與山水結緣的善事。」

于祿雖然不解緣由，仍是象徵性地低頭彎腰拜了三拜。

謝謝站在門外，腰間繫著那支竹笛。

離開橫山地界之後，隊伍來到黃庭國一座郡城。

陳平安幾人好在之前就見識過野夫關的雄偉風貌，加上三江匯流的紅燭鎮也足夠繁華，如今對於外方天地的高城大鎮已經有些心理準備。不過李槐仍是有些束手束腳，就連經常拿在手上的彩繪木偶也偷偷藏回了小書箱內。

陳平安等人的戶牒紀錄是大驪王朝龍泉縣，入城手續辦理得尤為順暢快速。

黃庭國的上國雖然是大隋高氏而非大驪宋氏，但是隨著大驪吞併掉整個一洲北部的廣袤疆土，南下之勢已成定局，黃庭國這些年對於外出遊學的大驪文士一向優待，只差沒有當成過路的活菩薩供奉起來了，畢竟說不定哪天，黃庭國這一國之地就變成了大驪王朝的一州之地。

盧氏王朝作為昔年東寶瓶洲北方疆域的霸主，如今不但山河破碎，就連皇室宗親也被一律貶為刑徒賤民，鮮血淋漓的前車之鑒歷歷在目。

陳平安在入城之前就仔細問過了當地百姓，城內外有什麼風景名勝。因為陳平安希望李寶瓶他們這趟負笈遊學，在確保人身安全的前提下，盡可能多看一些名山大川、道觀寺廟和古城遺址，而不是走馬觀花，以至於最後到了大隋書院，什麼都沒有看過，只有風餐露宿和匆忙趕路。

像這次入城，陳平安就要帶領他們去遊歷那座被譽為黃庭國最古老的城隍廟，那裡的壁畫繪有十八層地獄的場景，傳言能夠讓人彷彿身臨其境，極其著名。

一行人問過了路，沿著一條寬闊大街往那座城隍廟走去。

後方突然喧鬧起來，陳平安轉頭望去，有些震驚，看到了一幅在大驪國境內絕不可能出現的新奇畫面：只見有一夥器宇軒昂的年輕男女，人人衣衫飄逸，在一名白髮老人的帶領下大搖大擺地穿街過市，其中竟然有人以巨大黑虎為坐騎，有人身後跟隨兩丈餘長的赤紅大蛇，還有人背負著一張巨大牛角弓。

街道上的人迅速向兩旁躲避，有些不知輕重的孩童更是直接被父母半牽手半拖曳帶離街道，躲入兩側店鋪。那條並無主人刻意約束的赤紅大蛇搖頭晃尾，在首尾兩處還披覆有猩紅甲冑，襯托得這頭山上仙人豢養的靈寵越發不可一世。

牠並非在一條直線上前進，時不時就會游弋向鋪子附近，偶爾停下身形，頭顱昂揚，對著瑟瑟發抖的郡城百姓耀武揚威。其中有膽小稚童在大蛇近在咫尺的凝視下號啕大哭，嚇得他爹娘趕緊摀住他嘴巴。

大蛇繼續前行，只是驀然一個甩尾，砸在那個原本已經鬆了一口氣的父親臉上。男子整個人在空中旋轉了幾圈，重重墜地，嘔出一口鮮血後，掙扎著起身，帶著臉色雪白的妻兒一起倉皇逃走。

站在遠處的陳平安看到四周路人有的幸災樂禍，有的戰戰兢兢，有的嘖嘖稱奇，唯獨沒有人覺得那畜生的傷人行徑有何不妥。

林守一捏著袖中符籙，站在陳平安身旁，李寶瓶和李槐站得靠近店鋪。

崔東山乘坐的馬車在于祿的駕馭下同樣偏離原先道路，停在靠近路邊的地方。

那一行黃庭國山下百姓眼中的山上仙師們很快就來到陳平安這一行人身邊，那名白髮老人嘴唇微動，之後所有年輕人便齊齊望過來，眼神有挑釁有好奇，不一而同。不過那條紅蛇的主人總算一聲輕喝，將那條橫行無忌的畜生喊到身邊。

顯而易見，負責此行下山歷練的師門長輩方才已經提醒過他們，在山下遇到了同道中人的山上勢力，不可太過蠻橫無理。

老人與陳平安他們擦身而過的時候，還高人風範地微微一笑，向林守一點頭致意。雙方就這麼相安無事地分開，井水不犯河水。

崔東山走出車廂，一腳踹開其實並未擋路的謝謝，跳下馬車，用陳平安聽得到的嗓音淡然道：「大驪之外，都是這樣的。」

陳平安看到那夥人遠離之後，才有佩刀的官府中人出來維持秩序，其實不過就是過個場露個臉而已。

他問道：「官府不管嗎？」

崔東山笑道：「要麼不願管，要麼不敢管，要麼恨不得為山上仙師們做點什麼。」

陳平安轉頭望向李寶瓶和李槐，輕聲道：「繼續趕路。」

崔東山不再乘坐馬車，夾在四人和那輛馬車之間緩緩而行。

少年白衣，眉心朱砂，大袖飄搖，神仙手姿。

臨近城隍廟，街上多是來此燒香的善男信女。街道兩旁有許多販賣特色吃食和孩童玩物的攤子，陳平安給李寶瓶和李槐一人買了一串糖葫蘆，然後兩個孩子就開始比拚誰的糖葫蘆更大。事實證明，李槐運氣更好一些，然後李槐就開始歡快蹦躂，高高舉起那串糖葫蘆，繞著陳平安和林守一兜圈子飛奔。

李寶瓶默默吃著糖葫蘆，然後悄悄伸出一條腿，李槐一不留神就給絆了一下，摔了個狗吃屎，手裡的那串糖葫蘆滾出去老遠，所幸綠竹小書箱綁縛得還算結實。

李槐坐在地上撕心裂肺大哭起來，李寶瓶揚起腦袋，故意左右張望，被好氣又好笑的陳平安打賞了一個重重的栗子。

陳平安去把雙腳亂晃的李槐攙扶起來，重新給他買了一串糖葫蘆。李槐破涕為笑，接過乾乾淨淨的糖葫蘆，又撿起那串沾滿泥土的，一手一串，左右搖晃著，只是離李寶瓶遠了一些。

李寶瓶翻白眼道：「幼稚！」

很奇怪，李槐好像不管怎麼被李寶瓶欺負，都不曾記恨過這個同窗求學的小姑娘，甚至連生氣都談不上，最多就是受了委屈，自己傷心自己的。這一點，陳平安和林守一都想不明白，林守一只能解釋為一物降一物，李槐就需要李寶瓶來收拾。

崔東山很早之前就脫離隊伍，獨自在一個雜物攤子前駐足不前。于祿想要停車等候，白衣少年並不領情，頭也不抬，揮手讓于祿跟上陳平安他們，他則左挑右選，有些嫌棄，就打算離開，從頭到尾一句話都沒說。

攤主是個神色慵懶的年輕人，對詢問價格的客人愛答不理，所以生意越發冷清，當下眼見著崔東山的富貴氣態像是郡城內一等一的豪門子弟，立即變了臉色，慌慌張張從凳子上站起身，低頭哈腰說這十數件老物件都是家裡祖上留下來的傳家寶，至少也該有兩、三百年的歷史，只是如今家裡遭逢大難，急需銀子，否則他打死也不會拿出來賣。

年輕人一看就是被酒色掏空了身體的，看那少年不管自己如何鼓動唇舌，就是不開口說話，索性一屁股坐回板凳。他哪有膽子強買強賣，郡城內那一撮豪門世族出身的老爺少爺哪一個不是吐口唾沫就能淹死他的？更何況，聽說那些人府上幾乎年年都有山上的仙師出入，每次都要大開儀門，陣仗之大，比逢年過節還誇張，爆竹放得震天響，恨不得整座郡城的人都曉得他們家裡迎進了神仙貴客。說不准，他的小攤上來的也是一位仙呢。

崔東山突然問道：「桌上物件打包一起，十兩銀子夠不夠？」

年輕人使勁搖頭，哭喪著臉道：「這位公子，真不是我獅子大開口，這些寶貝真是我家一代一代流傳下來的好東西。我家族譜上明明白白記載著，祖上做過後蜀吉慶朝的太子少師，這樣的老祖宗留下來的東西，哪怕一件賣個七、八十兩銀子也不過分吧？」

年輕人滿臉漲紅，拿起一件半寸長的琉璃人，小心翼翼地遞給崔東山，只可惜此物色澤暗淡，賣相不佳：「公子，您好好瞅瞅，這件琉璃美人，若是眼力好一些，連它的眉毛都能看清楚。還有那衣襟上的褶皺，稱得上是纖毫畢現啊。退一萬步說，這等稀罕的琉璃物品，哪怕琉璃本身的品質確實不高，賣個三、四兩銀子不算昧良心吧？加上其他大大小小的寶貝，公子的十兩開價委實是低了。公子您行行好，價格再提提？」

崔東山板著臉思量片刻：「那就十一兩？」

年輕人差點被自己一口氣憋死，呆若木雞，癡癡看著這位滿身神仙氣的白衣少年，最後嘆氣道：「公子您就別逗我玩了。」

崔東山哈哈大笑，問道：「認識雪花紋銀嗎？」

年輕人愣愣點頭，苦笑道：「自然認得。小的父輩那一代也算闊綽發達的家門，這城隍廟大街隔壁街道有十數間鋪子都曾是小人家的產業。」

崔東山從袖中掏出一錠銀子，拍在桌面上：「二十兩大驪官銀，折算成你們黃庭國的那種劣質銀子，怎麼都該有二十五兩了，夠不夠包圓這一桌子破爛東西？」

年輕人從家裡偷出這些家當，心理價位本就是二十兩銀子左右，一聽崔東山此話，立即笑顏逐開，趕緊拿起那顆銀錠，悄悄掂量一番。又唯恐少年反悔，藏好銀錠後，兩手扯起桌沿下的布角猛然一提，三兩下就捲成了一個包裹，往崔東山身前一推，笑得合不攏嘴：「這位公子，都歸您了。」

崔東山提著包裹打趣道：「要是賣給我假貨，回頭找你麻煩，讓你一件一件吃進肚子裡去。」

年輕人賠笑道：「小人是我們郡出了名的老實人，做生意從來童叟無欺，公子只管放一百個心，這筆買賣保證公子只賺不賠。」

崔東山追上陳平安等人，臨近馬車後，將包裹隨手拋給謝謝，再來到陳平安身邊，指著不遠處城隍廟的醒目屋頂，介紹道：「這座黃庭國最大的城隍廟，相傳在前朝西蜀末年統轄數州城隍，所以屋簷覆有綠色琉璃瓦，規格極高，一般城隍閣廟肯定不敢鋪蓋這種名貴瓦片。它原址並不在此處，改朝換代之後，洪氏掌國，才移建現址。其實這座城隍廟的原址是個不錯的地方，有老水井，是一口靈泉，靈泉散發出來的靈氣有助於修行。如今那處被黃庭國一座山門改造成了客棧，專門接待修行中人和朝野上下的富貴人家。這種地方，在山下俗世，可遇不可求。」

陳平安問道：「貴不貴？」

崔東山想了想：「對你來說，死貴死貴。」

陳平安瞥了眼身旁正在凝望城隍廟翹簷脊獸的林守一，輕聲問道：「怎麼個貴法？」

崔東山笑道：「一人一晚最少白銀百兩吧。最靠近那口水井的院落價格，估計會翻一番還不止。」

身為大驪國師的崔瀺當初掌握著王朝一部分諜報系統，專門針對大驪和周邊國家的山上勢力。像黃庭國這座郡城的大小內幕，城隍廟的變遷歷史，屬於必看的諜報內容之一。至於為何瞭解原址客棧的具體價格，只是他在閒暇之餘權且用來解悶的消遣罷了，而且說不定入宮覲見皇帝陛下的時候，還能當作一個君臣對弈時的有趣談資。

陳平安壓低嗓音問道：「一枚金精銅錢換算成銀子，有多少兩？」

崔東山伸手指了指越來越近的城隍廟，不說話。

陳平安疑惑道：「什麼意思？」

崔東山笑道：「我的意思就是——值這麼大一座銀山。」

陳平安微微張大嘴巴，看了眼占地廣袤、建築綿延的城隍廟，偷偷扶了扶自己身後的背簍——突然感覺有點沉啊。

崔東山將這個細節看在眼裡，卻不動聲色。

陳平安猶豫了半天，在即將進入城隍廟之前，停步問道：「我能不能跟你借銀子？」

崔東山好像一直在等陳平安這句話，雙手攏在袖中，笑咪咪點頭道：「當然可以啊，你可以把我看作是一個百寶童子，要錢有錢，要法寶有法寶，只有你想不到的，沒有你要不到的。」

陳平安下定決心，緩緩道：「那我們今晚就住在那間客棧，之後不管住多長時間，一切開銷暫時由你墊付，事後你報給我一個數目，利息你來定，將來回到龍泉縣，我就連本帶利一起還給你。行不行？」

崔東山一隻手抽出袖子，擺手道：「利息就算了，到時候還給我本錢就行。給人方便就是給自己方便嘛。」

正在此刻，李槐手裡拎著半串糖葫蘆，突然蹲下身，瞪大眼睛凝視著崔東山的靴子。原來其上站著一隻通體雪白的小螞蚱，被李槐死死盯住後，原本想要順著袍子向上攀緣的，立即僵硬不動了。

李槐看著這小玩意兒，好奇心大起，就要伸手去逮住牠。銀白色小螞蚱受到驚嚇，再不敢繼續裝死，立即動作靈敏地蹦跳起來，前爪鉤住崔東山外袍的細密絲線，飛快奔跑，迅速來到崔東山腰間，最後一個彈跳，掛在袖口底下，微微晃蕩。

崔東山笑臉如常，右手腕一擰，雙指捏住螞蚱，輕輕虛握於手心，往左袖口塞去。

更驚奇的一幕出現了，那隻活蹦亂跳的雪白螞蚱在他手心如冰雪消融，瞬間變成了一顆銀錠，只是銀錠竟然還會蠕蠕而動。

在袖中藏好銀錠——或者說螞蚱，崔東山環顧四周，于祿和謝謝神色平淡，而陳平安這夥來自驪珠洞天的小土包子則一個比一個震驚。

崔東山顯然不願多說什麼，轉頭對于祿說道：「你和謝謝去請一些香，等下我們進了城隍廟用得著。最好順便買個香筒，樣式素雅一點的，要不然香筒的錢我可不付。」

于祿帶著謝謝離開，陳平安一語道破天機：「崔東山，這顆銀錠是你先前購買那包物品的錢吧？它怎麼變成螞蚱跑回來了？」

崔東山一臉無辜：「我分明付過了錢，銀貨兩清，可是銀子自己長腳，非要跑回來找我，我也很為難啊。」

李槐還蹲在地上，一臉豔羨，嘖嘖道：「真是好東西啊，我要是有了這麼一顆銀錠，走遍天下都不怕。」

崔東山低頭笑問道：「你喜歡？想不想要？這小傢伙叫蟲銀，沒什麼用處，就是好玩。這種精怪誕生的緣由不得而知，反正許多王朝的大型銀庫一百年都未必能夠出現一隻蟲銀，而且就算出現了，都不大，變幻出來的頂多就是大一點的碎銀塊，像我袖中這麼大個頭的，很少見很少見，所以我才願意帶在身邊。而且它水火不侵，哪怕承受萬鈞之力也不傷分毫，任你切割成數十塊，只要堆放在一起，它一樣可以很快恢復完整面貌。李槐，你要的話，我可以送給你。」

李槐站起身，一本正經回答道：「我只有一個姐姐，叫李柳，可她暫時還算是阿良的媳婦。」

崔東山知道這個小兔崽子的言談風格：「白送要不要？我對你姐可沒想法。」

李槐問道：「那我以後帶著陳平安他們頓頓吃香的、喝辣的，每次付完錢它是不是都能自己跑回來？」

崔東山笑咪咪點頭，抖了抖袖子，將那顆銀錠抖落出袖口，遞給李槐。

李槐想要接過銀錠，動作略微停頓，轉頭望向一旁的陳平安。

陳平安說道：「吃飯當然要付錢，不能變著法子賴帳。崔東山怎麼樣，我管不著，但你李槐是齊先生的弟子……」

李槐立即雙手放在身後，緊緊貼住屁股，對著崔東山搖頭道：「唉，還是算了吧。」

陳平安繼續道：「李槐，我話還沒說完。蟲銀可以收起來，人家好心好意送你好東西，你先收下來再說。至於以後如何使用，那就以後再按照規矩來。」

李槐眼睛一亮，一把搶過崔東山手中的銀錠就要往自己懷裡塞，想了想，趕緊轉過身，背對眾人，打開小書箱，把銀錠往裡邊一丟。

崔東山悻悻然收回手，無奈道：「真是終日打雁，教雁啄了眼。」

于祿已經買來一只做工精良的黃楊木香筒，除了謝謝要照看路旁的馬車，其餘一行人走入城隍廟，各自敬完香後，看到了主殿一副楹聯：

臨死去只落得孑然一身，赴陰司始問子孫安在。

到頭來徒留下千古罵名，來地府方知萬事皆休。

城隍爺居中高位，兩側有下轄佐吏依次排開，聲勢浩大，僅是擁有將軍頭銜的泥塑神像就多達八尊，分別是陰陽司、速報司、注壽司在內的八司主官。崔東山還說東寶瓶洲最高規格的城隍廟也就止步於此了，但是天底下最大的某座城隍閣擁有二十四司之多，就連檢簿司、驅疫司和學政司都有，幾乎可以媲美一座小國的朝堂。

林守一看得津津有味，李寶瓶倒是興致不高，李槐膽子最小，就只敢緊緊跟在陳平安身邊。

眾人仔細看過了主殿內牆上的著名壁畫十八層地獄，覺得不虛此行，之後便走出主殿。後殿是一座類似縣衙判案的大堂，城隍爺端坐於大案之後，左右站立有文武判官，堂外楹聯卻只有一半：「心誠則靈，無須你磕頭，速速退去」，下聯空白一片。

李寶瓶這下子來了興趣，開始自己瞎琢磨下聯內容，可是怎麼都不滿意，皺著眉頭，不願認輸。

崔東山和于祿也都站在空白楹聯下方，陳平安則帶著林守一和李槐在門口向大堂內張望。裡邊有的塑像匍匐磕頭，有的塑像披戴枷鎖，有的塑像則低頭下跪。

一個並未攜帶家眷的青衫老者看到了李寶瓶這一夥人醒目的綠竹書箱，會心一笑，來到崔東山附近，一起仰頭望向空白楹聯，笑問：「諸位小夫子可曾想到好的下聯？」

崔東山置若罔聞；李寶瓶一旦認真想事情就會專心致志，是真的沒聽到，唯獨于祿微笑答道：「想到一些，但自己都不滿意，實在是太過狗尾續貂，就不獻醜了。」

老者爽朗大笑，抬手指了指楹聯：「關於這對聯，郡城一直流傳著一條不成文的規矩：無論是人是鬼，是精魅還是古怪，只要誰能夠寫出服眾的下聯，就可以成為這座老城隍的貴客。」

于祿疑惑地問道：「老先生，如何才算服眾呢？」

崔東山懶洋洋道：「捫心自問。」

李寶瓶剛解決好腦子裡的一茬問題，湊巧聽到這一問一答，便下意識補充道：「夜深人靜，良知清明，捫心自問，脫口而出。」

白髮蒼蒼的青衫老者緩緩點頭。

雖然李寶瓶最終沒能想出合適的下聯，但是那位老者仍是執意要將他們一路送出城隍廟，自己站在門檻內，向眾人微笑告別。

離開這座古老城隍廟後，陳平安向人詢問那間客棧的所在，結果人人茫然不知，好像郡城根本就不存在這個地方。他只得望向崔東山。

崔東山笑問道：「不然還是算了？我也是聽來的小道消息，未必當真。再說了，真要沒這麼吃金吞銀的地方，你都不用跟我借錢了。」

陳平安看了眼林守一，後者一頭霧水。

陳平安執著道：「你們先慢慢逛逛集市，我再問問看。」

背著背簍的草鞋少年獨自快步小跑向前，在隊伍遠方，問過一人又一人。

崔東山走向馬車，神色隱隱不悅，忍不住腹誹：你陳平安哪怕背著一座金山、銀山，可這是花錢如流水的勾當，最後還是給別人作嫁衣裳，至於如此殷勤嗎？

彎腰掀起車簾子的時候，崔東山轉頭看了眼蒙在鼓裡的林守一。眼神陰鬱的少年，在這一刻，突然有些嫉妒。

陳平安最後只問到了城隍廟舊址，沒有誰聽說過崔東山嘴裡的那間客棧。這座郡城是黃庭國北部的大城，要趕到老城隍舊址，幾乎要走過半個郡城，等到眾人循著最後一名行人的指點發現了一堵朱紅高牆時，已是臨近黃昏，又花了很久的時間才好不容易找到一條入口不顯眼的巷弄，勉強能夠通過兩輛馬車。

越往巷弄走，越給人別有洞天的感覺，腳底下青磚路的縫隙之間，時不時散發出一陣淺淡的霧氣，飄入兩側高牆後，悠悠然彙聚，如清泉在牆面緩緩流淌，隱約間有流水聲響。

崔東山見陳平安他們疑神疑鬼，解釋道：「這條巷子是這間客棧的招牌之一，名為行雲流水巷。接下來進了宅邸大門，應該馬上就能見到一座明月影壁，影壁中棲息有來歷不明的精魄，形態不定，大體上與月相相符，陰晴圓缺，全部在影壁上顯露出來。不過真正值錢的影壁還得是日月合璧，如果能加上點星象，恐怕『宗』字頭的仙家府邸都會捨了顏面出手瘋搶。」

巷子盡頭是一扇大門，門上雕刻有兩尊彩繪門神，比青壯男子還要高大，威風凜凜，身材魁梧，皆披掛金色甲冑，一人騎虎持劍，一人乘蛟揚刀，皆瞪目怒視小巷。因為是陽刻木雕，而不是普通人家的紙質，所以給人一種呼之欲出的強烈壓迫感。

李槐偷偷咽了口唾沫，覺得自己還是露宿山頭更加自在舒坦一些。

大門緩緩打開，一名生有一雙桃花眸子的美婦人扭動腰肢跨過門檻姍姍走出，身後跟著兩名梳著雙鬟的妙齡女子，腰間各自懸佩有一把青鞘長劍。她們沒有跟隨婦人走向那撥客人，而是站在門口。

美婦人施了一個儀態萬方的萬福：「奴家劉嘉卉，嘉獎的嘉，花卉的卉，諸位貴客喊我嘉卉就可以。敢問貴客們可是要在我們秋蘆客棧下榻？之前可有預約？」

她在說話的時候，視線直直望向那個讓人眼前一亮的白衣少年，只是那俊美少年無動於衷，十分無禮。

她內心雖然有些不悅，臉上仍是笑意不變，可門口兩名婢女就有些明顯的怒氣了。郡城之內，誰敢對自家夫人如此不敬？就連身為一方封疆大吏的郡守大人，若是在郊遊或是燒香的時候遇上夫人也會以禮相待，客客氣氣喊上一聲「劉夫人」或是「二當家」，一旦有事需要秋蘆客棧幫忙牽線搭橋，更會當面尊稱為「劉仙師」。

劉嘉卉的眼角餘光迅速瞥了一下神色冷漠的林守一，並未察覺異樣，便繼續凝神望向崔東山，柔聲問道：「這位公子，可是覺得奴家和秋蘆客棧有何不妥？到了此處，才覺得大失所望，名不副實？」

崔東山有些不耐煩，伸手指了指身邊的陳平安：「妳拜錯菩薩了，管錢的正主兒是這位。」

劉嘉卉心中訝異，趕緊單獨給陳平安施了一個萬福，算是賠禮道歉。

不等她說話，陳平安看了眼大門，收回視線後，深吸一口氣，下定決心：「我們人比較多，房間夠嗎？」

劉嘉卉嫣然一笑：「夠，怎麼不夠。雖然馬上就是本郡三年一度的水神廟祭祀大典，各方仙師都來為郡守大人捧場，秋蘆客棧生意還算可以，但是各位貴客大駕光臨，寒舍蓬華生輝，哪怕奴家把自己的小院子騰出來，臨時搬去住別處的客棧旅舍，也絕不敢讓貴客們掃興而歸。」

最後陳平安要了一座名為清露的大院子，位置最靠近老城隍的那口老水井，算是秋蘆客棧的天字號院落，之所以空閒到現在，實在是價格太過高昂，不按人頭算錢，反正一天就是兩千兩銀子。

下榻秋蘆客棧的人中，不乏獲得鍊氣士身分的修道之人，但是修行一事，若是不會精打細算和燕子銜泥，沒有底蘊雄厚的家族和靠山，或者自己沒有日進斗金的生財手段，手頭就會極其拮据，跟市井百姓想像中富可敵國的仙師完全是兩回事。

秋蘆客棧那口老井，確實是靈氣流溢的泉眼所在，可對於鍊氣士而言，為此付出一天兩千兩銀子，是絕對不划算的虧本買賣。所以這棟院子，更多是富甲一方的地方權貴用來招待官場大佬和江湖豪俠的砸錢手筆。

劉嘉卉親自帶著這撥外鄉貴客穿廊過道，最後來到清露院。院內角落生有一大叢芭蕉，有一只半人高的石頭水缸，豢養著一群五顏六色的鯉魚，水面上的水蓮花，有小荷才露尖尖角。

劉嘉卉笑著指了指石桌上的一只銅鈴，道：「若是有事，你們只需要輕輕搖晃銅鈴，就會有手腳伶俐的丫鬟趕來院子。推開這棟院子的後門往北行去三十餘步，可以看到一座涼亭，名為止步亭，擱放有三張蒲團，仙師可以在亭子裡吐納靈氣。水井那邊不對外開放，希望你們諒解。」

陳平安點頭道：「我們記下了，不會越過止步亭，擅自去往老井。」

劉嘉卉瞇起那雙天然春意的桃花眼眸，笑容真誠，柔聲道：「將心比心，即是佛心。」

李寶瓶好奇問道：「劉夫人，你們大門那邊不是應該矗立有一堵影壁嗎？」

劉嘉卉嘆了口氣，不願細說其中內幕，含糊帶過：「先前出了點小事情，影壁失去了月相異象，便乾脆拆掉了。」

四間屋子，李寶瓶和謝謝一間，李槐和陳平安一間，崔東山和于祿一間，最後一間留給已經身為鍊氣士的林守一。

進入此地後，林守一真真切切感受到神清氣爽，那種玄妙感覺，就像是之前在大雨中趕路，每一步都要從泥濘中拔出腳來，如今放晴之後，道路乾燥不說，還換了一身乾淨衣衫，走在路上的感覺，自然會愜意輕鬆，彷彿整個人都脫胎換骨了。

林守一有些納悶，隱於鬧市的郡城之中，竟然還有這麼一塊裨益修行的福地？按照劉夫人的說法，秋蘆客棧的生意並不差，可他們一路行來，並未遇到任何其他客人。

陳平安在劉嘉卉離開後，先把背簍放在屋內，從背簍裡拿出一只陰沉木盒，裡頭並排陳放著四支樣式最為簡單的玉簪子，其中兩支是羊脂玉質地，溫潤細膩，另外兩支是碧玉和黑玉質地，連同盒子在內，一共花了陳平安一百兩銀子。

在尋找秋蘆客棧的途中，路過一間玉石鋪子，陳平安本打算只是進去隨便看幾眼，長長見識，開開眼界就好了，結果一眼就看中了它們。當聽店主說出那個令人咂舌的價格之後，打定主意不多想什麼，可是崔東山數次暗示他一定要買下這盒子玉簪，最後乾脆就揚言若是陳平安不出手，他崔東山就要買下了。陳平安一咬牙，便跟那傢伙商量好，與住宿錢一樣，先記在帳上。

於是陳平安欠了崔東山第一筆錢——一百兩銀子，不多，但絕對不算少。

店主贈送了陳平安一柄玉匠專用的小刻刀，同時給他解釋了三種玉材的軟硬異同，下刀應當輕重有別，陳平安一字不差默默記在心裡。

之前齊先生贈送的碧玉簪子不翼而飛，他跟李寶瓶說過，以後有機會的話，自己會再買一支簪子，還是刻上那八個字——言念君子，溫其如玉，如今不過是從一支簪子變成了四支而已。

李槐把小書箱放下後，一個後仰倒在床上，滿臉陶醉道：「真是神仙住的地方啊，爹娘和姐他們就沒這個福氣。」

他記起一事，趕緊起身，蹲在牆角打開書箱後一番摸索，乾脆將彩繪木偶和泥人兒在內的物件全部挪出來放在腳邊，把腦袋伸入空蕩蕩的書箱，然後猛然轉頭望向陳平安的背影，委屈道：「崔東山果然不是個好東西，那顆銀錠不見了！陳平安，咋辦啊，我可以去討要回來嗎？」

陳平安將木盒和刻刀都放在桌上後，正怔怔出神，滿臉嚴肅，如臨大敵。

聽到李槐的抱怨之後，陳平安轉頭笑道：「蟲銀如今是你的東西了，如果真的在他那裡，你當然可以要回來。」

李槐急匆匆跑出屋子：「我找崔東山算帳去。」

陳平安提醒道：「記得跟人好好說話。」他走過去關上門，又坐回桌旁，雙指拈起那柄狹小精緻的玉工刻刀，默默感受著它的重量。

除了自己那支玉簪要刻那八個字外，其餘三支玉簪，他打算分別送給李寶瓶等三人作為將來到了大隋書院的離別贈禮，其上就刻他們的名字——寶瓶、守一、槐蔭。

他也只能想出這麼三組題字了，雖然一點也不雅致，可至少能保證不出錯。

林守一突然一把推開門，怒氣沖沖道：「陳平安，你是不是失心瘋了？整整兩千兩銀子就為了在這裡住一晚上？」

陳平安茫然轉頭，看著極為陌生的少年。

林守一身旁，果然出現了一個雙手攏袖、笑容欠揍的白衣少年。

林守一氣得嘴唇顫抖，伸手指著陳平安：「兩千兩銀子！你陳平安是郡守老爺的兒子還是更了不起的皇親國戚？」

陳平安皺了皺眉頭，輕輕放下刻刀，站起身，正要說話，林守一已經轉身大步離去。

李槐躡手躡腳溜進屋子，手裡抓著那顆銀錠。這個孩子根本不敢蹚這趟渾水，坐在床沿，臉色有些蒼白。

陳平安瞥了眼崔東山，重新坐回凳子上。

崔東山斜靠房門，還不忘煽風點火：「好心當成驢肝肺的滋味，不好受吧？」

陳平安不理睬他。

崔東山想了想，走入屋內，坐在陳平安桌對面，單手支起腮幫，笑望向陳平安，繼續火上澆油：「你說林守一會不會把你的私人腰包當成了你們這支隊伍的共有財產，所以你這次花錢明明是為了他的修行，但是性格早熟且對財物早有概念的林守一，在一番權衡利弊之後，仍然覺得自己虧了，所以才朝你發火？我覺得這種可能性是有的。」

陳平安臉色沒什麼變化。

崔東山笑嘻嘻道：「是不是覺得我就是個攪屎棍？那你可就錯怪我了。打個比方，先前我為了買下那一包破爛兒，支付那顆銀錠，不過蟲銀落入陌生人手裡便會伺機化作螞蚱、蜻蜓之流，重返主人身邊，所以你會認為我是以術法坑騙別人，對不對？錯啦，大錯特錯！那人就是個孤注一擲的賭棍，觀其氣數，是個不知惜福的夭壽短命鬼。如果我真給了他真金白銀當賭資才是害他，說不定最近幾天就會慘遭橫禍。如今暫時沒了銀子去賭，這個敗家子又得從家裡偷東西出來賤賣，反而可以讓他多活幾天。」

陳平安終於開口：「從你下車開始，介紹城隍廟，再順嘴說起這個秋蘆客棧，其實是在給我下套吧？但我想不通，損人不利己的事情，做了有什麼意義？」

崔東山兩根手指輪流敲擊桌面：「曾經有個年齡比你稍大的人，手裡藏著一枚印章，刻著『天下迎春』四個字。」

說完這句話，他就陷入了沉思。

陳平安問道：「然後？」

崔東山回過神，揉了揉眉心紅痣，想到這一路行來的古怪氣候，越發確定一件事情：應該就是如自己猜測，齊靜春送給趙繇的那方印章意義重大。只可惜少年一經試探就選擇明哲保身，向自己雙手奉上了印章，那麼印章蘊含之物就會自然而然重歸天地，難怪今年的暮春氣候如此漫長。

但是崔東山覺得事情又不該這麼簡單。

不管齊靜春還有沒有後手，在老秀才的安排下，他這個「崔瀺」已經跟陳平安的命數捆綁在了一起。雖然被陳平安拖累，害得他也跟著一起前途渺茫，但是他仍然不願破罐子破摔，而是激發起旺盛的勝負心，希望能夠將陳平安一步步引領到自己的那條陽關大道上，而不是被這個沒讀過書的小泥腿子帶到他那條破爛道路上去喝西北風。這就像是兩人在拔河，力氣不是腰膂、手臂上的力氣，而是心力、心氣。

崔東山心情漸漸好轉，跟眼前這麼個傢伙比拚心志和韌性？我好歹曾是成功躋身十二境的頂尖修士，更是名動中土神洲的棋壇宗師，跟一個孩子下棋，想輸都難吧？

而對面的陳平安，已經完全忽略了他。

因為陳平安開始拿起刻刀和玉簪子，動手雕刻第一個字了。

夜色漸濃，秋蘆客棧正門外的那條行雲流水巷響起一陣陣悅耳的蹄聲，劉嘉卉獨自站在門外，腰間懸掛兩塊虎符狀的黃金飾品。

一輛馬車停在門外，走下一名身穿文士青衫的中年男人，不怒自威，隱約透出幾分儒將風采。只是男子此時神色疲憊，見到劉嘉卉後方才露出笑意：「讓妳久等了，咱們進去說話。」

劉嘉卉神色不冷不熱地轉身帶路。

男子瞥了眼她腰間的虎符，皺眉道：「需要如此緊張？」

劉嘉卉冷笑道：「我這裡就是間小客棧，比不得大人的郡守官邸。這不，前兩天剛剛被人拆掉了招牌影壁，只能忍氣吞聲不說，如今罪魁禍首還帶著一大幫徒子徒孫來我這兒住下來，我一樣只能乖乖捏著鼻子、賠著笑臉伺候這些仙師大爺。這一切都得歸功於郡守大人你治理有方……」

男人微微加重嗓音：「行了，嘉卉，我知道妳心裡有氣，但是現在我也好不到哪裡去。為了這場祭祀水神廟的大典，我從凌晨一直忙到現在，嗓子眼都在冒火了。之所以到妳這裡休息片刻，而不是直接返回郡守官邸，就是圖一個耳根子的片刻清淨，不是來聽妳抱怨、嘮叨的。」

劉嘉卉眼神幽怨，可終究是識大體、知進退的，很快就收拾好自己那點小女人情緒，轉移話題：「你為了這場祭典忙活了足足半年，要排場有排場，老刺史大人身體有恙，雖然不能親至，他的心腹別駕大人卻是賞臉露面了的，加上那些個享譽朝野的文豪、名僧和隱士，算是撐足了面子；至於裡子那更是有了，咱們郡裡私底下的資助，在別處供奉兩位江河水神都夠了吧？」

男人點了點頭：「道理是這麼個道理。」

劉嘉卉小聲問道：「那咱們這位寒食江神大人，這次終於對你青眼有加了？答應助一臂之力，幫你爭一爭刺史位置？」

男人雙手負後，熟門熟路地走入一處雅靜院落，搖頭嘆息道：「那個散修實在出現得不是時候。牽一髮而動全身，他要為那枉死的百姓報仇，便來你們秋蘆客棧，找到了那位靈韻派的修行之人，一場大戰，將靈韻派修士打成重傷，連累你們客棧的影壁都毀壞根本。其實如果事情只到這裡，我還能控制局勢，比如我身為一郡主官，可以上報朝廷，將罪名安在那名散修頭上，把惹事在前的靈韻派修士摘出去，以此安撫在我們黃庭國根深蒂固的靈韻派；但是我同時會暗中放那散修一馬，至少在本郡境內的追捕圍剿只是一些外緊內鬆的表面功夫，以此拖延時間，讓他趁機遠走高飛。既然是散修，那麼四海為家，想必不是什麼難事。」

說到這裡，男人流露出一絲懊惱：「可這事偏偏發生在寒食江祭祀大典舉辦之前，萬眾矚目不說，誰不知道這位江神成為神祇的初期，是靠著靈韻派的一位祖師爺相助才站穩腳跟的？這份香火情，靈韻派小心維繫了兩百多年，從來沒有麻煩過江神任何事情，反而在這兩百多年裡，一年一次攜帶重禮登門拜訪，除去一次山門浩劫，就從來沒有斷過，所以妳覺得江神大人對於這樁驚動郡城的風波，會偏向誰？」

劉嘉卉看著不斷繞圈踱步而不願落座的男人，遞過去一杯熱茶，打趣笑道：「我的郡守大人，能不能坐下說話，你再這麼晃蕩下去，奴家就要眼花頭暈了。」

男人坐下後，自嘲一笑道：「那名散修的隱匿位置，我是在三天前知曉的，本想著能拖一天是一天，不管怎麼樣，拖到祭祀大典之後再說，說不定還能留下一條性命。嘉卉，妳知道今天水神廟內，那位寒食江神在現出金身本尊後，對我說了什麼嗎？」

劉嘉卉搖頭，她當然猜不出一尊正神的心思。身為秋蘆客棧的主事人，她所在的師門其實比起靈韻派並不遜色太多，只是每一個聲勢較大的山上門派各有其固定地盤，黃庭國北部的三州之地，靈韻派是大小十數個修行門派的執牛耳者。

但不管是面對劉嘉卉的出身門派，還是在黃庭國北地山上山下，都可以橫著走的靈韻派修士卻對君王親手敕封的一江水神極為敬畏。畢竟黃庭國不是大驪宋氏、大隋高氏這樣的大王朝，黃庭洪氏自開國起，就是大隋的十二藩屬之一，能夠敕封的山嶽、江河正神，屈指可數。

說句難聽的，哪怕大隋放開禁錮，由著黃庭國洪氏去大肆封賞、敕令山水神祇，黃庭國也沒有這份底蘊。一來疆土有限，二來又被那些「藩鎮割據」的山上仙家掌握了絕大部分靈氣出眾的山水福地，所以掌控一地水運的江河正神對於郡守甚至是刺史而言，是需要竭力拉攏、討好的重要角色。

男人放下茶杯，雙手輕揉太陽穴：「寒食江神當面告訴我，在我知道那名散修藏身之地的前一天，他就已經查出來了。雖然我不願秉公執法，但他既然身為寒食江神，就要遵守不可輕易干涉世俗官場的規矩。加上我這些年治理本地，還算勤勉有功，萬一下任郡守是個昏官，鬧出諸多需要別人擦屁股的麻煩，會對他靜心修行有礙，因此他不會給朝廷打小報告。」

劉嘉卉臉色微白：「這位江神的言下之意，是不會幫助你再往上走一步了？」

男人苦笑道：「這還是建立在我今晚就將那人緝捕歸案的前提之上。」

劉嘉卉有些後悔：「我方才不該跟你撒氣的。」隨即又憤懣，「這寒食江神數百年來有口皆碑，真到了涉及自身利益的時候，還不是一樣幫親不幫理？那散修所傷之人不過是靈韻派的三代弟子，就敢在城隍廟見色起意。先在城外殺害夫婦二人，後來得知跑掉一個孩子，更是連夜追殺，莊子上下滿門三十餘口被他殺得一乾二淨，此等慘絕人寰的行徑，湊巧被那名散修無意間撞破，在給那家人報仇之前，很聰明地選擇大肆散播消息，就連你們衙署門口都張貼了告示，做完這些，這才找到秋蘆客棧，跟那名凶手大打出手。郡城內外都是他江神的眼線，豈會半點不知？」

男人反而不如婦人這般委屈、憤懣，只是輕聲感慨道：「天理、國法、人情，修行之人追求的是天地大道，國法、人情如何，擺在鍊氣士面前，算得了什麼？在我這個正四品官員手上，就沒用；對這位寒食江神，國法不是全然無用；在老刺史手上，有一點用；只有到了皇帝陛下手裡，才有一些用處。」

劉嘉卉小聲嘀咕道：「如果你的這個郡守官身是在大驪王朝呢？」

男人眼神一凜，重重一拍椅把手：「劉嘉卉，不得胡說！大驪國勢再強，也是蠻夷出身，若大驪宋氏真有一統北方的一天，那必是我東寶瓶洲北方斯文正脈的斷絕之日！」

劉嘉卉氣呼呼道：「你要真是鐵骨錚錚，怎麼不乾脆忤逆江神的意願，誓將那名散修庇護到底？我就不信這位江神號稱手眼通天，就真的能夠在黃庭國北方遮天蔽日。實在不行，大不了我搬出師門勢力，乾脆跟靈韻派這條地頭蛇掰掰手腕好了！」

男人伸手指了指她，氣笑道：「多大歲數的人了，還這麼幼稚可笑。妳以為大驪皇帝能夠有今天的聲勢，是一路順心順意走過來的？我們一郡之地尚且如此，試想大驪王朝那麼廣袤的版圖，又會如何權衡利弊？身為一國之君，其中的齷齪和隱忍，絕對是妳我無法想像的。」

劉嘉卉悶不作聲。

男人喝了一口茶水，背靠著椅子，盡顯疲態，扯了扯領口，自言自語道：「我是儒家門生，故而修身齊家，必然會盡量恪守規矩。可我還是黃庭國官員，轄境內有百萬黎民，需要幫助他們過上衣食飽暖的太平日子，所以我不會事事以仁義道德來為官做人。因為我需要低頭哈腰跟仙家勢力求人求法寶，來抵禦各種旱澇天災；需要登門送禮，祈求那些個眼高於頂的山水河神盡可能將氣運多截留一些在自己郡內。山下寒庶百姓也好，豪紳大族也罷，吃了虧，被仙師們欺辱，我只能縫縫補補，拆東牆、補西牆，盡量安撫。」他閉上眼睛，「如果不是這樣蠅營狗苟，我早就辭官或是丟掉官帽子了。如此一來，那名散修在張貼第一份告示的時候，就會被某個主動跟江神通氣的郡守大人帶著兵馬和修士一起拿下。如果不是這樣，那名散修死後，會連一塊墓碑都沒有。當然，人都死了，死後有沒有墓碑，有沒有人記住他生前做過的善舉，又有什麼區別呢？」

這位郡守大人站起身，來到窗口，嗓音低沉：「黃庭國嘉露二年，也就是十年前，包括賀州在內的三州於夜間子時震動不止，以賀州最為嚴重，茅屋、城牆、祠廟皆倒，死者六萬餘人。此後一月，或半旬或數日一動，直至年關，包括寒食江在內北部所有大江大水波濤洶湧，僅僅我郡就淹死了近百人。嘉露四年，南方茂州又有移山之異。嘉露八年，西南衡州水網縱橫，泊船無數，於中秋夜驟起大火，火勢綿延千餘舟船，萬餘人屍骨殘骸皆為灰燼。」他臉色淒然，嘴唇微動，「這一些天災，當真是天災嗎？老百姓不知道真相，我知道啊。我甚至知道，那名散修在被捕身死之前，一定會罵我是靈韻派和寒食江神的走狗，恨我比恨他們更深。」

劉嘉卉欲言又止。

男人臉色逐漸平淡起來：「我已經可以確定，在那名散修死後，郡城之內，很快就會有幾家豪閥故意散播流言蜚語，說我為了討好靈韻派，便辛辛苦苦找到了那名修士的藏身之處，將其圍剿擊殺。」

劉嘉卉嘆了口氣：「多半是如此了。」

男人笑道：「我說這些，不是說給妳聽的，是說給我自己聽的……」

秋蘆客棧那口老水井之中，雖然不斷有白色霧氣嫋嫋升起，然後四處流散，但其實水位極低，內壁布滿幽綠青苔。突然，水位嘩啦啦迅漲，與井口持平，一個披掛甲冑、手持短戟的高大男子一步踏出。男子兩腮各自生有一縷長鬚，除此之外，與常人無異。

他環顧四周，根本沒有把涼亭裡正在靜坐吐納的少年放在眼裡，身形拔地而起，瞬間落在郡守大人下榻的院落，朗聲道：「魏郡守，那名散修的頭顱已經被我親手砍掉，當時還有眾多看戲的外人。可恨那廝生前不知好歹，對魏郡守破口大罵，難聽得很，魏郡守好些見不得光的隱私都被那廝說了個一乾二淨。而且他竟還敢往我家大人身上潑髒水！我實在氣不過，本想給他一個痛快的死法，實在是替魏郡守打抱不平，便先戳了他幾個窟窿才砍掉他的腦袋。此間事了，我回去後，會跟大人稟明情況。放心，決不讓那傢伙死前的混帳話壞了您與我家大人的情誼。」

這位寒食江神的嫡系下屬說完就走，毫不拖泥帶水。

劉嘉卉呆呆站在院門口。

按照郡守的說法，就那名散修的行事風格和風骨性情來看，死前痛罵他一句「走狗」很正常。可如此當著靈韻派以及本郡眾多勢力的面，喋喋不休揭短不止，就很不符合情理了。因為他們是有過私下接觸的，雙方的心思都心中有底。如果說男人身為郡守，變節出賣修士很奇怪，那麼散修多此一舉的臨終遺言，也很不正常。

「我之前所想，仍是小看了他。」站在窗戶的魏郡守比劉嘉卉更快理解其中門道，輕聲道，「山下有俠氣。」

大驪境內，所有朝廷敕封的山水正神，落入百姓眼中的事物，無非就是一尊泥塑金身和一座祠廟，哪怕是五嶽大神亦是如此，沒有例外。但如果是在大驪之外的東寶瓶洲其他地方，別說是鐵符江、沖澹江這樣的大江正神，恐怕就是龍鬚河婆這樣的不入流神祇，只要能夠跟當地官府搞好關係，加上附近沒有強勢的仙府門派，就都能夠光明正大地建立山水府邸，而府邸規格，與世俗朝廷的黃紫公卿無異，甚至猶有過之。

寒食江神，作為黃庭國屈指可數的神祇之一，便在寒食江一處方圓百里內並無城鎮的江段，耗時多年，打造出了一座懸掛「大水」匾額的豪奢府邸，占地千畝。只不過對外宣稱，此地主人是黃庭國開國元勳楚氏之後，因生財有道，才有了這份天大家業。

今夜，這座府邸燈火輝煌，鶯歌燕舞，觥籌交錯。

府邸兩壁掛有一盞盞長明燈，此物在山上府邸也是不可多得的珍稀寶貝，貴不在造型奇巧，而是那一滴龍涎香。長明燈多用於帝王密室陵墓等地，只需要一支尋常蠟燭，然後向燈芯上滴上一滴取自深海龍香鯨油脂的燈油，若是品質足夠好，燈火就能夠百年不滅，而且異香長存，可凝神，不輸上品檀香。

有青袍男子高坐主位，手持白玉酒盞輕輕晃動，酒液呈金黃色，且凝稠芬芳。男子的袍子胸口繡有一塊圓形補子，是一條金黃色團龍。

堂上二十幾名遠道而來的客人都是身分不俗的修行中人，不過面對這個青袍男子，仍是顯得謙恭有禮，而且不僅僅是客人敬重主人這麼簡單，他們的眼神臉色之中，偶爾還透露出一絲忌憚。

秋蘆客棧。

屋內，崔東山已經離去多時。借著明亮燈光，陳平安刻完了第一支白玉簪子，抬頭望向趴在對面的李槐：「你是喜歡刻『李槐』兩個字，還是『槐蔭』？」

李槐心事重重，聞言後笑道：「隨你，都行。」

陳平安拿起那支墨玉簪子：「那用這一支？顏色跟『槐蔭』比較配。」

李槐點了點頭，然後鼓起勇氣問道：「陳平安，你會不會因為生氣，就一拳打死林守一啊？我覺得林守一雖然當上了那什麼鍊氣士，可他跟你打架的話，我估計就是一、兩拳的事情。其實吧，林守一這個人脾氣是差了點，比較悶葫蘆，彎彎腸子比我們多一些，可他沒啥壞心啊……」

陳平安哭笑不得：「想什麼呢，我怎麼會跟林守一打架。」

李槐怯生生補了一句：「萬一林守一主動找你打架，陳平安，到時候你出手可以，教訓一下他就行了，記得下手千萬別太重啊。林守一是富家子弟，可不像我皮糙肉厚，被李寶瓶揍幾下完全沒事情，我覺得他經不起打的。」

陳平安不知如何解釋一些有關人心的事情，只得說道：「我會注意的。」

李槐這下子澈底放心了，立即滿臉笑容，起身跑去小書箱那邊，拎出彩繪木偶和那顆銀錠，又回到桌旁坐下，讓木偶踩在銀錠上後，隨口問道：「林守一先前跟我說，天底下的州郡大城，都會按照儒教為王朝訂立的禮制建造城隍閣，縣城則有城隍廟，郡守、縣令這些父母官牧守陽間一方，城隍爺司職陰間治安，巡守轄境，防止鬼魅邪穢暗中作祟。陳平安，你說我們之前去的那座城隍廟，規模都那麼大了，還設立在郡城裡頭，怎麼還叫廟呢？不應該是叫城隍閣嗎？再說，咱們白天在城隍廟逛了那麼久，會不會其實已經碰到了城隍爺，只是我們沒認出來？」

陳平安想了想：「這些你得去問那個崔東山。」

李槐使勁搖頭：「我不喜歡那個傢伙，神神道道，古古怪怪的。」

另一間屋內，一大一小兩個姑娘，隔著一盞油燈相對而坐，一個擦拭竹笛，一個雙手環胸，虎視眈眈。

李寶瓶說道：「謝謝，妳晚上喜歡打呼，鼾聲如雷。我晚上睡在自己帳篷，離妳那麼遠都能聽得到。」

謝謝抬起頭，微笑道：「不好意思，我睡覺不打呼。」

李寶瓶一挑眉：「妳怎麼知道自己睡覺不打呼？」

謝謝用手指肚輕輕摩挲著竹笛，故意模仿李寶瓶的挑眉動作：「因為我是鍊氣士，你們眼中的山上神仙啊。」

李寶瓶高高揚起下巴，問道：「那妳有小書箱嗎？」

謝謝無言以對。

大勝一場的小姑娘從書箱裡拿出一本書——是她最鍾情的那本山水遊記，寫奇山異水，寫山精鬼怪，寫書生狐仙——開始挑燈夜讀。

小姑娘看得專注入神，時而皺眉，時而恍然，時而雀躍，時而怔怔。

謝謝都看在眼中，下意識伸出一根手指，在臉頰邊緣輕輕滑動。

林守一閉眼坐在小亭內，靜心凝神，呼吸吐納，仔細感受著天地之間的「水流」，大浪淘沙，取其精華，去其糟粕，將那些彷彿隨水漂流在水井四周的水氣精華，星星點點，一一採擷，收入竅穴之中。

哪怕老水井那邊傳來不小動靜，少年依舊無動於衷。好在從那口水井裡浮水而出的精怪鬼魅目標顯然不是他林守一，雙方互不干涉。

林守一在棋墩山上一眼相中的《雲上琅琅書》是一部修行五雷正法的道家祕典，涉及下五境的具體修行。雖然只有一些泛泛而談的籠統言語，但是落在善於演算推衍的林守一手中，效果奇佳。

很快，林守一體內數座氣府傳來鼓脹之感，但他仍是不願收手作罷。一路跋山涉水，從沒有感受過如此濃郁的清靈氣息，林守一不願錯過。半個時辰過後，林守一臉色紅潤，像是饑餓難耐的凡夫俗子，面對大魚大肉，不知節制，一口氣吃撐了。

冷不丁有人一巴掌拍在林守一肩頭，林守一打了個飽嗝，順勢吐出一口濁氣。真是名副其實的濁氣，汙穢腥臭。

那名不速之客趕緊揮動雪白大袖，驅散這一口後天積攢的汙濁穢氣，埋怨道：「你小子真是膽肥，不怕把自己活活撐死啊？」

林守一愣然，疑惑道：「鍊氣士吸納隱藏於天地之間的靈氣，不是多多益善？」

崔東山沒好氣道：「如謝謝所說，一只酒杯如何放得下千斤酒。多多益善？按照你這個說法，立教稱祖的那些傢伙早就把幾個天下的靈氣都給吞進肚子裡了，哪裡還有其他鍊氣士的機會？當然是要循序漸進，開掘出多少洞府，就吸納多少靈氣。」

林守一心中有些後怕，抬起手擦拭額頭汗水。

崔東山盤腿而坐，望向那口靈氣升騰的老水井，只不過這幅仙氣縹緲的畫面，唯有登堂入室的鍊氣士或是武道宗師才能夠看得到，對於市井百姓而言，哪怕把腦袋伸進水井裡，也只是覺得比別處更陰涼一些。

崔東山扭頭笑道：「我救了你一命，你借我一張符籙，如何？是借，以後我會還的。」

林守一猶豫片刻。

崔東山扯了扯嘴角：「放心，不是最寶貴的那四張，只是一張很好卻不算最好的金粉符籙。」

林守一點頭道：「可以。」

崔東山打了個響指，從林守一懷中滑出一張金色符籙，飄落在崔東山手心。

崔東山低頭端詳，目露讚賞。

符紙，是符籙派這一支道家大脈的根本之一，世間普通符紙是黃表紙，再往上一層，就是被稱為「黃璽」的硬黃紙，為天下道門所常用。其中還有一些特例，類似有「雨過天晴」美譽的青色符紙，以及一些色彩繽紛的彩色符紙，許多是天子專用的諭旨御製之物，往往用以節慶時分封賞文武大臣，尋常富貴門戶再有錢也買不著。

不過符紙未必拘泥於黃紙這類紙張，道教真人和陸地神仙無須實質符紙就能夠憑空畫就一張靈符；兵家也有殺、鎮字符；儒家也有經籍內容，相較兵家稍稍複雜，且字體多是正楷，其中又有七、八位書法宗師不同的字體之分，有「八正」、「正九」等諸多說法；佛家以結印見長，符籙雖然也有，相對較為少見。

林守一好奇問道：「這是什麼術法神通？」

崔東山將那張金粉符籙小心翼翼放入袖中，隨口道：「等你到了中五境就會明白了，屆時鍊氣士可以將心意凝聚成心弦，道行高低，修為深淺，會決定心弦數目的多寡和粗細。所謂的隔空取物，就是如此。」

林守一如今是鍊氣士三境巔峰，數月之間如此神速，可謂一步登天。

這一切，既因為少年本是天生修道的胚子，也因為阿良的那一壺酒。

有錢人喜歡跟山野樵夫購買大蛇，剖膽入酒，藥效驚人，那麼以一位飛升境大妖的妖丹浸泡而成的藥酒，其中蘊含的玄機，可想而知。

崔東山站起身，笑咪咪道：「阿良是你修道登山的領路人，要好好珍惜這份機緣，如果你不珍惜，我會……」

林守一直截了當問道：「會如何？」

崔東山改了說法，笑道：「會不高興的。」

他原本想說的是「會宰了你的」。

林守一在那股鼓脹之感漸漸退去後，又開始閉目凝神，利用自己這副身軀去藏風聚水，去搭建屬於自己的長生橋。

崔東山腳尖一點，躍出涼亭，走向那口老水井，雙指拈住金粉符籙。

林守一低聲喊道：「崔東山，你要做什麼？」

崔東山滿臉玩味笑意，走到井口處，面向亭中的林守一，高舉雙指，輕輕晃動指間的符籙，向後退去，整個人滑入井中，隨之默念道：「避水。」

第八章　千奇百怪

雖說天色昏暗，其實時辰並不算晚，加上秋蘆客棧這院子布置得精巧雅致，李槐東摸摸西捏捏，就沒有半點睡意，趁著陳平安雕刻玉簪，他乾脆搬出那只魏檗贈送的木匣橫放在桌上，將彩繪木偶連同魏晉贈送的五個泥人兒全部放入其中，再把那本購自紅燭鎮的《斷水大崖》也丟進去。

「搬家」之後，這只由嬌黃陰沉木打造的長匣猶有空閒餘地。木匣呈現出紅色，魏檗說是因為在泥土裡埋了無數年，色澤由黃逐漸變紅，木頭非但沒有腐朽，反而生出異香。

李槐此時把腦袋湊到木匣上，仔細聞了聞，那股清香照舊，不比在枕頭驛拿出來聞的時候差。

李槐開始掰手指算他的寶貝。離開家鄉小鎮遠遊求學，一路風餐露宿，他李槐靠著吃苦耐勞還是小有收穫的，除了那只最珍貴的綠竹小書箱，還有這嬌黃木匣、木偶和泥人。其實《斷水大崖》裡頭還豢養著幾隻很值錢的蠹魚，以及被阿良一巴掌拍進書裡的那尾青冥魚，只不過李槐不愛讀書，很少翻閱這本花了陳平安將近十兩銀子的書。

這會兒，看著聚精會神在簪子上雕琢文字的陳平安，李槐想到自己花了人家這麼多的錢，卻沒有怎麼翻，當初還信誓旦旦地告訴陳平安自己一定會看，就有些愧疚，於是從木匣裡拿出《斷水大崖》，隨便翻開一頁，開始默念文字，打算讓自己的良心好受一些。

李槐一拍腦袋，記起一事，趕緊伸手探入領口，摸到姐姐李柳親手縫製的口袋，拈出一只油紙袋，朝陳平安晃了晃，咧嘴笑道：「陳平安，知道這是啥嗎？」

陳平安小心放下簪子和刻刀，揉了揉眼睛，問道：「是什麼？」

李槐滿臉得意揚揚，從油紙袋裡抽出一張折疊整齊的紙張，解釋道：「當初學塾裡不斷有人離開，最後只剩下我、李寶瓶、林守一、石春嘉和董水井五個。先生在最後一堂課上給了我們一人一張字帖，上頭就寫了一個『齊』字，要我們用心臨摹，說是功課。後來先生也沒把原帖收回去，這趟遊學，我娘親覺得先生這個字吧，雖然寫得整齊湊合，卻還不如隔壁家春聯上頭的大字來得墨水重、勁道足。可好歹我和齊先生師徒一場，留下來算是當個念想，就讓我姐偷偷在衣服裡邊縫了口袋，裝進油紙包。我後來問李寶瓶和林守一，李寶瓶說早不知道被她丟到哪裡去了，林守一則說在家裡放好了，怕帶出來容易遺失毀壞。」

李槐將折疊的紙張打開，輕輕抹平褶皺，只見那個小幅「齊」字帖，方方正正，巴掌大小。李槐盯著那個字看了片刻，抬起頭認真說道：「陳平安，這個『齊』字送給你吧，我留著也沒用。再說，我經常丟三落四。」

陳平安搖頭笑道：「你如果怕弄丟了，在到達大隋書院之前，我可以暫時幫你保管。但這既然是齊先生交給你的功課，那你作為齊先生的弟子，就應該好好珍藏，哪怕齊先生不在了，不用臨摹，可就像你娘親說的那樣，字帖自己留著，好歹是個念想。」

李槐點點頭，隨手將那幅字帖放入書頁之間，然後合上《斷水大崖》，丟入木匣。殊不知，隱匿在不同書頁裡的三條蠹魚和那尾青冥魚紛紛離開原先位置，透過字裡行間的那些縫隙迅猛游走，最終飛速進入那幅「齊」字帖，名副其實的如魚得水，歡快至極。

相比於李槐一路走狗屎運的大豐收，林守一其實也不差——一大摞品秩有高有低、材質有優有劣的古老符籙、一部《雲上琅琅書》、一幅繪有百餘種山精鬼怪的〈搜山圖〉；至於李寶瓶，更有名刀祥符和銀白色養劍葫。東西不多，就兩件，但皆是世間修士垂涎三尺的仙家重器。唯獨出力最多的陳平安，好像到頭來，反而就只有那顆略顯枯萎乾癟的淡金色蓮子，都不知道它有什麼用處，如今更是跟崔東山欠下了一屁股債。

李槐趴在桌上，老調重彈道：「林守一家裡很有錢的，只是那個私生子的身分很尷尬，所以這傢伙可能心思比較敏感。陳平安，你別跟他一般見識。」

陳平安點點頭：「我回頭找他說開了就沒事了。」

李槐沒來由地冒出一句：「好人和老實人就是吃虧，我爹是這樣，你也是這樣。陳平安，要不然以後你還是別當老好人了，多為自己想想，用不著事事忍讓別人。否則你沒怎麼樣，認你做小師叔的李寶瓶就先氣死了。」

提起李寶瓶，陳平安忍不住笑問道：「寶瓶總欺負你，你怎麼從不還手？」

李槐一臉天經地義地脫口而出道：「我不敢啊，我又打不過她！」

陳平安哈哈大笑，辛苦雕琢文字的那份疲憊頓時一掃而空。

李槐看著快樂大笑的陳平安，也跟著開心笑起來，因為印象中，陳平安是不太這麼笑的，平時的陳平安不論做什麼、說什麼，總是很收斂、拘謹，生怕做錯、說錯。

李槐隨即想起自己爹好像也是這個德行：嘴巴抿抿，就算是開心；眉毛耷拉下來，就是不太開心。

李槐猶豫了一下，還是打算跟陳平安說一點藏在心底的心裡話。腦袋擱在桌面上的孩子伸了伸脖子，壓低嗓音，神祕兮兮問道：「知道我為什麼總讓著李寶瓶嗎？」

陳平安開玩笑道：「你喜歡她？」

李槐翻了個白眼：「怎麼可能，我才這麼點年紀！再說了，我又不是林守一和董水井那兩個色胚，每次我姐來學堂幫我帶東西，那兩個傢伙眼珠子都瞪得掉地上了。尤其是董水井，每次找藉口去我家玩，我姐不在的時候就病懨懨的，我姐一回家就跟打了雞血似的，恨不得給我家挑滿兩大水缸的水。我娘呢，喜歡董水井多一些，覺得他人老實，跟我爹一樣。我姐呢，估計應該是更喜歡林守一，斯斯文文，更像個讀書人嘛。」

說過了林守一跟董水井的壞話，李槐臉色黯然地轉回正題：「學塾裡邊，所有人都笑話我爹，說我爹是小鎮最窩囊的男人，是入贅的，沒出息；成天不務正業吃軟飯更沒出息，傻裡傻氣的。龍生龍，鳳生鳳，老鼠兒子會打洞，所以他的兒子，也就是我，讀書果然最沒用，每次先生考試，我都是墊底。」李槐咧嘴，笑瞇起眼，「李寶瓶的家世是學塾最好的，但是連同林守一在內，她跟誰都不一起玩，每天就跟一陣風似的，飛來飛去，永遠是最晚一個來上課，下課第一個消失。她雖然會嫌我吵，喜歡有事沒事就揍我，但是她從來不笑話我爹。有一次我爹來學塾找我，所有人都嫌棄，只有李寶瓶願意給我爹帶路，還喊他李叔叔，讓我爹開心了好多天呢。每次有人故意當著我面拿我爹當笑話講，李寶瓶總會阻止他們，不許他們說我爹的壞話。」

陳平安感慨道：「原來是這樣啊。對了，李槐你有最討厭的人嗎？」

李槐愣住：「沒有啊，每次回到家，吃一隻香噴噴的肥膩大雞腿，聽我娘親用雞毛蒜皮的事情訓斥我爹和我姐，我所有的不開心就都沒啦。」

陳平安直接用手指撚了撚燈芯，讓燈火更明亮一些，笑道：「你厲害。」

李槐疑惑道：「我有什麼厲害的？我還覺得你不怕燙很厲害呢。你上山下水可以不穿草鞋，會砍柴、會釣魚，那才厲害。李寶瓶那麼野的丫頭，很小的時候就喜歡爬上樹，在上面亂喊，再噗通一下摔在地上，卻從來不哭，自己站起來。為了怕走路一瘸一拐被家裡長輩看出來，她還會故意拖延到很晚才回家——連她這種天不怕、地不怕的人都覺得你是天底下最了不起的人。」

陳平安再次拿起刻刀：「等你長大一些，就會知道自己為什麼厲害了。」

李槐聽不明白，望著那些簪子，越發眼饞：「什麼時候把簪子送給我們啊？」

陳平安停下刻字的動作：「到了大隋書院吧。」

李槐問道：「那幅〈搜山圖〉你怎麼送給林守一了？我看得出來，你也挺喜歡啊。」

陳平安舉起一支玉簪子，借著燈光，仔細凝視簪子上的細微紋路：「我怕好東西我拿不住。你們又不是外人，送給你們，我不心疼。」

李槐哪壺不開提哪壺，試探性問道：「一晚上開銷兩千兩銀子，也不心疼？」

陳平安放下玉簪和刻刀，收起放回盒子，板著臉說道：「我得出去走走，多走幾步看看風景，就當是賺回幾兩銀子了。」

李槐扭頭看著陳平安的背影，偷著樂呵。等到陳平安關上房門，他便默默告訴自己，以後一定要把某件最好的東西送給陳平安。

因為這個傢伙，一路走來，走過那麼多的山山水水，光是陪著膽小的自己去遠處撒尿、拉屎，然後站在不遠的地方陪自己說話，就不知道多少回了。

陳平安不敢四處亂逛，走向那座涼亭，不出所料地看到林守一坐在那邊。他不敢打攪這位隊伍之中最早脫穎而出的山上神仙，遠觀了一段時間，正要轉身離去，就看到林守一站起身，朝他招了招手。

陳平安走入涼亭，發現當下的林守一，相較於走入秋蘆客棧之前的他，好像多了些飄逸風采。

林守一挑了一個不尷尬的話題：「崔東山跟我借了一張符籙，就打破客棧的規矩，走出這座涼亭，跳入那口老水井，消失不見了。」

陳平安輕聲道：「崔東山是死是活，我管不著，也不會管。」

林守一愍了半天，轉頭望向水井那邊：「入住秋蘆客棧一事，我知道你是好心好意，但你應該事先跟我打招呼的。」

陳平安點頭道：「以後我會的。」

林守一轉過頭，小心打量著他的臉色和眼神：「就這樣？」

陳平安反問道：「不然？」

林守一自嘲道：「我還以為你會跟我講道理，或是直截了當捲起袖子打我一頓再說，我其實已經做好打不還手、罵不還口的準備了。」

陳平安搖搖頭，不說話，斜靠著涼亭柱子，望向那口水井，卻看不出什麼名堂。

林守一看著陳平安：「對不起。」

陳平安笑著擺擺手，盤腿坐好，眼睛不眨地使勁盯住老水井。

林守一如釋重負，隨即納悶問道：「你在做什麼？」

陳平安一本正經道：「我要把銀子看回來！」

已是修行中人的林守一趕緊伸手使勁揉著臉頰，只為了不讓自己笑出聲來。

寒食江畔，大水府邸。

主位上的青袍男人望向堂下客人，看到不斷有人起身舉杯敬酒，說著歌功頌德的言辭，他的臉上難免流露出一些志得意滿的神情。

方才就有一位享譽朝野的文豪再一次起身敬酒，說本郡這麼多年風調雨順，一切都要歸功於他這位水神老爺，言語之中，一郡民生好與壞跟那個魏姓郡守毫無關係。關鍵是，拍這種略顯赤裸的馬屁的還不止一人。在座有一人，身穿黃庭國從三品官服，毫不猶豫地起身敬酒，附和那位文豪，滿嘴溢美之詞。身為從三品高官，一州別駕，此次祭祀大典官階最高之人，面對高坐主位的他，一樣口口聲聲「水神老爺」。

一旦成為享受香火的神祇，生前姓名、家族皆為隱諱。至於能夠面見神祇之人，為尊者諱，一般都需要注意這一點，不會指名道姓。「老爺」這個說法，是一個比較穩妥的通俗稱呼，至於為何如此，眾說紛紜，其中一個說法最言之鑿鑿，說是道祖的三位親傳大弟子當中，有一人喜好稱呼恩師為「老爺」，道祖欣然接受，於是便流傳至今了。

寒食江神緩緩收回視線。堂下左右兩側坐著他的四名心腹，追隨他征戰四方，長的有三百多年，短的也有百餘年，其中一個幻做人形之前，本尊是一尾鮮紅鯉魚，與大驪沖澹江的某位鯉精野修稱兄道弟，關係莫逆。

不過這個鯉魚精此時有任務在身，位置空著。

一個是水蛇修練成精，使用一對鐵鐧，是他無意間獲得的仙人遺物，每次與人廝殺，嗜好以鐵鐧打爛對手的頭顱。他喜好吞食童男童女，只是受寒食江神的約束，只偶爾出去覓食，不敢太過肆無忌憚。

還有一個是攔水蛤蟆出身，天資最好，但是生性懶惰，境界反而最低。他天賦異稟，動輒就會在大江大河的岔口吞下大量江水，只要不合上嘴巴，就能一直汲水不停，永遠不會撐爆肚皮，故而誰也不敢欺辱，深受寒食江神的器重。曾經有兩名聯手犯上作亂的河流水神聚集了許多勢力試圖推翻寒食江神的位置，他便奉命偷偷上岸潛入一條河水源頭，然後現出真身，體形如同一座山頭，硬生生吞掉了河水源頭，迫使那個河神不戰先降。另一個河神因孤立無援，最後被寒食江神打爛祠廟和金身，碎塊全部沉入寒食江底部某處，永世不得超生。

最後一個與其他三個有些格格不入，美髯儒衫，文質彬彬，若非臉色黑青，異於陽間活人，怎麼看都像是書香門第裡的中年儒生。

此人雖然從不以戰力著稱於這座大水府邸，卻是公認的首席軍師，始終躲在幕後，為水神老爺出謀劃策，也不喜歡拉幫結派，特立獨行。

大堂上端茶送酒的美婢丫鬟，一半是人間美色，還有一半塗抹特殊脂粉，以此掩飾死屍之氣的女子，則是落水身亡的水鬼。

不管是溺水而亡還是投水自盡，自然不是誰都能成為水鬼的，必須是死後戾氣難消，以及死前的先天體質和身亡的時辰都恰到好處，魂魄僥倖得以凝聚不散，才有被大水府邸收為丫鬟的可能性。成為水鬼的有些受那罡風摧殘，也會不斷煙消雲散。

比如那多在金秋時節吹拂的拍魂風和吹魄風，五行之中金主殺，兩股風一在白天，一在黑夜，輪流飄蕩，是鬼魅的天敵之一，俗世所謂的「魂飛魄散」正是它們幹的。兩風一般只對陰物產生威脅，但若是活人極其體弱、福澤纖薄，也有可能被此風傷及。再有所謂「秋後問斬」，官府一般都在秋後行刑即是此理，為的就是防止厲鬼橫生。

除此之外，凡夫俗子聽過就算的一陣陣春雷聲，對邪穢陰物而言，當真好似催命鼓，更是一道道難熬的關口。由此可見，若說做人不易，做鬼好像同樣不算容易。

大水府邸的四名心腹大將之外，便都是登門恭賀的客人了。

寒食江神看得最順眼的人物，當然是那個如今大名鼎鼎的文豪，當年不過是個不小心失足落水的窮酸秀才。可惜此人實在不是做官的料，哪怕有他這位水神老爺扶持、幫襯，依然只做到六品言官就混不下去了，最後乾脆對外宣稱辭官歸隱，在黃庭國北方的賀州山野之中建造了一棟豪華府邸，當起了逍遙自在的山林宰相。辭官後，經過二十多年的經營，已經被譽為黃庭國北方士林的斯文宗主，一直為寒食江神鼓吹造勢，僅是關於寒食江的詩詞就多達二十餘首，每隔兩、三年就會邀請大量文人騷客在寒食江上舉辦詩會，一擲千金，美酒佳餚、花魁美婢，極盡士人風流。

至於文豪之子在黃庭國廟堂一路高升，根骨平平的孫子卻成為修行之人，這些事沒人願意深究，或者說也沒這個膽子去刨根問底。

這位自號黃老道人的文壇宗主，此時正在跟別駕大人相談甚歡，笑聲爽朗。

別駕，是一州名義上的三把手。頭把交椅當然是刺史，然後是駐守當地、手握兵權的將軍。黃庭國武將勢弱，廟堂上文重武輕，所以別駕的官威往往凌駕於一州將軍之上，別駕的存在意義，更多還是皇帝用來掣肘和制衡刺史。

此時，所有人下意識停下言語聲，轉頭望向門口方向。只見兩頰生有兩縷長鬚的披甲男子大踏步走入堂內，抱拳大笑道：「回稟老爺，那個不知天高地厚的散修已死，腦袋給我親自砍了，絕無意外。」

寒食江神先瞥了眼堂下一名白髮老人的神色，發現腰插短戟的披甲男子欲言又止，便笑道：「有屁就放。」

此人正是通過老水井去往秋蘆客棧的男子，本尊是一尾赤色鯉魚。

他咧咧嘴，樂呵道：「那年輕散修死前抖摟了好些個醜聞，有老爺您的，還有一些郡城裡大門大戶的。當然更多的還是那姓魏的郡守的，難聽得很，祖宗十八代都給來來回回罵了好幾遍，如果不是我出手快，恐怕那姓魏的傢伙小時候是不是尿過褲子的事情都要給他說出來了，不出意外，明天郡城裡頭就會滿城風雨，全是魏郡守的笑話。」

寒食江神明顯有些驚奇：「哦？」

鯉魚精正要說話，寒食江神擺擺手，示意他趕緊回到座位，不要廢話。

聽到散修暴斃於郡城內的消息，場中有一個滿臉病容的年輕人立即掩藏不住自己的開懷笑意，頻頻倒酒痛飲。

寒食江神猛然抬起頭望向門口，眼神陰沉。

有一名玉樹臨風的白衣少年悄無聲息站在了門外，正在伸手拍打袖子，彈去一些水珠。最後少年一步跨過高大門檻，左右張望，嬉皮笑臉道：「人不人、鬼不鬼、神不神，奇怪奇怪真奇怪。」

大煞風景——白衣少年的突兀出現，實在是不合時宜。

在座的客人都是心眼活絡之輩，迅速打量了一眼寒食江神的難看臉色，便心中了然，轉頭望向那少年的眼神就都十分令人玩味了。

在黃庭國北部地界，山水難分，誰不賣大水府這塊金字招牌的面子？還有人竟敢砸寒食江神的場子，而且還是大搖大擺來的，當真是老壽星吃砒霜——活膩歪了。

坐在文弱書生上首，以水蛇之身修練成精的陰柔男子，面對那名不速之客，眼神炙熱，翹著蘭花指，緩緩提起一只酒杯。容顏俊美的童男童女一向是他的心頭好，只是忍不住心中惋惜：眼前少年多半是死路一條了，折了水神老爺的面子，他可不敢擅自擄回府邸享用，只能寄希望於搬走屍體，做那今晚宵夜的盤中餐了。

他嗓音尖銳，微笑道：「這杯中酒，為我寒食江大水府獨有的金玉液，修士喝一杯，抵得上洞天福地苦修一旬；俗子喝了，祛病消災，半點不難。還剩下半杯，你要不要嘗嘗看？」

崔東山跨過了門檻，不再繼續前行，只顧著四處張望，根本就不理睬這個臭名昭著且凶名赫赫的水中精怪。

水蛇精怒極反笑，吐出天生極長的舌頭舔了舔嘴角，最後嘿嘿笑著：「敬酒不吃吃罰酒，死去！」他手腕一抖，半杯金黃色酒液潑灑而出。

醒目的酒液在空中先是驟然停滯，之後分散開來，數十滴酒水一起破空而去，直撲崔東山，速度快過百步之內的強弓箭矢，響起一陣嗡嗡呼嘯聲，聲勢駭人。

若是躲避不及，崔東山定然會滿身窟窿。

光憑這一手馭水神通，就讓在座的一些年輕鍊氣士由衷感到心驚。

幾乎所有人都覺得大局已定，那個白髮蒼蒼的老人亦不例外。當他第一眼看到少年之後，便目露訝異，只是很快輕輕搖搖頭。初生牛犢不怕虎，可是大水府這座龍潭虎穴哪裡是你說來就來，說走就走的？可惜了，白白浪費了這副姿容氣度。

東寶瓶洲北方皆知黃庭國這座小廟堂，洪氏皇帝的科舉取才要先看字寫得漂不漂亮，之後才看文章內容好不好，兩者若是都不錯，那麼最關鍵的事情就要來了——陛下會看殿試舉人之中，誰的相貌最為堂堂正正，英俊瀟灑！

老人當初在郡城大街上早就見過包括崔東山在內的遊學隊伍。他略通道門相術，觀那白衣少年氣象，應該只是皮囊優秀而已，遠遠不如當時站在籮筐少年身邊的另外一人，那個面容沉靜的青衫少年才是貨真價實的修道美玉。

老人不再看那結局註定慘澹的少年，轉頭望向對面一名知根知底的年輕修士，眼神滿是陰霾。後者敏銳察覺到師門長輩的視線，微微退縮，只是很快就想起，自己找著了真正的大靠山，今時不同往日了，便挺直腰杆，還坦然笑著舉起一杯酒，對老人皮笑肉不笑地視而不見。

老人修養好，可他身邊兩名年輕人看到這一幕則當場憤懣不已，對那名得意忘形的師門叛徒怒目相向。

獨自一人坐在對面的靈韻派修士正是之前那場風波的罪魁禍首，在滅人滿門的慘案尾聲，被路過的散修撞見。他在靈韻派內門弟子中資質平平，更不擅長殺伐，敵不過精通捉對廝殺的散修，便火速逃入城內，之後還有閒情逸致在秋蘆客棧悠悠然住下，其中估計也有拿客棧和劉嘉卉做護身符的意圖。

那名仗義行事的散修查到他的行蹤後，冒著被秋蘆客棧視為敵人的風險執意闖入，與那靈韻派修士再戰一場。結果打爛了那堵月相影壁不說，還被靈韻派修士故意帶向附近的市井巷弄，法寶、術法一通亂甩，傷及無辜百姓不下二十人，從此給了郡城豪閥向官府施壓的藉口。散修被認定是尋釁在前，先把他打殺了再說，至於隱情如何，人都死了，無人聲張，即便有一些風言風語，也就只是空穴來風嘛。

那些不願被官府紀錄在冊的散修、野修一向不受各國待見，雖不敢將之視為過街老鼠，但都希望敬而遠之，千萬別來自家轄境撒野、搗亂。這些無根浮萍一旦跟地頭蛇起了衝突，只要不是修為通天的過江龍，當地官府和江湖勢力肯定選擇站在熟人一邊。

叛出師門的年輕修士仰頭一口喝光了大半杯酒，擦拭嘴角後，低下頭，快意笑道：「老子在靈韻派就算苦修百年都沒希望躋身中五境，如今被水神老爺青眼相加，大道有望，所以老子從見到那位軍師第一眼起，就打定主意要自立門戶了，千載難逢的機會，可遇不可求！還管那點沒卵用的師門名聲做什麼，能當飯吃嗎？就算能當飯吃，又如何？老子我可從來吃不到大頭，只是吃你們這些傢伙剩下的殘羹冷炙罷了。」

他打了個酒嗝，自顧自笑起來，無人看見他眼底的那抹無奈。

他緩緩夾起一塊鮮美魚肉，眼角餘光瞥了一下大水府的儒衫軍師，喃喃道：「人不為己，天誅地滅，何況那麼大一個機會擺在我面前，我一個下五境的小修士，有幾條命去拒絕水神老爺的打賞恩賜？」

對面的那位白髮老者是靈韻派外門大長老。靈韻派分內外門，老人掌管外門，其實內門諸多俗世事務也一併交由此人負責。此次參加寒食江神祭祀慶典，是老人帶隊下山，主要是為了幫助幾名嫡傳弟子砥礪心性，去大致瞭解山下的世道風俗，以及藉此機會接觸其他勢力，能夠結下一些善緣是最好。

今晚跟隨老人一同參加宴會的兩個年輕人俱是靈韻派的年輕翹楚，一人身後有那條兩丈長的赤紅巨蛇蜷縮成團，一人身旁有巨大黑虎匍匐在地。

兩人比鄰而坐，便有了一些龍盤虎踞的不俗氣象。

就在幾乎所有人都以為白衣少年必死無疑的情況下，他的表現讓人大吃一驚。他站在原地紋絲不動，任由那些金玉液分裂而成的酒水滴激射而至。

但是那些來勢洶洶的水滴撞在白衣少年衣衫上，便如一陣雪花撞入一頂熊熊大火燃燒的火爐，瞬間消散不見。

寒食江神點了點頭，自言自語道：「水法不侵，有點意思，難怪敢來搗亂。」他身體微微前傾，望向軍師，笑問：「是少年身上那件袍子有玄機，還是另有古怪？」

軍師從少年身上收回視線，轉頭答道：「應該不是袍子的關係，我猜測此人身上藏有道家上品避水符籙，尋常水法道術很難打破那張符籙的天然禁制。」

寒食江神啞然失笑：「這小娃娃該不會是覺得有張符籙傍身，就能夠在我大水府邸橫行無忌吧？」

軍師笑道：「多半是還有其他憑仗。」

一直慵懶無聊的寒食江神稍稍坐直身軀：「巴不得。」然後他笑著吩咐水蛇精，言語之中並無半點責怪，道：「丟人現眼了吧。我准許你上場廝殺，但是不可以使用那對鐵鐧，省得又要看到頭顱炸裂的場景。你是痛快了，但是噁心到客人，你可吃罪不起。」

水蛇精笑咪咪站起身：「謝過老爺恩賞。」

崔東山後退幾步，原來是要坐在門檻上休息。落座後，對那個繞出几案的水蛇精擺了擺手：「別急別急，先別急，等我先把話說完。」

堂下黃老道人和別駕大人面面相覷，寒食江神更是捧腹大笑，舉杯痛飲。

賓客之中，有兩人大大方方坐在靈韻派叛徒的上首位置，年紀都在三十左右，意氣風發，鋒芒畢露。看到崔東山這一手風采後，依然不屑一顧。

這兩人分明是兩名大名鼎鼎的劍修，一人哪怕飲酒也背負長劍，一人則橫劍在案，距離握劍的右手最遠不過數尺距離。雖然看不出兩人各自的本命飛劍是否溫養得氣候大成，但是劍修公認是錬氣士當中殺力最大、修為最為厚積薄發的，哪怕是中五境的修士也不敢小覷任何一名下五境的劍修。

劍修每升一境，飛劍的威力就會疊加，修為增長遠勝尋常錬氣士，尤其是在下五境中，一旦讓劍修成功躋身中五境，脆弱不堪的本命飛劍就會迎來翻天覆地的變化。每一位已經躋身或是有望躋身中五境的劍修，尤其是年紀輕輕的劍修，都將是各方勢力的座上賓。

山上流傳著一句膾炙人口的話語：「中五境之中，甲子老錬氣，百歲小劍修。」言下之意，就是六十歲的中五境神仙已經算不得是天才的人物了，但是百歲高齡的劍修仍是驚才絕豔的鍊氣士！

背負長劍的劍修是散修，相傳得到一位遊方高人的真傳，屬於道家一脈，賜下一柄削鐵如泥的神兵利器，篆文為「手刃」；橫劍在案的劍修則是伏龍觀掌門真人的關門弟子。

伏龍觀的道統，屬於道教丹鼎派的外丹一脈，採集天材地寶，築爐煉丹，服藥食餌，助長修行。鎮山之寶是一方古硯，名叫老蛟硯，是東寶瓶洲十大名硯之一，硯臺邊緣有一條微小高齡的瘦蛟盤踞而眠，鼾聲輕微。

相傳，上古蜀國是蛟龍四伏之地，興風作浪，各地都留下了仙人斬殺妖龍惡蛟的傳說，這條酣睡於古硯上的小老蛟，便是躲過一劫的遺留古種。

伏龍觀掌門弟子此次前來，是想要代表師門跟朝中有人的寒食江神暗中商議，試圖將伏龍觀由「觀」升格為「宮」。

道家仙門，想要獲得一個「宮」字作為門派後綴殊為不易，這就像一國君主敕封真君，數目是有定額的，絕不是隨便拎出個道士，得到了君王認可，就能獲得這份殊榮，一定要東寶瓶洲的道家宗門派人前來審議勘定，才能確定那人有無資格勝任一國真君。

崔東山咳嗽一聲，坐在門檻上朗聲道：「我今天來這裡，是要教你們做人……嗯，也順便教做神、做鬼的。唉，有點累。」

他才剛把話起了個頭就滿臉意興闌珊，自己先覺得無聊了，以至於後邊三句話說得有氣無力：

「為人，則秉一口浩然氣，頂天立地大丈夫。

當神，既然爭了那一炷香，就要澤被蒼生，哪怕神道已崩，也要證明香火不絕，吾道不孤。

做鬼，天地不要我生，我偏偏要在罡風春雷之中證長生。」

本來還算有那麼點嚼頭的豪言壯語，從他的嘴裡說出來後就完全變了味，顯得十分無病呻吟。

崔東山嘆了一口氣，撇撇嘴，自言自語道：「阿良大哥，這話你說還行，我是真不行啊。」他嘆氣復嘆氣，重新站起身，「算了，不玩了不玩了，還是辦我自個兒的正事吧。」

隨後，他轉頭望向一處無人的地方，說道：「屁大本事就敢學別人行俠仗義，真當自己是阿良啊？這下好了吧，魂飛魄散，燈火飄搖，如果不是碰上精於神魂之術的我，你這會兒在哪裡當孤魂野鬼都不曉得，明天能不能見著太陽，還得看你祖墳冒不冒青煙，何苦來哉？」緊接著，他又伸手指了指前方所有人：「實不相瞞，在我眼中，在座的各位都是螻蟻。」

鴉雀無聲。

崔東山問道：「不信嗎？」

片刻之後，寒食江神手中酒杯砰然碎裂。

整座大水府邸，只有他看到了白衣少年身後彷彿有一尊高達數丈的聖人神像立於神壇之上，浩然之氣充滿天地，正在俯瞰腳下的螻蟻眾生。

他嘴唇顫抖，咽了咽口水。

十一境，還是十二境？

難道真是一位儒家聖人大駕光臨，而且還不是一般的書院山長之流？

高坐主位的寒食江神咬緊牙關，差點把牙齒磕碎。他坐姿僵硬，身軀緊繃，必須雙拳緊握，重重捶在椅把手上，才能強忍住那股起身求饒、下跪磕頭的衝動。

黃庭國不過是大隋藩屬國之一，眼前這位皮囊貌似稚嫩的不速之客絕不可能是土生土長於此的人物。數百年辛苦經營，對於黃庭國的大佬鍊氣士，他早已爛熟於心，誰能招惹敲打，誰該拉攏示好，他可謂胸有成竹。

儒家七十二書院，每一座書院的山長至少都是十境修為。上五境大神通鍊氣士往往神龍見首不見尾，所以距離俗世王朝相對近一些的十境鍊氣士書院山長就已經有資格被世俗尊稱一聲「儒家聖人」，此外還有佛家的「金身羅漢」，道家的「陸地神仙」，皆是朝野通用的敬稱。

這一小撮頂尖鍊氣士，就像那祠廟裡的神像，神位夠高，但又不算太遠，燒香磕頭都拜得到，而那些個隱於雲霧的上五境老神仙，你提著豬頭都找不著廟。

寒食江神眼眶逐漸通紅，浮現出一抹淡金色光彩。他仍是竭盡全力不眨眼睛，死死盯住白衣少年身後。視野中，神壇之上，一位氣態威嚴的老者身著一襲雪白長袍大放光明，絲絲縷縷的光線彷彿蘊含著大道至理。

每一縷光線，細看之下，皆由一閃而逝的無數金色文字接連穿起，寫有一條條儒教禮儀規矩。這尊聖人法相高冠博帶，大袖寬廣如鳥翼，無風自搖，腰間懸掛有一枚熠熠生輝的玉佩，如袖珍小巧的一輪人間明月。

做不得假了，千真萬確的聖人氣象！

寒食江神的身世其實大有淵源，自幼耳濡目染，知曉諸多祕聞內幕，剛好是一個識貨的，因此看到這場景，便驚恐萬分。若是換成山門普通的中五境修士，說不定就要當成是坑蒙拐騙的某種障眼法了。

寒食江神終於眨了眨眼睛，不得不偏轉視線，由於刺痛產生的淚水緩緩滑出眼眶，不過很快就消散了。他自然不願在這些下屬及賓客面前流露出絲毫退縮怯意。漫長的修行生涯，他能夠走到今天這步，穩穩坐在這個煊赫高位上，光靠好根骨、好機緣而沒有堅忍不拔的心性作為支撐，恐怕所有風流早就被寒食江的滔滔江水一沖而散了。

曾經有人教育過他：「聖人學問，鑽之彌堅；聖人神像，仰之彌高」。

如今這浩然天下，不再是那年代久遠不可考據的上古蜀國。那個時候的古代蜀國版圖之上蛟龍眾多，不服天地管束，傳言只有殺力驚人的遠古劍仙才喜歡來此磨礪劍鋒，御劍翻江倒水，以斬殺蛟龍為傲。如今這浩然天下，儒教聖人訂立的規矩越來越煩瑣縝密，儀軌越來越穩固。

齊靜春不是死了嗎？如今把持驪珠洞天的聖人應該是從風雪廟脫離出來的兵家阮邛。那麼這少年到底是何方神聖？看樣子是善者不來、來者不善的架勢。

不管如何，就是天王老子到了自家地盤，自己也絕無引頸就戮的道理。

寒食江神強行驅散心頭陰霾，深吸一口氣，左拳微微抬起，輕輕一敲椅把手，看似輕描淡寫，但是整座大水府邸都隨之一震，與府邸相鄰的那段寒食江毫無徵兆地驟起大浪，層層疊疊，使勁拍打兩岸。

堂內所有人的身形都隨之一晃，兩名年輕劍修的鞘中長劍更是不堪重負，咻咻作響，掙扎不已，作困獸之鬥。

唯獨崔東山紋絲不動，身後那尊法身神像更是穩如山嶽。

他微微抬頭，望著遠處坐北朝南的寒食江神，嘴角滿是譏諷之意。

大水府邸雖然臨江而建，事實上府邸底下另有玄機，早已鑿出深廣水道，故而與寒食江氣運緊密相連，本身就是一處大型法陣。雖然它不如一些頂尖仙家的護山大陣或是王朝京城的護城大陣，可道行極深的寒食江神只要位居其中，不擅自離開這塊地界，就可以擁有類似一方小天地的玄妙加持。

能夠破例做到這一點，除了機緣之外，跟寒食江神的奇異血統有莫大關係。

一般鍊氣士只要躋身十境後，一旦坐鎮主場，便能夠坐擁天時、地利、人和。儒教學宮書院、佛教寺廟和道教宮觀，以及兵家的古戰場遺址就是那一方小天地的主人，其他修士進入其中，等於寄人籬下，就不得不入鄉隨俗，按照主人規矩行事。

大堂內針落可聞，氣氛詭譎。

這位寒食江神能夠看到門口的異象，可是其餘人都蒙在鼓裡，一個個只覺得丈二和尚摸不著頭腦。怎麼那白衣少年口出狂言之後，咱們這位水神老爺就開始發呆了？難道那個不知天高地厚的俊逸少年實則出身於與大水府邸世代交好的仙家豪閥，所以才敢如此囂張跋扈？

水蛇精雖然已經走出放滿珍饈佳釀的几案，本該將那少年擒拿，此時也停下了腳步。沒有點眼力的話，如何在寒食江神手底下當差做事，這個行事向來狡詐奸猾的水蛇精已經意識到事情不太正常。

寒食江神終於開口笑道：「來者是客，敢問有何指教？」

他悄然引來一段寒食江蘊含的江水氣勢，震動整座府邸的氣機，試圖以此來試探那尊神像的虛實。畢竟再如何眼見為實，不親手驗證一二就要在自己家裡向一個外人低頭，生性倨傲的他萬萬做不到。

一旦那尊神像法相出現絲毫波動，寒食江神不介意親手打爛少年的腦袋。膽敢在大水府邸裝神弄鬼，騙到他頭上來，不是找死是什麼？

只可惜那尊神像不動如山，這讓他震驚之餘，迅速收斂了所有僥倖心理。

修行路上，逆流而上，應當勇猛精進不假，遇強敵則越挫越勇更是正理，但絕不是要修行之人死腦筋，冥頑不化，半點不知變通。

崔東山一手負後，一手虛握拳頭放在腹部，仍是一副欠揍至極的囂張模樣，扯了扯嘴角冷笑道：「你已經出手一次了，現在該輪到我了吧？」

寒食江神臉色難看。那水蛇精實在是受不了這少年嘴臉，大步向前，背對自家水神老爺，抬起一臂，駕馭一支鐵鐧飛掠到，尖聲細氣道：「忍不了，不能忍！便是老爺你事後重罰，屬下也要把這小子的腦袋打得開花，再將他的腦漿收集起來，混入酒杯裡的金玉液，那麼瓊漿玉液這個說法就算齊全了。」

寒食江神臉色陰沉：「青，不得對客人無禮，速速退回座位。」

惡手持鐵鐧的水蛇精非但沒有聽命行事，反而步伐更快：「老爺莫要再菩薩心腸了，惡客登門，不懂禮數，就讓屬下來告訴這小子，如何來做咱們大水府的座上賓！」

在寒食江神出聲阻攔後，水蛇精就曉得自家老爺的真正心思了。如果真不願自己冒犯貴客，以老爺看似內斂、實則暴戾的性子，早就隨手一袖子將自己打出大門外了，哪裡會故意說那些虛頭巴腦的客套話。

水蛇精心想，今晚運氣不錯，雖說讓那條蠢鯉魚搶走了頭功，但是自己若是能夠在眾人面前給老爺長長臉，以自家老爺在外人跟前一貫出手大方的脾氣，一罈子大水府特產的金玉液是跑不掉了。

這條好不容易修練成人形的水族精怪肯定不知道，他那位賞罰分明的水神老爺這次存心是要他送死，只為了盡量合情合理地再探一次虛實。

這一下子，所有賓客都充滿了好奇和期待，之前如同雲遮霧繞的打機鋒，讓人實在提不起興致。哪怕白衣少年只是個繡花枕頭，並無後手，那麼見識一下水神老爺麾下大將的殺人場景也不錯。

「積土成山，風雨興焉。」崔東山從頭到尾都懶得去看那個水蛇精，笑咪咪的，像是應付學塾教書先生讓背誦經典的功課，顯得十分慵懶隨性。只是說完這一句莫名其妙的言語後，少年神情猛然間凝重起來，從一個玩世不恭的浪蕩公子哥，搖身一變，成了另一個極端迂腐的儒生，渾身散發著大義凜然的氣息。

少年抬起一腳，重重踏下，大喝道：「積水成淵，蛟龍生焉！」

他身後的法相神像也隨之高高抬起一腳，迅猛踩下。

寒食江神在這一刻動彈不得，連呼吸都困難，滿臉惶恐，喉嚨微動，想要說出求饒的軟話，可一個字都無法說出口——如遇天敵。

任你修為深湛，境界高遠，一旦遇上，同樣毫無還手之力，只能乖乖束手待斃。

那無比威嚴莊重的「蛟龍生焉」四個字如春雷炸響，一遍一遍在寒食江神的耳邊反復爆綻，心湖之上，更是如被人直指，掀起了一陣陣無法掌控的驚濤駭浪。

他胸口的金色團龍像是被仙人畫龍點睛，竟然變成了活物一般，那件青色長袍則像是青色湖泊，金色遊龍在其上瘋狂亂竄，沒有半點蛟龍游水的優哉游哉，只有癲狂和痛苦。半臂長短的金色蛟龍在四處亂撞的過程中，原本明亮的金色光彩逐漸暗淡無光，而且不斷有金色絲線如纖細羽毛從青袍之上剝離，飄落在地上，化作灰燼。

崔東山笑著向前一步，再次抬腳：「小小池塘爬蟲，也敢三番兩次試探大爺我？你之前試探兩次，我就兩腳將你寒食江踩成三截，看你以後怎麼統御大小江河十八條！」

就在少年即將第二次踩踏地面的瞬間，寒食江神屁股底下的座椅砰然碎裂，化作齏粉。這位不可一世的一江正神踉蹌起身，一隻手死死摀住胸口那條金色蛟龍，不讓其繼續像一隻無頭蒼蠅般亂撞，另外一隻手高高抬起，艱難一拍而下，嘴角滿是血跡，沙啞含糊道：「忤逆命令，冒犯貴客，死不足惜！」

砰然一聲，水蛇精的頭顱就那麼炸裂開來。

屍體倒地後，恢復真身，是一條體態纖細的斑斕水蛇。那支仙人遺物的法器鐵鐧墜落地面的聲響，在空蕩蕩的大堂之上格外清脆且刺耳。

此時崔東山的腳底板距離地面還不到半寸了，寒食江神顧不得擦拭嘴角，站直身體，便要彎腰賠罪。

原本已經停下踩踏動作的白衣少年眼神熠熠，做了一個緩緩收腳的動作。

但是剎那之間，少年再次默念道：「蛟龍生焉。」

一腳踏地！乾脆俐落！

神像自然而然也是跟著踩上一腳。

崔東山這一腳是踩在大水府邸的青磚地面上，而他背後神像一腳下去，可就是踩在寒食江的氣運之上了。

寒食江神搗住金色蛟龍的五指已經刺入胸膛之中，哪怕痛徹心扉，仍是不願鬆手。

此乃他證道曙光所在，既是心志毅力之凝聚，更是心結症結所在，死也不可鬆手！

崔東山鬆開緊握的拳頭，抖了抖袖子，動作無比瀟灑飄逸，緩緩上前，繞過那條可憐水蛇精的屍體，抬頭望向主位，抬起腳踩在那支鐵鐧上，嬉笑道：「這位水神老爺，是不是很意外？」

七竅流血。

面容淒慘的寒食江神穩住搖搖欲墜的身形，歪頭吐出一口血水，然後低垂頭顱，瞥了眼胸前那條哀鳴不止的暗金色蛟龍，緩緩抬起頭。這位幾乎有兩百年光陰不曾親自出手殺敵的水神老爺眼神恍惚，喃喃道：「這位真仙，就不能放我一馬嗎？仙師再來一腳，我便與死無異了啊。」

堂內眾人全然不知到底發生了什麼，一個個呆若木雞。

在他們看來近乎無敵的一尊江水正神，就這麼被人玩弄於股掌之中了。

崔東山又開始無聊地左右張望，視線停留在那名軍師身上，後者立即作揖行禮，甚至長久時間都不敢直腰起身。

不愧是讀書人出身，懂得審時度勢，伏低做小。

崔東山又望向那個真身為攔江蛤蟆的胖子，後者二話不說跪地不起，使勁磕頭，大嗓門喊道：「叩見真仙！」

唯獨那身形魁梧的披甲鯉魚精瞪大了眼睛，與白衣少年直直對視。

崔東山不等寒食江神出聲呵斥屬下，就已經率先笑道：「宰了。我數三聲，三——一！」

顯然他有意耍詐，明擺著要再來一腳。

這一點，他是跟某人學的。

不料那寒食江神更加殺伐果斷，只見眨眼過後，他便站在了鯉魚精身後，一隻抓住後者心臟的手掌從後背一直透出胸腔。他緩緩抽回鮮血淋漓的手臂，按住死不瞑目的鯉魚精的那顆頭顱，輕輕一撥，將屍體推開，那顆心臟很快變作一顆鵝卵大小的赤紅丹丸，被寒食江神往嘴裡一丟，迅速咽下。

崔東山還算說話算話，悻悻然收起那隻腳，笑望向靈韻派一老兩小：「認不認得我？」

靈韻派外門長老慌亂起身，抱拳低頭道：「先前是我們有眼無珠，還望仙師恕罪。斗膽懇請仙師去我們靈韻派做客……」

不等他說完，崔東山又開始發號施令：「那就把眼珠子挖了吧。」

下一刻，寒食江神手中便多了一雙眼珠子，長老雙手捧住臉龐，不斷有鮮血從指縫間滲出，長老竟是使勁咬住嘴唇，拚命不讓自己喊出聲來。

崔東山斜眼看著那兩個臉色蒼白的靈韻派年輕俊彥：「算你們兩個小崽子運氣好，這裡是黃庭國，而不是在大驪版圖上。」

兩名前途遠大的年輕修士略微鬆了口氣，但隨後就聽少年道：「但是你們運氣也有不好的地方。靈韻派從掌門到一干長老幾乎都是一根筋的蠢貨，鐵了心要效忠黃庭國洪氏，所以你們一起去死吧。」

這一次，寒食江神猶豫了。

崔東山雙手負後，嗤笑道：「你們大水府邸此次設局，除了試探本地郡守是否足夠聰明之外，你心中怕是早就有了定論：靈韻派與黃庭國洪氏皇帝有千絲萬縷的關係，屬於一根繩上的螞蚱。你不願陪著愚不可及的靈韻派和黃庭國洪氏一起葬身於大驪鐵蹄之下，才有意藉此機會跟他們斬斷當年的那點香火情，省得將來大驪兵馬南下，洪氏覆滅之餘，連累大水府邸被戰火殃及，這種拙劣伎倆，也就靈韻派這種土鱉傻瓜看不透。有眼無珠，真是有眼無珠，說得好，不過還是得死。」

寒食江神臉色陰晴不定，但隨即哈哈大笑，心情暢快許多，將那靈韻派三人一巴掌一個瞬間拍爛頭顱，三人竟是半點術法神通都來不及施展。

崔東山緩緩前行，走向大堂主位，其間路過那兩名年輕劍修，腳步不停，轉頭笑道：「一個是來歷不正的散修，是生是死，先不急，看我稍後心情的好壞。還有一個是伏龍觀掌門真人的關門弟子，身分湊合，勉強有那麼點分量。讓我想想，你之所以來這裡，該是為了那個『宮』字吧？被我猜出答案很奇怪嗎，你小子別一臉吃到屎的表情行不行？你再這樣，水神老爺就要讓你的腦袋開花了。」

兩名劍修如坐針氈，哪裡見識過這種驚心動魄的場景，這會兒當真是連想死的心都有了。

崔東山繼續前行，突然停步不前，望向那名給人印象就是「諂媚」二字的文豪黃老道人，笑道：「你在竹葉亭的丙等密檔上真名應該是叫唐疆，對吧？這麼算來，在黃庭國蟄伏了蠻多年了，辛苦辛苦，確實沒啥功勞，就只有一丁點兒可有可無的苦勞。嗯，那就拿出你剛剛收到的那封諜報，把上頭布置給你的任務跟你的水神老爺說一說，這下子你們哥倆才算真正是一條船上的兄弟了。」

唐疆此刻再無半點趨炎附勢的神態，一身氣勢恬淡沉靜，抱拳道：「竹葉亭丙等死士唐疆，見過……」說到最後，他有些尷尬，不知該如何稱呼眼前這個喊破自己身分的大人物。能夠知曉竹葉亭這種規格機密的人，在大驪王朝內屈指可數，所以唐疆不再遮遮掩掩。

何況退一萬步說，如果白衣少年真是大驪死敵，他唐疆身分洩露，更是死路一條，就看是死得痛快還是痛苦了。

崔東山灰心洩氣地擺手道：「算了，如今喊我什麼都沒啥意義。」

而後，他死死盯住那個兩腿打戰的一州別駕大人，一言不發。

別駕多是當地郡望權貴出身，洪氏皇帝覺得以此才能制衡外來做官的刺史，雙方相互牽制，任何一人都無法形成藩鎮割據的局面，這又是黃庭國的一樁怪事。

崔東山略作思量，伸手指向別駕大人，後者已經下跪磕頭：「只求這位大驪仙師開恩，小人做牛做馬都願意的，若有半點假話，天打雷劈！」

崔東山用手指點了點他：「起來吧，你不用死，走出這座大水府邸後，你去找那個上了歲數的老刺史，直接問他想不想繼續當刺史大人，只不過是從黃庭國的刺史換成我們大驪王朝的。如果他識相，點頭答應了，自然是最好，以後你們還是同僚；如果不答應，那你就宰了他。記住了，到時候將這位老刺史的腦袋送往郡城內的秋蘆客棧，去找紫陽府修士劉嘉卉，你什麼都不用說，她自然會明白一切。」

誰都知道大驪南下是大勢所趨，如今只不過稍稍加快了步伐而已。

崔東山看著那個眼淚鼻涕糊一臉的別駕大人，搖頭道：「真是可憐，趕緊滾吧，別在這裡礙眼了。」

別駕大人立即起身。

崔東山突然問道：「開心不開心？」

別駕大人嚇得面無人色，一動不敢動。

崔東山揮揮手，示意那傢伙趕緊滾蛋，然後不再看他，徑直走向主位，一抖袖，憑空出現了一張做工古樸的白玉椅子。

他坐在椅子上，被鳩占鵲巢的寒食江神畢恭畢敬站在堂下。

崔東山眼神望向大門之外，懶洋洋道：「除了那個欺師滅祖的靈韻派修士，其餘無關人等比螻蟻還不如，麻煩水神老爺全殺了，讓他們黃泉路上好做伴。」他拿起一壺酒，抬起手，晃了晃，「對了，你們要不要喝過了一杯金玉液再上路？」

堂下有人終於大聲謾罵起來，有人嚇得癱軟在地，有人開始狂奔逃竄。

崔東山開始仰頭灌酒，一手握住酒壺，另外那隻手死死攥緊，掌心傳來一陣陣鑽心刺痛。

一次次鞭打都打在了神魂之上，少年任由酒液傾灑，畢竟他身上還有那張避水符籙，那些酒水順著白衣滾落地面，就像是那些在雨中歪斜的荷葉葉面。

崔東山輕輕向前拋出酒壺，背靠白玉椅，仰起頭後，臉龐有些扭曲。他在心中默念道：『老頭子，臭秀才，老不死的東西！老子哪怕魂魄分離，仍是崔瀺，你有本事就乾脆打死我啊！是誰說人性本惡的？不正是你嗎！』

他扭轉脖子，像是在跟人對話，一如之前在門檻外初次露面：「我不殺你的仇人，你是不是很失望？你以為我是要為你討回公道，沒想到我比他們還要十惡不赦，是不是更失望？」

崔東山不等那魂魄給出答案，就一揮衣袖，將其殘餘魂魄徹底打散。

他自從在大驪邊境野夫關的驛路露面後，這一路行來，怎麼可能是陪著一群孩子遊山玩水。

堂下殺戮四起。崔東山吃痛的那隻手悄然放於腹部，無恙的另外一手則捂住嘴巴，打了個哈欠。

江山易改，稟性難移。

秋蘆客棧，涼亭不遠處的老水井，有個草鞋少年安安靜靜坐在那裡，像是在等人。

他所住屋內，李槐已經呼呼大睡，桌上燈盞已熄。

先前少年收起了一張張山河形勢圖，有大驪南方州郡的，也有大隋版圖的，都是阮秀轉贈給他的。他將這些地圖重新放回背簍後，坐在桌旁又開始思考同一個問題。

阮姑娘絕對不用懷疑，可是眉心有痣的少年及衙署縣令吳鳶曾經一起出現在鐵匠鋪子，而這些地圖，聽阮姑娘當時的無心之語，正是縣衙署慷慨奉上的。

自己一行人一路南下，野夫關外相逢，兩撥人會合，一起進入黃庭國，所見所聞，神神怪怪……

最後，陳平安再一次走向涼亭，來到水井邊，坐在井口等人。

大水府邸，愁雲慘澹，堂下鮮血淋漓。

原本歌舞昇平的一座熱鬧大堂，此時沒剩下幾個人了。

崔東山依舊高坐白玉椅，神遊萬里。

寒食江神站在堂下，正在以水法神通驅散滿身血跡和血腥味。那些大水府妙齡婢女，無論是寒食江的落水鬼還是活人，都已被他解決乾淨。

君不密則失臣，事不密則失身。寒食江神威震黃庭國北部十八條江水，將這片小江山打造得鐵桶一般，這麼點道理，當然深有體會。

大水府邸的軍師正襟危坐，既不喝酒也不吃肉，像一尊毫無生氣的泥菩薩。那只身材臃腫的攔江蛤蟆神色萎靡，老老實實坐在位置上，像是被今天這樁慘案給嚇到了。

大驪竹葉亭死士唐疆坐在原位，一手持筷、一手持杯，吃著漸冷的佳餚，依然津津有味。多少年沒有這般痛快了？他這副腰杆如果再彎個幾年，真就要澈底習慣給人當走狗孫子了，估計哪怕大驪的鐵騎碾碎了黃庭國疆土，他也已經不知道如何堂堂正正做人了吧？

那個叛出靈韻派的修士雖然沒死，可是已經汗如雨下。

除此之外，還有兩名幸運兒活了下來——正是那兩個出身迥異的年輕劍修。崔東山先前給了他們一個活命的機會，大堂上還有兩頭靈韻派修士留下的畜生，他二人如果能夠在不用佩劍的情況下，只以本命飛劍各自斬殺一頭畜生，就可以從此成為大水府的真正貴客。

崔東山甚至答應他們可以與寒食江神稱兄道弟，這份殊榮，無疑會幫助兩人鯉魚跳龍門，一躍成為黃庭國北方炙手可熱的權勢角色。尤其是那個伏龍觀鍊氣士，之前不過是掌門真人的愛徒之一，從今往後，多半是內定的下一任掌門，無人敢爭。

兩名劍修皆是三境巔峰，本命飛劍的威勢還十分力弱氣短，與兩頭畜生的廝殺險象環生，只能算作慘勝，都負傷不輕，好在本命飛劍折損不多。

崔東山怔怔出神，無人膽敢打擾。

可總這麼冷場也不是個事兒，寒食江神只好輕聲問道：「真仙？」

崔東山回過神，看了一圈，對兩名劍修說道：「既然贏了，就說明你們有資格繼續行走大道。先下去養傷，大水府會給你們最好的丹藥，以及提供煉劍所需的一切材料。那個野路子劍修，你以後就在大水府當一名末等供奉好了；至於伏龍觀的劍修，你回去後，告訴你那個貪財好色的師父，伏龍觀升宮一事，從郡州兩級官場到寒食江府邸，以及某幾位朝中閣老都會幫忙，在家等好消息就是了。」

兩人欣喜若狂，感恩戴德地告辭。

崔東山轉頭對唐疆道：「回去後不用畫蛇添足，你和其餘諜子死士繼續蟄伏便是。」

唐疆迅速起身領命，剛要離去，只聽那白衣少年沒好氣道：「就不曉得順手牽羊，拿走幾張桌子上剩下的大水府金玉液？」

唐疆有些猶豫，崔東山不耐煩道：「就當是大驪欠你的，不拿白不拿。」

唐疆那張毫不出奇的臉龐上沒來由綻放出一股異樣神采，抱拳轉身，大踏步離去。跨過門檻後，背對著主位上的白衣少年，這個男人高高抱拳，始終不敢轉身，紅著眼睛望向遠方，朗聲道：「這位大人，大驪從不欠唐疆分毫！哪怕只能遠遠看著我大驪蒸蒸日上，國勢鼎盛，嘖嘖，這份滋味，好過那金玉液何止千百倍！」

崔東山笑罵道：「喲呵，這馬屁功夫還真有點爐火純青啊。只可惜老子不吃這一套，滾滾滾。」

門檻外，那個早已不再年輕的大驪男人，在異國他鄉，腳下生風，放聲大笑。

崔東山望著空落落的大堂，說道：「我姓崔，來自大驪京城。」

蛤蟆精一臉茫然，寒食江神微微發怔，只有軍師火速起身，恭謹作揖道：「拜見國師大人！」

寒食江神滿懷震驚，心悅誠服道：「原來是大驪國師親臨寒舍。」

後知後覺的攔江蛤蟆再一次匍匐在地，只管磕頭，砰砰作響，誠意十足。

崔東山問道：「那名魏姓郡守有無隱藏的背景？將來會不會成為一塊攔路石？」

寒食江神搖頭道：「那魏禮只是黃庭國南方寒族出身，官場上並無大的靠山，否則也不至於在本郡與我如此虛與委蛇，只能拗著自己的那股子書生意氣來奉承大水府。」

崔東山一手托著腮幫，一手屈指敲擊椅把手，緩緩道：「大驪之前吞併北部各國，講究一個勢如破竹，不降者殺無赦，宋長鏡率軍屠城、挖萬人坑的事情沒少做，這是立威，可是接下來南下就不能這麼一味痛快了。黃庭國是第一個較大的攔路石，所以不能搞成一個千瘡百孔的爛攤子，畢竟整個東寶瓶洲觀湖書院以北、大驪野夫關以南的王朝邦國都盯著事態的發展呢。魏禮這種忠臣孝子以後會越來越多，關鍵就看是魏禮這撥人占據一個國家的廟堂要津更多，還是那位別駕之流更多了，不同的情況，大驪邊軍的攻勢就會有輕重、急緩之別。」

堂下軍師微微點頭，崔東山突然望向他：「你來評點一下魏禮。」

軍師笑道：「魏禮很聰明，又不夠聰明。如果真的足夠聰明，就不會在之前的風波裡試圖搗糨糊兩邊討好，既想著良心上過得去，又想著官運亨通。天底下可沒這樣的好事，至少在我大水府轄境內不會有。」

他伸手指了指那個戰戰兢兢的靈韻派叛徒：「此人被我稍稍威逼利誘……」

崔東山打斷他的話，笑道：「稍稍？這話說得輕巧了，畢竟一樣米養百樣人，可不是誰都能夠像你隋彬一樣對舊國忠心耿耿，鐵骨錚錚，大義當前，慷慨赴死，不但自己死，還要拉著全家人一起死。」

隋彬臉色如常，抱拳道：「國師大人謬讚了。」

崔東山抬抬手，示意隋彬繼續先前的話題。

隋彬娓娓道來：「本郡作為大水府的老巢，這幾百年裡發生了那麼多事情，比如我們暗中讓大水決堤，致使某郡發生旱澇災害等等，不但那姓魏的心知肚明，之前那些刺史和郡守其實未必就沒有懷疑，只是一直沒有鐵證，加上忌憚水神老爺的威勢，這才一直相安無事。只說那郡守官邸的檔案庫，走水了很多次，大火燒掉的東西，上邊寫了什麼內容，反正我們大水府肯定是不願意公之於眾的，倒不是怕什麼官府圍剿，只是傳出去名聲不好聽罷了。」說到這裡，他轉頭望向寒食江神，微笑道：「咱們老爺，還是愛惜羽毛的。」

寒食江神氣笑道：「你這隋彬，就這麼挖苦自己的救命恩人？當年你的殘餘魂魄遊蕩在河水之上，若不是我將你的陰魂收起，重塑身軀，你這會兒都不知道投胎多少次了。」

隋彬不過是笑著做出討饒狀，竟是半點不怕一方水神的滔天威勢。

他彎腰拿起酒杯，喝了口酒，這才重新說道：「那魏禮有野心又有本事，靠自己走到郡守高位，還願意低頭隱忍，這樣的人，一旦脫離掌控，當了刺史，以後入京高升為一部主官，尤其是禮部，成了黃庭國皇帝的嫡系心腹，加上早年在地方上積攢了一肚子委屈，就不怕他一發狠，矛頭一轉，對準我們這座大水府邸？所以我告訴水神老爺，這種官員可以用，但只要此人心胸之中還有一口……正氣，就絕不可大用。」

崔東山斜眼看著他：「好一個誅心。你如果當年不是做官，而是去山上修行，說不定有希望躋身第十境。」

隋彬灑然笑道：「世間苦無後悔藥啊。」

崔東山站起身，抖了抖袖子，從他的袖口中滑出半截香，這讓堂下的人神妖鬼不禁感到納悶——這位以少年形象現世的大驪國師，此舉是葫蘆裡賣什麼藥？

崔東山將那一截燃燒大半的香火立在空中，懸停靜止，然後打了個響指。

香火點燃，煙霧嫋嫋。

那些煙霧並未消散於空中，而是緩緩凝聚成一名年輕女子的曼妙身形。

隋彬臉色劇變，終於無法保持先前的止水心境：「怎麼可能？」

寒食江神瞇起眼，眼角餘光打量著心腹軍師，雖然驚訝少年國師的玄妙神通，但更多還是隔岸觀火的輕鬆心態。

女子身形逐漸穩固，面容越發清晰，最終飄落在堂下，是橫山那座青娘娘廟中所祭祀的女子，曾經跟林守一下過棋，最後被崔東山要求于祿敬了一炷香。

須知崔東山是連小鎮楊老頭都要由衷稱讚一句「精通神魂之術」的人，因此必然是他以獨門祕術將那女子「偷」了出來。這種不被朝廷認可的淫祠神祇，尤其是女子，神位極其低微，道行淺薄，一般情況下，是絕無可能擅自離開地界的。

隋彬驀然大怒，臉色越發鐵青，伸手指向那女子，手指顫顫巍巍，儒雅臉龐變得極其猙獰：「不知廉恥的孽障，妳還有臉面離開橫山？忘記妳的誓言了嗎？真是孽障，負家國負忠孝，萬般辜負的孽障！」

年輕女子看到隋彬後，滿臉惶恐驚懼，怯生生道：「爹……」

喊出這個字眼後，她便羞愧難當，掩面哭泣起來，可憐無助。

崔東山盤腿坐在椅子上，幸災樂禍道：「意不意外？」他隨即轉頭望向寒食江神，哈哈笑道：「我看過一本《蜀國瑣碎聞》，其中就寫到了橫山青娘娘廟，說攜帶家眷的某位前朝大臣在橫山古柏那裡殉國自盡，家眷不願跟著一起死，便逃光了，只有小女兒跟著父親提劍自刎，鮮血拋灑到古柏樹上，魂魄得以寄居其中，最後成了橫山的青娘娘。這故事可歌可泣，可歌可泣啊。」

寒食江神挑了一張空位坐下，笑道：「訛傳罷了，事實與傳聞剛好相反。當隋彬決意在那座小廟不再逃亡，要以死明志之後，舉家便跟隨這位亡國侍郎自盡而死，女眷大多懸梁，其餘不乏撞牆、吞金的，唯獨小女兒不願死，跑出小廟之外，被隋彬追上，一劍刺死在了古柏樹下。她成為一個怨靈，不過一點靈光不散，死後還算良善，對凡夫俗子多有陰蔭庇護，這才得以在那本《蜀國瑣碎聞》上有了好名聲。

後來，她父親成了我麾下的鬼魅，在我的推薦下，當上了橫山附近一條河流的河伯。不知是隋彬心生愧疚還是怎的，暗中找人修建了一尊泥塑金身，他女兒那原本已經快要被罡風、烈日沖散魂魄的怨靈這才得以存活至今。」

崔東山嘖嘖稱奇，隋彬怒意更甚：「禽獸不如！我隋彬一生光明磊落，我隋氏家風純正三百年，最後怎會有妳這麼個孽障！」

崔東山恢復身體歪斜、手托腮幫的懶散姿態，看著堂下那對父女反目成仇的淒涼畫面，突然說道：「隋彬，差不多就可以了。」

隋彬震怒之下，顧不得少年是什麼國師不國師的了，反駁道：「我隋彬管教女兒，有何不妥？」

崔東山淡然道：「因為我覺得夠了，這個理由如何？」

「隋彬，不得無禮！你再敢多說一個字，我就打爛你的牙齒！」

寒食江神在今晚是第一次主動為屬下求情，再次起身，低頭祈求白衣少年：「懇請國師大人不要跟隋彬一般見識。」

崔東山跳下椅子，伸了個懶腰：「走了走了，再不回去就要被人猜疑嘍。」

他繞過大案走下臺階，雙手攏袖，對那始終不敢抬頭見人的女子嘿嘿笑道：「別聽妳爹的混帳話！妳這般歲數的柔弱女子可不就是學學琴棋書畫啊、春心萌動就躲在閨樓上偷偷想一想情郎啊才對嘛。什麼山河破碎、家國覆滅啊，本來就是妳爹這樣的男人沒用處。所以是他隋彬臭不要臉，竟然還好意思拉著妳一起陪葬，妳羞愧什麼？應該是妳爹羞愧得上吊自殺才對。放心，以後有水神老爺罩著妳，妳爹罵妳一句，妳就讓水神老爺抽他一巴掌。」

隋彬呆若木雞，寒食江神一陣頭大。

女子壯起膽子抬起頭，飛快看了一眼她爹的面容，便又垂下頭顱，嗚咽起來，小聲道：「爹，是女兒不孝。」

崔東山氣得快步走去，一巴掌拍在女子腦袋上，笑罵道：「妳個沒出息的。」

寒食江神眼見著這位大驪國師就要離去，趕緊尾隨其後，輕聲問道：「國師大人今夜不在這裡休憩？」

崔東山說道：「這麼大殺氣，我害怕。」

寒食江神哭笑不得。

走到門檻的時候，崔東山先看了眼兩兩無言的父女，才對寒食江神說道：「你運氣比她好多了，有個不這麼迂腐刻板的親爹。」

寒食江神越發低眉順眼：「國師大人已經見過我父親了？」

崔東山點頭道：「他老人家還請我們吃了幾頓山野時令佳餚。說實話，比你這大魚大肉搭配庸脂俗粉要好太多了。」

寒食江神笑道：「我豈敢跟父親相提並論。」

崔東山停下腳步，拍了拍這位水神的肩膀：「我那兩腳的折損，等到大驪吃下了黃庭國，只會補償你更多。那張白玉椅子，對你們這一族還算有點用處，送你了。」

低頭彎腰的寒食江神沉聲道：「願為國師大人效死！」

崔東山顯然並未當真，讓寒食江神不用相送，獨自走出大水府邸，躍入寒食江之中。不見他的手腳有任何動作便能夠靈活游弋，身姿飄逸，像一條上古時代就生活在古蜀國版圖上的白色蛟龍。

他最後順著水流來到老城隍舊址的那口水井底下，沒有立即去往近在咫尺的秋蘆客棧，而是停下了身形，長時間一動不動，雙手負後，站在井中抬頭觀天。

井口突然有人開口詢問：「你怎麼不上來？」

崔東山笑道：「我不敢。」

陳平安道：「你上來。」

崔東山搖頭道：「我不。」

陳平安心平氣和道：「我們好好聊聊，先講道理，不會一開始就打打殺殺。再說了，我就會那麼一點蠻力，真要打架，打得過你崔東山？」

崔東山使勁搖頭：「我就不！」

陳平安皺眉道：「為什麼？」

崔東山大聲道：「我怕熱，井底下涼快些。」

陳平安深吸一口氣，站起身，繞著古井緩緩而走。

下邊很快傳來了聲音：「陳平安，你別裝了，你不認我是學生，可我認定你是我先生啊，所以我打不能打你，殺不敢殺你，一旦你執意要動手，我肯定吃悶虧。還有，你那一身殺氣都快裝滿這口老井了，我這要是還上去挨揍的話，我傻啊？」

崔東山笑呵呵說著話，腳踩在微漾的水面上，伸手摸向老井內壁，幽綠青苔柔滑冰涼。

雖然嘴上的言語輕鬆隨意，可是他此刻的心情一點都不愜意，簡直比起在大水府邸裝大爺更加耗費心神和所剩不多的家底。因為從江底沿著地下水來到井底後，他第一次意識到上邊那個姓陳的小子竟然真的能夠威脅到他的性命。雖然不清楚陳平安隱藏了什麼驚世駭俗的手段，但是他的直覺一向很準。

陳平安腳下在繞圈子，但是不願跟那傢伙兜圈子，直截了當問道：「那些出自縣衙署的形勢圖，你是不是讓縣令吳鳶偷偷動了手腳？」

崔東山喊道：「喂喂喂，陳平安，你說什麼，我聽不太清楚。」

陳平安點頭道：「那就是了。」

崔東山頓時急眼了：「啥？還有這樣的道理？」

陳平安道：「我只問你一個問題，你會不會傷害李寶瓶他們？」

崔東山沒有直接回答這個問題，而是反問道：「我說了答案，你會相信我嗎？」

陳平安毫不猶豫道：「不會。」

崔東山氣得跳腳：「那你問個屁啊！」

上面的少年不再說話，崔東山豎起耳朵聽了聽，沒有動靜，頓時有些慌張，一肚子委屈，神情悲壯，心想：『他娘的，真是虎落平陽被犬欺啊，換成今夜大水府邸，隨便拎出一隻螻蟻丟在你陳平安面前，你再這麼囂張試試看。』

只可惜人在屋簷下，不得不低頭啊。崔東山趕緊伸長脖子嚷嚷道：「陳平安，陳公子，陳兄弟，陳大爺，陳老祖宗！您死活不樂意當我的先生，不當就不當，可是我們無緣無故又無冤無仇的，能不能別這麼不講道理？不講情分的話，咱倆稍微講一點江湖道義也行啊！」

上面終於有了回應：「我答應過齊先生，要把他們安全送到大隋書院。」

崔東山澈底沉默下去。水井旁，在這句話過後，亦是無聲無息。

陳平安一直不信任崔東山，對他戒心很重。

姓崔的從一開始就心懷叵測，這點毋庸置疑，瞎子都看得出來。

比如這次，姓崔的先以那座城隍廟為引子，水到渠成地牽扯出秋蘆客棧，看似好心好意，實則用林守一的修行抛出誘餌，讓他陳平安主動要求尋找老城隍舊址。

出了大驪野夫關後，這一路上，相較之前的磕磕絆絆，實在太過順遂。林守一安心修行，李槐就是沒心沒肺的，李寶瓶雖然嘴上不說什麼，可是朱河、朱鹿這對父女的事情讓她有些受傷。她一路行來，是負笈遊學最名副其實的一個，經常會思考一些稀奇古怪的問題，而且相較已是鍊氣士的林守一以及天賦異稟的李槐，李寶瓶才是求學路上最吃苦頭的那個人。

至於謝謝和于祿，本就是崔東山帶入隊伍的，另當別論。

陳平安雖然一天到晚比誰都忙碌，除了照顧三人的衣食住行，趕路的時候需要不斷走樁練拳，空閒的時候就以立樁劍爐滋養身軀、縫補漏洞，但是不管是在棋墩山的廝殺之中，還是面對朱鹿在紅燭鎮枕頭驛的陰險刺殺，或是遭遇嫁衣女鬼楚夫人後的身陷險境，以及之後黃庭國的跋山涉水，陳平安始終沒有忘記一件事：護送李寶瓶三人去往大隋求學。

今夜在涼亭，林守一離開之前提醒了一句，說崔東山此人想要從他陳平安身上索取的東西不一定非是實物，可能是一些很大很空的東西，涉及修行之人的大道。

李寶瓶也曾無意間說起過姓崔的下棋很厲害，她和林守一最多推算後邊幾步棋，但是姓崔的可以計算得很深遠，遠到讓她、林守一、謝謝和于祿都無法想像，很可能在起手的時候就想到了中盤，甚至是收官。

陳平安在林守一離開涼亭後，看著那口老井，越來越覺得心結難解。

他想來想去，非但沒有捋清楚脈絡，反而腦子裡一團亂麻。最後他實在沒辦法，開始嘗試著把所有煩瑣複雜的事情都暫且擱置，把一切都倒推回最開始的地方。

比如說家鄉小鎮，又比如說第一次見面，然後陳平安想起了一個局外人——縣令吳鳶。有縣令就會有官署，而他身上那一張張大大小小的形勢圖，真正的來源是那座衙署，而不是阮秀姑娘。

陳平安回到屋子後，開始攤開那些地圖，這一看就是整整一個時辰。

依然找不到確切的真相，但是隱約之間，陳平安看到了一條線。

這條線在各幅地圖上加在一起，興許都不足一丈長度。

但是這點長度，卻讓陳平安他們辛辛苦苦走了這麼久。

崔東山舉起雙手：「怕了你了。我對天發誓行不行？我崔東山保證不會傷害李寶瓶、李槐、林守一他們三個小屁孩！」

「崔東山，」陳平安猶豫片刻，「你是認真的？」

崔東山胸脯拍得井口都能聽到響聲：「相信我一回！」

就在此時，一個清脆嗓音歡快響起：「小師叔！你果然在這裡！」

李寶瓶一個迅猛衝刺，呼啦啦飛奔到涼亭，一個起跳飛躍，兩條纖細胳膊在空中使勁擺動，咚一聲，雙腳幾乎同時落地，筆直站在涼亭外，身體歪來倒去，搖搖晃晃，最後站定，看看離著老水井還有點距離，繼續飛奔。

陳平安張了張嘴巴，啼笑皆非，快步向她走去，問道：「怎麼，睡不著？」

李寶瓶老氣橫秋地嘆了口氣：「那個謝謝睡覺打呼，吵得很。」

陳平安笑著不說話。

李寶瓶立即老實說道：「好吧，我承認她睡覺不打呼，是我自己做噩夢嚇醒了。」

陳平安轉頭瞥了眼水井口，收回視線後，笑問道：「做了什麼噩夢？」

李寶瓶搖頭道：「我從小就幾乎每天都做夢，可醒來後，從來不記得做了什麼夢，只記得大概是好夢還是噩夢。」

陳平安拉著她走回涼亭坐下。

李寶瓶滔滔不絕道：「小師叔，我們離開小鎮，走了快有小半年，根據地圖顯示，路程已過大半。時間過得真快啊，比我跑得還要快了，對吧？唉，大隋如果在咱們東寶瓶洲的最南邊就好了，我還能跟小師叔看看大海的光景。小師叔，你說鐵符江、繡花江的江水就那麼大了，那麼大海該是多大的水啊！聽我大哥說那邊有座老龍城，在城頭上朝南邊望去，那浪頭高到十幾層樓。你說嚇不嚇人？」

陳平安笑道：「如果走到那麼遠的地方，要磨破很多很多雙草鞋。不過我們這次是去山崖書院的，聽說到了大隋境內，山路就很少了，到時候你們就不用再穿草鞋了，都買舒適的靴子穿。」

李寶瓶低頭看了眼自己腳上的厚實草鞋，抬起頭，咧嘴笑道：「到時候我跟小師叔穿一樣的靴子，就是大小不同而已。我們說好了啊。」

陳平安打趣道：「怎麼，嫌棄小師叔不穿靴子，繼續穿草鞋，到時候給你們丟人？」

李寶瓶一臉驚訝，瞪大眼睛：「哇，小師叔你如今都會跟人開玩笑了！」

陳平安愣了愣。

李寶瓶坐在長椅上，晃蕩著那雙踩著小草鞋的腳丫，仰起頭，無意間發現簷下掛著一串小風鈴，沒來由說道：「小師叔，我總覺得先生在想念我們。」

陳平安點點頭。

李寶瓶腦袋靠在朱漆亭柱上，閉上眼睛，側耳聆聽。

彷彿是世間最後一縷春風吹動著簷下鈴鐺，叮咚叮咚叮叮咚……

李寶瓶等了很久，結果都沒能等到第二串風鈴聲，猛然間跳下椅子飛奔離去，一邊跑一邊轉頭揮手：「小師叔，我先去睡覺啦！」

陳平安笑著擺了擺手，然後返回老水井那邊。

崔東山始終待在原地，既沒有從井底離去，也沒有出現在井口。

——劍來　第一部（四）清夢壓星河　完

高寶書版集團
gobooks.com.tw

DN 290
劍來【第一部】（四）清夢壓星河

作　　者　烽火戲諸侯
責任編輯　高如玫
封面設計　張新御
內頁排版　彭立瑋
企　　劃　鍾惠鈞

發 行 人　朱凱蕾
出　　版　英屬維京群島商高寶國際有限公司台灣分公司
　　　　　GlobalGroupHoldings,Ltd.
地　　址　台北市內湖區洲子街 88 號 3 樓
網　　址　gobooks.com.tw
電　　話　(02)27992788
電　　郵　readers@gobooks.com.tw（讀者服務部）
傳　　真　出版部 (02)27990909　行銷部 (02)27993088
郵政劃撥　19394552
戶　　名　英屬維京群島商高寶國際有限公司台灣分公司
發　　行　英屬維京群島商高寶國際有限公司台灣分公司
初版日期　2023 年 07 月

本書中文繁體字版由浙江文藝出版社有限公司授權出版。

國家圖書館出版品預行編目 (CIP) 資料

劍來第一部（四）清夢壓星河 / 烽火戲諸侯著 .
-- 初版 . -- 臺北市：英屬維京群島商高寶國際有
限公司臺灣分公司 , 2023.07
面；　公分 .--

ISBN 978-986-506-740-3（平裝）

857.9　　112007771